W0349947

Zum Buch:

Deenie liebt das Leben und ihre Freiheit. Sie bleibt nie lang an einem Ort, macht keine Pläne und handelt immer spontan. Doch ihre geliebte Großtante braucht sie jetzt, deshalb wird sie für einige Zeit in Pine Hollow bleiben, Prinzessinnenpartys für Kinder organisieren und nebenbei im örtlichen Tierheim aushelfen. Wenn nur dieser nervtötend spießige und immer gut organisierte Connor Wyeth nicht wäre. Als er zugibt, dass er mit dem Irischen Wolfshundmischling Max überfordert ist, sagt sie dennoch zu, ihm bei dessen Erziehung zu helfen. Diese Schwäche zuzugeben, scheint ihm schwerzufallen. Plötzlich beginnt Deenie, hinter seine perfekte Fassade zu sehen, und stellt fest, dass viel mehr in ihm steckt, als sie dachte, und dass sie ihre nächste Reise gar nicht so sehr herbeisehnt.

Zur Autorin:

Lizzie Shane ist Filmjunkie und Buchnerd, seit sie denken kann. Nach einem kurzen erfolglosen Abstecher ins Showbusiness kam sie zurück in ihre Heimatstadt im kalten Alaska und widmete sich ihrer zweiten großen Leidenschaft: dem Schreiben von Liebesromanen. Seither gewann sie zahlreiche Auszeichnungen für ihre Geschichten.
Lizzie Shane reist gern und ist häufig bei Facebook anzutreffen, wo sie über ihre aktuellen Lieblingsbücher und die neuesten Folgen der wichtigsten TV-Shows tratscht.

LIZZIE SHANE

Pine Hollow

VIER PFOTEN UND EIN DATE

Roman

Aus dem Englischen von
Christian Trautmann

HarperCollins

Die Originalausgabe erschien 2021 unter dem Titel
Once upon a Puppy bei Hachette Book Group, Inc.

1. Auflage 2022
© 2021 by Lizzie Shane
Deutsche Erstausgabe
© 2022 für die deutschsprachige Ausgabe
by HarperCollins in der
Verlagsgruppe HarperCollins Deutschland GmbH, Hamburg
Umschlaggestaltung von Zero Werbeagentur, München
Umschlagabbildung von Jolanta Beinarovica, HolyCrazyLazy, asharkyu,
Alex Dumitrescu, linimasa / Shutterstock
Gesetzt aus der Stempel Garamond
von GGP Media GmbH, Pößneck
Druck und Bindung von GGP Media GmbH, Pößneck
Printed in Germany
ISBN 978-3-7499-0367-2
www.harpercollins.de

Klimaneutral
Druckprodukt
ClimatePartner.com/15109-2009-1001

MIX
Papier
FSC FSC® C014496

1. Kapitel

Rückblickend war der spontane Kauf eines 60-Kilo-Wolfshundmischlings vielleicht nicht die beste Idee gewesen. Als er aus seinem Arbeitszimmer trat und die ruinierte 6000-Dollar-Couch sah, musste Connor Wyeth dies umstandslos einräumen.

Nicht dass er viele Spontankäufe tätigte. Genau genommen gar keine.

Connor war ein Planer. Selbst Maximus – der vierbeinige Übeltäter, der die massive Couch quer durchs Wohnzimmer gezerrt und die Kissen zerfetzt hatte, sodass der gesamte Raum mit weißem Flaum bedeckt war – hatte zu einem Plan gehört.

Nur eben zu keinem gut durchdachten.

Max' donnerndes Bellen hallte von der hohen Decke wider, während der riesige Kerl zwischen der Eingangstür und dem Tatort Wohnzimmer fröhlich hin- und herstolzierte. Als er Connor entdeckte, kam er schlitternd auf dem blanken Parkett zum Stehen und rannte dann zur Haustür. Er bellte erneut, diesmal irgendjemanden an, den er durch die Glasscheibe neben der dunklen Holztür sah. Dann blickte er über seine zottelige Schulter zu Connor hin und hechelte, die Zunge seitlich aus dem Maul heraushängend. Es war, als wollte er sagen: *Komm endlich, du verpasst ja hier den ganzen Spaß!*

Und Connor begriff wieder einmal, wie überfordert er als Hundebesitzer war.

Da er Maximus ursprünglich als Wachhund und Frühwarnsystem angeschafft hatte, um seine Freunde daran zu hindern, einfach in sein Haus zu marschieren, wann immer ihnen danach war, hatte sein Hundetrainer ihm geraten, Max für das Anbellen von Eindringlingen zu loben. Andererseits sollte er Max tadeln, wenn er etwas anstellte, wie zum Beispiel die Möbel zerlegte. Doch ihn jetzt zu tadeln, würde nichts nützen – nicht dass es bisher je etwas genützt hätte –, daher fand Connor sich mit dem Verlust der Couch ab und ging zur Tür.

Er hielt Max am Halsband fest, um ihn daran zu erinnern, dass er nicht an Gästen hochspringen und ihnen das Gesicht ablecken durfte, und machte auf.

»Betteln und Hausieren verboten«, knurrte Connor einen seiner drei besten Freunde an, der eine prall gefüllte Tasche sowie einige Aufstellschilder in den Armen hielt. Obwohl er die Schilder quer hielt, war die Aufschrift gut lesbar: *Benjamin West als Bürgermeister. Die richtige Wahl für Pine Hollow.*

Die Schilder waren ein guter Vorwand, aber sie wussten beide, dass Ben nicht wegen der bevorstehenden Wahl hier war. Zumindest nicht heute.

Connors Miene verdüsterte sich, doch Ben schob sich unbeirrt an ihm vorbei. »Ich hab was zu essen mitgebracht.«

»Und Aufstellschilder.«

Connor schloss die Tür und ließ Max los. Prompt stürzte sich der Hund auf Ben und schnüffelte an der Tüte. Da diese langsam seinem gierigen Maul entgegenrutschte, brachte Connor das Essen schnell in Sicherheit, sodass Ben sich die Schuhe ausziehen und die Schilder ans Fenster lehnen konnte.

»Die werde ich nicht aufstellen«, warnte Connor ihn. »Ich habe mich noch gar nicht entschieden, für wen ich stimme.«

Ben ignorierte diese Lüge und ging mit dem Essen in die Küche. »Tandy Watts hat ein Banner an ihrer Veranda angebracht, das man sogar aus dem Weltall sehen kann.«

Normalerweise hätte Connor ihn jetzt damit aufgezogen – wozu sonst waren Freunde da? –, aber die Unsicherheit in Bens Stimme veranlasste ihn stattdessen zu ermutigenden Worten. »Niemand stimmt für Tandy Watts. Sie kandidiert nur, um den Flächennutzungsplan zu ändern, den ihr letztes Jahr zu ihrem Nachteil beschlossen habt, und alle im Ort wissen es. Du hast Erfahrung im Stadtrat, und du bist Delias Wahl. Entspann dich also.«

»Ich habe keine Ahnung, warum ich für das Bürgermeisteramt kandidieren wollte«, murrte Ben und stutzte, als er jenseits der Kücheninsel das Ergebnis der Flaumexplosion sah. »Dekorierst du um?«

Connor stellte sich Ben in den Weg, um ihm die Sicht zu versperren. Nicht zum ersten Mal, seit er das weitläufige, offen gestaltete Haus gekauft hatte, wünschte er sich, es wäre ein bisschen weniger weitläufig und offen. »Max hat auf der Couch gespielt, während ich gearbeitet habe. Ich hatte noch keine Zeit aufzuräumen.«

Der Hund nutzte den Moment, um an ihnen vorbeizurennen und mit Anlauf auf die Couch zu springen, wodurch diese über das glatte Parkett auf den – sehr zerbrechlichen – gläsernen Couchtisch zuschlidderte. Zum Glück schlidderte auch der Tisch nur, statt umzukippen und zu zerbersten. Maximus schleuderte begeistert ein Kissen durch die Luft.

»Max!« Connor versuchte den Ton anzuschlagen, den der Hundetrainer benutzte und bei dem alle Hunde im Training noch ein bisschen besser aufzupassen schienen. Maximus spitzte die Ohren und sah mit einem hechelnden Hundegrinsen in Connors Richtung.

»Aus!«, befahl Connor.

Der Hund legte verwirrt den Kopf schief.

»Aus!«, wiederholte Connor und ging zur Couch, um Maximus herunterzuzerren – was leichter gesagt war als getan, weil der betreffende Hund fast so viel wog wie ein erwachsener Mensch und begeistert Connors Gesicht ableckte.

Es endete damit, dass Connor das Tier von der Couch hob und es mit einem letzten strengen »Aus!« auf den Boden stellte.

Während Max weiter sein Gesicht abschleckte.

»Hast du mal überlegt, ihn zu erziehen?«, fragte Ben, nachdem er das Essen in der Küche abgestellt hatte.

»Ich *erziehe* ihn«, fuhr Connor ihn an, immerhin scharf genug, dass Max beim Gesichtabschlecken innehielt und aufhorchte.

»Ach so?« Ben verschränkte die Arme. »Dir ist klar, dass du zu den Trainingsstunden, die du gebucht hast, auch *hingehen* musst, damit sie Wirkung zeigen, oder? Obwohl ich mir sicher bin, dass Ally dein Geld trotzdem gern nimmt.«

Bens Freundin Ally leitete das örtliche Tierheim, das für diejenigen, die einen Hund von Furry Friends adoptiert hatten, Hundetraining zu reduzierten Preisen anbot. Und zu ebendiesem Training hatte Connor jeden Montag erscheinen wollen. Bis die Arbeit dann doch wieder überhandgenommen hatte. Wie immer.

»Ich habe vergessen, sie in meinen Terminkalender einzutragen.«

Ben schnaubte verächtlich. »Du vergisst nie etwas.«

»Na schön.« Es war nervig, dass seine Freunde ihn so gut kannten. »Ich hatte viel um die Ohren.«

»Hast du immer. Mir ist in jüngster Zeit klar geworden, dass viel Arbeit ein Privatleben nicht ausschließen muss. Eine faszinierende Entdeckung. Solltest du mal in Betracht ziehen.«

»Eine Entdeckung zu machen?«, fragte Connor sarkastisch.

»Ein Privatleben zu haben.«

»Mit meinem Leben ist alles okay«, knurrte er, sah dabei jedoch Maximus an statt Ben, da sein Freund das andernfalls nicht unwidersprochen stehen gelassen hätte.

Connors Leben war alles andere als okay. Besonders heute. Nur wollte er nicht darüber reden.

Nicht mit Levi, der heute Morgen vorbeigeschaut hatte, weil er »gerade in der Gegend« war. Nicht mit seiner Mutter, die ihn heute bereits drei Mal angerufen hatte, mit vorgeschobenen Dingen, zu denen sie unbedingt seine Meinung hören wollte. Nicht mit Mac, der ganz sicher auftauchen würde, sobald der Betrieb in The Cup am Nachmittag nachließ.

Und schon gar nicht mit Ben.

Der war nämlich momentan in diesem unausstehlich selbstzufriedenen Liebeszustand, wo nur noch all die wundervollen

Aspekte einer Beziehung zählen und man eine strategische Amnesie für den Mist entwickelt, der einem den Boden unter den Füßen wegzieht, wenn das Ganze in die Brüche geht.

Wenn man zum Beispiel beim Nachhausekommen statt der Verlobten einen Post-it-Zettel vorfindet.

Maximus schnappte nach einer durch die Luft segelnden Daune, und Connor konzentrierte sich auf den Hund, der eine willkommene Ablenkung von derlei Gedanken war. »Das ist deine Schuld«, warf er Ben vor und richtete sich auf, um für den versprochenen Lunch in die Küche zu gehen. »Du warst ja der Meinung, dass ich unbedingt einen Hund brauche.«

»Du brauchst wirklich einen.«

Ärgerlicherweise hatte Ben natürlich recht. Connor hatte sich zu sehr eingeigelt, angefangen vor genau einem Jahr, indem er sich nur noch der Arbeit widmete – möglicherweise ein wenig obsessiv.

Maximus sollte das Gegenmittel sein.

Connor konnte sich nicht mehr täglich bis ein Uhr nachts in die Arbeit vergraben, wenn er einen Hund besaß, der gefüttert und ausgeführt werden musste. Auch wenn das Gassigehen eher darin bestand, von Maximus durch die Nachbarschaft geschleift zu werden. Der Wolfshundmischling war als Welpe nicht erzogen worden, weshalb er jetzt einer ausgewachsenen Abrissbirne gleichkam, die aus nichts als Liebe bestand.

Connor hätte ihn um nichts in der Welt mehr eintauschen wollen.

Ben packte die Lunchboxen aus The Cup aus, und Connor versuchte, nicht daran zu denken, ob er mal wieder das Hauptthema gewesen war, während Mac die Bestellung eintütete. Das Café war *der* Ort für Klatsch und Tratsch in Pine Hollow. Wahrscheinlich durfte er nicht darauf hoffen, dass die ganze Stadt vergessen hatte, welcher Tag heute war. Der erste Februar.

Es wäre schön gewesen, wenn Connor den Jahrestag seiner öffentlichen Demütigung ohne Kommentare hätte begehen können, aber so war das Leben in einer Kleinstadt nun mal nicht.

Er wusste, dass die Leute ihn unterstützten, aber ihr Mitleid fühlte sich an wie Säure auf der Haut.

»Du solltest wirklich zum Hundetraining kommen«, meinte Ben, als er Connors übliche Bestellung über die Kücheninsel schob und sie beide zu essen begannen. »Selbst Partridge macht Fortschritte, und der besitzt nun wirklich keine allzu große Auffassungsgabe.«

Ben und seine Nichte, die bei ihm lebte, hatten eine sabbernde Bulldogge aufgenommen, etwa zur gleichen Zeit, als Maximus bei Connor eingezogen war.

»Partridge hat Astrid«, machte Connor ihn auf den unfairen Vergleich aufmerksam. »Die würde jede wache Sekunde auf sein Training verwenden, wenn sie könnte.«

»Stimmt auch wieder. Und ich stehe voll und ganz hinter ihrer Besessenheit. Wenn sie mit Partridge arbeitet, verzichtet sie wenigstens auf ihre nicht sehr feinfühligen Anspielungen, dass ich Ally endlich einen Heiratsantrag machen soll.«

Connor schrak bei diesen Worten zusammen. »Schon?«

Die beiden waren erst knapp zwei Monate zusammen. Jetzt bereits über eine Hochzeit zu sprechen, war verrückt. Andererseits – Connor war mit Monica drei Jahre zusammen gewesen und zwei weitere mit ihr verlobt, und trotzdem hatte sie dreizehn Tage vor der Hochzeit beschlossen, dass sie doch nicht ihr Leben mit ihm verbringen wollte.

Vielleicht war die schnelle Methode die bessere. Sich darauf einlassen, bevor einem Zweifel kommen konnten.

Ben fluchte leise vor sich hin, als er Connors Gesicht sah. »Tut mir leid. Ausgerechnet heute hätte ich nicht davon anfangen sollen. Ich habe nicht nachgedacht.«

Und da waren sie dann also beim heutigen Datum. Dem Jahrestag. Für gewöhnlich war Ben nicht derart direkt. Das ganze letzte Jahr über hatten sie es vermieden, über die, deren Name nicht genannt werden durfte, zu reden.

Connor wechselte entschlossen das Thema. »Willst du diese Schilder überall in der Stadt verteilen, oder erwartest du von mir, dass ich alle drei in meinem Vorgarten aufstelle?«

Ben musterte ihn für einen Moment, bevor er den Themenwechsel akzeptierte. »Na ja, dein Vorgarten ist groß.«

»Stimmt, aber drei Schilder scheinen mir trotzdem ein wenig übertrieben zu sein, findest du nicht? Ich bin mir nicht sicher, ob ich dich dermaßen unterstütze. Auch nach dreißig Jahren hat Freundschaft noch ihre Grenzen.«

»Ein Schild für jedes Jahrzehnt. Das ist doch nur fair.« Bens Handy gab einen Signalton von sich, und er schaltete es stumm, während er sich von seinem Barhocker erhob. »Ich muss zurück an die Arbeit. Sehe ich dich heute Abend wirklich bei Furry Friends?«

»Ja, selbstverständlich. Ich habe die Trainingsstunden nicht absichtlich ausfallen lassen.« *Zumindest nicht nur.* »Ich habe einfach zu viel um die Ohren.«

Ben ging zur Tür, und Connor begleitete ihn, während Maximus' Schnarchen durchs Wohnzimmer hallte.

»Wie läuft die Partnersache?«, fragte Ben und bückte sich nach seinen Schuhen.

»Ist noch zu früh, um etwas sagen zu können.«

»Viel Glück.« Ben zögerte, nachdem er seine Schuhe angezogen hatte, und Connor widerstand dem Impuls, ihn zur Tür hinauszuschieben, bevor er wieder vom Jahrestag anfangen konnte.

Glücklicherweise verschwand Ben ohne weitere besorgte Blicke, und Connor schloss die Tür hinter ihm. Er fragte sich, ob er Macs unausweichlichen Besuch irgendwie verhindern konnte. Bei Mac war es am wahrscheinlichsten, dass er fragen würde, wie Connor sich *fühlte*.

Seine Freunde und seine Familie machten sich Sorgen um ihn, aber es ging ihm gut. Zumindest war er auf dem besten Weg dorthin.

Er hatte jetzt einen Plan.

Der Plan war der Grund, warum er Max hatte. Der Grund, warum er definitiv Partner werden würde. Außerdem würde dieser Plan ihn wieder dem Leben näher bringen, das er längst führen sollte. Mit dem perfekten Job, dem perfekten Haus, der perfekten Familie.

Das Haus hatte er schon. Der Job war ihm so gut wie sicher, nachdem er in den vergangenen zwölf Monaten mehr Stunden als jeder der anderen Teilhaber seiner Anwaltskanzlei gearbeitet hatte. Und die Familie würde folgen, sobald er Zeit für die Suche nach der Richtigen erübrigen konnte. Eine Frau, die alles zu schätzen wusste, was er zu bieten hatte – Stabilität, Loyalität, Verlässlichkeit. Eine Frau, die nicht bloß sagte, dass sie all das wollte, um dann zwei Wochen vor dem Ehegelöbnis nach Indien zu verschwinden. Eine Frau, die bleiben würde.

Es war nicht Connors Absicht gewesen, so lange keine Beziehung mehr zu haben. Es hatte eine ganze Reihe fester Freundinnen in seinem Leben gegeben. Seine Highschool-Freundin, von der er sich in Freundschaft getrennt hatte, um in Yale zu studieren. Seine College-Freundin, die sich in Freundschaft von ihm getrennt hatte, als sie beide an entgegengesetzten Enden des Landes Jura studierten. Seine Freundin während des Studiums, von der er sich in Freundschaft getrennt hatte, da sie in D.C. bleiben und für ein Berufungsgericht arbeiten wollte, während er zurück nach Vermont ziehen wollte, um sich auf Gesellschaftsrecht zu spezialisieren und eine Familie zu gründen.

Und dann war da noch Monica.

Da seine Verlobte ihn per Post-it zwei Wochen vor der Hochzeit abserviert hatte, konnte diese Trennung beim besten Willen nicht als freundschaftlich bezeichnet werden.

Also ja, vielleicht war er ein wenig verbittert und wütend gewesen. Vielleicht hatte er sich auch ein wenig zu sehr in die Arbeit gestürzt und dabei die weibliche Hälfte der Menschheit etwas inbrünstiger verflucht, als sie es verdient hatte. Und ja, möglicherweise war er Frauen auch aus dem Weg gegangen – mit Ausnahme eines gelegentlichen, stets unverbindlichen Tinder-Dates, wenn er geschäftlich in New York zu tun hatte. Doch das lag alles hinter ihm. Dieses Jahr würde er neu starten. Dank des Plans.

Connor hatte es eilig, sich wieder an die Arbeit zu machen, aber er wusste, dass er keine Ruhe finden würde, solange er die Bescherung im Wohnzimmer nicht beseitigt hatte. Er hatte gerade die Couch zurück an ihren Platz geschoben, als Maximus schnaufend erwachte. Der Hund trottete heran, um zu »helfen«, indem er die Vorderpfoten auf die Couch legte und mit offenem Maul sein Hundegrinsen zeigte.

»Bist du zufrieden mit dir?« Connor nahm den riesigen Kopf des Hundes zwischen die Hände und zauste ihm die Ohren. Der Hund seufzte und sah Connor mit seinen treuen schwarzen Augen voller Liebe an, während Connor das Gleiche sagte wie schon fünfhundert Mal in den fünf Wochen, seit er Hundebesitzer geworden war. »Du darfst nicht aufs Sofa.«

Oder auf die Küchenarbeitsplatte. Oder auf das Dach meines Autos.

Aber wie sollte er Maximus das beibringen, wenn er ihn körperlich nicht bezwingen konnte?

»Heute Abend gehen wir mal wieder zum Training«, informierte er Max. »Auch wenn alle mich mitleidig ansehen werden.«

Er schubste Maximus weg und fegte die Kissenfüllung von der Couch. Bei näherer Betrachtung sah es so aus, als hätte die Couch Maximus' Übermut weitgehend heil überstanden. Nur eines der Kissen war geplatzt und hatte seinen Inhalt auf das Parkett schneien lassen.

Da das Kissen eine von Monicas Anschaffungen war, hatte Max ihm vielleicht sogar einen Gefallen getan.

Connors Handy klingelte, während er Max' Kopf tätschelte. »Guter Hund. Tu das nie wieder.«

Er führte Max am Halsband ins Arbeitszimmer und machte die Tür zu, um ihn im Auge behalten zu können, während er arbeitete. Auf diese Weise begann er jeden Tag, nur neigte er dazu, sich so in seine Tätigkeit zu vertiefen, dass er den Hund einfach hinausließ, sobald dieser an der Tür kratzte.

Ihm wurde dann erst klar, was er getan hatte, wenn es in der Küche krachte. Oder im Wohnzimmer. Oder im Badezimmer.

Connor las den Namen seines Mentors auf dem Display und nahm den Anruf rasch per Bluetooth entgegen, ehe der Anrufbeantworter anspringen konnte. »Davis, wie geht es dir?«

Der Kanzleipartner, der Connor bei Sterling, Tavish & Karlson unter seine Fittiche genommen hatte, räusperte sich hörbar, ein Tick, der, wie Connor mittlerweile wusste, mit schlechten Neuigkeiten einherging. Er stützte sich mit einer Hand auf den Schreibtisch, und Max beobachtete ihn besorgt von seinem Hundekorb aus.

»Connor. Ich hatte gerade die Gelegenheit, mir den Johnson-Vertrag anzusehen, und ich wollte dir sagen, wie zufrieden die ganze Firma mit deiner Arbeit ist.«

Connor runzelte die Stirn. Davis Aquino rief nie an, um ihn zu loben. Niemand hatte Zeit für so etwas. »Du rufst mich nicht an, um mir zu sagen, ich hätte einen guten Job gemacht.«

Erneut folgte das Räuspern, diesmal begleitet von einem dramatischen Seufzer. »Sieh mal, Connor. Du bist unser Arbeitstier. Jeder weiß, wie viel du für diese Firma tust, und ich weiß, du hast gehofft, dieses Jahr Partner zu werden …«

Verdammter Mist. »Aber?«

»Wir wollen dich nicht verlieren. Du bist ein Mitarbeiter von unschätzbarem Wert, aber im Augenblick neigen die Seniorpartner in eine andere Richtung.«

»Soll das ein Witz sein?« Diese ungefilterte Reaktion erlaubte er sich nur, weil er mit Davis sprach, nicht mit einem der anderen Kanzleipartner. »Was glauben die denn, wer mehr für die Firma tut als ich?«

»Keiner arbeitet so hart wie du, aber genau das bereitet einigen der Teilhaber Sorge. Sie befürchten, du könntest dich zu sehr verausgaben. Dass du keine Work-Life-Balance hast oder sonst ein Ventil zum Stressabbau und deshalb mit fünfunddreißig ausgebrannt sein könntest.«

»Ich brauche kein Ventil zum Stressabbau«, erwiderte Connor und versuchte dabei seinem Ton die Schärfe zu nehmen. »Ich komme klar.«

»Gut«, sagte Davis. »Das ist gut. Aber da gibt es noch weitere Bedenken.«

Connor rang um Geduld. Er hatte diese Kanzlei sorgfältig ausgewählt, um sich dort entwickeln zu können. Seit Jahren war er der perfekte Mitarbeiter, und sie hatten *Bedenken*? »Als da wären?«

»Bei einer Partnerschaft geht es nicht nur darum, ein Workaholic zu sein, sondern auch darum, uns zu repräsentieren. Ein Vorbild für die Firma und die Gesellschaft zu sein. Da ist der soziale Aspekt, und da du hauptsächlich von zu Hause arbeitest ...«

»Wir waren uns doch einig, dass das am sinnvollsten ist. Weniger mit Pendeln vergeudete Zeit.« Die Kanzlei hatte ihren Sitz in Burlington, doch da viele Mandanten außerdem in New York arbeiteten, besaß Connor eine Zulassung für beide Bundesstaaten. Er traf seine Mandanten so selten in der Kanzlei, dass Davis ihn geradezu ermutigt hatte, von zu Hause aus zu arbeiten.

»Das stimmt, aber es hat auch etwas für sich, präsent zu sein.«

»Dann komme ich eben öfter in die Kanzlei.« Er würde jemanden finden müssen, der sich um Maximus kümmerte. Vielleicht kannte Ally jemanden.

»Es geht nicht darum, öfter in der Kanzlei zu sein. Es betrifft auch unsere Veranstaltungen. Du weißt, dass wir in der Kanzlei Wert auf unser Engagement in der Gemeinde und unsere Wohltätigkeitsarbeit legen. Und seit mindestens einem Jahr hast du dich nirgends blicken lassen.«

Seit er nicht mehr das leuchtende Vorbild war, mit der perfekten Frau an seiner Seite, sondern einer, bei dem man sich mitfühlend erkundigte, wie es ihm ging. Seitdem hatten sich diese Veranstaltungen für ihn von geselligen zu quälenden Ereignissen gewandelt. »Mir ist klar, dass ich nicht mehr so aktiv war, aber ich schlage ein neues Kapitel auf.«

»Hör mal, Connor, ich mag dich sehr. Du wärst sofort meine erste Wahl, aber es ist nicht meine Entscheidung, und Brent und vor allem Lila suchen nach jemand anderem. Ich wollte es dir nur sagen, damit du nicht aus allen Wolken fällst. Du bist für STK nach wie vor von unschätzbarem Wert.«

Säure brannte ihm in der Kehle. »Das war's dann? Es ist beschlossene Sache?«

»Noch nicht«, versicherte Davis ihm. »Sie haben die endgültige Entscheidung noch nicht gefällt, aber es ist ein ziemlich aussichtsloser Kampf für dich, und vielleicht wäre es nicht das Schlechteste, wenn du einen anderen Weg einschlägst. Wir wollen, dass du glücklich bist. Als Mitarbeiter wärst du weiterhin sehr gut angesehen. Nicht jeder muss Partner werden.«

Aber genau das war Connors Plan gewesen. Darauf hatte er das ganze letzte Jahr hingearbeitet. Eigentlich schon sein Leben lang, nur war es, seit Monica ihn verlassen hatte –

offenbar mitsamt seiner Chance, Partner zu werden –, eine alles verschlingende Obsession geworden.

Wäre sie geblieben, würde er immer noch Wohltätigkeitsveranstaltungen besuchen, aber in Begleitung einer Ehefrau. Mittlerweile wäre sie vermutlich schwanger mit ihrem ersten Kind – dem konkreten Beweis einer Work-Life-Balance. Connor würde sich mit seinen Kollegen über das Eheleben und die bevorstehende Vaterschaft austauschen. Er hätte seine Kollegen besser kennengelernt und seine Führungsqualitäten demonstriert. Sein Leben wäre in Ordnung, so wie es sein sollte, statt …

Er schaute sich in seinem Arbeitszimmer um. *Arbeit allein macht nicht glücklich.* Max erhob sich von seinem Hundelager, kam zu ihm und legte seinen massigen Kopf neben Connors Hand auf den Schreibtisch. Connor streichelte gedankenverloren den zotteligen Hundekopf und kraulte ihn mit dem Daumen am Ohr.

»Connor?«, meldete sich Davis' Stimme knisternd im Ohrstöpsel.

»Ja, danke für die Warnung. Ich muss über alles nachdenken.«

»Deine Arbeit wird wirklich geschätzt«, versicherte Davis ihm noch einmal – und Connor hörte beinah seine Führungskräftetrainings aus den Worten heraus.

Gib den Mitarbeitern das Gefühl, ihre Talente und Leistungen seien wertvoll und würden geschätzt.

Er empfand es auch tatsächlich so. Aber er wollte mehr. Er wollte eine Beteiligung. Das Wissen, nicht nur ein Angestellter zu sein, sondern einen Teil der Kanzlei *zu besitzen*. Das wollte er schon seit seinem neunten Lebensjahr.

Und er würde jetzt nicht aufgeben.

Nachdem er noch einige Minuten lang mit Davis über seine Tätigkeit für einen Mandanten gesprochen hatte, verabschiedete er sich. Kurz darauf konnte er sich schon nicht mehr an das Gespräch selbst erinnern, weil seine Gedanken ausschließlich um diese Schreckensnachricht bezüglich der Partnerschaft kreisten.

Natürlich war ihm klar gewesen, dass es nicht sicher war. Immer gab es mehr Mitarbeiter, die Teilhaber werden wollten, als verfügbare Plätze vorhanden waren. Nur hatte er mehr Stunden als alle anderen investiert. Er hatte sich die Partnerschaft *verdient*. Und er würde sie sich jetzt nicht nehmen lassen, nur weil sein Privatleben letztes Jahr ein wenig aus der Spur geraten war.

Die Partnerschaft war Teil seines großen Plans. Einen Hund anschaffen. Teilhaber werden. Die Richtige finden. Heiraten. Kinder bekommen. Fünf simple Schritte. Aber vielleicht war es an der Zeit, die Reihenfolge zu ändern. Vielleicht sollte er sofort anfangen, wieder Dates zu haben. Eine nette Freundin finden, die er zu den Charity-Events der Kanzlei mitbringen konnte, um den Senior-Partnern zu zeigen, dass er durchaus ein Privatleben hatte und ein echter Teamplayer war.

Als er seinen Plan geschmiedet hatte, hatte er auch gleich mit einer Freundin loslegen wollen – aber dann hatte er zu viel zu tun gehabt und es einfach vergessen. Jetzt aber wurde es zur Pflicht, sich eine Freundin zu suchen, und Connor Wyeth drückte sich nie vor seinen Pflichten.

Max setzte sich hin und lehnte seinen massigen Körper gegen Connors Bürosessel, sodass Connor sich mit dem Fuß dagegenstemmen musste, damit der Sessel nicht wegrollte.

Er rief den App Store auf seinem Handy auf, scrollte durch die Liste und lud mehrere Dating Apps herunter. Vor ihm lag einiges an Arbeit.

Außerdem musste er mit Max heute Abend zum Hundetraining, um herauszufinden, wie er den Hund daran hindern konnte, sein Haus zu zerstören.

Es fühlte sich gut an, einen Plan zu haben.

2. Kapitel

Deenie Mitchell war am besten, wenn sie improvisierte.

Das war ein Teil ihres Erfolges als Veranstalterin von Prinzessinnenpartys für Kinder – sie klebte nicht an einem Plan, sondern war stets bereit, sich der jeweiligen Situation anzupassen.

Als sie fünfundvierzig Minuten vor dem eigentlichen Beginn des montäglichen Hundetrainings bei Furry Friends das Farmhaus betrat und Ally in Panik vorfand, weil der Trainer aus Burlington eine Lebensmittelvergiftung hatte und nicht kommen konnte, tat Deenie exakt das, was sie immer tat: Sie nahm die Dinge, wie sie kamen.

»Ich muss das Training absagen«, jammerte Ally, schnappte sich ihr Handy und starrte auf den Unheil verkündenden Lebensmittelvergiftungstext.

»Nein, musst du nicht.« Deenie nahm Ally das Handy aus der Hand und klappte die Schachtel aus Magda's Bakery auf, die sie von einem Besuch bei ihrer Tante mitgebracht hatte. Sie hielt Ally ein Stück sündhaft köstlichen Himbeer-Käsekuchen entgegen. »Iss das. Magdas Backwaren lösen alle Probleme.«

»Ich sehe nicht, wie das gehen soll«, antwortete Ally. »In weniger als einer Stunde habe ich sechs zahlende Kunden hier und kann ihnen keinen erfahrenen Trainer präsentieren. Wir haben ihnen aber eine professionelle Trainingseinheit für ihre Hunde einmal pro Woche zugesichert.« Sie biss von dem Kuchenstück ab und stöhnte, wobei unklar war, ob vor Begeisterung für Magdas Backkünste oder vor Angst, eines der Hundetrainings absagen zu müssen. Die Trainings waren dazu gedacht, dem Tierheim neues Leben einzuhauchen und es in ein Haustier-Mekka mit Rundumservice zu verwandeln.

Deenie führte Ally zu einem Hocker und positionierte sie bewusst mit dem Rücken zu den Fenstern, von denen aus man einen Blick auf die gekieste Auffahrt vor der Scheune hatte, in der Furry Friends untergebracht war. Allys Großeltern hatten in dem Farmhaus gewohnt und jahrzehntelang das Tierheim geleitet, bis sie sich zur Ruhe gesetzt und es an Ally übergeben hatten. Jahrelang hatte das Tierheim finanziell am seidenen Faden gehangen und war von Spenden abhängig gewesen. Doch Ally hatte eine Idee gehabt, wie Furry Friends unabhängig werden konnte, und knapp eine Woche später war Deenie eingezogen, um zu helfen.

Sie waren immer noch dabei, sich als regionale Anlaufstelle für alle Hundefragen zu etablieren, deshalb war das Timing für den Ausfall des Trainers denkbar ungünstig. Aber keine Katastrophe.

»Konzentriere dich auf das Positive – einer der zahlenden Kunden ist Ben, der dich so sehr liebt, dass er wahrscheinlich das Fehlen eines Trainers gar nicht bemerkt«, erklärte Deenie. »Eine weitere Kundin ist Elinor, die bestimmt genauso gern Skinny Girl Margaritas im Lagerraum trinken wird. Und der

Dritte ist Connor, der sich nicht mal dazu aufrafft, mit Maximus zum Training zu erscheinen.«

Nicht dass es Deenie etwas ausgemacht hätte, dass Connor Wyeth nicht zum Training auftauchte. Seit ihrer allerersten Begegnung ging dieser Mann ihr auf die Nerven.

Er war einfach so *spießig*. Er strahlte die Verspanntheit all jener aus, die über sie wegen ihrer pinkfarbenen Haare und ihres unkonventionellen Lebensstils die Nase rümpften. Das aktivierte sämtliche Abwehrmechanismen in Deenie. Und wenn es hieß, kämpfen oder fliehen, schien es bei ihnen beiden definitiv auf kämpfen hinauszulaufen. Es war gar nicht ihre Absicht gewesen, ihn zur Adoption von Maximus zu bewegen, indem sie ihm erklärte, er sei dem Wolfshundmischling nicht gewachsen. Aber sie hatte ihn bei dieser verbalen Auseinandersetzung einfach nicht gewinnen lassen können.

Seitdem gab sie jedes Mal spitze Bemerkungen von sich, sobald sie gezwungen waren, sich in der Nähe des anderen aufzuhalten – was leider häufig passierte, seit Ben und Ally zusammen waren.

»Es ist ein Zeichen.«

Deenie richtete ihre Aufmerksamkeit wieder auf Ally und verbannte Connor Wyeth aus ihren Gedanken. »Das ist kein Zeichen. Wir kriegen das hin. Wir machen einfach eine Bonuswoche daraus. Eine Übungssession. Ich kann den Kurs geben.«

In Allys Augen flackerte Hoffnung auf. »Wirklich?«

»Natürlich. Deshalb bin ich doch hier, oder? Um dir im Tierheim zu helfen. Wie schwer kann es schon sein?«

Deenie hatte ohnehin mit einer kleinen Spanielhündin namens Dolce am Training teilgenommen, damit sie adoptiert werden konnte, sobald ihre Welpen abgestillt waren und die Hündin kastriert war. Aber so, wie Allys Großmutter in letzter Zeit um das Tier herumscharwenzelte, wäre es schon ein kleines Wunder, wenn Rita Gilmore den süßen Hund nicht für sich haben wollte.

»Ich bin zwar keine ausgebildete Trainerin«, fuhr sie fort, »aber wenn wir das mit der Lebensmittelvergiftung erklären und den Leuten die offizielle Trainingsstunde gutschreiben, kann ich mir nicht vorstellen, dass irgendwer sich beklagen wird.«

»Sie werden begeistert sein. Wir wissen doch alle, dass du eine Hundeflüsterin bist. Wenn du das Training übernimmst, ist das sogar noch besser, als einen anderen Trainer zu engagieren.«

Deenie hob die Hand. »Freu dich nicht zu früh. Ich bin bloß eine Vertretung für derartige Notfälle.«

»Wir wissen beide, dass das nicht stimmt. Ich habe keine Ahnung, wie ich das ohne dich hinbekommen würde.«

Allys Dankbarkeit war ihr ein wenig unangenehm. Deenie war äußerst hilfsbereit und sprang gern angesichts eines akuten Problems ein. Aber wenn eine Sache plötzlich von ihr abhing, erzeugte das einen gewissen Druck in ihr, den sie nicht unbedingt mochte.

Wie verdreht war das nun wieder? Wer wollte einerseits gebraucht und wertgeschätzt werden und sich dann, sobald es so weit war, schnellstens wieder verdrücken?

Wie üblich kaschierte sie ihr Unbehagen mit einem strahlenden Lächeln. »Du würdest kläglich scheitern, also bin ich unersetzlich.«

Das war natürlich völliger Unsinn, doch Ally legte ihren

Kuchen hin und sah sie an, als sei es die reine Wahrheit. »Ich weiß. Ohne dich hätte ich das Darlehen nie bekommen.«

»Sei nicht albern. Sicher hättest du es bekommen.«

Ally schüttelte den Kopf. »Ich kann immer noch nicht glauben, dass du dich mit all diesen Dingen über Kleinunternehmertum auskennst.«

»Nicht weitersagen, du schadest sonst meinem Image.« Deenie nahm Allys Staunen als größtes Kompliment. Ihr Image als zarte, glitzernde Märchenprinzessin hatte sie nämlich sorgfältig etabliert. Da war es nicht sehr nützlich, wenn die Leute wussten, dass sie eine betriebswirtschaftliche Kosten-Nutzen-Aufstellung im Schlaf anfertigen konnte.

Eine Strähne fiel ihr ins Gesicht, und sie strich sie zurück. Sie musste dringend zum Friseur, zum Schneiden und Nachfärben der Strähnchen. Der blonde Haaransatz zeigte sich, und die neonpinkfarbenen Strähnen waren zu einem Pastellton verblasst, was die Schockwirkung milderte.

»Ich bin wirklich froh, dass du hier bist«, sagte Ally mit dieser entwaffnenden Aufrichtigkeit.

»Muss ich. Bin pleite.« Das sollte wie ein Scherz klingen, stimmte aber.

Deenie brauchte Geld nach ihrer letzten Reise. Als sie im vergangenen Herbst als Rucksacktouristin in Neuseeland unterwegs gewesen war, hatte sie ein bisschen mehr ausgegeben, als ihr Budget zuließ. Aber wie oft bekam man die Chance, in einer Felsschlucht Bungee-Jumping zu probieren oder auf den Spuren eines Hobbits zu wandern? Manchmal musste man die Gelegenheiten, die sich einem boten, einfach beim Schopf packen – selbst wenn es bedeutete, dass nach der Heimkehr das Konto praktisch leer war.

Auch dass sie es mit den Weihnachtsgeschenken für die Kinder ihres Bruders ein klein wenig übertrieben hatte, weil sie ihrer Familie stets etwas beweisen wollte, war nicht gerade hilfreich gewesen. Daher hatte sie eine günstige Unterkunft gebraucht, deren Miete mit ihren Stunden im Tierheim verrechnet wurde.

Es war eine gute Sache, ein paar Monate in Pine Hollow zu verbringen, ihre Tante zu besuchen, Ally zu helfen, mit den Hunden zu spielen, Prinzessinnenkleider für ihren Etsy-Shop zu nähen und – wenn das Geschäft nach der Flaute nach Weihnachten wieder anzog – Prinzessinnenpartys zu veranstalten. Alles, um ihre Finanzen wieder aufzubessern.

Sie liebte diesen Plan, den sie sich selbst ausgedacht hatte.

Warum also fühlte sich das alles komplett falsch an, seit sie eingezogen war?

Es musste damit zu tun haben, dass sie nicht wusste, wann sie wieder aufbrechen würde. Sonst hatte sie immer ein vages Ziel und ein Datum für den Aufbruch in ein neues Abenteuer im Kopf, auf das sie sich freuen konnte. Ihren ganz persönlichen Verantwortungs-Countdown.

Jetzt aber lag die Zukunft völlig unklar und endlos vor ihr. Und Deenie musste erkennen, dass selbst jemand, der sich gern über Regeln und Zeitpläne hinwegsetzte, eine planbare Fluchtoption brauchte.

Es schien ihr Fernweh nur schlimmer werden zu lassen. Diese ewige innere Unruhe verstärkte sich, wenn sie nicht wusste, wann sie ihr erneut nachgeben konnte.

Ihre Schwester würde sie für verrückt halten. Allerdings hatte die ohnehin nie verstanden, dass sie herumreisen und die Welt sehen musste. Niemand in der Familie hatte das je nachvollziehen können.

Na ja, niemand außer Bitty.

»War dein Besuch bei JoJo gut?«

»Äh, tja …«

Sie hatte nicht vorgehabt, Ally wegen ihrer Ausflüge in die Seniorensiedlung Summerland Estates anzulügen. Es war einfach passiert. Es war auch nicht komplett gelogen, denn sie besuchte JoJo ja wirklich. Sie hatte sich in den kleinen Papillon verliebt, bevor der Hund von Mr. Burke adoptiert worden war.

Aber sie wollte auch Bitty besuchen.

Sie hatte Ally immer noch nicht von ihrer Großtante erzählt, weil nicht noch jemand sich danach erkundigen sollte, wie es Bitty ging. Eine weitere Person, die sie anlügen und der sie vorspielen musste, alles sei in Ordnung.

Daher verschwieg sie es einfach.

Es gibt nichts zu sehen, Leute. Nur Deenie Mitchell, Meisterin der Täuschung.

Schuldgefühle meldeten sich, und sie wich Allys Blick aus, während sie so tat, als wäre sie mit Kuchennaschen beschäftigt. »Ja, es war toll. Sie ist ein solcher Schatz.«

»Du hättest sie adoptieren sollen«, sagte Ally. »Sie war perfekt für dich.«

»Mit einem Hund kann ich nicht reisen. Und Mr. Burke passt auch sehr gut zu ihr. Er liebt sie.« Deenie stieß sich vom Küchentresen ab. »Ich sollte mich vor dem Training umziehen.« Das war ein schwacher Vorwand, um der Unterhaltung zu entkommen, doch Ally schien es gar nicht zu bemerken.

Deenie ging zur Treppe und machte dabei einen Umweg über das Wohnzimmer, um die Welpen zu streicheln.

Das Farmhaus war nichts Besonderes – ein großes schachtelartiges Haus mit einer Veranda drum herum –, doch was ihm an architektonischem Schnickschnack fehlte, machte es durch viel Raum wett. Das Wohnzimmer wirkte nun noch größer, seit die Hälfte der Möbel zusammen mit Allys Großeltern in die Summerland Estates umgezogen war.

Nahe dem wärmenden Kamin war eine Sitzgruppe für Dolce und ihre Welpen aufgestellt worden. Die meisten schliefen gerade, doch der abenteuerlustige mit dem einen schwarzen Ohr kam auf sie zu.

Allys Bernhardiner Colby, der ausgestreckt auf seinem Hundebett lag, beobachtete die Szene mit verschlafenem Blick, um mit minimalem Aufwand trotzdem nichts zu verpassen. Nach einem letzten Tätscheln des Welpen ging Deenie zu ihm und streichelte seinen seidigen Kopf. »Hallo, Euer Trägheit«, begrüßte sie ihn.

Die Hunde waren eine ausgezeichnete Therapie nach einem Tag in den Estates – einfache, unkomplizierte Zuneigung nach den unausweichlichen Schwierigkeiten mit der Organisation von Bittys Pflege. Bittys Arzt hatte mit Deenie heute ein ernstes Gespräch über Fortschritte und Erwartungen geführt, das ihr noch immer im Kopf herumging.

Sie ließ Colby zurück und ging hüpfend die Treppe hinauf, dabei nahm sie zwei Stufen auf einmal, in der Hoffnung, dass der fröhliche Schritt ihren Trübsinn vertreiben würde.

Die schmale Treppe führte zu einem Flur mit Gästezimmern auf beiden Seiten. Ally hatte das mit dem besten Licht zu ihrem Fotostudio erkoren und sich bewusst gegen das alte Kunstatelier ihrer Großmutter unten entschieden, weil es keine Tür hatte, die ihre Hundemodels daran hinderte zu fliehen.

Außerdem war es immer noch halb voll mit Ritas Zeug.

Hal und Rita Gilmore hatten fast einen ganzen Monat gebraucht, um all die Sachen, die sie behalten wollten, in ihre neue Unterkunft zu schaffen. Und Rita schaute fast jeden Tag vorbei, weil sie glaubte, vielleicht doch noch etwas vergessen zu haben.

Deenie hatte absolut nichts gegen die regelmäßigen Besuche. Rita war ein bisschen schräg, und das liebte Deenie an ihr. Deshalb waren auch Rita und Bitty so gute Freundinnen gewesen. Und außerdem hatte Deenie genau aus diesem Grund seinerzeit angefangen, im Tierheim auszuhelfen.

Sie öffnete ihre Zimmertür.

Im krassen Gegensatz zu den Gilmores hatte sie nur knapp dreißig Minuten und genau eine Fahrt mit ihrem taubenblauen VW-Käfer – der nicht unbedingt für seinen Stauraum berühmt war – benötigt, um all ihre Habseligkeiten in eines der freien Zimmer des Farmhauses zu schaffen.

Der pralle Rucksack, der mit ihr um die Welt gereist war, lehnte am Fußende des Bettes. Er war offen, und die Kleidungsstücke, die sie noch nicht ausgepackt hatte, quollen in einem bunten Durcheinander heraus.

In der anderen Ecke des Raumes, unter einem der Fenster, hatte sie ihre mit Glitzerstoff bedeckte Nähmaschine aufgestellt. Ein knallrosa Beutel auf dem Boden neben dem Stuhl war voll bis oben hin mit dem seidigen Stoff und der Glitzerborte, aus denen sie die Prinzessinnenkleider, ihre Haupteinnahmequelle, nähte. Ein weiterer übergroßer Beutel versperrte teilweise den Kleiderschrank; dieser Beutel war violett und enthielt die Partysachen: Perücken und Diademe und weiteren Glitzer. Sehr viel Glitzer.

Alles, was sie besaß, passte in diese eine Ecke.

Besitz hatte ihr nie viel bedeutet. Zu viele Sachen waren nur Ballast und banden einen an Orte; sie nahmen einem das Gefühl, schnell packen und aufbrechen zu können.

Das Bett hatte schon im Zimmer gestanden, außerdem der kleine Schreibtisch, den sie zum Nähtisch umfunktioniert hatte. Sie achtete stets darauf, möblierte Zimmer zu mieten. Für gewöhnlich hieß das, dass sie in einem der Ferienapartments des Ski-Resorts wohnte, aber das war okay für sie. Ihr Leben ohne großes Gepäck war leicht und unbeschwert.

Nur momentan nicht.

Dieses Für-immer-Gefühl kribbelte wie Spinnen unter ihrer Haut. Sie hätte auspacken sollen, doch etwas in ihr sperrte sich gegen die Behaglichkeit dieses Hauses. Sie wollte es nicht zu bequem haben. Sie wollte nicht hängen bleiben.

Sie brauchte ein Enddatum. Das hielt sie davon ab, auf der Stelle zu treten – und half ihr, den Augenblick bewusst zu erleben. Es war leichter, das Leben auszukosten, wenn man nichts als selbstverständlich betrachtete. Und wenn sie wusste, dass ihre Zeit ablief, nahm sie nichts als selbstverständlich.

Jetzt aber musste sie bleiben. Bittys wegen. Und Allys wegen.

Also verdrängte sie ihr Unbehagen. Verbarg es hinter ihrem gut gelaunten Lächeln, das sie vor langer Zeit schon perfektioniert hatte.

Der Trick bestand darin, in Bewegung zu bleiben. Sich emsig zu beschäftigen, auch wenn sie hier erst einmal festsaß. Und darin war Deenie Expertin. Nicht langsamer werden. Nicht in ein Loch fallen. Die Zweifel nicht zulassen.

Sie sah aus dem Fenster, vorbei an ihrem kleinen blauen

VW-Käfer auf der gekiesten Auffahrt und dem alten grünen Pick-up mit dem Furry-Friends-Logo, hinüber zur großen Scheune, in der die Hunde untergebracht waren.

Heute Abend musste sie eine Trainingsstunde geben.

Mit etwas Glück würde dieser ärgerliche Connor Wyeth nicht auftauchen, und sie würde nur mit ihren Freunden, den Hunden, spielen müssen.

Das würde sie schaffen.

3. Kapitel

Der übliche Trainer war nicht da.

Deenie Mitchell stand mitten im Raum, umgeben von einem weit auseinandergezogenen Stuhlkreis. Die Hunde sollten ja etwas lernen und sich nicht gegenseitig ablenken, indem sie untereinander Kontakt aufnahmen. Deenie trug ihre üblichen Sachen, sprich, sie sah aus, als wäre ein Regenbogen über ihr explodiert. Die pinkfarbenen Haare, die rosa Leggings und ein gebatiktes Minikleid vervollkommneten den Aufzug. Der Blick, den sie Connor beim Eintreten zuwarf, war allerdings eher gewitterdüster als regenbogenfröhlich. Dieser Blick schien zu sagen, Connor sei eine solche Enttäuschung als Mann, dass es ihr ein Rätsel sei, wie er sich selbst ertragen konnte.

Aber vielleicht projizierte er hier auch seine eigenen Gedanken hinein.

Connor hasste es zu scheitern, und er hasste es, zu spät zu kommen. Heute Abend war er zehn Minuten zu spät, weil er mit seinen Bemühungen, Maximus in den Wagen zu bekommen, komplett gescheitert war. Max in den Wagen zu verfrachten, war stets ein Kampf, doch heute war es Waterloo und Connor Napoleon gewesen.

Als sie dann endlich bei Furry Friends eingetroffen waren, hatte Max ihn in die Scheune gezerrt und weiter in den Vorratsraum, wo das Training stattfinden sollte; mit so viel Schwung, dass der schon laufende Kurs ins Stocken geriet.

Deenie brach mitten im Satz ab und rief scharf: »He!«, und in diesem knappen Ausruf steckte sowohl: »Halt, stehen geblieben, junger Mann!«, als auch: »Was denkst du dir eigentlich!«, sowie: »Das kannst du aber besser!«

Max blieb sofort stehen und spitzte die Ohren – und Connor musste seinen Ärger darüber unterdrücken, wie leicht das bei ihr aussah.

Deenie hob den Zeigefinger. »Maximus, sitz!«

Der Hintern des Hundes sauste zu Boden, zum perfektesten »Sitz!«, das Connor je bei ihm gesehen hatte. Er verspürte einen bösen Stich der Eifersucht, als Deenie den Hund lobte und ihm ein Leckerli gab.

Dann sah sie mit ihren blauen Augen abschätzig von dem Wolfshundmischling zu ihm hin. »Connor. Was für ein unerwarteter Besuch.«

Okay, er hatte vielleicht das eine oder andere Training verpasst, aber war das nun wirklich nötig? Er kniff die Augen zusammen, aber sie machte weiter.

»Setzen Sie sich doch.« Sie deutete auf den noch freien Stuhl zwischen Elinor Rodriguez mit ihrem Australian Shepherd und Kaitlyn Murray mit ihrer kleinen Französischen Bulldogge, die so gut erzogen war, dass er sich fragte, warum sie überhaupt hier war.

»Komm, Max.« Connor verkürzte die Leine, trotzdem musste er seine ganze Kraft aufbringen, um den Hund zu dem unbesetzten Stuhl zu bewegen. Deenies skeptischer Blick folgte ihm den ganzen Weg.

Hätte Connor gewusst, dass dieser pinkfarbene Stachelkopf das Training leitete, hätte er sich seine Teilnahme vermutlich noch mal überlegt. Doch er musste sich eingestehen, dass Max dringend Erziehung brauchte. Und Deenie Mitchell konnte, bei all ihren sonstigen Fehlern, hervorragend mit dem Hund umgehen. Connor hingegen schien sie zu verachten.

Sie hatten sich Weihnachten kennengelernt, als er Maximus adoptierte, und er konnte sich an keine einzige Unterhaltung zwischen ihnen erinnern, die nicht in einem verbalen Scharmützel geendet war. Für alle anderen jedoch, Hunde wie deren Halter, war sie ganz Sonnenschein und Glitzer.

Es gelang ihm, Max wenigstens annähernd zum Sitzen zu bewegen, wobei er es demonstrativ vermied, die anderen Hunde anzusehen, die Statuen gleich neben ihren Besitzern saßen.

Ben warf ihm einen mitfühlenden Blick zu. Er saß neben seiner Nichte Astrid, die aufmerksam das Verhalten der sabbernden Bulldogge an ihrer Seite beobachtete. Deenie hob die Hände, um die Aufmerksamkeit der Teilnehmer zu bekommen. »Wie ich eben ausführte, ist *Konsequenz* von entscheidender Bedeutung. Was für uns eine größere Herausforderung darstellt als für die Hunde. In neun von zehn Fällen, wenn der Hund schlechtes Benehmen an den Tag legt, ist das eine Reaktion auf etwas, was wir tun oder unterlassen.«

Natürlich sah sie dabei zu Connor hin, und ihre Worte fühlten sich für ihn an wie Dartpfeile, die in seine Richtung geschossen wurden.

»Wir werden die erlernten Techniken gleich üben, doch jetzt wollen wir die Gelegenheit nutzen und darüber sprechen, was für uns funktioniert und was nicht, und schauen, ob wir Lösungen finden. Mit welchen Hindernissen hattet ihr zu kämpfen, als ihr die in den letzten drei Unterrichtsstunden geübten Methoden angewandt habt?«

Ben drängte Astrid, die Hand zu heben, und Deenie lächelte das Mädchen ermutigend an. Sie hörte geduldig zu, wie Astrid Partridges Vorliebe schilderte, auf Bens Schuhe zu sabbern. Dann folgte Elinors Ärger über die Fähigkeit ihres Hundes, Türen zu öffnen. Als Nächstes das permanente Bellen des Schäferhundes. Der schwarze Labrador, der beim Spazierengehen ständig an der Leine zog. Und Kaitlyns kleiner Romeo wollte das rechte Pfötchen nicht geben, egal, wie oft sie es versuchte.

Deenie lauschte jedem Problem aufmerksam, erklärte ruhig, dass das Verhalten völlig normal sei, und bot Tipps und Tricks an, um es zu verändern.

Dann richtete sie ihren Blick auf ihn.

»Connor? Hast du irgendwelche Probleme bei deiner Arbeit mit Max?«

Eigentlich hatte er vorgehabt, dem Trainer alles zu erzählen und ihn um Hilfe zu bitten. Aber da hatte er auch noch nicht gewusst, dass dieser heute durch Deenie vertreten wurde. Connor ließ sich nichts anmerken und hielt ihrem Blick gelassen stand. »Nö. Alles bestens.«

Leider wurde der Eindruck zerstört, als Max sich ausgerechnet diesen Moment aussuchte, um zur Seite zu springen und den kleinen Romeo zu begrüßen.

»Alles bestens«, wiederholte Deenie skeptisch. »Keine Probleme?«

Max unternahm einen erneuten Versuch und zerrte Connor dabei fast vom Stuhl. Connor sah sie unbeirrt an. »Absolut nicht.«

Für einen kurzen Moment wirkte sie verärgert, dann wandte sie sich unvermittelt ab und der anderen Seite des Kreises zu. »Großartig. Lasst uns üben, was wir gelernt haben. Hat jeder seine Trainingsbelohnungen dabei?«

Connor wusste nicht, weshalb er sie gegen sich aufbringen musste. Sein unreifes Ich schrie sofort: *Sie hat angefangen!*

Vor zwei Monaten hatte er nicht einmal gewusst, wer Deenie Mitchell überhaupt war. Sie waren sich bis dahin nie über den Weg gelaufen. Obwohl Pine Hollow eine Kleinstadt war, kannte er nicht jeden. Außerdem kam Deenie erst seit einigen Jahren regelmäßig zu Besuch. Ben hatte sie vor einiger Zeit für eine Prinzessinnenparty für Astrid engagiert, aber Connor war ihr erst im Tierheim begegnet, als er Max hatte adoptieren wollen. Sie hatte ihn sofort zu Widerstand angestachelt, weil sie erklärte, dass er nicht das Zeug dazu habe, mit diesem Hund klarzukommen.

Es war, als habe sie im ersten Moment beschlossen, ihn zu hassen.

Er verstand das nicht. Elinor hatte einmal scherzhaft gemeint, er sei ein Einhorn – attraktiv, solvent, loyal, nicht verheiratet, keine Kinder, aber mit dem Wunsch, eine Familie zu gründen. Sie hatte ihn aufheitern wollen, nachdem Monica verschwunden war, indem sie ihm versicherte, dass es viele Frauen gebe, die so einiges tun würden, um ihn zu bekommen. Er war echt ein guter Fang.

Warum also war Deenie derartig entschlossen, ihn nicht zu mögen?

Prompt warf sie ihm einen weiteren düsteren Blick zu – da erst merkte er, dass er ihre Anweisung ignoriert hatte. Alle anderen waren aufgestanden, während die Hunde aufmerksam an ihrer Seite saßen, bereit für alles, was Deenie ihnen auftragen würde.

Connor fluchte leise und stand auf, wobei er Max dazu zu bringen versuchte, sich wie die anderen Hunde hinzusetzen. Es war überhaupt nicht nötig, dass Deenie ihn mochte. Max musste bloß lernen, sich zu benehmen.

»Deenie?«

Deenie bemerkte, dass sie Connor nun schon zum fünften Mal in der letzten halben Stunde anstarrte. Sie riss sich zusammen und konzentrierte sich auf die entzückende kleine Sabbermaschine vor sich. Und das ebenso entzückende Mädchen, das die Leine hielt. Astrid war lernbegierig und entschlossen, Partridge richtig zu erziehen und damit zu beweisen, dass sie eine gute Hundebesitzerin war.

Wenn Connor doch nur halb so viel Engagement besäße. Ach, ihr wäre schon der kleinste Hinweis recht, dass es ihm wirklich ernst war.

Wirklich schade, dass ein so attraktiver Mann so ein Kotzbrocken sein musste. Groß und muskulös unter seinen Ich-zieh-mich-elegant-an-obwohl-ich-zu-Hause-arbeite-Anzügen, mit diesen unfassbar markanten Wangenknochen, den aufregenden bernsteinfarbenen Augen und der goldbraunen Haut, mit der er sogar im tiefsten Winter noch leicht gebräunt wirkte. Natürlich sah sie ihn nicht an, weil er attraktiv war. Absolut nicht. Es war eher wie bei einem Zugunglück – sie konnte nicht wegsehen.

Offenbar hatte er kein einziges Mal mit Maximus trainiert. Dieses Maß an Ignoranz war ärgerlich. Diese *Verantwortungslosigkeit.* Ihre Eltern nannten ständig ihren Lebensstil verantwortungslos. Aber wenn sie Verantwortung übernahm, kam sie dieser auch verlässlich nach. Nie, nie ließ sie jemanden hängen.

Das bedeutete, manchmal auch Gelegenheiten verstreichen zu lassen. Liebend gern hätte sie zum Beispiel den kleinen JoJo adoptiert, als sämtliche Tierheimhunde vor Weihnachten vermittelt werden sollten. Der süße Papillon hatte den Weg direkt in Deenies Herz gefunden – aber Deenie kannte sich. Sie wusste, sie würde wieder aufbrechen müssen, sobald ihr Reisekonto einigermaßen gefüllt war und es sich mit Tante Bitty bis zu einem bestimmten Punkt entwickelt hatte.

Vielleicht diesmal nach Island. Oder auf die Fidschis. Das Fernweh verschwand nie ganz. Das war ihr unmittelbar nach dem College klar geworden, als sie beschlossen hatte, ein Jahr freizunehmen, um ausgiebig zu reisen, bevor sie in ihr Erwachsenenleben startete. Denn dann hatte sie nicht mehr aufhören wollen.

Allerdings hatte sie Geld gebraucht. Sie hatte Arbeit in ihrem Berufsfeld gesucht, aber Kindertheater war nicht gerade eine wachsende Branche, deshalb veranstaltete sie stattdessen Prinzessinnenpartys. Das hatte ihr viel Spaß gemacht, und schließlich war das Kostümschneidern auf Kundenwunsch daraus entstanden. Trotzdem hatte sie zusätzlich als Barista oder Bürohilfe arbeiten müssen, um sich über Wasser zu halten. Und als sie lange genug in Jobs gearbeitet hatte, die sie allmählich seelisch erstickten, hatte sie wieder angefangen, von einer Reise zu träumen. Sie hatte zweitausend Dollar gespart und war damit sieben Wochen als Rucksacktouristin durch Südostasien gereist.

Dann war sie in die USA zurückgekehrt, für einen weiteren bedeutungslosen Job, um abermals ihr Reisekonto zu füllen und die nächste Reise anzutreten. Und so weiter und so weiter.

Genau aus dem Grund hatte sie gewusst, dass sie JoJo nicht adoptieren konnte, ganz gleich, wie gern sie den Hund gehabt hätte. Und deshalb konnte sie Ally auch nicht dauerhaft im Tierheim helfen, sondern sie nur unterstützen, bis das neue Programm mit den Agility-Kursen und den sonstigen Dienstleistungen lief.

Danach würde Deenie nach Island, auf die Fidschis oder nach Norwegen gehen – wohin auch immer günstige Reiseangebote sie führten. Und dann würde sie Connor Wyeth vergessen.

Im Moment allerdings wurde es zunehmend schwierig, ihren Vorsatz beizubehalten, ihn zu ignorieren.

Ally hatte sich angeboten, heute Abend mit Dolce zu arbeiten, damit Deenie sich mehr darauf konzentrieren konnte, den anderen zu helfen. Aber es war nicht einfach, überhaupt irgendwem zu helfen, während Maximus Connor praktisch durch den Raum zerrte, sodass alle Hunde in Aufruhr gerieten und spielen wollten.

Connor gelang es schließlich, das Ende von Max' Leine unter dem Stuhlbein zu befestigen und sich auf den Stuhl zu setzen, damit der blieb, wo er war. Max legte sich auf den Boden …

… und robbte weiter, wobei er den Stuhl samt Connor darauf mitzog, auf den Schäferhund zu, der nicht aufgehört hatte zu bellen, seit Max ihn überrannt hatte. Es hallte von den Wänden wider und verstärkte die chaotische Atmosphäre.

Deenie sah Max streng an und befahl mit fester Stimme: »Max. Bleib.«

Der Wolfshund hielt inne und spitzte die Ohren. Dann ging der Timer ihres Handys los.

Schuldbewusste Erleichterung überkam sie, weil die Trainingseinheit nun offiziell vorbei war.

Deenie bedankte sich rasch bei allen für ihr Erscheinen und versprach, dass der eigentliche Trainer wieder da sein werde, sobald er sich erholt habe.

Dann wird dieses Chaos nicht mehr meine Schuld sein.

»Vergesst nicht zu üben«, rief sie, den höflichen Applaus der Hundebesitzer übertönend, und registrierte, dass Connor nicht mitklatschte. »Es dreht sich alles um Konsequenz bei der Erziehung!«

Die Hunde und ihre Besitzer verabschiedeten sich, und es wurde sofort ruhiger, als Elvis, der bellende Schäferhund, draußen war. Ally und Ben verließen mit Astrid, Partridge und Dolce ebenfalls den Trainingsraum und gingen in den vorderen Bereich des Tierheims.

Elinor blieb mit Dory zurück. Die Australian-Shepherd-Hündin mit dem merlefarbenen Fell war ursprünglich mit dem Namen Harry ins Tierheim gekommen, benannt nach Harry Houdini, da sie das Talent des Entfesselungskünstlers besaß. Elinor hatte den Namen in Dora geändert, weil der Hund weiblich war und an *Dora the Explorer* erinnerte, aber er hatte sich nicht richtig etabliert, weshalb sie die anderen Hundebesitzer um Vorschläge gebeten hatte. Herausgekommen war nun Dory, was nach Meinung aller passte, weil das schlaue Mädchen ständig verschwand, im Ort herumstreunte und neue Freunde fand.

»Du bist wirklich gut«, sagte Elinor zu Deenie, während Dory an einem Fleck auf dem Boden schnupperte. Deenie versuchte, nicht zu Connor zu schauen, der sich in Max' Leine verheddert hatte. »Ich glaube, ich habe genauso viele gute Tipps in dieser Woche bekommen wie von dem Typen aus Burlington in den vergangenen drei Wochen zusammen.«

»Ich bin keine lizenzierte Trainerin«, erinnerte Deenie sie. »Ich bin es nur gewohnt, mit großen Gruppen kleiner Kinder umzugehen. Du wärst erstaunt, wie sehr sich das ähnelt.«

Elinor grinste. »Das ist ein ziemlich guter Vergleich.« Als Schulbibliothekarin verfügte sie wahrscheinlich über mehr Wissen im Umgang mit jungen und neugierigen Wesen jeder Spezies als viele andere.

Connor fluchte, als er mit der Schulter gegen die Wand stieß, weil Max ihm die Beine wegzog. Deenie runzelte die Stirn. »Ich sollte ihn wohl besser befreien.«

Elinor hob die Brauen über ihrer Brille. »Viel Spaß«, sagte sie amüsiert.

Sie schnappte sich Dorys Leine und verließ mit der Hündin den Raum. Deenie blieb mit Max und dessen nervtötendem Besitzer zurück.

Einen Moment lang beobachtete Deenie noch Connors Kampf mit dem Wolfshund und musste feststellen, dass das Spiel seiner Arm- und Schultermuskeln ärgerlicherweise sexy war. Er gehörte zu der schlimmsten Sorte Mann. Materialistisch. Voreingenommen. Arrogant. *Selbstzufrieden.* Glatt und perfekt. Er verkörperte all das, was sie am liebsten mied. Warum also musste er so verdammt gut aussehen?

Mit finsterer Miene ging sie zu ihm, genervt von sich selbst, dass sie diese Show so genoss. Und genervt davon, dass er überhaupt hier war.

Sie verschränkte die Arme und sah ihm weiter bei seinem Kampf zu, bis Max sie bemerkte und sich ganz gehorsam hinsetzte. Sie blickte in Connors faszinierende bernsteinfarbene Augen und machte keinen Hehl mehr aus ihrer Verärgerung.

»Connor … warum bist du hier?«

4. Kapitel

Connor straffte angriffslustig die Schultern und erwiderte Deenies vorwurfsvollen Blick. »Wie bitte?«

»Was machst du hier?«, wiederholte sie. »Offenbar nimmst du das Training nicht ernst. Willst du den Kurs absichtlich stören?«

»Ich nehme das Training sehr ernst«, fuhr er sie an und verkürzte Max' Leine, obwohl der Hund sich jetzt, wo Deenie nah bei ihm stand, engelsgleich benahm.

»Ach ja?« Sie hob die Brauen, doch ihr hochnäsiger Blick glückte wegen der pinkfarbenen stacheligen Zöpfe nicht so richtig.

»Maximus ist aufgrund seiner Gene sehr schwierig zu erziehen. Ich habe einen DNA-Test machen lassen.«

Sie verdrehte die Augen. »Natürlich hast du das.«

»Er ist überwiegend ein Irischer Wolfshund, aber da steckt auch noch Dänische Dogge drin und eine Rasse namens Barsoi, die zu den am schwersten erziehbaren überhaupt gehört.«

»Du gibst also den Genen die Schuld? Wie oft hast du in den vergangenen drei Wochen mit ihm trainiert?«

»Ich habe viel um die Ohren«, konterte er. »Mein Job stellt eine riesige Verantwortung dar …«

»Ein Hund auch. Du hast ihn adoptiert. Du hast versprochen, ein verantwortungsbewusster Hundehalter zu sein …«

»Das bin ich«, knurrte er. »Er wird gefüttert, ich gehe mit ihm spazieren, er hat Spielzeuge.« *Und eine Couch zum Kaputtmachen.* »Er ist glücklich. Und wenn er ein bisschen ungezogen ist, dann ist das meine Sache.«

»Tja, deshalb wiederhole ich meine Frage: *Was machst du hier?* Denn wenn du einen unerzogenen Hund willst, gibt es keinen Grund, hier aufzukreuzen. Und wenn du einen erzogenen willst, musst du dir die Mühe machen, ihn auch tatsächlich zu erziehen. Du kannst nicht einmal im Monat beim Training auftauchen und dann ein Wunder erwarten. Er braucht konsequente …«

»Ich *weiß*. Ich hab's schon bei den ersten zwanzig Malen verstanden, als du es heute gesagt hast.«

»Nun, damit wäre wenigstens einer von euch beiden auf einem guten Weg. Wiederholung ist absolut notwendig.«

»Es funktioniert nicht!«, fuhr er sie an und konnte ihr nicht ins Gesicht sehen, weil dieses Geständnis ihn verlegen machte.

Deenies aggressive Haltung wurde ein wenig milder. »Was?«

»In der ersten Woche habe ich versucht, mit ihm zu Hause zu arbeiten, aber er gehorcht kein bisschen. Ich habe keine Ahnung, was ich falsch mache, aber jedes Mal, wenn wir es versuchten, schien es schlimmer zu werden.«

Sie zog die blonden Brauen zusammen. »Und da hast du aufgegeben?«

»Ich habe nicht aufgegeben. Ich habe nur ... anderen Dingen den Vortritt gelassen.«

Sie seufzte, und als sie wieder sprach, war die übliche Feindseligkeit aus ihrem Ton verschwunden. »Na ja, das ist wenigstens ein Anfang.«

»Was soll das nun wieder heißen?«

»Dass wir es nicht hinbekommen werden, wenn du ständig vorgibst, perfekt zu sein. Wir sehen doch alle, dass Max ein Bulldozer ist, und trotzdem behauptest du in der Trainingsstunde, alles sei bestens.«

»Vielleicht wollte ich nicht darüber sprechen, was für ein Fiasko es ist.«

»Connor, jeder hat zu kämpfen. Es gibt immer eine Lernkurve.«

»Klar«, sagte er spöttisch. »Zum Beispiel der dramatische Kampf, Romeo dazu zu bewegen, die rechte Pfote statt der linken zu geben. Der ist wenigstens nicht in der Lage, mein komplettes Wohnzimmer in nur fünf unbeaufsichtigten Minuten zu zerlegen.«

Erneut schossen Deenies Brauen in die Höhe, aber diesmal funkelten ihre Augen. Connor hatte den Verdacht, dass sie sich ein Lachen verkniff. »Max hat dein Wohnzimmer verwüstet?«

»Erst liegt er friedlich bei mir im Arbeitszimmer, und im nächsten Moment zerrt er meine Couch quer durchs Zimmer und zerfetzt die Kissen. Ich habe es nicht einmal mitbekommen.«

Deenie nickte und sah dabei überraschend mitfühlend aus. »Bei Hunden und Kindern ist es meistens ein schlechtes Zeichen, wenn es still wird.«

»Das sagst du mir jetzt.«

»Ich hätte es dir schon vorher gesagt, aber du hast ja ständig beteuert, du wüsstest alles über Hundehaltung.« Sie tätschelte Max den Kopf und rieb ihm die Stirn, wie er es mochte. Er brummte wohlig. »Was hast du mit ihm gemacht, als du die Bescherung gesehen hast?«

Connor zuckte mit den Schultern. »Da hatte er den Tatort bereits verlassen, also hab ich die Couch einfach wieder an ihren Platz gerückt. Der Hundetrainer meinte, Tiere hätten ein kurzes Gedächtnis. Wozu hätte ich also noch mit ihm schimpfen sollen?«

»Nicht schimpfen. *Tadeln.* Er lernt durch dein Verhalten, und wenn du ihn nicht tadelst, glaubt er, es sei in Ordnung.«

»Ich will doch nur nicht …« Er verstummte, weil er nicht genau wusste, wie dieser Satz eigentlich weitergehen sollte. Er wollte nicht der Böse sein. Max sah ihn stets voller Bewunderung an, als wäre er eine magische Gottheit. Connor brauchte das.

Deenie schien zu begreifen. »Er wird dich nicht hassen, wenn du ihm Grenzen aufzeigst. Hunde mögen Strukturen. Und sie lieben es, uns zu gefallen. Zeig ihm, was dich glücklich macht, und er wird es versuchen. Und sei *konsequent.*«

»Ja. Hab ich schon mal irgendwo gehört. Ich habe bloß keine Zeit. Wenn ich jemanden engagieren könnte …« Connor stutzte, da ihm eine Idee kam – die simple und perfekte Lösung. »Ich könnte *dich* engagieren.«

Deenie seufzte und schüttelte den Kopf. »Connor …«

»Das ist es! Du kommst super mit ihm klar. Du könntest mit ihm üben. Unternimm Spaziergänge mit ihm, damit er nicht durchdreht, wenn ich arbeiten muss. Ich bezahle dich.«

Er nannte ihr eine Summe, und als sie erneut den Kopf schüttelte, verdoppelte er den Betrag.

Ihr klappte die Kinnlade herunter, und dann erklärte sie ihm, dass das viel zu viel sei – aber angesichts dieser Summe stand vielleicht die Tatsache, dass sie ihn nicht leiden konnte, weniger im Weg. Er würde liebend gern zu viel zahlen, wenn ihm das eine Sorge abnahm, während er Teilhaber der Kanzlei zu werden und die Liebe seines Lebens zu finden versuchte.

»Connor … ich bin keine Hundetrainerin. Du könntest dir für das Geld locker eine professionelle Trainerin leisten.«

»Ist mir egal, ob du eine Trainerinnenlizenz hast. Elinor hat es ausgesprochen: Du bist besser als der Typ aus Burlington. Und Max kennt dich. Er mag dich. Außerdem vertraue ich dir.«

In ihren Augen flackerte etwas auf, und er wurde prompt rot – sie erschraken beide über diese letzten Worte. Das Erstaunlichste war jedoch, dass es stimmte. Deenie und er konnten sich vielleicht nicht im selben Raum aufhalten, ohne sich in die Haare zu geraten, aber wenn er schon jemanden in sein Haus lassen musste, um seinen Hund zu trainieren, dann auf jeden Fall lieber sie als irgendeinen Fremden.

»Überleg es dir«, ließ er nicht locker – und spielte seine Trumpfkarte aus. »Du weißt, es wäre gut für Maximus.«

Deenie starrte Connor an, nachdem er diesen unverblümten Versuch der emotionalen Erpressung gestartet hatte.

Allerdings hatte er recht. Und das Geld war definitiv verlockend.

Die von ihm genannte Summe war absurd hoch – und würde ihr eine spektakuläre Reise nach Island finanzieren. Gletscher … Vulkane … heiße Quellen … »Ich …«

»Du hast selbst gesagt, es ist keine große Sache. Ein paar Trainingseinheiten pro Tag …«

»Hör auf, es mir schmackhaft machen zu wollen, Connor. Ich sage Ja.«

»Ja?« Seine Miene hellte sich auf, und sein Lächeln war umwerfend. Diese Wangenknochen, diese markanten Züge … mal ernsthaft, warum musste er so gut aussehen?

»Unter bestimmten Bedingungen«, erklärte sie.

»Selbstverständlich.« Er hob die Hand, als sei er bereit, allem zuzustimmen.

Sie kniff die Augen zusammen. »Das wird kein Freifahrtschein, der dich deiner Verantwortung entledigt. Ich werde nicht Stunden damit zubringen, Max zu trainieren, nur damit du anschließend alles wieder zunichtemachst. Ich werde mit ihm üben, aber du musst dich bereit erklären, ebenfalls mit ihm zu trainieren. Drei Mal pro Woche unter meiner Aufsicht, damit ich sehen kann, dass auch *du* die Kommandos lernst und weißt, wie du sie durchsetzt bei Max.«

»*Ein Mal* pro Woche. Ich bezahle dich ja schließlich, damit ich mich auf meine Arbeit konzentrieren kann.«

»Zwei Mal«, gab sie zurück. »Plus du kommst weiterhin zu diesem Kurs – kein Schwänzen mehr. *Und* du bringst Max einmal die Woche unter Leute, damit ich sehen kann, wie du mit ihm in Gesellschaft und in Gegenwart anderer Hunde umgehst.«

»Zwei Übungseinheiten, okay. Und der Kurs. Und alle zwei Wochen mit dem Hund in Gesellschaft.« Als sie Einspruch erheben wollte, hob er die Hand. »Ich bin beruflich wirklich sehr eingespannt. Mehr Zeit kann ich einfach nicht erübrigen.«

Sie zögerte, nickte dann aber. »Okay. Letzte Bedingung. Du musst mir zusichern, dass du weiterhin für Max verantwortlich bist, auch wenn ich seine Erziehung übernehme. Und du wirst nichts tun, was mein Training unterläuft.«

»Deine Meinung von mir ist echt schmeichelhaft.«

»Sag es.«

Connors Kiefer spannten sich an. Auf seinen Wangen sprossen frische Bartstoppeln. Ihr fielen seine dichten Wimpern auf, umso mehr, als er die bernsteinfarbenen Augen zusammenkniff. Sie hatte ihn schon lächeln sehen und kannte daher seine Grübchen; jetzt versteckten sie sich.

Sie glaubte schon, er würde sich sperren, aber dann stieß er hervor: »Ich bestätige hiermit, dass du Max trainierst, ich aber weiterhin verantwortlich für ihn bin und nichts tue, was deine Erziehung unterläuft. Reicht das?«

»Absolut.«

Connor nickte kurz. »Großartig. Wann kannst du anfangen?«

Connor war ein Planer, das stellte Deenie genervt fest, als dieser unausstehliche Kerl in seinem eleganten SUV endlich von der Auffahrt vor Furry Friends fuhr.

Er hatte nicht aufbrechen wollen, bevor er und Deenie ihre jeweiligen Terminkalender aufgerufen und eine konkrete Zeit vereinbart hatten, zu der Deenie für eine »Vorbereitungseinheit« vorbeikommen sollte.

Seine Miene, als sie ihn darauf hinwies, dass sie ihre Kalender-App grundsätzlich nicht benutzte, war unbezahlbar gewesen.

Es hatte ihn jedoch nicht davon abgebracht, einen festen Termin vereinbaren zu wollen. Fehlte nur noch, dass er sie mit

Blut hätte unterschreiben lassen, *pünktlich* um sieben morgen Abend da zu sein.

Mürrisch marschierte sie über die gekieste Auffahrt zum Farmhaus und erinnerte sich an das viele Geld, das sie bekommen würde, wenn sie sich nur ein paar Wochen lang an Connors Regeln hielt.

Im Wohnzimmer brannte Licht, als sie eintrat. Sie entdeckte Ally, die neben dem Laufstall saß, den sie für Dolces Welpen aufgebaut hatten. Als die kleine Spanieldame im Dezember ins Tierheim gekommen war, war sie zu trächtig gewesen, um adoptiert werden zu können – und Allys Großmutter hatte sich gleich in die Hündin verliebt.

Rita Gilmore hatte um Weihnachten herum Dolce und die Welpen im Farmhaus untergebracht, damit sie nach der Adoption der meisten anderen Hunde nicht allein waren. Ally und Deenie hatten dann beschlossen, sie weiterhin im Haus wohnen zu lassen, weil im Tierheim momentan keine Tiere Vollzeit untergebracht waren – während des Umzugs von Allys Großeltern in die Summerland Estates hatten sie keine Hunde aufgenommen. Außerdem senkte es die Heizkosten, wenn die Scheune nur für die Trainingsstunden geheizt werden musste.

Und abgesehen von alldem war es sehr schwer, die entzückenden Welpen *nicht* im Haus haben zu wollen.

Dolce schlief ruhig in einer Ecke des Laufstalls, während die vier Kleinen unbeholfen herumtollten. Mit nicht ganz acht Wochen waren sie nun fast abgestillt und würden bald vermittelbar sein. Zwei von ihnen waren bereits für Astrids Klassenkameradinnen reserviert, aber für die anderen suchten sie noch ein Zuhause. Deenie musste sich immer wieder ins Gedächtnis rufen, dass sie keinen Hund halten konnte.

»Sind Astrid und Ben schon nach Hause gefahren?«, fragte sie, setzte sich neben den Laufstall und hielt ihre Hand hinein, um eine weiche kleine Hundenase an ihren Fingerspitzen schnuppern zu lassen.

»Morgen ist Schule«, erklärte Ally. In der Nähe schnarchte Colby, dessen Lefzen bei jeder Ausatmung flatterten und dabei ein seltsam hypnotisches Geräusch erzeugten.

»Ich dachte, du fährst mit zu ihnen.«

»Und lasse dich allein?« Ally tat empört, errötete jedoch ein wenig.

»Du musst nicht meinetwegen bleiben.« Deenie nahm einen der Welpen heraus und schmiegte ihn an ihre Brust. »Man sollte sich nicht dauernd zu irgendetwas verpflichtet fühlen. Tu, was dich glücklich macht.«

»Ich *bin* glücklich, mit dir hier zu sein«, versicherte Ally ihr, und Deenie beschloss, nicht weiter darauf herumzureiten.

Ally und Ben waren seit fünf Wochen offiziell ein Paar, aber noch immer gab es Zeiten der zögernden Unsicherheit und Verlegenheit zwischen ihnen. Sie versuchten, es langsam angehen zu lassen – das hatte Ally inzwischen so oft gesagt, dass es praktisch zu ihrem Mantra geworden war. Und es ergab wegen Astrid auch durchaus Sinn. Allerdings war offensichtlich, dass es ihnen schwerfiel, verliebt, wie sie waren. Manchmal hatte es den Anschein, als würde Ally um Erlaubnis bitten wollen, so glücklich zu sein, wie sie es war – als könnte sie es nicht richtig fassen, dass ihr das Glück nicht genommen wurde.

Wie jetzt, zum Beispiel, als sie errötete und Deenies Blick auswich. »Tatsächlich hatte ich ohnehin vor, mit dir darüber zu reden …«

»Dass du an den Schultagen bei Ben und Astrid bist? Das habe ich dir bereits gestattet – aber nur unter der Voraussetzung, dass du alle deine Hausaufgaben gemacht hast.«

»Ha, sehr witzig.«

Deenie grinste. Immerhin sah Ally sie jetzt wieder an. »Worüber wolltest du mit mir sprechen?«

»Über Bens Haus. Du weißt ja, dass er es renovieren will, damit er es verkaufen und ein anderes, größeres, mit einem Garten für Partridge finden kann, oder?«

Ich weiß, dass er es renovieren und verkaufen will, damit er und Astrid bei dir einziehen können.

Deenie lächelte. »Mm-hmm.«

»Tja, sie haben einen Handwerker gefunden, der Ende des Monats anfangen kann, die Küche zu renovieren. Das wird allerdings einige Wochen dauern. Ben hat vor, eine Mikrowelle mit nach oben zu nehmen und ansonsten Essen zu holen. Das tun sie ohnehin die meiste Zeit, weil er der schlechteste Koch der Welt ist. Aber ich finde das idiotisch, wo wir doch eine absolut intakte Küche und so viele Gästezimmer haben …«

So hätten Ben und Ally die Möglichkeit, endlich zusammenzuwohnen, wie sie es sich schon die ganze Zeit sehnlichst wünschten, ohne dass die Leute im Ort finden konnten, es ginge zu schnell.

Deenies unerheblicher Meinung nach legten Ben und Ally zwar viel zu viel Wert darauf, was die Bewohner der Kleinstadt dachten, aber das passte zu den beiden – Ally wollte es immer allen recht machen, und Ben kandidierte für das Amt des Bürgermeisters.

Deenie amüsierte sich über Allys Nervosität. »Ich finde, das ist eine tolle Idee. Das Haus ist für uns zwei allein doch viel zu groß. Und wir können sämtliche Welpenknuddelverpflichtungen an Astrid abgeben. Sie wird begeistert sein.«

Ally wirkte erleichtert. »Macht es dir wirklich nichts aus?«

»Warum sollte es? Ich mag Astrid und Ben.«

»Aber du bist gerade erst eingezogen. Und wir wollten das Tierheim gemeinsam nach vorn bringen und uns Wiederholungen von *Friends* anschauen.«

»Wir können uns doch trotzdem *Friends* ansehen. Astrid würde sich bestimmt freuen. Außerdem kann sie mithelfen. Ich werde vielleicht nicht mehr so oft hier sein, wie ich ursprünglich gedacht habe.«

Ally erschrak. »Oh nein. Du sollst keinesfalls das Gefühl haben, du wärest hier nicht mehr richtig willkommen. Du warst schließlich zuerst hier. Ben und Astrid können bei Connor wohnen – sein Haus ist riesig.«

»Das würde komisch aussehen, weil ich ständig dort sein werde.«

Ally sah sie verwirrt an. »Was?«

»Connor hat mich gerade engagiert, Max zu trainieren.«

»Er hat *was* getan?«

Deenie verzichtete darauf, es zu wiederholen, da Ally sie gut verstanden hatte. Stattdessen säuselte sie dem Welpen auf ihrem Arm ins Ohr, dass er das süßeste kleine Baby der Welt sei.

»Ihr zwei hasst euch. Ich habe ständig das Gefühl, wir anderen sollten uns in Sicherheit bringen, um Kollateralschäden zu vermeiden, wenn ihr anfangt zu streiten.«

»Wir *hassen* uns nicht«, widersprach Deenie. »Es ist mehr eine natürliche starke Antipathie. Er steht für alles, was ich verachte, und umgekehrt. Abgesehen davon ist er ganz sicher ein liebenswerter Mensch.«

Ally machte große Augen. »Ihr werdet einander umbringen.«

»Ich werde ihn kaum sehen müssen«, versicherte sie Ally – und sich selbst. »Außerdem zahlt er mir ein kleines Vermögen. Mit Geld kann man vielleicht kein Glück kaufen, aber einige Wochen in Island mit seinen heißen Quellen, und das ist praktisch dasselbe.« Sie zuckte mit den Schultern. »Und ich liebe Max.«

»Okay …«, sagte Ally langsam. »Du wirst also seinen Hund erziehen und anschließend nach Island reisen?«

»Ich werde dich nicht hängen lassen. Aber sobald alle neuen Programme von Furry Friends laufen, brauchst du mich nicht mehr. Und du willst den Platz vielleicht für Ben und Astrid haben …«

»Wir … sie bleiben nicht … Du weißt doch, wir wollen es langsam angehen.«

»Faultiergeschwindigkeit. Schon verstanden.« Deenie legte sich auf den Boden und setzte sich den Welpen auf die Brust, damit er auf ihr herumkrabbeln konnte. »Aber du weißt schon, dass du das nicht tun musst, oder? Die ganze Stadt freut sich für euch beide. Keiner würde euch meiden, wenn ihr aufs Ganze geht.«

»Wir gehen bereits aufs Ganze«, erklärte Ally. »Aber wir wollen es klug anfangen.«

»Ist irgendetwas an der Liebe klug? Geht das überhaupt?«

Ally verdrehte die Augen. »Was ist mit dir? Wirst du mir irgendwann die Liebesabenteuer der Deenie Mitchell erzählen?«

»Das spare ich mir für meine Memoiren auf«, scherzte Deenie und wich dabei schlau wie immer dieser Frage aus.

Es war einfach zu deprimierend, über ihre gescheiterten Versuche in Sachen Liebe zu reden. »Außerdem bin ich nicht auf der Suche nach einer Beziehung, wie du und Ben sie habt. Ich finde es toll, was ihr habt, aber solche dauerhaften Sachen machen mich nur kirre.«

»Das sagst du jetzt, aber wenn du den Richtigen triffst …«

Deenie stöhnte. »Mein Gott, du hörst dich an wie meine Mutter. ›Keine Sorge, Nadine. Du wirst erwachsen und eine Familie gründen. Du wirst dich *ändern*.‹«

Ally hob die anderen drei Welpen aus dem Laufstall und legte sich mit ihnen dicht neben Deenie auf den Fußboden, sodass alle vier mit ihren kleinen Pfoten auf ihnen herumkletterten. Ally verschränkte ihre Finger mit Deenies und drückte sanft ihre Hand. »Ändere dich bloß nicht.« Ally drehte den Kopf, sodass sie einander in die Augen sahen. »Solltest du dich jedoch zufällig verlieben, kann ich dir versichern, dass es Schlimmeres gibt. Tatsächlich ist es …« Sie errötete, und ein rührseliger Ausdruck trat in ihre Augen. »Es ist wundervoll.«

Deenie bekam feuchte Augen, doch sie verzog das Gesicht und tat angewidert. »Bah. Warum wollen Verliebte andere stets von diesem Kult überzeugen? Manche Menschen kommen ganz gut ohne so etwas klar.«

Ally zuckte mit den Schultern. »Ich meine ja nur. Es ist wirklich toll.«

»Ich glaube dir einfach mal«, sagte Deenie, denn sie hatte nicht die Absicht, sich so bald wieder selbst darauf einzulassen. Ihr letzter Liebesversuch war gründlich schiefgegangen. Besser, man kümmerte sich um die Dinge, die einen glücklich machten, und machte einen Bogen um das, was einem das Herz brach.

Island. Sie musste sich auf Island konzentrieren.

Schon möglich, dass sie solche Momente wie diesen mit Ally genoss. Und vielleicht hatte es ihr gefehlt, sich jemandem nahe zu fühlen. Aber es hielt nie lange. Menschen, die ein an einem festen Platz verwurzeltes Leben führten, waren am Ende immer frustriert von Deenies Fernweh. Es war Jahre her, dass sie ausgiebig Zeit mit ihren zwei besten Freundinnen vom College verbracht hatte – beide hatten längst die Liebe gefunden und sich niedergelassen. Sie selbst war zu anders. Das hatte sie schon ihr ganzes Leben zu hören bekommen. Bis es eine Art Auszeichnung geworden war. Bleib anders. Bleib komisch. Bleib wild. So war sie nun mal. Und das würde sie für keinen Mann ändern.

Prompt hatte sie Connor vor Augen, wie er mit Max' Leine kämpfte. Sofort verdrängte sie dieses Bild.

Schon gar nicht würde sie sich für einen Mann wie ihn ändern.

5. Kapitel

Connor hielt am Dienstagnachmittag in der Auffahrt des Craftsman-Bungalow und betrachtete skeptisch das sackartige braune Ding, das an der Haustür hing. Es hatte Ähnlichkeit mit einem Murmeltier, wenn ihn nicht alles täuschte. Da heute der zweite Februar, also Murmeltiertag, war, hatte seine Mutter wohl genau das beabsichtigt.

Er nahm die Stofftasche vom Beifahrersitz, stieg aus und ging um Mitchs Limousine herum. Er winkte, als er Elinor mit ihrem Hund die Straße entlanggehen sah.

Die Häuser in der Nachbarschaft waren nicht direkt identisch, aber doch alle im gleichen Stil gehalten, mit gepflegten kleinen Vorgärten und größeren umzäunten Gärten hinten. Er und Elinor waren zwei Türen voneinander entfernt aufgewachsen, und vor einigen Jahren hatte sie sich dann selbst ein Haus in dieser Straße gekauft. Als Kinder waren sie eine Clique gewesen – Levi und Ben, Mac und Connor, Katie und Elinor –, waren auf ihren Fahrrädern die Straße rauf und runter gefahren und hatten im Winter Schneeburgen gebaut und sie verteidigt.

Er hatte geglaubt, ihre Kinder würden es eines Tages genauso machen, damals, als er und Levi und Ben sich alle gleichzeitig verlobten. Doch nichts war planmäßig verlaufen.

Immerhin war Ben jetzt mit Ally zusammen. Wenn Connor selbst die Dinge auf die Reihe bekam, konnte mit etwas Glück zumindest ein Teil dieser Vision der Zukunft noch wahr werden.

Er nahm die zwei Stufen vor dem Eingang mit einem Schritt und betrachtete dieses Murmeltier-Ungetüm aus Bastelpapier. Dabei stellte er fest, dass es mit seinem Namen versehen war, in krakeliger Grundschülerschrift.

Seine Mutter öffnete die Tür, während er das Ding noch immer ansah.

»Fröhlichen Murmeltiertag!«

Er deutete auf die Bastelpapier-Monstrosität. »Schmücken wir neuerdings für den Groundhog Day?«

»Warum nicht?« Seine Mutter hob herausfordernd das Kinn, in der Gewissheit, dass er zurückweichen würde. »Es ist hinreißend. Ich habe einen Karton mit deinen alten Schulprojekten gefunden. Du warst so talentiert.«

Er musterte das Ding. »Jemand, der mich nicht zur Welt gebracht hat, sieht das möglicherweise anders.«

Sie gab einen missbilligenden Laut von sich, und er trat ein. »Du hast ein großartiges Spektakel heute verpasst.«

»Es ist Dienstag. Ich kann nicht einfach die Arbeit schwänzen, nur weil ein gigantisches Eichhörnchen das Wetter voraussagt.«

Sie gab ihm tadelnd einen Klaps, ehe sie ihn zu einer Umarmung zu sich herunterzog. Seine Körpergröße hatte er vom väterlichen Teil seiner DNA – allerdings hoffte er, dass das schon alles war, was er von dieser Seite geerbt hatte. Von seiner Mutter hatte er die Augen, mandelförmig und mit dichten Wimpern. Die markanten Züge und die goldbraune Haut gingen auf ihre tongaischen Vorfahren zurück.

Connor drückte sehr sanft ihre Schulter, obgleich sie nichts Zerbrechliches an sich hatte – und sie würde ihn mit einem Blick ansehen, der Stahl schmelzen konnte, sollte er andeuten, sie sei schwach. Aber sie wurde älter, und sie war die Sonne und der Mond in seinem Leben, weshalb er sie instinktiv in Watte packen und beschützen wollte. Auch wenn sie sich gegen seine Versuche wehrte, sich um sie zu kümmern. Sie hatte ihn ausgelacht, als er ihr ein größeres Haus hatte kaufen wollen.

»Hier.« Er hielt ihr die Tüte hin, nachdem er sich von ihr gelöst hatte. »Diese Schokoladen-Marshmallow-Herzen habe ich gesehen, als ich im Supermarkt einkaufen war.«

Sie spähte in die Tüte und gab einen tadelnden Laut von sich. »Du verwöhnst mich.«

»Ich versuch's. Ich kann ja nicht zulassen, dass Mitch der Einzige ist, der dich mit Geschenken überhäuft.«

Nicht dass er etwas gegen seinen Stiefvater gehabt hätte. Der Mann war ein Teddybär. Möglicherweise sogar ein echter Heiliger. Und er brachte Mele Wyeth – jetzt Mele Cooper – zum Kichern, wie Connor es nie zuvor gehört hatte.

Er freute sich über das Glück seiner Mutter. Sie hatte es verdient.

Nur die Kleinigkeiten, die ihn daran erinnerten, dass sie ein Leben führte, von dem er nichts wusste, ärgerten ihn. Insiderwitze, die er nie zu hören bekommen würde. Seit seinem fünften Lebensjahr hatte es nur ihn und sie gegeben, bis sie Mitch kennenlernte. Da war er vierundzwanzig gewesen. Er hatte sich daran gewöhnt, mehr als nur der Sohn zu sein. Sie war seine beste Freundin gewesen, der erste Mensch, dem er sich anvertraute, wenn er verliebt war, und auch die Erste, die er angerufen hatte, als er zum Jurastudium zugelassen wurde. Und dieser Mensch war sie immer noch, nur war es jetzt anders. Und Mitch war so verdammt verständnisvoll, was Connors Eifersucht betraf, dass er den Mann einfach nicht hassen konnte.

Seine Mutter ignorierte seine Bemerkung. »Wo ist Max?«, erkundigte sie sich und schaute sich um, als hätte sie einen Hund von der Größe eines Ponys übersehen können.

»Den habe ich im Wirtschaftsraum eingesperrt, wo er keinen Schaden anrichten kann, solange ich weg bin.«

Sie wirkte ein wenig gekränkt. »Du weißt, dass du ihn mitbringen kannst. Er ist hier willkommen.«

»Ich weiß.« Connor duckte sich unter dem Kronleuchter, der schon immer zu tief im Eingangsbereich gehangen hatte, und zog seinen Mantel aus.

Er wusste, warum seine Mom ständig nach dem Hund fragte. Er hatte angefangen, Max als Grund anzuführen, weshalb er nach ihren fast wöchentlich stattfindenden Abendessen schnell nach Hause musste. Natürlich machte er sich wirklich Sorgen, Max könnte während seiner Abwesenheit irgendwelche Schäden angerichtet haben. Aber der Hund war auch ein besserer Vorwand als die Arbeit, um einer Diskussion zu entfliehen, die langsam peinlich wurde.

Doch auf keinen Fall würde er diese Abrissbirne von einem Hund ins Haus seiner Mutter bringen. Es war eine Sache, wenn Max bei ihm durchdrehte. Dort hatte er wenigstens reichlich Platz zum Herumtoben. Aber im gemütlichen

Durcheinander des Hauses seiner Mutter eine Schneise der Verwüstung zu hinterlassen, das ging einfach nicht. Ganz zu schweigen von der Gefahr, dass der Hund auch noch versehentlich seine Mutter umwarf.

Nein, Max würde er nicht eher mitbringen, bis dieser sich vorbildlich benahm.

Was zum Glück bald der Fall sein würde. Sobald Deenie mit ihm fertig war.

Connor sah auf die Uhr, die seine Mutter ihm zum erfolgreichen Bestehen des zweiten Staatsexamens geschenkt hatte. Er hatte noch reichlich Zeit bis zu seinem Treffen mit Deenie, aber da er wusste, wie gern seine Mutter ihn vereinnahmte, warnte er sie lieber vor. »Ich kann nicht lange bleiben. Ich habe noch eine Verabredung.«

Er hatte mit Enttäuschung gerechnet statt mit dem fröhlichen Funkeln in den Augen seiner Mutter. »Ein Date?«

Er stöhnte. *Stichwort für die peinliche Unterhaltung.* »Kein Date. Ich treffe mich mit jemandem, der mir beim Training mit Max hilft.«

Er verschwieg bewusst, dass dieser Jemand weiblich war. Deenie war so weit von einem Date mit ihm entfernt, wie es nur ging. Aber sobald seine Mutter hörte, dass es sich um eine Frau handelte, würden Herzchen in ihren Augen explodieren.

Sie war unglaublich verständnisvoll gewesen, als Monica ihn verlassen hatte, und hatte ihm »Zeit zu heilen« gegeben. Doch vor etwa sechs Monaten war sie zu der Auffassung gelangt, er sei nun ausreichend geheilt, und hatte ihren Wann-werde-ich-Enkelkinder-bekommen-Refrain angestimmt.

»Dann sollten wir uns wohl besser beeilen«, sagte sie, gerade dramatisch genug, dass er ein schlechtes Gewissen bekam, weil er an »ihrem« Abend noch etwas anderes vorhatte. »Na komm, Mitch macht seine Tacos.«

»Taco-Dienstag!«, rief ihr Mann aus der Küche.

Das Haus war so klein, dass jeder jedes Gespräch verfolgen konnte. Connor wusste das und konnte trotzdem einen Anflug von Irritation nicht ganz unterdrücken, als er seiner Mutter in die Küche folgte, die er immer noch als *seine* Küche betrachtete.

Er hatte mehr Stunden an diesem Herd verbracht, als Mitch es jemals würde. Connor hatte sich das Kochen selbst beigebracht, aus Rezeptbüchern und Kochsendungen, später dann mithilfe von Websites. Seine Mutter hatte Vollzeit gearbeitet, zuerst als Rezeptionistin in einer Anwaltskanzlei, später dann als Anwaltsgehilfin, nachdem ihre Chefs gemerkt hatten, dass ihre Intelligenz mit der Annahme von Telefonaten und der Anfertigung von Kopien vergeudet war. Connor war schon für die Mahlzeiten zuständig gewesen, als er am Herd noch auf einem Stuhl stehen musste. Und er hatte es geliebt.

Auch heute noch kochte er fast jeden Abend. Aber für sich allein zu kochen war nicht dasselbe. Seine Mutter war sein erster Fan gewesen und seine wichtigste Kritikerin. Er hatte stets versucht, sie zu beeindrucken, mit einem neuen Geschmack oder einer neuen Technik. Früher hatte sie von *seinen* Tacos geschwärmt.

Allerdings musste er zugeben, dass Mitchs Tacos ziemlich fantastisch waren. Kaum war er mit eingezogenem Kopf durch den Bogengang in die Küche getreten, stieg ihm der Duft in die Nase. Prompt lief ihm das Wasser im Mund zusammen.

»Hey, Mitch.«

»Connor.« Mitch winkte mit der Grillzange. »Entspannt euch ein bisschen, das Essen ist bald fertig.«

Er war untersetzt und fast ganz kahl, mit weißblonden Stoppeln an den Seiten seines Kopfes, und seine Haut war sehr hell. In der Küchenwärme lief sein Gesicht kirschrot an, so wie jetzt. Mit seinem runden Gesicht war er jedes Jahr die perfekte Besetzung für den Weihnachtsmann von Pine Hollow. Letztes Jahr wäre es jedoch fast zum Eklat gekommen, da Mitch, weil er und Connors Mutter im Sommer angefangen hatten zu joggen, dünner geworden war und ihm das Weihnachtsmannkostüm nicht mehr passte. Zum Glück hatte man es auspolstern können und auf diese Weise die Krise abgewendet.

Jetzt trug er eine rote Schürze, auf der in geschwungenen Buchstaben *Küss den Koch* stand. Darunter guckte seine übliche Kleidung aus khakifarbener Hose und Poloshirt hervor, die aussah, als wäre er jederzeit bereit, zu einer Partie Golf aufzubrechen.

»Und?« Seine Mutter nötigte Connor, sich an den Küchentisch zu setzen, eines der wenigen Dinge in diesem Raum, das kein Überbleibsel aus seiner Kindheit war. »Wie war deine Woche? Erzähl mir alles.«

Mitch sah nicht einmal vom Herd auf. Er achtete stets darauf, ihnen Freiraum zu lassen, selbst wenn er sich im selben Zimmer befand. Doch das war nicht der Grund, weshalb Connor sich auf die Zunge biss.

Seine Mutter war Anwaltsgehilfin gewesen, mit der Intelligenz einer Juristin, aber nur dem Bruchteil eines solchen Einkommens. Mit neun Jahren hatte er beschlossen, Anwalt zu werden – und nicht nur irgendein Anwalt, sondern Partner in einer Kanzlei. Seine Mutter kannte seine Träume – heiraten, Kinder haben, Teilhaber werden. Mit seinen Freunden konnte er scherzen und behaupten, nie Kinder zu wollen und sein Leben als Single zu genießen, aber seine Mutter würde ihm diese Lüge niemals abnehmen. Dafür kannte sie ihn viel zu gut.

Er konnte seiner Mutter alles erzählen. Aber nicht, dass er möglicherweise kein Partner in der Kanzlei wurde.

Also wartete er mit etwas auf, was sie begeistern würde. »Ich habe mich bei einigen Dating-Apps registriert.«

Sie strahlte. »Hast du? Bei welchen? Ella aus meinem Fitnessstudio meint, ihr Sohn findet die gut, die nach einer Biene benannt ist.«

»Bumble. Ja, ich glaube, das war eine davon.«

Er hatte sich bei vier Apps registriert, obwohl er für die Profile letzte Nacht Stunden gebraucht hatte. Es war eine Investition in die Zukunft, da würde sich Gründlichkeit auszahlen.

»Hast du wirklich kein Date heute Abend?«, fragte sie mit leuchtenden Augen.

»Ein bisschen länger dauert es schon.« Dabei hatte er den ganzen Tag über Vorschläge zugeschickt bekommen. Er hatte sein Handy stumm schalten müssen, um arbeiten zu können.

Tatsächlich war er ein wenig nervös, sich die Vorschläge anzusehen. Auch Monica hatte er auf einer Dating-Site kennengelernt, vor sechs Jahren. Es war eine Webseite gewesen, die sich als Ehestifterin anpries, mit Dutzenden von tiefgründigen Fragen, die helfen sollten, den richtigen Partner oder die richtige Partnerin zu finden.

»Nimm unbedingt ein gutes Foto«, riet seine Mutter ihm. »Ella sagt, es hängt alles vom Foto ab.«

»Ich hoffe auf eine tiefere Verbindung als eine, die nur auf gutem Aussehen basiert. Tief genug, dass sie auch hinter meinem Geld her ist«, fügte er scherzend hinzu.

Seine Mutter gab ihm tadelnd einen Klaps. »Witzbold. Aber Liebe ist nicht blind, ganz egal, wie viele Serien es auf Netflix gibt, die das Gegenteil behaupten. Menschen verlieben sich zuerst mit den Augen und erst *danach* mit dem Herzen. Du hast einen Vorteil, denn du bist nicht nur klug und einigermaßen erfolgreich, sondern du siehst auch noch gut aus. Ich habe das hübscheste Baby in Vermont zur Welt gebracht, und jetzt ist die Zeit, um es herzuzeigen. Versuch um Himmels willen nicht gleich preiszugeben, dass du ein Workaholic bist.«

»Ich werde mir Mühe geben«, versicherte Connor ihr.

»Was hast du denn geschrieben, wonach du suchst?«, erkundigte sie sich und lehnte sich nach vorn. »Sie muss klug sein, sicher. Und lustig. Du bist viel zu smart, um eine Frau zu daten, die keinen Sinn für Humor besitzt.«

»Danke.«

»Hübsch muss sie auch sein, damit ich hübsche Enkelkinder bekomme.«

»Mom.«

»Und *lustig*.« Sie hob mahnend den Zeigefinger. »Du brauchst mehr Spaß im Leben. Hart und viel zu arbeiten, ist ja in Ordnung, aber du brauchst jemanden, mit dem du Spaß haben kannst.«

Connor verkniff sich jede Widerrede. ›Spaß‹ war das Letzte, was er brauchte. Sein Vater hatte sich aus dem Staub gemacht, als die Dinge schwierig wurden. Monica war vor zu viel Realität geflohen. Er brauchte keinen *Spaß*. Er brauchte

Stabilität und Verlässlichkeit. Jemanden, der bedingungslos zu ihm hielt.

Wie die Frau, die ihm am Tisch gegenübersaß und ihre Hand auf seine gelegt hatte.

Offenbar bemerkte seine Mutter seine Anspannung, denn sie drückte lächelnd seine Hand. »Diese Frauen werden hingerissen sein von dir. Wie könnte es anders sein?«

Er verzichtete darauf, sie daran zu erinnern, dass sie möglicherweise ein wenig voreingenommen war. Es hätte ohnehin keinen Sinn gehabt.

Mitch verkündete mit dem üblichen perfekten Timing, das Abendessen sei fertig, und danach sprachen sie dankenswerterweise nicht mehr über Connors Liebesleben. Das Thema kam nicht mehr zur Sprache, bis seine Mutter eine Stunde später meinte: »Ich bin wirklich froh, dass du wieder auf jemanden zugehen willst.«

»Apropos gehen …« Connor stand auf und wollte seinen Teller abräumen, den Mitch ihm jedoch aus der Hand nahm.

»Geh ruhig«, sagte er. »Ich habe gesehen, wie du auf die Uhr geschaut hast. Ich habe ohnehin Küchendienst.«

Connor hatte geglaubt, seine Blicke auf die Uhr seien unauffällig gewesen, aber er sagte nichts, sondern bedankte sich bei Mitch. Er konnte von Glück sagen, wenn er es nach Hause schaffte, bevor Deenie dort war.

Mitch warf seiner Frau einen vielsagenden Blick zu, und sie hakte sich bei Connor unter, um ihn zur Tür zu begleiten. Sie ließ ihn erst los, als er in seine warme, dunkle Cabanjacke mit Kaschmiranteil schlüpfte. Die hatte er sich gegönnt, als er den Job bei STK bekommen hatte, und er liebte jedes Mal aufs Neue dieses Gefühl, sie anzuziehen.

Seine Mom strich ihm übers Revers, und er wusste nicht, ob sie den Stoff bewunderte oder sich einfach vergewissern wollte, dass er noch da war. »Ich will nur, dass du glücklich bist«, murmelte sie, ohne ihm in die Augen zu sehen; stattdessen blieb ihr Blick auf ihre Hand gerichtet, mit der sie nach wie vor seine Jacke streichelte.

Er legte seine Hand auf ihre und stoppte sie. »Das bin ich.«

Jetzt sah sie ihn an, und ihre hochgezogene Braue verriet, wie wenig sie ihm glaubte.

»Ich werde es sein«, versprach er und zwinkerte. »Ich habe einen Plan.«

»Na, dann gibt es ja für mich keinen Grund zur Sorge.« Trotzdem wirkte sie besorgt. »Lass nur Monica nicht …«

»Mom.« Er sprach nicht darüber. Nicht einmal mit ihr.

Sie seufzte. »Na schön. Geh und triff deinen Hundetrainer. Und wenn du fertig bist, schau dir deine Dating-Apps an. Du willst doch keine Lady warten lassen.«

»So läuft das nicht. Keine von denen wartet auf mich. Bis jetzt habe ich noch nicht einmal mit einer kommuniziert.«

»Wer sagt denn, dass ich diese Damen meinte? Ich meinte mich. Ich will meine Enkel, solange ich noch eine junge, lustige Oma bin. Ich will mit ihnen Wasserski fahren, ohne Angst haben zu müssen, dass ich mir die Hüfte dabei breche. Also an die Arbeit, junger Mann.«

»Jawohl, Ma'am.«

Sie umarmte ihn ein letztes Mal, dann ging er hinaus – vorbei an dem grässlichen Murmeltier. Er wagte nicht zu fragen, ob das Ding seinen Schatten gesehen hatte. Zufrieden lächelnd nach dem Essen mit seiner Mutter, startete er den Wagen – und erschrak, als die Uhr am Armaturenbrett aufleuchtete.

Er würde zu spät kommen. Und er ahnte bereits, dass Deenie ihm das ausgiebig vorhalten würde.

Pine Hollow war eine Kleinstadt, die etwas auf ihre Fußgängerfreundlichkeit hielt – was Geschwindigkeitsbegrenzungen und Millionen Stoppschilder zwischen dem Haus seiner Mutter und seinem eigenen bedeutete. Als er endlich auf der gewundenen Landstraße fuhr, die zum Ski-Resort und seinem Haus führte und einen phänomenalen Blick auf die Berge bot, trat er das Gaspedal seines SUV durch und nahm schwungvoll jede der vertrauten Kurven.

In seiner Auffahrt stand kein taubenblauer VW-Käfer, und im Stillen dankte er Deenie dafür, sich noch mehr verspätet zu haben als er – bis er in die Garage fuhr und ihm der Gedanke kam, dass sie vermutlich absichtlich zu spät war, weil er solchen Wert auf Pünktlichkeit gelegt hatte. Das vermieste ihm sofort die Stimmung.

Connor stieg aus dem Wagen, schloss das Garagentor und ging rasch ins Haus. Er wollte so tun, als ob er und Max schon ungeduldig an der Tür gewartet hätten.

Doch kaum hatte er den Wirtschaftsraum zwischen Garage und Wohnhaus betreten, wusste er, dass etwas nicht stimmte.

Die Tür stand offen.

Und Max war nicht da.

Die Tür, die ins Haus führte, sah nicht direkt beschädigt aus, aber der Rahmen war leicht verbogen, als hätte jemand dagegengedrückt, bis der Riegel nachgab.

Und auf der anderen Seite der Tür … Stille.

Bei Hunden und Kindern ist Stille immer ein schlechtes Zeichen.

Connor bewegte sich auf diese verdächtige Stille zu und machte sich auf eine neue Verwüstung im Wohnzimmer gefasst. Dort sah jedoch alles tadellos aus. Dieser Raum ging nahtlos über in den Küchenbereich, mit Abstand sein liebster Ort im ganzen Haus. Auch hier war alles in Ordnung …

Nur dass die Tür zur Vorratskammer offen stand.

Connor näherte sich vorsichtig, darauf gefasst, Max schlafend in einem Haufen Trockenfutter vorzufinden. Aber als er hineinschaute, standen die Futterbehälter unberührt an ihrem Platz.

Maximus lag auf dem Fußboden und knurrte vor sich hin, während er den Kopf schwenkte. Flüssigkeit war in sämtliche Richtungen ausgelaufen. Der Geruch verriet Connor, womit der Hund sich beschäftigt hatte, noch ehe er das Sixpack im Maul des Wolfshundes entdeckte.

Bier.

Connor war eher Weintrinker, aber an den Pokerabenden trank er Bier und hatte stets ein paar Sixpacks vorrätig für seine Freunde. Vor einigen Tagen erst hatte er den Vorrat aufgestockt und die Dosen achtlos auf den Fußboden gestellt.

Wo Max sie gefunden hatte.

Er starrte seinen Hund an, vollkommen ratlos, was er nun mit dem betrunkenen Wolfshund anfangen sollte, als es an der Tür klingelte.

6. Kapitel

Connors Haus war scheußlich.

Deenie stand auf der Treppe vor dem Eingang dieser mehrere Hundert Quadratmeter großen Sehenswürdigkeit und betrachtete die pompös-prachtvolle Haustür. Die natürlich keine normale Größe hatte. Connor musste eine dieser überdimensionierten Holztüren haben, vermutlich aus einem jahrhundertealten Baum geschlagen, fast schwarz gefärbt, um zum eleganten verglasten Chalet-Stil zu passen, geradezu blendend in ihrem Glanz.

Sie schob die Hände in die Taschen, jetzt schon genervt und ein bisschen überrascht, dass er die Tür nicht geöffnet hatte, noch ehe sie klingeln konnte. Eigentlich hatte sie damit gerechnet, dass er schon auf der Veranda wartete, weil sie zu spät kam, demonstrativ auf seine protzige Uhr schauend.

Sie hätte wissen müssen, wie kleinlich er war. Wahrscheinlich ließ er sie extra warten, weil sie ihn hatte warten lassen.

Dabei hatte sie wirklich vorgehabt, pünktlich zu kommen. Sie hatte sogar den Alarm in ihrem Handy eingestellt, ihn dann allerdings ignoriert, als er losging.

Ja, sie wäre eigentlich auch pünktlich gewesen. Aber sie hatte Bitty im Bereich für betreutes Wohnen Demenzkranker besucht, und ... es war kein guter Tag gewesen.

So formulierten es die Pflegerinnen mit ruhigen und sanften Stimmen. *Tut uns leid, es ist keiner von den guten Tagen.*

Deenie hatte sie trotzdem sehen wollen, um ihr wenigstens eines ihrer Lieblingsgedichte vorzulesen. Und ja, ein bisschen hatte sie gehofft, Bitty würde sie erkennen und wie durch ein Wunder wach und klar sein, damit sie sich wie früher miteinander unterhalten konnten. Lachen, bis ihnen die Bäuche wehtaten. Manchmal passierte es, selbst jetzt noch, wo die schlechten Tage zahlreicher als die guten zu werden schienen.

Aber es hatte kein Wunder gegeben. Nicht heute. Es war kein guter Tag gewesen.

Deenie hatte ihrer Großtante vorgelesen, aber Bitty war ärgerlich geworden. Sie hatte über den Murmeltiertag sprechen wollen und war durcheinandergekommen. Schließlich hatten sie nur dagesessen, den Sonnenuntergang betrachtet, bis Bitty sich ihr plötzlich zuwandte und verkündete: »Ich kenne dich, oder? Ich glaube, ich mag dich nicht.«

Deenie wusste, dass das nicht Bitty war. Ihre Großtante war diejenige in der Familie, auf die sie sich immer hatte verlassen können, voll und ganz. Sie hatte Deenie immer geliebt, genau so, wie sie war.

Obwohl Deenie klar war, dass aus Bittys Worten die Alzheimererkrankung sprach, hatte es sie zutiefst getroffen. Trotzdem behielt sie ihr Lächeln bei und erklärte Bitty: »Das ist okay. Ich mag dich sehr.«

Bitty hatte sie nur kritisch angesehen und krampfhaft versucht, sich zu erinnern, und Deenie hatte geduldig gewartet, um das mögliche Entstehen synaptischer Verbindungen im Hirn ihrer Großtante nicht zu stören – selbst als sich ihr Handy meldete. Sie war still sitzen geblieben, bis Bitty sich schnaufend abgewandt hatte. Erst dann hatte Deenie sich verabschiedet.

Und deshalb war sie nun ein wenig zu spät. Die Summerland Estates lagen auf der anderen Seite der Stadt, weit weg vom Ski-Resort und Connors grotesk protzigem Chalet in den Bergen. Aber war das wirklich Grund genug, um sie hier einfach auf der Veranda warten zu lassen?

»Komm schon, Connor! Ich hab's begriffen«, rief sie und drückte erneut auf die Klingel.

Die Tür flog auf, noch während der Glockenton durchs Haus hallte. Connor stand im Türrahmen, in seiner Designer-Winterjacke, polierten Designerschuhen und mit einem verwirrten Gesichtsausdruck, den sie bei ihm noch nie gesehen hatte.

Von Max keine Spur.

»Willst du irgendwohin?«, fragte Deenie, die Cabanjacke musternd, die unglaublich weich aussah. Am liebsten wäre sie mit den Fingerspitzen über die edle Wolle gefahren.

»Komm rein.« Connor machte die Tür weiter auf und warf einen Blick nach hinten. »Wir haben ein Problem.«

Deenie trat misstrauisch ein, halb in der Erwartung, gleich von Max angesprungen zu werden. Doch im Haus herrschte unheimliche Stille. Connor nahm ihr den Mantel ab und merkte erst nach ihrem Blick, dass er selbst noch seine Jacke trug. Rasch zog er sie aus und hängte sie auf, bevor Deenie herausfinden konnte, ob sich der Wollstoff wirklich so weich anfühlte, wie er aussah.

»Ich möchte nicht, dass du denkst, das sei repräsentativ. Das ist noch nie zuvor passiert«, erklärte Connor.

»Ich wette, das sagst du zu allen Frauen.«

Er warf ihr einen verdutzten Blick zu – na schön, das war nicht der beste Spruch gewesen. Aber unerklärlicherweise machte es sie nervös, in seinem Haus zu sein. Sie fühlte sich unbehaglich in dieser sichtlich teuren Umgebung. Sie war schon in solchen Häusern gewesen. Sie war in Häusern wie diesem aufgewachsen.

Wenn sie wegen einer Prinzessinnenparty in eine Luxusvilla kam oder für eine Kleideranprobe für die kleinen Mädchen, deren Eltern den kompletten Kostümservice wollten, war sie nie eingeschüchtert. Doch irgendetwas an Connors Haus – oder vielleicht nur die Tatsache, dass es seines war – löste Unbehagen in ihr aus.

Die hohe Decke mit den dunklen Balken und Vertäfelungen. Das Parkett, das sich von den riesigen Fenstern in der Eingangshalle durch die Räume erstreckte, die ihre Mutter immer als Empfangsräume bezeichnet hatte – Esszimmer, offizielles Wohnzimmer mit Bar –, und weiter bis in die offen gestaltete Küche mit einem zwangloseren Wohnbereich dahinter.

Das ganze Innere war weitläufig und offen.

Schwarze schmiedeeiserne Geländer wanden sich entlang der Treppe in den ersten Stock. Im hinteren Teil des Hauses gab es weitere Türen, die in unermesslich luxuriöse Gemächer führten. Doch was Deenie wirklich faszinierte, waren die Fenster – atemberaubend vom Boden bis zur Decke reichend, dominierten sie das tiefer liegende Wohnzimmer im hinteren Teil des Hauses und boten einen Blick auf die Berge.

Das Haus wies jeden nur erdenklichen Luxus auf – mehrere Kamine, einschließlich dem im hinteren Wohnzimmer, mit einem bis zur Decke reichenden, aus Stein gemauerten Abzug. Außerdem die moderne Küche mit einem extra großen Herd, der vermutlich mehr gekostet hatte, als Deenie in einem Jahr verdiente.

Connor schien sich gerade für nichts von alldem zu interessieren, denn er ging schnurstracks durch den Küchenbereich auf eine angelehnte Tür zu.

»Ich war zum Essen bei meiner Mutter«, erklärte er im Gehen. »Max hatte ich in den Hauswirtschaftsraum eingeschlossen. Das mache ich immer, wenn ich ihn allein lassen muss, und in der Vergangenheit war das nie ein Problem. Es steht ein Korb mit Kauspielzeug für ihn darin.«

»Ich nehme mal an, das hat ihm als Beschäftigung nicht gereicht.«

»Nein«, gab er zu. »Irgendwie hat er die Tür aufbekommen und ist in die Speisekammer gelangt, und dort …« Connor bedeutete ihr, die Speisekammer zu betreten – und Deenie konnte sich bei dem Anblick, der sich ihnen bot, ein vergnügtes Quietschen nicht verkneifen.

Max fläzte sich auf dem Boden in einer Bierlache, umgeben von den Bierdosen, die er mit seinen Zähnen zerquetscht hatte. Der Alkohol verklebte sein Fell und tropfte ihm aus dem Maul, als er den Kopf hob und freundlich hechelnd zu ihnen aufschaute.

»Der hat es ja so richtig krachen lassen«, meinte Deenie amüsiert.

»Das ist nicht witzig.«

»Ach, irgendwie schon.«

Connors sinnliche Lippen zuckten nicht einmal. »Kann das Zeug ihm nicht schaden? Ich hatte nicht mal Zeit, ihn da wegzubekommen, bevor du aufgetaucht bist.«

Vorsichtig betrat er die Vorratskammer, und Deenie musste den Impuls unterdrücken, ihn zurückzuhalten, damit er sich die teuren Designer-Lederschuhe und die übrige elegante Kleidung nicht ruinierte. Eine der Bierdosen stand allein in der Ecke; aus ihr sprudelte eine kleine Fontäne wie aus einem kaputten Rasensprenger.

»Wir sollten besser Handtücher holen. Und er wird ein Bad brauchen, wenn du nicht willst, dass er die ganze nächste Woche über wie eine Brauerei riecht. Wenn du alles vorbereitest, sammle ich schon mal die Dosen ein und kontrolliere, ob er kein Aluminium verschluckt hat.«

Connor wurde blass. »Das könnte innere Verletzungen verursachen.«

»Höchstwahrscheinlich hat er nichts verschluckt. Und falls doch, bringen wir ihn gleich zum Tierarzt. In Burlington gibt es die ganze Nacht einen Notdienst.«

»Das ist fast eine Stunde von hier …«

»Entspann dich«, sagte sie. »Kein Grund zur Panik, ehe wir nicht wissen, ob da Aluminiumteile von den Dosen fehlen. Und selbst wenn, müssen wir uns vermutlich keine allzu großen Sorgen machen. Du würdest staunen, was Hunde alles verschlucken. Das meiste kommt einfach hinten wieder raus, kein Problem. Atme tief durch. Müsste ich mich entscheiden, ob ich Max zum Tierarzt fahre oder dich ins Krankenhaus, weil du aufgrund einer Panikattacke ohnmächtig geworden bist und dir eine blutige Platzwunde am Kopf geholt hast, ist uns beiden wohl klar, was ich täte.«

Ihre Vision seiner blutigen Kopfverletzung holte ihn aus seiner Panik. »Ich hole die Handtücher.«

Er ging, und Deenie streifte sich die Stiefel ab, bevor sie die Vorratskammer betrat. Ihre violetten billigen Leggings und die Socken konnte sie waschen, aber ihre Lieblingsstiefel wollte sie nicht aufs Spiel setzen. Sie schob die Ärmel ihres weißen Lieblingspullovers hoch – den mit den hineingewirkten Silberfäden, den sie für den Besuch bei Bitty angezogen hatte, damit sie das Gefühl hatte, mit Glitzer bestäubt zu sein. Sie hatte sogar Glitzer auf die Wangen aufgetragen, weil ihre Großtante so etwas liebte. Nur hatte es heute leider nichts genützt.

Diesen Gedanken beiseiteschiebend, konzentrierte sie sich auf das Hier und Jetzt. Sie kniete sich neben Max und kraulte ihn hinter den feuchten Ohren.

Der Geruch von abgestandenem Bier und nassem Hund trieb ihr die Tränen in die Augen.

»Okay, Kumpel, sehen wir uns den Schaden mal an.«

Sie war ein bisschen besorgter, als sie Connor hatte merken lassen, denn Aluminium konnte wirklich gefährlich sein. Doch eine kurze Untersuchung von Max' Maul und Zahnfleisch ergab weder Schnitte noch Hinweise auf Blut. Zum Dank für ihre Bemühungen wurden ihr die Hände und das Gesicht gründlich abgeleckt. Sie schaute sich die Dosen an und schob den großen Hundekopf weg, als Max die wiederhaben wollte, aus der er zuletzt geschlürft hatte.

Insgesamt waren es acht teilweise zerkaute Dosen; vier weitere waren zwar aus der Packung herausgelöst und rollten in der Vorratskammer herum, wiesen jedoch keine Beschädigungen auf.

Deenie sammelte die acht kaputten Dosen ein und überprüfte jede einzelne auf gefährliche Stücke, die im Verdauungstrakt des Hundes gelandet sein könnten. Aber sie fand nur saubere Bisslöcher und eingedellte Dosen. Sogar die Plastikringe, mit denen die beiden Sixpacks zusammengehalten wurden, waren nicht verschlungen worden.

»Fahren wir nach Burlington?«

Connor stand im Türrahmen mit besorgter Miene und einem Stapel Handtücher in der Hand. Offenbar liebte er diesen Hund wirklich sehr.

Als er damals Interesse bekundet hatte, Maximus aufzunehmen, hatte sie es ihm auszureden versucht. Connor war so spießig und immer beherrscht. Sie hatte sich nicht vorstellen können, dass er Geduld für dieses riesige Vieh aufbringen könnte, das sich für ein Schoßhündchen hielt. Sie war überzeugt davon gewesen, dass er den Hund innerhalb einer Woche wieder im Tierheim abgeben würde.

Doch seine Besorgnis jetzt war echt.

Deenie beruhigte ihn schnell. »Ich glaube nicht, dass er etwas anderes als Bier verschluckt hat. Du kannst ja deinen Tierarzt anrufen und fragen, ob die ihn sich ansehen wollen. Aber ich bin der Meinung, er braucht vor allem dringend ein Bad. Und er sollte seinen Rausch ausschlafen.«

Connor war in zweifacher Hinsicht erleichtert. Erstens fehlte Max nichts weiter, und zweitens hatte der Hund durch das Versagen seines Besitzers keinen Schaden genommen. Nie hätte Connor damit gerechnet, dass der Hund aus dem Wirtschaftsraum ausbrechen könnte. Oder dass er sich über das Bier hermachen würde.

Connor betrachtete das in einer Bierlache liegende Tier skeptisch. »Können Hunde betrunken werden?«

»Ja?«, antwortete Deenie mit Fragezeichen am Ende. »Alkohol hat eine Wirkung, aber bei der Menge auf dem Fußboden und in seinem Fell würde ich sagen, dass er höchstens eine oder zwei Dosen intus hat. Außerdem ist er sehr groß, daher müsste der Alkoholgehalt in seinem Blut eher gering sein.«

»Ich habe einen Freund, der sich mit zwei Bier betrinken kann.« Allerdings war Mac ein Sonderfall. Maximus sollte damit klarkommen. Vielleicht konnte Connor seinen Freund Levi anrufen, damit der vorbeikam und bei seinem Hund einen Alkoholtest machte. So hatte Connor sich seinen Dienstag nicht vorgestellt.

Deenie richtete sich auf; die Knie ihrer Leggings waren durchweicht. Auf den Wangenknochen hatte sie Glitzer, und er musste immer wieder zu diesem Funkeln auf ihrer hellen Haut schauen.

»Wir sollten ihn sauber machen«, schlug sie vor. »Und du kannst den Tierarzt anrufen, um dich zu erkundigen, ob wir ihn vorbeibringen sollen.«

Connor gab ihr die Handtücher. »Oben habe ich noch mehr. Die Badewanne im Masterbad ist die größte. Ich habe das Wasser schon angestellt, aber es dauert ewig, bis die voll ist.«

»Füll nicht mehr als ein paar Zentimeter ein – er wird es nur herausschwappen lassen.«

»Stimmt auch wieder.« Er nickte, ließ sie mit den Handtüchern zurück und lief die Treppe hinauf. Nachdem er das Wasser abgedreht hatte, zog er sein Handy aus der Tasche und gab *Was tun, wenn mein Hund betrunken ist?* in die Suchmaschine.

Der Rat, den er bekam, war nicht sehr hilfreich. Von Warnsignalen, auf die er achten solle, war die Rede. Ihm schwante, dass er in dieser Nacht nicht viel Schlaf bekommen würde, weil er Max wegen drohender Depression, Lethargie, Erbrechen oder Unterkühlung beobachten musste. Wie sollte er überhaupt herausfinden, ob Max unterkühlt war? Er würde ihn einfach warm halten müssen. Irgendwo hier musste eine Heizdecke herumliegen – Monica war immer kalt gewesen.

»Connor?« Deenies Stimme drang vom Fuß der Treppe herauf.

Er ging nach unten und fand sie, Max am Halsband haltend, am Rand der Küchenfliesen.

»Ich glaube nicht, dass wir seine Pfoten ganz trocken bekommen. Deine Fußböden …«

»Mach dir wegen der Böden keine Gedanken, die kann ich wischen. Wir sollten ihn lieber in die Badewanne bekommen. Ich habe online recherchiert, und anscheinend kann Alkohol auf seiner Haut schädlich sein …«

»Ihm geht's schon wieder besser, er schwankt nicht einmal«, versicherte Deenie ihm und führte Max zur Treppe.

Der Hund lief nach oben und wirkte dabei tatsächlich völlig normal. Deenie und Connor trieben ihn gemeinsam ins Badezimmer.

Bei dem ersten und einzigen Mal, dass Connor Maximus bisher hatte baden müssen, hatte er fast eine Stunde mit ihm gekämpft. Deenie zog jedoch einfach ihre nassen Socken aus, schob die Hosenbeine ihrer Leggings hoch und stieg in die Wanne. Max sprang freudig hinterher.

»Das Ding ist ja riesig«, staunte Deenie und gab das Hundeshampoo, das Connor auf dem Wannenrand bereitgestellt hatte, in eine Hand, während er dastand und sich nutzlos vorkam. Bis sie das Hundeshampoo mit dem Ellbogen in seine Richtung schob. »Na los, mach mit.«

Sie war völlig gelassen bei allem und ließ es kinderleicht aussehen. Ihm war nicht klar gewesen, was für eine Übung in Demut das Halten eines Hundes sein würde.

Connor nahm seine Uhr ab, krempelte die Ärmel hoch und füllte die Hände mit Seife. Er fing auf Max' anderer Seite an und beugte sich dabei über den Badewannenrand. Die Wanne war groß genug für alle drei, aber er trug noch seine Schuhe – was, wie ihm klar wurde, ein Fehler war. Er hätte sich die Sachen anziehen müssen, die er bei der Gartenarbeit trug. Aber er hatte nur noch daran denken können, Max möglichst schnell in die Badewanne zu bekommen, bevor der Alkohol seiner Haut schaden konnte.

»Kennst du den Film *Scott & Huutsch*?«, fragte Deenie aus heiterem Himmel. »Mit Tom Hanks und dem Hund?«

»Ich glaube nicht. Ist er neu?«

»Nein, der ist fast dreißig Jahre alt. Als Kind habe ich diesen Film geliebt. Tom Hanks und der Hund lösen Verbrechen, nur ist der Hund die reinste Plage. Er bricht Türen auf und trinkt Bier …«

»Du meinst, irgendwer hat Max den Film gezeigt und ihn dadurch erst auf die Idee gebracht?«

Deenie grinste und schäumte Max' Schwanz ein. »Möglicherweise. Wir wissen nicht viel über sein erstes Lebensjahr.«

»Ich halte es eher für wahrscheinlich, dass es nach dem Motto ›Gelegenheit macht Diebe‹ abgelaufen ist. So wie ich Max kenne, ist er gegen die Tür geprallt und hat sie dabei versehentlich aufgestoßen. Und dann ist er in der Speisekammer über das Bier gestolpert. Ich bin mir ziemlich sicher, dass ich die Tür zur Speisekammer aufgelassen hatte.« Es war ihm gar nicht in den Sinn gekommen, dass Max ausbrechen könnte. Schlimmstenfalls, hatte er befürchtet, würde der Hund den Hauswirtschaftsraum verwüsten.

»Das klingt wahrscheinlich«, pflichtete Deenie ihm bei. »Hast du einen Becher? Etwas, das wir benutzen können, um ihn abzuspülen?«

»Abspülen. Klar.«

Connor richtete sich auf, um etwas zu finden, mit dem sie Wasser über Max gießen konnten. Der Wolfshund deutete die Bewegung jedoch als Signal, dass das Bad beendet war, und wollte aus der Wanne springen.

Deenie schrie: »He. Max! Halt!« Sie versuchte ihn festzuhalten, aber er war zu schlüpfrig und bekam eine Pfote auf den Wannenrand …

Und erwischte den Knopf, der die Düsen des Jacuzzi startete.

»Nein!«, schrie Connor.

Aber es war zu spät.

Er sah das Ganze wie in Zeitlupe ablaufen, doch er war machtlos. Max' Pfote landete auf dem Knopf, der Motor sprang an, und die Düsen legten mit voller Kraft los.

Dazu muss man wissen: Wenn ein Jacuzzi voll ist, sorgen die Düsen für sanften, massierenden Druck. Ist die Wanne jedoch nur wenige Zentimeter hoch mit Wasser befüllt, gerade genug, um den Wasseransaugmechanismus zu bedecken, während die Düsen oberhalb des Wasserpegels liegen, ist es, als würde man einen Feuerwehrschlauch aufdrehen. Wasser spritzt in alle Richtungen, in die die Düsen eingestellt sind.

Max wich seitlich aus und sprang aus der Wanne, um den Wasserstrahlen zu entgehen.

Deenie hatte weniger Glück.

Der Strahl aus der Hauptdüse zielte mitten auf ihre Brust.

Sie kreischte, als das Wasser sie traf. Max' lautes Bellen hallte von den Fliesen wider. Connor wäre beinah über den Hund gestolpert, als er zur Wanne stürzte. Er schlug mit der Hand auf den Knopf, um die Düsen abzuschalten, aber der Schaden war angerichtet. Deenie war von Kopf bis Fuß klitschnass, pinkfarbene Strähnen klebten an ihren Wangen.

»Alles in Ordnung?«, erkundigte er sich.

Sie sah ihn an; Wasser tropfte ihr vom Kinn auf den Pullover. »Du badest deinen Hund in einem Jacuzzi. Na klar, was sonst.«

Er verzog das Gesicht und versuchte, nicht auf die Kurven zu starren, an denen der nasse Stoff klebte. »Ja, das hätte ich wohl erwähnen sollen.«

»Wär' besser gewesen«, stimmte Deenie ihm zu.

Er hielt ein Friedensangebot hoch. »Handtuch?«

7. Kapitel

Zwanzig Minuten später hatte Connor den See aus Bier in seiner Speisekammer aufgewischt, das Badezimmer wieder in Ordnung gebracht und mit Max' Tierarzt gesprochen, der seinen Anruf entgegengenommen hatte, obwohl längst Feierabend war.

Deenies Sachen drehten sich in der Waschmaschine, zusammen mit den biergetränkten Handtüchern. Es war ihnen gelungen, Maximus relativ sauber zu bekommen. Der Geruch nach nassem Hund und Bier war nun dem nach nassem Hund und Hundeshampoo gewichen. Maximus war fast trocken und lag entspannt auf der Couch. Connor beobachtete ihn auf Anzeichen von Lethargie und breitete sogar eine Decke über ihn, um sicherzugehen, dass der Hund es warm genug hatte, doch Max schleuderte sie weg und drehte sich auf die Seite, um mit ihr zu spielen. Die ganze Bier-Episode schien ihn nicht weiter beeindruckt zu haben.

Von Deenie konnte man das nicht behaupten.

Sie duschte sich gerade Bier und Hundeshampoo in einem der Gästebadezimmer ab.

Connor hatte ihr Wechselkleidung hingelegt, nur war sie eben mindestens fünfzehn Zentimeter kleiner als er und so schmal, dass ihr seine Jogginghose vermutlich von den Hüften rutschen würde. Nicht dass er an diese Hüften dachte. Oder an den zierlichen Körper, der sich unter ihren nassen Sachen abgezeichnet hatte. Für jemanden, der sich anzog, als würde ein Kind Verkleiden spielen, war ihre Figur ziemlich erwachsen.

Er hatte gewusst, dass sie tolle Beine besaß, schließlich lief sie ständig in diesen neonbunten Leggings herum. Da musste man ja hinsehen. Darüber aber trug sie stets weite Pullover, Tücher und Schichten von schrillen Stoffen.

Bis zum heutigen Abend.

Nicht dass er sie angegafft hätte. Ihre Beziehung war rein professionell, und so würde es auch bleiben.

Connor stapelte gerade die Papiere, die er am Nachmittag für Deenies Ankunft ausgedruckt und auf der Kücheninsel liegen gelassen hatte. Nichts war so gelaufen, wie er es geplant hatte, aber sobald sie herunterkäme, würden sie wieder dem Programm folgen.

Aber dann sah er auf und entdeckte die langen nackten Beine, die aus seinem Yale-Sweatshirt herausschauten, als Deenie die Treppe herunterkam.

Ihm stockte der Atem, und er konnte den Blick nicht abwenden.

Deenie zupfte nervös am Sweatshirt – unsicher, ob sie es nach oben oder unten ziehen sollte. Sie trug eine von Connors Sportshorts, doch das Sweatshirt war so lang, dass die Shorts nicht sichtbar war. Sie hatte die Pyjamahose nehmen wollen, nur war die gerutscht – damit hätte sie es ebenfalls nicht die Treppe hinuntergeschafft, ohne jede Menge Bein zu zeigen.

Er starrte sie an.

Deenie zwang sich, den Saum des Sweatshirts loszulassen und in die Offensive zu gehen, wie sie es stets tat, wenn sie sich unbehaglich fühlte. »Du hast das alles geplant, um mich dazu zu bringen, ein Yale-Sweatshirt zu tragen, oder?«

Seine Brauen schossen in die Höhe – immerhin starrte er ihre Beine nicht mehr an. »Hast du ein Problem mit der Uni, auf der ich studiert habe?«

»Ich habe ein Problem mit Snobs.«

Seine Küche war tadellos sauber und glänzend – vermutlich war die ohnehin nur zum Angeben da. Die an den Halterungen baumelnden Kupfertöpfe waren sicherlich noch nie benutzt worden. Das einzige Anzeichen dafür, dass sich jemand gelegentlich in der Küche aufhielt, war ein Stapel Flyer, die verkündeten: BENJAMIN WEST ALS BÜRGERMEISTER. DIE RICHTIGE WAHL FÜR PINE HOLLOW.

»Bin ich automatisch ein Snob, nur weil ich eine gute Uni besucht habe?«, erwiderte Connor und klang zum ersten Mal wirklich gereizt. »Obwohl ich mich mit Stipendien und finanzieller Unterstützung durchkämpfen musste?«

Sie benahm sich blöd, aber ihr gefiel einfach nicht, dass sie jedes Mal bei ihm das Gefühl hatte, in die Defensive zu geraten. Er erinnerte sie zu sehr an jene Leute, die sie ablehnten, weil sie keinen normalen Job mit Arbeitnehmersparzulage und Aktienoptionen hatte. Angriff ist die beste Verteidigung, lautete daher ihr Motto, wenn sie mit solchen Leuten zu tun hatte – und sie verhielt sich entsprechend deren Erwartungen. Wenn sie zuerst ausholte, konnten die ihre Treffer bei ihr nicht mehr landen.

Allerdings war es wohl besser, sich den Mann mit dem Scheckbuch nicht zum Feind zu machen.

Sie deutete auf den Stapel Papiere, den er ständig neu aufstieß, seine langen Finger in Bewegung haltend. »Was ist das?«

Connor sah auf die Papiere, als wäre er überrascht, sie in seinen Händen vorzufinden. Er nahm sich zusammen und streckte den Rücken kaum merklich durch. Dabei war ihm bis dahin gar nicht anzumerken gewesen, dass er auch nur ansatzweise *nicht* angespannt gewesen war.

»Ich habe einen vorläufigen Vertrag aufgesetzt.«

Deenie stutzte. »Einen *was*?«

Natürlich hatte sie ihn ausgezeichnet verstanden, aber das konnte er unmöglich ernst meinen, oder?

»Nur das Wesentliche«, erklärte er, als wäre es das Normalste der Welt, seitenweise juristischen Text zu formulieren. Er teilte den Stapel in zwei Hälften und schob ihr die eine über die Kücheninsel hin, während er die andere Hälfte bei sich behielt. »Konditionen, Art der Entlohnung, Gewährleistungen.«

»Du hältst wirklich nichts von Spontaneität, oder?«

Connor ignorierte die Frage demonstrativ. »Auf der letzten Seite stehen die Instruktionen – Code für Tür und Alarm, die du dir schnellstmöglich einprägen solltest. Ben kennt beide Codes, und er ist im Security Account autorisiert. Falls du also Probleme haben solltest und ich nicht erreichbar bin, kannst du ihn anrufen.«

»Du hast vor, nicht hier zu sein? Ich dachte, du arbeitest im Homeoffice?«

»Das tue ich meistens auch, aber in den kommenden Monaten werde ich eventuell häufiger in der Kanzlei sein müssen. Oft muss ich auch Dienstreisen machen. Ich war mir nicht sicher, wie lange dieses Training dauern wird«, er blätterte in den Papieren, »daher habe ich das Enddatum offen gelassen. Aber wenn du mir sagst, wann die Ausbildung abgeschlossen sein wird, trage ich es ein.«

»Es dauert so lange, wie es eben dauert. Manche Hunde lernen schneller als andere.«

Ein skeptischer Ausdruck erschien auf Connors Gesicht. »Dann sollten wir uns wohl auf eine längere Dauer einstellen. Max kann ... schwierig sein.« Er richtete seine Aufmerksamkeit wieder auf die Papiere in seinen Händen. »Ich habe eine Teilzahlung bei Vertragsunterzeichnung vorgesehen und eine nach Beendigung des Trainings, unter Berücksichtigung der genaueren Definition, wann die Ausbildung des Hundes als abgeschlossen anzusehen ist. Falls dir wöchentliche Zahlungen lieber sind, kann ich das in den Vertrag aufnehmen. Jedes zusätzliche Hundesitting, Hundespaziergänge oder sonstige über das Training hinausgehende Tätigkeiten rund um den Hund werden im Abschnitt C erwähnt. Da ich deine Tarife nicht kenne, habe ich online recherchiert, was hier üblich ist. Solltest du jedoch die Höhe der Beträge für unangemessen halten oder der Ansicht sein, dass sich noch weitere Aufgaben im Rahmen deiner Aktivitäten mit Max ergeben werden, können wir diesen Abschnitt gerne auch noch mal überarbeiten.«

Deenie blätterte durch das Schriftstück, während die Worte in ihrem Kopf herumschwirrten. »Willst du mich auf den Arm nehmen? Ist das ein Scherz?«

Connor sah von dem Vertrag auf und blickte Deenie ernst an. Wenn sie ehrlich war, musste sie zugeben, dass dieser hyperkonzentrierte, extrem kompetente Anwalt-Modus irgendwie sexy wirkte. Allerdings weckte das gleich den Fluchtinstinkt in ihr.

Er tippte auf Abschnitt C. »Es ist besser, wir klären das von vornherein. Ich mag keine Missverständnisse – schon gar nicht, wenn sie durch klare Kommunikation, vor allem, was die beiderseitigen Erwartungen betrifft, vermieden werden können.«

Sie stand barfuß in seiner Küche, in seinem Yale-Sweatshirt, die Haare noch feucht von der Dusche, und er schien zu glauben, dass alles im Leben mit einem gut ausgearbeiteten Vertrag geplant werden konnte.

»Ich kann nicht mit Maximus trainieren, wenn ich mir die ganze Zeit Sorgen mache, ob ich auch jeden Paragrafen deines Vertrages erfülle. Manchmal wirft einem das Leben einen angeschnittenen Ball zu, und darauf muss man dann spontan reagieren.«

Er deutete auf den Vertrag. »Darin ist ein Abschnitt über unvorhergesehene Ereignisse …«

»Das Ding mit unvorhergesehenen Ereignissen ist, dass sie unvorhergesehen passieren. Sagt doch schon der Name.«

»Wir können trotzdem vorbereitet sein. Ich habe Kategorien erstellt für entschuldbare Gründe, falls Übungseinheiten ausfallen müssen, einschließlich Naturkatastrophen, Krankheit, Trauerfall …«

»Connor.« Sie schob die inzwischen verstreuten Papiere wieder zu ihm. »Ich werde das nicht unterschreiben.«

»Der Zeitplan ist frei verhandelbar. Du hast gesagt, es

kollidiert nicht mit anderen Terminen, aber wenn dir feste Zeiten und Tage lieber sind ...«

»Ich habe dir doch schon gesagt, dass ich nicht einmal einen *Kalender* besitze. Trotzdem führe ich natürlich ein Privatleben und stehe nicht ständig zur Verfügung, wie es dir gerade passt.«

»Ich bestehe nicht auf diesen Zeiten ...«

»Ich will keine festen Zeiten!«, rief sie ein wenig zu laut, und die Worte hallten von den lächerlich hohen Decken wider. »Im Augenblick bin ich mir nicht mal sicher, ob ich das überhaupt noch alles will.«

Ein Ausdruck von Panik erschien auf Connors Gesicht. »Aber du warst einverstanden ...«

»Max zu trainieren. Aber nicht, einen Vertrag über Termine und Sanktionen mit Blut zu unterschreiben.«

Sofort wirkte er erst erleichtert und dann auf so herablassende Weise nachsichtig, dass sie überrascht war, von ihm nicht den Kopf getätschelt zu bekommen. »Blut gehört nicht dazu, das versichere ich dir.«

Hätte irgendetwas Greifbares auf dieser sauberen Kücheninsel gelegen, hätte sie damit vermutlich nach ihm geworfen. Eine verfaulte Tomate, zum Beispiel.

Vor einigen Jahren hatte sie eine Tomatenvorführung bei einem Renaissance-Festival gezeigt, bei der sie zum Entzücken der Zuschauer sehr übertrieben etwas von Shakespeare vorspielte und dabei den Tomaten auswich, mit denen sie beworfen wurde. Noch immer konnte sie sich gut an den Geruch erinnern. Und an das feucht-matschende Geräusch, mit dem die Tomaten ihr Ziel trafen. Oh ja, welch eine Freude wäre es, Connor jetzt eine ins Gesicht zu schleudern ...

»Deenie?«

»Einen Moment. Ich werfe dir in meiner Fantasie gerade Tomaten ins Gesicht.«

Wieder erschien dieser nachsichtige Ausdruck auf seinem Gesicht, der ihren Tomatenwunsch noch verstärkte. »Deenie.« Bäh, er klang so *geduldig*. »Ich bin sicher, wir finden zu einer Einigung.«

»Du hörst mir nicht zu. Ich mache das nicht.« Sie deutete mit der Hand wedelnd in Richtung Vertrag – aus dem er schon wieder zwei ordentliche Stapel gemacht hatte. »Terminpläne und Verträge und Verpflichtungen.« Daraus hatte ihre ganze verdammte Kindheit bestanden. Verträge für Hausarbeiten. Verträge für Zensuren. Ihre Eltern waren besessen gewesen von Vertragserfüllungen. Sie hätten Connor geliebt.

Aber sie musste nicht mehr nach diesen Regeln leben. Sie war erwachsen, auch wenn ihre Geschwister spöttisch reagierten, sobald sie sich als Erwachsene bezeichnete.

Sie ging auf die dreißig zu, vielen Dank auch, und der einzige Mensch auf dieser Welt, dem sie etwas schuldete, war Tante Bitty. Die Großtante, die ihre Eltern immer verrückt genannt hatten. Die Frau, die sie dazu ermutigt hatte, ihren eigenen Weg zu gehen. Und die Frau, die ihr ein »Stipendium« gewährt hatte, als ihre Eltern sie bremsen wollten, da sie Kindertheater für einen unmöglichen Studiengang hielten.

Deenie setzte ein entschlossenes Gesicht auf. »Ich werde einem festen Plan nicht zustimmen. Ich habe eine Tante im betreuten Wohnen in den Summerland Estates, und ich bin ihr Notfallkontakt. Ich muss in der Lage sein, zu ihr zu können, wenn sie mich braucht. Ich werde mich um Max kümmern und ihn trainieren, und ich werde dir nicht in die Quere kommen, aber ich will mir auch keine Vorwürfe anhören müssen, wenn ich zu spät oder zu früh komme …«

»Es geht nicht, dass du einfach auftauchst, wann es dir gerade passt. Ich habe Meetings und Ehrenämter – vielleicht bin ich dann nicht allein.«

»Stimmt. Natürlich.«

Deenie errötete bei dem Hinweis darauf, dass selbst spießige Snobs wie Connor ein Privatleben hatten. Wahrscheinlich standen die Frauen bei ihm Schlange. Diese hohen Wangenknochen. Die sexy Grübchen. Diese verdammten *Wimpern.* Ganz zu schweigen von den markanten Zügen und den absurd muskulösen Schultern. Der Mann war *umwerfend*, auch wenn er den Charakter eines Felsblocks besaß. Obwohl das nicht ganz fair war. Manchmal konnte er wirklich witzig sein … wenn auch auf spießige Weise.

»Ich werde einfach vorher eine SMS schreiben«, bot sie an. »Um sicherzugehen, dass mein Besuch zeitlich passt.«

»Dann soll ich also alles stehen und liegen lassen, wenn du vorbeikommen willst? Um zu bestätigen, dass es gerade passt, obwohl du doch genauso gut zu einer vorher festgelegten Zeit erscheinen könntest, sodass ich vorbereitet wäre …«

»Zwei Sekunden für ein Daumen-hoch- oder Daumen-runter-Emoji werden dich nicht umbringen. Man nennt es Kompromiss.«

Connors Kiefer mahlten. »Na schön. Aber du tauchst nicht mitten in der Nacht auf.«

»Damit kann ich leben. Wie wäre es nicht vor acht Uhr morgens und nach neun Uhr abends?«

»Das ist akzeptabel.« Er schaute auf die Verträge und hätte sichtlich gern wieder davon angefangen.

Deenie hätte sich nach diesem Sieg am liebsten aus dem Staub gemacht, aber dann gab sie seufzend nach. »Lass mich Abschnitt C noch mal sehen.«

Als Deenies Sachen trocken waren, hatten sie eine vernünftige Einigung gefunden. Deenie hatte zwar ständig die Augen verdreht und dauernd Bemerkungen gemacht, was für eine Zeitverschwendung es sei, aber Connor hatte sich immer sicherer gefühlt, je mehr Notizen er an den Rand des Vertrages kritzelte.

Es bot ihm die Gelegenheit, sich vom Anblick ihrer Beine abzulenken.

»Ich werde die hier ändern und dir zwei neue Kopien hinlegen, die du bei deinem nächsten Besuch unterschreiben kannst«, sagte er, ohne aufzusehen, als er sie frisch umgezogen in die Küche zurückkommen hörte. »Wenn ich in einem Meeting bin, unterschreib auf jeden Fall beide. Ich werde sie gegenzeichnen, und dann kannst du deinen Vertrag mitnehmen.«

»Ich Glückspilz«, erwiderte sie sarkastisch.

Streng genommen hätte es eine beglaubigte Unterschrift sein sollen, aber Connor wollte es lieber nicht überstrapazieren. Er sah sie an und war erleichtert, dass sie nicht mehr seine Sachen trug.

Das war viel zu intim gewesen, sie in seinem verwaschenen College-Sweatshirt auf sich zukommen zu sehen oder ihr an der Kücheninsel gegenüberzustehen – obwohl er ihre langen Beine da gar nicht hatte betrachten können. Geschickterweise war er auf seiner Seite der Kücheninsel geblieben, um nicht in Versuchung zu geraten.

Nur leider hatte er den Anblick nicht vergessen können. Deswegen verfluchte er sein Erinnerungsvermögen. Das hatte zwar Prüfungen für ihn zu einem Klacks gemacht und ihm geholfen, sich stapelweise juristische Texte und Fallakten während des Studiums zu merken, aber wenn er etwas vergessen *wollte*, blieb es wie eingebrannt in seinem Gedächtnis.

Wie der Gesichtsausdruck seiner Mutter, als die ihm eröffnete, sein Vater würde nicht mehr zurückkommen. Oder der exakte Wortlaut auf dem Post-it-Zettel, mit dem Monica ihre Hochzeit abgesagt hatte. Ihre schnörkelige Handschrift.

Manchmal war ein ausgezeichnetes Gedächtnis echt bescheuert, denn dadurch verfolgten ihn unablässig Dinge, die er bereute. Er beneidete Maximus fast um seine offensichtliche Amnesie – der Hund konnte sich seine im Training erlernten Kommandos nie von einem Tag zum nächsten merken und hatte trotzdem Spaß. Vielleicht lag darin das Geheimnis der Lebensfreude des Tieres. Er erinnerte sich nicht an seine Fehler, deshalb kannte er auch keine Reue.

Deenie war genauso. Lebte stets im Augenblick.

Während Connor nicht aufhören konnte, sich zu erinnern. Darum beneidete er sie beinah.

»Danke, dass du heute Abend vorbeigekommen bist.« Er sagte das ganz formell, als er sie zur Tür brachte und ihr dabei zusah, wie sie ihre Stiefel anzog und ein Paar pinkfarbener Ohrenschützer aus der Manteltasche nahm.

Sie hatte immer noch Glitzer im Gesicht. Er hatte keine Ahnung, wie der den Jacuzzi und die Dusche überstanden hatte. Das Zeug musste superhaftend sein.

»Kein Problem«, murmelte Deenie, obwohl er den Eindruck nicht loswurde, dass sie ihn nach wie vor am liebsten von der nächsten Brücke geschubst hätte. Und in dieser Gegend gab es viele Brücken.

Sie trug zwar nicht mehr seine Sachen, doch dieses eigenartige intime Gefühl blieb, als er die Tür für sie öffnete. Seit Monica hatte niemand seine Sachen getragen – und jetzt, wo er darüber nachdachte, war er sich nicht einmal sicher, ob sie das je getan hatte. So war ihre Beziehung nicht gewesen.

Nicht dass er eine Beziehung wollte, in der die Frau ihm die Sachen klaute. Ihm hatte die Art von Beziehung gefallen, die er mit Monica geführt hatte – sie hatte ihre Sachen gehabt und er seine, alles hübsch ordentlich getrennt. Er musste nur eine Frau finden, der diese Art von Beziehung ebenfalls gefiel.

Genau dafür waren Dating-Apps geeignet. Deenie nicht, rief er sich schnell ins Gedächtnis, als sie noch einmal winkte und zu ihrem unpraktischen kleinen Auto lief. Immerhin hatten sie die Details seines Vertrages ausgehandelt, sodass er sie nicht jedes Mal sehen musste, wenn sie herkam.

Max würde sein Training bekommen, Connor würde sein Leben wieder in die gewohnten Bahnen lenken können, und Deenie würde ihres Weges gehen. Genau so wollte er es. Ganz gleich, wie gut ihre Beine aussahen.

8. Kapitel

Am darauffolgenden Samstagnachmittag war es kalt und klar, als Deenie in die Wärme in The Cup eintauchte. Beinah wäre sie mit Margaret Winter zusammengestoßen, die gerade mit ihrer Bestellung hinauswollte.

»Deenie!« Die Frau der Bürgermeisterin strahlte. »Ich wusste gar nicht, dass du noch in der Stadt bist. Wie lange bist du diesmal hier?«

»Ach, weißt du, bis der Wind sich dreht. Fällt mir schwer, an einem Ort zu bleiben.« Margaret war die Liebenswürdigkeit in Person und eine alte Freundin ihrer Großtante, also gab Deenie sich heiter und setzte ein fröhliches Lächeln auf.

»Genau das hat Bitty immer gesagt – damit du mal still stehst, muss man dir die Füße am Boden festkleben. Deshalb war ich sehr erstaunt, als ich hörte, dass du gar nicht wegwillst, sondern bei Ally Gilmores kleinem Unternehmen einsteigst.«

»Oh nein«, widersprach Deenie. »Das Tierheim ist Allys Ding. Ich helfe ihr nur, bis alle neuen Angebote von Furry Friends laufen.«

Margaret machte den Mund auf, und Deenie sah sofort das

Mitgefühl in ihren Augen. Sie wusste, wie die nächste Frage lauten würde … *Wie geht es denn Bitty? Wie kommst du mit der Situation zurecht?*

Zu Deenies großer Erleichterung schallte nun eine verärgerte Stimme durchs Café, die verhinderte, dass Margaret zu Wort kam.

»Das sollte besser keine Schachtel aus Magda's Bakery sein!«

Deenie versteckte die Schachtel schnell hinter dem Rücken, doch Mac sah sie hinter dem Tresen mit finsterer Miene an. Der Besitzer von The Cup war für sein gutmütiges Naturell bekannt – solange es nicht um Magda's Bakery ging.

Ihre Tante hatte fest zum Team Magda gehört, da sie hoffnungslos süchtig nach den köstlichen Himbeer-Cream-Cheese-Croissants war. Deenie war vor einigen Wochen zum ersten Mal in The Cup gegangen, um eine Bestellung für Ally abzuholen. Dabei hatte sie festgestellt, dass Mac wirklich die besten Chai Lattes der Stadt machte.

Das hielt Deenie jedoch nicht davon ab, ihrer Tante ihr Lieblingsgebäck zu kaufen.

»Die sind für Bitty«, erklärte sie, die Schachtel weiter hinter dem Rücken haltend. »Ich will bloß einen großen Chai Latte zum Mitnehmen. Och biiitte!« Sie klimperte mit den Wimpern.

Mac schüttelte den Kopf. »Du hast Glück, dass ich dich mag.«

Er wandte sich ab und brummte etwas davon, sein Café zu besudeln, und ein paar der Stammgäste warfen ihr vorwurfsvolle Blicke zu, weil sie den Mann, der ihnen das Essen zubereitete, in schlechte Stimmung versetzt hatte.

Deenie entschied, deren negative Schwingungen zu ignorieren und allen mit einem Lächeln zu begegnen.

Das kleine Café war voll wie immer, die Handvoll Tische waren alle besetzt. The Cup war am Anfang eine Espresso-Bar gewesen, doch über die Jahre hatte es sich gemausert, und mittlerweile gab es eine richtige Küche mit wechselnder Tageskarte. Nach dem Motto: Komm auf einen Kaffee vorbei und bleib zum Essen.

Tja, und dann war da natürlich noch der Klatsch.

Nirgendwo in Pine Hollow wurde so hemmungslos geklatscht wie hier. Deenie fand das herrlich, selbst angesichts der vor Neugier leuchtenden Augen von Margaret. Die Frau der Bürgermeisterin stand noch immer lächelnd neben ihr, die Mitnehmbestellung in der Hand.

»So … du und Mac?«

Deenie widerstand nur knapp dem Impuls, laut loszulachen. Sie liebte diese Stadt einfach. Ein flirtender Blick im Cup, und jeder redete – komplett vergessend, dass Deenie gerne mit bedeutungslosen Flirt-Blicken um sich warf.

»Wir sind verrückt nacheinander«, sagte sie, ohne eine Miene zu verziehen. »Er wird alles zurücklassen und mit mir nach Paris gehen, um dort bei französischen Köchen zu lernen.«

Für einen Moment schien Margaret erschrocken zu sein von der Aussicht, Mac an die Franzosen zu verlieren, doch dann erkannte sie, dass Deenie scherzte. »Du bist schrecklich. Fast hätte ich dir geglaubt.«

»Tja, das war ein Fehler. Ist es dir noch nicht zu Ohren gekommen? Ich bin total unzuverlässig.«

Margaret grinste; die zwei plauderten noch ein paar Minuten über den von Margaret vor Kurzem aufgenommenen

Chihuahua Peanut und die Verbesserungen, die Ally und Deenie bei Furry Friends einführten. Deenie schwärmte in Bühnenlautstärke von Allys Haustier-Fotostudio, damit potenzielle Interessenten es hörten. Die vielen Jahre des Theaterspielens zahlten sich endlich aus.

Als sie den Chai Latte von Mac bekam, lächelte jeder im Restaurant wieder, einschließlich Mac, der nie lange gegen irgendwen einen Groll hegen konnte, mit Ausnahme von Magda.

»Wenn du noch eine Weile bleibst, solltest du mit Gayle reden«, meinte Margaret, während sie Deenie die Tür aufhielt. »Die würde sich bestimmt über Hilfe bei ihren Frühlingsaufführungen freuen.«

Deenie unterdrückte ihre aufflammende Neugier. Sie hatte seit Jahren kein Theater mehr gespielt. Zu einer Inszenierung gehörten monatelange Proben und wochenlange Aufführungen und schrecklich viele Verpflichtungen. »Nee, so lange werde ich nicht mehr hier sein«, versicherte sie Margaret. »Nur bis das neue und verbesserte Furry Friends richtig läuft.«

Und bis sie mit Max' Training fertig war – und sich die Sache mit Bitty, über die sie nicht nachdenken wollte, bis zu diesem bestimmten Punkt entwickelt hatte.

»Die abenteuerlustige Deenie.« Margaret lächelte. »Ich bin schon gespannt, wo du als Nächstes landen wirst.«

»Ich auch.« Deenie verabschiedete sich und machte sich auf den Weg hinauf zu den Estates. Sie ging schnellen Schrittes über die vertrauten Gehsteige.

Normalerweise fuhr sie dorthin mit dem Auto, besonders, wenn der Wind frisch war wie jetzt. Aber heute war ihr alter VW Käfer wegen der Kälte nicht angesprungen.

Die hellgrüne Umhängetasche, die sie in Thailand gekauft hatte, schlug beim Gehen gegen ihre Hüfte. In ihr befand sich der Glitzernagellack, den sie stets für Prinzessinnenpartys parat hatte. Wenn es ein guter Tag war, würde sie Bitty die Nägel lackieren, so wie Bitty es bei ihr gemacht hatte, als sie noch ein Kind gewesen und im Sommer zu Besuch gekommen war.

Diese Besuche waren immer magisch gewesen. Es hatte Eiscreme zum Frühstück gegeben und Tanzen im Regen. So war Bitty. Deenie war immer nur eine Woche dort gewesen, ein paar Jahre lang jeden Sommer, aber diese Woche hatte sich unendlich angefühlt. Wie echte, grenzenlose Freiheit.

Die Zufahrt zu den Summerland Estates war flankiert von breiten Gehsteigen, sauber und gepflegt für die Bewohner, die Gehhilfen und Scooter brauchten. Doch bei der heutigen Kälte blieben alle Bewohner drinnen, nur ein großer, kantiger Mann kam ihr langsam entgegen. An der Leine hielt er einen kleinen flauschigen, hüpfenden Ball, der einen aufgeregten hohen Laut von sich gab.

»Hallo, Prinzessin!« Deenie ging in die Hocke, um JoJo zu begrüßen, den entzückenden kleinen Papillon, in den sie sich Weihnachten verliebt hatte. Der Miniaturengel hatte winzige lila Schleifen an beiden Pinselohren und stellte sich auf die Hinterläufe, um sich mit den feuchten Vorderpfoten auf Deenies Knie abzustützen, während er freudig mit dem Schwanz wedelte. »Du hast mir gefehlt«, gurrte sie und brachte ihr Gesicht an seines, ehe sie zu dem sanftmütigen Achtzigjährigen aufsah, der JoJo adoptiert hatte. »Guten Tag, Mr. Burke.«

»Hallo, Nadine. Jetzt sag nicht, das du bei diesem scheußlichen Wetter den ganzen Weg zu Fuß hier heraufgelaufen bist.«

»Es ist gar nicht so schlimm«, sagte Deenie und richtete sich auf. Gemeinsam gingen sie zum Eingang der Estates.

Die Seniorenwohnanlage gehörte zu den vornehmeren, was auch am Preis zu erkennen war, besonders beim betreuten Wohnen und der Demenzpflege. Glücklicherweise konnte Bitty es sich leisten.

»Bist du hier, um Elizabeth zu besuchen?«, erkundigte Mr. Burke sich mit sanfter Stimme, nachdem sie einige Schritte gelaufen waren.

»Und Sie«, erwiderte Deenie und hakte sich freundschaftlich bei ihm unter, damit er nicht merkte, dass sie ihn vorsichtshalber stützte, weil sie sich einer vereisten Fläche näherten.

Tante Bitty und Mr. Burke hatten sich schon gekannt, bevor sie beide in die Summerland Estates gezogen waren – Mr. Burke in eines der Selbstversorger-Apartments und Bitty in die Demenzpflege. Sie waren lange Zeit befreundet gewesen, und Deenie fürchtete die Frage, die gleich folgen würde.

Die vertraute Falte des Mitgefühls erschien zwischen Mr. Burkes Brauen. »Wie geht es ihr?«

»Immer noch ganz gut. Viele gute Tage«, log Deenie mit strahlendem Lächeln, ohne auch nur verräterisch mit der Wimper zu zucken.

Denn Bitty war die Vorstellung zuwider, jemand könnte erfahren, dass es zunehmend schlechter wurde. Genau aus diesem Grund hatte sie ihre Freunde von der Besucherliste gestrichen. Die sollten sie so in Erinnerung behalten, wie sie gewesen war.

Also musste Deenie leugnen, dass ihre Großtante sehr krank war. Und mitansehen, wie sie verschwand.

Mr. Burke drückte sanft ihren Arm, um sie wissen zu lassen, dass sie ihm nichts vormachen konnte. Immerhin hakte er nicht nach. »Ich nehme mal an, es ist kein großes Geheimnis, dass du immer ihr Liebling warst«, sagte er in unbeschwertem Ton.

»Das passt ja gut«, erklärte Deenie ebenso locker. »Sie ist nämlich auch mein Liebling.«

»Sie würde nicht wollen, dass sich dein Leben nur noch um sie dreht«, sagte er.

Deenie sog die Luft ein, behielt das Lächeln jedoch bei. »Das tut es nicht. Ich spare nur für meine nächste Reise.«

Mr. Burke warf ihr aus dem Augenwinkel einen Blick zu, beließ es aber dabei.

Sie erreichten den Säulengang, der zum Hauptgebäude führte, und Mr. Burke sammelte JoJos Leine in seinen knotigen Händen mit den langen Fingern. »Kommst du zum Tee, nach deinem Besuch bei Elizabeth?«

»Das lasse ich mir nicht entgehen«, versprach sie.

Die Türen öffneten sich automatisch, als sie sich ihnen näherten, und Deenie ließ Mr. Burkes Arm los.

»Grüß deine Tante von mir«, bat er, und Deenie sah die Traurigkeit in seinen Augen.

Sie zwang sich zu einem Lächeln. »Mach ich.«

Zum Abschied nickte er hoheitsvoll. »Nadine.«

Sie erwiderte die Geste und deutete eine kleine Verbeugung an, um ihn zum Kichern zu bringen. »Mr. Burke.«

Mr. Burke verließ die Lobby, und Deenie ging zum Empfang. Die Frau hinter dem Tresen arbeitete schon lange dort, und Deenie plauderte ein bisschen mit ihr. Sie erkundigte sich, ob ihre schwangere Tochter in Texas ihr Baby schon bekommen habe. Dann begab sie sich in den Flügel, der Mr. Burkes gegenüberlag.

Der Rest der Einrichtung sah aus wie ein Country Club, mit Reihenhäusern rund um den Golfplatz und zahlreichen flachen Swimmingpools für Wasser-Aerobic und Aquatherapie. Als Deenie aus dem Fahrstuhl trat, roch es jedoch wie im Krankenhaus nach Desinfektionsmittel, nicht wie in einem Clubhaus. Vor ihr lag die Abteilung für betreutes Wohnen, mit einem eigenen Fahrstuhl zur gesicherten Etage für Demenzkranke.

Am Schwesternzimmer legte sie erneut einen Halt ein und machte Negin ein Kompliment zu ihrem korallenroten Hidschab. Bei Carmen erkundigte sie sich, ob ihre Schwester schon ein Arbeitsvisum für die USA erhalten habe. Sie versuchte sich bei jedem Besuch an alles zu erinnern, was jeder ihr so erzählte – fast als sei es jetzt ihre Aufgabe, sich über diese Dinge auf dem Laufenden zu halten, wo Bitty es nicht mehr konnte.

Sie erreichte das Zimmer ihrer Großtante, lächelnd und entschlossen, Fröhlichkeit zu verströmen, die Gebäckschachtel in der Hand. Aber Bitty saß im Bett und schlief tief und fest. Sie hatte den Kopf leicht zur Seite geneigt und atmete gleichmäßig.

Deenie wurde von Emotionen überwältigt. Sie stellte die Schachtel mit dem Gebäck auf den Tisch und setzte sich in den Sessel neben dem Bett. Vor sechs Monaten hätte Bitty ihr gesagt, wie schräg es sei, sie im Schlaf zu beobachten. Aber jetzt …

Im letzten August war es ihr noch viel besser gegangen, bevor Deenie für drei Monate nach Neuseeland aufgebrochen war. Sicher, da hatte sie schon manchmal verwirrt gewirkt, aber das war nichts im Vergleich zu ihrem Zustand nach Deenies Rückkehr. Mittlerweile war ihre Tante immer weniger sie selbst. Ihr sprühender Geist und ihre Schlagfertigkeit verschwanden schneller und schneller.

Sie wusste, dass Bitty nicht wollen würde, dass Deenies Leben sich um sie drehte, aber wenn Deenie jetzt zu ihrer nächsten Reise aufbrach, würde sie vielleicht die letzten guten Tage ihrer Tante verpassen. Das konnte sie sich nicht vorstellen.

Also blieb sie natürlich. Ally würde es ein Zeichen des Universums nennen – wie sich alles fügte, damit sie in Pine Hollow blieb. Aber Deenie hatte nie sonderlich an derartige Zeichen geglaubt. Ihr widerstrebte die Vorstellung, dass das Universum Regie führte. Sie wollte selbst die Kontrolle über ihr Leben haben.

Hier allerdings hatte sie keinerlei Kontrolle. Sie konnte nichts tun, um das, was geschah, aufzuhalten. Und sie wusste einfach nicht, wie lange sie es noch ertragen konnte, mitanzusehen, wie die Person, die sie am besten kannte, langsam verging.

Aber jetzt saß sie erst einmal. Und blieb.

9. Kapitel

»Ist das zu viel Glitzer?« Elinor Rodriguez hielt ihre in dezentem Korallenrot lackierten Nägel hoch und bewegte sie so, dass der pinkfarbene Glitzer darin im Licht funkelte.

Deenie saß auf der anderen Seite von Allys Küchentisch und tat entsetzt. »Erstens bin ich zutiefst getroffen, dass du glaubst, irgendetwas könnte in meiner Gegenwart *zu viel* Glitzer haben. So etwas gibt es gar nicht. Und zweitens – nein, es sieht toll aus.«

»Danke.« Elinor grinste und hielt Deenie die andere Hand zum Lackieren hin. Deenie umfasste Elinors Handgelenk und schwang den Nagellackpinsel.

Es war Mittwochabend, der dritte, seit sie bei Ally wohnte, und ihr erster spontaner Frauenabend.

Mittwochs veranstalteten Ben und Connor ihren Pokerabend mit den Jungs. Laut Ally fand er für gewöhnlich bei Ben im Keller statt, damit er für Astrid niemanden zum Aufpassen besorgen musste. Aber in letzter Zeit hatte das Mädchen diese Abende bei der besten Freundin ihrer verstorbenen Mutter verbracht, sodass Connor in seinem Luxuspalast den Gastgeber spielen konnte.

In dieser Woche hatten Ally und Deenie Astrid und Elinor ins Farmhaus eingeladen, um Deenies Vorrat an Glitzernagellack auszuprobieren.

Ally hielt das aus mehreren Gründen für eine gute Idee – Astrid konnte sich daran gewöhnen, im Farmhaus zu übernachten, damit es sich für sie nicht fremd anfühlen würde, wenn Ben und sie während der Renovierungsarbeiten an Bens Haus dorthin ausweichen mussten. Außerdem war es eine Gelegenheit, auch jenseits des Hundetrainings Zeit mit Elinor zu verbringen. Und schließlich bekam Ally so mehr und mehr das Gefühl, es sei ihr Haus und nicht das ihrer Großeltern.

Während Ally lauter vernünftige Gründe hatte, fand Deenie es einfach nur lustig.

Sie und Ally hatten sich auf Anhieb mit Elinor verstanden, als diese ins Tierheim gekommen war, um Dory zu adoptieren. Die Bibliothekarin der Grundschulbücherei trug große Brillengläser und hatte ihr dickes dunkles Haar stets zu einem strengen Pferdeschwanz zurückgebunden. Sie erinnerte Deenie an einen dieser Kinostars aus den 1940ern, die hinter einer Brille zu verstecken versuchen, dass sie eigentlich eine Sexbombe sind. Als Deenie sie besser kennenlernte, erkannte sie jedoch, dass Elinor sich ihrer physischen Erscheinung tatsächlich nicht bewusst war. Sie machte sich nichts daraus. Elinor war hochintelligent und richtete ihre ganze Energie auf ihr Umfeld. Sie konnte die Leute auf eine Weise fixieren, die sie verunsicherte und ihnen den Blick darauf verstellte, wie umwerfend sie aussah.

Astrid hatte ihre sabbernde Bulldogge Partridge mitgebracht, während Elinor mit ihrer Australian-Shepherd-Hündin Dory aufgetaucht war, die buchstäblich Kreise um die anderen Hunde lief, bis sie irgendwann erschöpft war. Colby hatte sich den Unsinn der anderen Vierbeiner angesehen, ohne auch nur eine Pfote zu heben, während Dolces Welpen Dory aufgeregt hinterhergerannt waren.

Die Menschen hatten sich der sehr ernsten Angelegenheit der Mani- und Pediküre zugewandt. Astrid hatte für jeden einen Farbton ausgesucht, und dann hatten sie sich gegenseitig die Nägel lackiert. Gelächter verzögerte das Ganze – es war erstaunlich schwierig, Nagellack akkurat aufzutragen, wenn man vor Lachen bebte. Aber es war die Verzögerungen wert.

Nach einer Weile war Astrid ins Bett gegangen, schließlich war am nächsten Tag Schule. Ally ging in die Küche, um Erwachsenengetränke zu besorgen.

»Wirkt das nicht irgendwie sexistisch?«, fragte Elinor, während sie mit ihren ganz leicht, aber hinreißend vorstehenden Vorderzähnen auf ihrer Unterlippe kaute und zuschaute, wie Deenie mit gleichmäßigen Strichen Decklack auftrug. »Die Männer gehen pokern, und die Frauen sitzen zusammen und lackieren sich die Nägel.«

»Heißt das, du willst deinen fruchtigen Girlie-Drink nicht?«, rief Ally, die aus der Küche auftauchte und Elinor einen Mango-Pfirsich-Daiquiri unter die Nase hielt.

»Natürlich nicht. Her damit.« Sie nahm ihn mit ihrer freien Hand entgegen, während ihre andere, an der Deenie gerade arbeitete, nicht einmal zuckte. »Danke. Aber befürchtest du nicht, dass wir für Astrid ein patriarchisches, antifeministisches Klischee verstärken, indem wir uns so mädchenhaft aufführen?«

Ally stellte Deenies Drink in sicherer Entfernung von ihrem Ellbogen ab und kehrte in die Küche zurück, um ihren eigenen Drink und die Karaffen zum Nachfüllen zu holen. »Mit Ben verbringt Astrid eher wenig Girlie-Zeit, da kann sie von uns ruhig ein bisschen mehr bekommen.«

Deenie drehte Elinors Hand, um den Daumennagel zu lackieren. »Und ich kann mir nichts weniger Feministisches vorstellen, als einer Frau ein schlechtes Gewissen einzureden, nur weil sie sich typisch weiblich verhält und sich, zum Beispiel, für Prinzessinnenkleider begeistert. Oder die Farbe Pink liebt.«

Elinor warf einen kurzen Blick auf Deenies pinkfarbene Haare. »Ich wollte damit nicht …«

Deenie grinste beschwichtigend. »Ich weiß. Alles gut. Und du bist fertig.« Sie ließ Elinors Hand los.

Kommentare wie diesen ließ Deenie schon lange an sich abprallen. Sie war kindisch genannt worden und unreif, weil sie beruflich mit Kindern spielte; unverantwortlich, weil sie Mädchen dazu ermutigte, Prinzessinnen sein zu wollen, obwohl jeder, der ihre Partys besuchte, klar sehen konnte, dass es bei ihren Prinzessinnen – und Prinzen – um die Stärkung des Selbstbewusstseins ging. Deenie vermittelte den Kindern, zu dem zu stehen, was sie glücklich machte, und wenn es Umherwirbeln in bauschigen Kleidern war.

»Deenie …« Elinor wirkte besorgt. »Ich wollte wirklich nicht …«

»Ist schon okay. Mach dir keine Gedanken. Vielleicht veranstalten wir nächstes Mal einen Pokerabend. Oder Blackjack. Wir können Astrids Mathematikkompetenzen verbessern. Obwohl ich dich lieber warnen sollte – ich zähle Karten.«

Elinor grinste und griff nach ihrem Drink. »Irgendwie überrascht mich das nicht.«

»Eigentlich hatte ich schon eine Idee für das nächste Mal«, meldete Ally sich zu Wort und setzte sich zu ihnen an den Tisch. »Oder für das übernächste Mal. Am letzten Mittwoch im Februar. Ben könnte Geld bei der Renovierung sparen, wenn er die Abrissarbeiten selbst durchführt. Ich dachte, wir könnten alle mithelfen und eine Party daraus machen. Die Küche herausreißen. Bier und Pizza für alle, die mitmachen.«

»Klar, ich bin dabei«, versprach Deenie. »Wenn ich schon noch mehr Zeit mit Connor verbringen muss, kann ich meinen Frust wenigstens an ein paar Regalen abreagieren.«

Ally warf ihr über den Rand ihres Daiquiriglases einen Blick zu. »Ich nehme an, das Training läuft nicht so, wie du es dir erhofft hast?«

»Training?«, fragte Elinor.

»Connor hat mich engagiert, um Maximus zu trainieren«, erklärte Deenie. »Er hat sogar einen *Vertrag* aufgesetzt, der bei meinem ersten Termin dort auf mich wartete. Fast als hätte er ein zwanghaftes Bedürfnis, alles zu reglementieren.«

Elinors Brauen hoben sich über die Ränder ihrer Brillengläser. »Du magst keine Regeln?«

»Ich mag keine unsinnigen, überflüssigen Regeln. Stoppschilder sind wunderbar – die haben einen Zweck. Sie sichern uns die Möglichkeit, heil die Straße zu überqueren. Aber die Vorstellung, man müsse eine Arbeitnehmersparzulage vorweisen können, um ein respektabler Erwachsener zu sein, ist einfach Blödsinn.«

Ally stutzte. »Connor wollte dir eine Sparzulage zahlen für das Training mit Max?«

»Nein, aber er – er ist nur einfach einer von denen. Einer von diesen Leuten, die der Meinung sind, dass ich mein Leben nicht so führe, wie vernünftige Menschen es tun sollten. Das Training an sich läuft gut. Max ist schwierig, aber wir werden es hinbekommen. Er braucht Geduld und Wiederholungen. Er kann sich nicht lange konzentrieren, deshalb bin ich mehrmals am Tag dort für kleine Übungseinheiten. Connor bekomme ich ehrlich gesagt kaum zu Gesicht. Er ist immer in seinem Arbeitszimmer eingeschlossen. Und wenn ich ihm begegne, verrät sein Blick, was er über mich denkt. Der hat wirklich einen Stock an einer unvorteilhaften Stelle stecken. Eigentlich traurig für jemanden, der ziemlich heiß aussieht.«

Elinor und Ally horchten beide auf.

Ally räusperte sich. »Du denkst, dass er *heiß* aussieht?«

»Das *denke* ich nicht, er ist es nun mal«, gab Deenie zurück. »Das ist eine objektive Wahrheit.« *Diese bernsteinfarbenen Augen. Diese sexy Grübchen. Seine breiten Schultern.* »Leider ist es auch eine objektive Wahrheit, dass sein attraktives Gesicht zu diesem ewig missbilligenden Ausdruck versteinert ist.«

»Und dennoch findest du ihn heiß«, meinte Elinor.

»Keine große Sache«, knurrte Deenie. »Also mach auch keine daraus. Ich habe jedenfalls null Interesse an großen, dunkelhaarigen, arroganten Typen.«

Ally blickte noch irritierter drein, falls das überhaupt möglich war. *»Groß, dunkelhaarig, arrogant?«*

»Was? Warum guckst du so?«

»Ach, nichts. Es ist nur ... als ich Ben kennenlernte, habe ich ganz ähnlich von ihm gesprochen. Nur dass ich ihn schrullig genannt habe.«

»Nein.« Deenie hob einen frisch manikürten Zeigefinger und fand es toll, wie das leuchtende Blaugrün ihre Worte unterstrich. »Das ist nicht mal annähernd dasselbe.«

Connor war deutlich attraktiver – was Deenie jedoch keinesfalls als Argument anführen würde. Schließlich war er der letzte Mann, mit dem sie etwas anfangen wollte.

Allys braune Augen leuchteten belustigt, als sie den Krug nahm, um allen nachzuschenken. »Mir war nur nicht klar, wie nahe ihr euch schon steht.«

»He, Schwachsinn. Wir stehen uns nicht nahe«, widersprach Deenie und verdrängte rasch die Erinnerung daran, wie sie seine Sachen getragen hatte – eine Unwichtigkeit, die sie Ally wohlweislich *nicht* erzählt hatte. »Da ist überhaupt nichts zwischen mir und Connor. Ich wollte euch nur klarmachen, wie schrecklich der Kerl ist. Habt ihr sein Haus gesehen? Welche Sorte Mann braucht denn einen solchen Palast für sein Ego?«

»Zu seiner Verteidigung muss man sagen, dass er darin nicht allein wohnen wollte«, meldete Elinor sich zu Wort, während sie Ally ihr Glas hinhielt.

Ally sagte: »Oh, es geht um Monica, oder? Ben erwähnte sie mal, wollte aber nichts erzählen und ließ mich schwören, dass ich das Thema Connor gegenüber nicht anspreche. Wie hätte ich, wo Ben mir doch gar nichts gesagt hat?«

Elinor trank von ihrem Daiquiri. »Connor ist immer noch sehr empfindlich wegen der ganzen Geschichte. Kann man ihm auch kaum verübeln.«

»Okay, jetzt musst du es uns erzählen.« Deenie umfasste ihr Glas mit beiden Händen und genoss die Kühle an ihren Handflächen. »Wer ist Monica?«

»Connor wird es gar nicht gefallen, dass ich darüber rede«, meinte Elinor zögernd. »Aber wenn es dazu beiträgt, dass du ein wenig nachsichtiger über ihn urteilst, wird er mir irgendwann dankbar dafür sein … oder mich zumindest nicht umbringen.«

»Ich wusste wirklich nicht, dass ihr euch so nahesteht«, bemerkte Ally, worauf Deenie ihr unter dem Tisch fast einen Tritt gegeben hätte, weil sie vom Thema ablenkte.

Elinor zuckte mit den Schultern. »Wir sind befreundet und in der gleichen Straße aufgewachsen. Dann bin ich mit Levi zusammengekommen, was mich Connors Freundeskreis nähergebracht hat. Jetzt gehören sie zu meinen engsten Freunden.«

»Und sie laden dich nicht zu ihrem Pokerabend ein? Kein Wunder, dass du sauer bist über diesen Antifeminismus«, beklagte Deenie sich an Elinors Stelle empört.

»Na ja, Levi und ich haben uns getrennt. Tja.« Erneut zuckte Elinor mit den Schultern. »Es ist vertrackt.«

»Und Monica?«, drängelte Deenie schamlos.

Elinor biss sich auf die Lippe, sodass ihre sehr süß vorstehenden Zähne voll zur Geltung kamen. »Na schön, aber ihr dürft nicht verraten, dass ich euch etwas erzählt habe«, flüsterte sie, worauf sich beide gespannt nach vorn beugten. »Sie waren verlobt, und sie hat ihn vor der Hochzeit verlassen; hat ihn praktisch vor dem Altar stehen lassen.«

»Das ist alles?« Deenie sah zu Ally. »Hättest du das gedacht? Ich hätte vermutet, dass sie ihn mindestens betrogen hat. Vielleicht ihm ein Kind unterschieben wollte. Oder dass sie sein Konto leer geräumt hat, um ihrem Lover vom Drogenkartell Geld zu beschaffen.«

»Glaub mir, ihn zwei Wochen vor der geplanten Hochzeit völlig ohne jede Vorwarnung sitzen zu lassen, war grausam genug. Sie hat es ihm nicht einmal persönlich gesagt.«

Elinor beugte sich jetzt auch nach vorn und senkte erneut die Stimme. »Sie hat ihm eine kurze Nachricht hinterlassen. Auf einem Post-it.«

Die anderen beiden schnappten entsetzt nach Luft.

»Wow, das ist kalt«, räumte Deenie ein.

»Wissen wir sicher, dass sie nicht gekidnappt wurde und der Post-it-Zettel zur Ablenkung da war?«

Deenie und Elinor sahen Ally ungläubig an.

»Was?«, fragte Ally. »Sie könnte irgendwo dort draußen sein und verzweifelt versuchen, zu ihm zurückzukehren ...«

»Okay, du bist viel zu verliebt. Du wirst offiziell von dieser Unterhaltung ausgeschlossen«, verkündete Deenie.

»Ich bin nicht zu verliebt. Ich finde nur, wenn auch nur die Chance besteht ...«

»Sie wurde nicht gekidnappt«, erklärte Elinor mit Bestimmtheit. »Sie hat keine Facebook-Freundschaften aufgekündigt, deshalb wissen alle, die ihr wegen Connor auf Facebook gefolgt sind, von ihrem ›Selbstfindungstrip‹ in Indien. Falls ihr Kidnapper nicht jede Menge Fotos über viele Monate hinweg gefälscht hat – einschließlich einer großen Party, die ihre Eltern nach ihrer Rückkehr von der ›Visionssuche‹ gegeben haben –, dann ist sie definitiv nicht gekidnappt worden.«

Ally verzog das Gesicht. »Hat Connor das etwa auch alles gesehen?«

»Das weiß ich nicht.« Elinor schüttelte den Kopf. »Ich hoffe nicht. Zumindest spricht er nicht darüber. Nie. Nachdem es passiert war, wollten alle in der Stadt ihm versichern, dass wir auf seiner Seite stehen. Aber er hat jedes Mal den Raum verlassen, sobald irgendwer auch nur ihren Namen erwähnte.«

»Oje, die ganze Stadt.« Ally stöhnte. »Daran hatte ich gar nicht mehr gedacht.«

»Er war völlig überrumpelt«, sagte Elinor und flüsterte jetzt nicht mehr. »Monica war praktisch die weibliche Ausgabe von Connor – es drehte sich bei ihr alles um Pläne und Organisation und Erfolg. Die zwei waren dieses perfekt harmonierende Traumpaar, und dann ist sie eines Tages einfach verschwunden. Da hatte Connor bereits dieses Haus. Er hatte es für sie beide gekauft, um eine Familie darin zu gründen. Und dann war er plötzlich allein.«

Deenie saß still da, sah in die Tiefen ihres Mango-Pfirsich-Daiquiris und fühlte sich schrecklich.

Seit sie Connor kannte, hatte sie in Gedanken Messer nach ihm geworfen. Hatte all die Missbilligung ihrer Eltern in ihm gesehen und die herablassende Art ihres älteren Bruders ihr gegenüber. Sie hatte ihn nach seiner Kleidung beurteilt, seinem Lebensstil – all die Dinge, aufgrund derer sie nicht beurteilt werden wollte.

Ja, sie war schrecklich.

»Und das ist noch nicht das Schlimmste.«

Deenie zuckte innerlich zusammen, nicht sicher, ob sie noch mehr hören wollte. Doch Elinor war nicht mehr zu bremsen.

»Es war um diese Zeit, als es passierte. Am Valentinstag hätten sie heiraten sollen.«

»Armer Connor«, murmelte Ally.

Zu einer Beziehung gehörten immer zwei, und der spießige Connor war bestimmt nicht einfach – wahrscheinlich gab es einen Vertrag darüber, wie häufig sie kuscheln sollten. Aber sosehr Deenie ihm auch die Schuld am Scheitern der Verbindung geben und sich auf die Seite der freiheitsliebenden Frau schlagen wollte, die nach Indien aufgebrochen war – es fiel ihr schwer, Partei für eine Person zu ergreifen, die nicht einmal den Anstand besessen hatte, persönlich Schluss zu machen. Ein Post-it war hart.

»Apropos Valentinstag«, begann Elinor die höchst ungeschickte Überleitung. »Haben du und Ben eigentlich irgendwelche Pläne an diesem Wochenende?«

Ally errötete. »Wir sind doch gerade erst zusammengekommen. Wir wollen beide keinen Druck aufbauen. Wir beschäftigen uns mit dem Wahlkampf und bereiten Bens und Astrids Umzug hierher vor, für die Zeit der Renovierungsarbeiten in seinem Haus.«

»Bist du dir sicher?«, fragte Deenie in unbeschwertem Ton. »Astrid scheint sehr darauf bedacht zu sein, dass deine Hände perfekt sind fürs entscheidende Foto.«

Da Ally sie nur verständnislos ansah, hob Deenie ihre Hände und wackelte mit dem Ringfinger der linken Hand.

Ally wirkte entsetzt. »Ich bin sicher, sie denkt nicht ... Ben und ich haben noch nicht einmal darüber *gesprochen* ... ich meine, natürlich haben wir darüber geredet, aber nur so in Bezug auf die Zukunft. Eines Tages. Nächstes oder übernächstes Jahr. Wir sind noch keine zwei Monate zusammen. Du glaubst doch nicht, dass er schon mit Astrid darüber gesprochen hat?«

»Wahrscheinlich hofft sie einfach«, beruhigte Elinor sie. »Kimber Kwans älteste Schwester hat sich Weihnachten verlobt, und bestimmt hat sie Astrid die Fotos gezeigt. Möglicherweise planen zwei zehnjährige Mädchen deine Verlobung, aber ich bezweifle, dass Ben bereits Ringe kauft. Er hat viel zu viel mit dem Wahlkampf um die Ohren und mit dem Haus. Vorerst bist du wahrscheinlich sicher.«

»Darum geht es doch gar nicht«, protestierte Ally. »Schließlich ist es nicht so, dass ich keinen Antrag von ihm will. Will ich. Aber es ist *so bald …* «

»Der Valentinstag ist ohnehin derartig klischeehaft«, ergänzte Deenie. »Er hat sicher einen besseren Geschmack.«

Elinor starrte in ihren Drink – und für einen Moment fragte Deenie sich, ob Elinor möglicherweise gern einen Antrag am Valentinstag gehabt hätte. Doch Ally sprach, bevor Deenie Worte finden konnte.

»Was ist mit euch beiden?«, wollte Ally wissen. »Gibt es da irgendwelche Valentinsrituale?«

Elinor gab sich weiter zugeknöpft, daher antwortete Deenie. »Ich bin am Valentinstag fast immer unterwegs, also gibt es auch keine Rituale. Das ist der Vorteil, wenn man dauerhafte Beziehungen vermeidet – kein Druck wegen wichtiger Feiertage.«

Elinor sah sie an und meinte: »Nee, ich hab auch keine Pläne.«

»Wir sollten den Galentine's Day begehen«, fand Ally. »Einen extra Frauenabend.«

Elinor und Deenie sahen sich wissend an. Ein Blick, der besagte, dass Freundinnen in Beziehungen am schlimmsten sind, wenn sie einen wegen der mangelnden Aussicht auf Romantik aufheitern wollen.

»Ich weiß nicht«, gab Deenie sich besorgt. »Ben könnte enttäuscht sein, wenn er dir einen Antrag machen will und du mit uns unterwegs bist.«

Ally verdrehte die Augen. »Stopp. Er macht mir keinen

Antrag.« Allerdings signalisierten ihre leicht geröteten Wangen in diesem Moment, dass sie nicht ablehnen würde, wenn er es doch täte.

Deenie verspürte äußerst unwillkommenen Neid.

Nicht dass sie eine klischeehafte romantische Beziehung wollte. Aber auch wenn sie den Fallen der üblichen Feiertage und Jubiläen im Leben auswich, wurde sie doch zunehmend einsam.

Ally und Ben passten so gut zueinander. Sie akzeptierten sich gegenseitig. Und Deenie zweifelte, ob sie selbst so etwas jemals finden würde.

Sie wusste nicht, wo dieser Mensch war, der nicht versuchen würde, sie zu ändern. Der ihr nie das Gefühl geben würde, sie sei weniger wert oder nicht gut genug, weil sie kein »normales« Leben führte. Noch nie war sie jemandem begegnet, der sie wirklich so nahm, wie sie war. Selbst die Rebellen, mit denen sie zusammen gewesen war, schienen ihre Regeln fürs Rebellieren zu haben.

Alle stellten Erwartungen an sie, und sobald sie spürte, dass jemand von ihr erwartete, dass sie sich änderte, ergriff sie die Flucht. So war es seit dem College gewesen. Als sie sich beinah für einen Typen geändert hätte. Als sie sich *tatsächlich* geändert hatte, nur um dann zu erkennen, dass sie sich selbst nicht mehr kannte.

Ally gegenüber scherzte sie immer, sie sei für dauerhafte Beziehungen nicht geeignet, denn es war leichter, wenn sie es selbst aussprach, als wenn sie es von anderen hörte. Dann konnte sie immerhin so tun, als sei es ihre bewusste Entscheidung, während sie sich doch in Wahrheit nach jemandem sehnte, der sie nahm, wie sie war.

Sie konnte lächeln und so tun, als sei ihr Leben perfekt. Dass es *exakt* das Leben war, das sie sich wünschte. Dass sie ganz freiwillig eine Nomadin war und sich keineswegs etwas schönredete.

Und meistens stimmte das auch. Meistens hielt sie ihr Leben wirklich für ziemlich perfekt.

Aber an Tagen wie dem Valentinstag? Da war es schlimm. An diesen Tagen war es »normal«, mit jemandem zusammen zu sein. Und Deenie hatte es einfach nie geschafft, normal zu sein.

10. Kapitel

Der Valentinstag war am schlimmsten.

Connor drückte den Stoppknopf seines Laufbandes und ignorierte das wiederholte *Ping* seines Handys, als er durch den Fitnessraum zur Hantelbank ging. Maximus lag auf dem Boden und schnarchte sein lefzenflatterndes Schnarchen. Connor und er hatten heute Morgen eine ausgiebige Winterwanderung unternommen, doch während Maximus sich nach der Anstrengung ausruhte, schien Connors Energielevel zu steigen.

Er hasste diesen verdammten Valentinstag.

Früher hatte er ihn gemocht, war mit Rosen und Pralinen aufgetaucht und hatte die anderen Typen blöd dastehen lassen vor ihren Freundinnen.

Aber dann hatte Monica am Valentinstag heiraten wollen. Dass es eine Hochzeit am Freitagabend sein würde, hatte sie nicht gestört. Connor war besorgt gewesen, dass es Freunden und Familie nicht passen würde, aber dann hatten sie den Ballsaal in einem Luxushotel preiswert mieten können, also hatte er sich eingeredet, das sei *romantisch*. Bis Monica die Hochzeit platzen ließ, und zwar, als es zu spät war, um die Anzahlung zurückzubekommen.

An dem Tag, der eigentlich sein Hochzeitstag hätte sein sollen, hatte er sich zum ersten Mal im Leben bis zur Besinnungslosigkeit betrunken. In diesem Jahr wollte er den Tag gesünder begehen. Er hatte sich zum Frühstück ein Eiweißomelett zubereitet und sich sogar an einem Grünkohlsmoothie versucht – der aber einigermaßen eklig gewesen war. Dann hatte er mit Maximus eine zweistündige Wanderung durch die Natur gemacht, um anschließend zu Hause ein paar Stunden zu arbeiten.

Aber sein Smartphone hörte nicht auf, Geräusche von sich zu geben, sodass er sich nicht konzentrieren konnte.

Freunde erkundigten sich per SMS, wie es ihm gehe.

Auch seine Mom.

Aus allen Nachrichten sprach Mitgefühl.

Und dann waren da noch all die Mitteilungen von den Dating-Apps.

Er hätte sich besser nicht so kurz vor dem Valentinstag anmelden sollen. Die Leute stellten Erwartungen an den vierzehnten Februar.

Sein erstes Date hatte er letzten Donnerstag gehabt. In diesem Jahr fiel der Valentinstag auf einen Sonntag, daher drehte sich das ganze Wochenende um zwanglose Kennenlerntreffen. Er hatte geglaubt, dass der Donnerstag noch in sicherer Entfernung zum V-Tag läge.

Leider hatte er sich geirrt.

Als er sein Date in dem Restaurant in Burlington traf, war ihm gleich klar, dass er einen Fehler gemacht hatte. Das Licht in dem freundlichen Bistro war gedämpft. Auf jedem Tisch brannte eine Kerze, außerdem stand eine schmale, hohe Vase darauf, mit einer einzelnen Rose darin, die sich in sein Blickfeld neigte, sobald er sein Gegenüber ansah. In den Fenstern hingen kirschrote Herzen. Und das einzige Gericht hieß *Lovers' Special for Two*.

Der Kellner erkundigte sich, wie lange sie schon zusammen waren; das hätte lustig sein können, und Connors Date versuchte, die Verlegenheit zu überspielen. Aber Connor hatte nicht mit ihr darüber lachen können.

Stattdessen fing er an, alles an ihr mit Monica zu vergleichen.

Sie war allergisch gegen Shrimps – aber stimmte das? Monica verkündete jedes Mal, sie sei allergisch, wenn sie etwas nicht mochte, damit die Kellner ihre Änderungswünsche an den Gerichten ernst nahmen. Wenn diese Frau Monica darin ähnelte, würde sie dann auch zwei Wochen vor der Hochzeit verschwinden?

Das Date war nicht gut verlaufen.

Und das ganze Wochenende hatte er die von den Apps ausgesuchten Treffer ignoriert.

Was sollte er auch sagen? *Sorry. Bisschen komischer Tag für mich. Eigentlich hätte ich heute vor einem Jahr heiraten sollen.*

Er hatte versucht, sein Handy stumm zu schalten, sich dann aber Sorgen gemacht, seine Mutter könnte ihn brauchen, weshalb er nur fünf Minuten durchhielt, ehe er den Ton wieder anstellte. Immerhin sagte er sich, dass sie anrufen würde, wenn es dringend war. So gelang es ihm wenigstens, den Signalton für hereinkommende Textnachrichten zu ignorieren. An Arbeiten war trotzdem nicht zu denken, weshalb er sich schließlich in den Fitnessraum im Keller zurückgezogen hatte.

Zu trainieren verschaffte ihm einen klaren Kopf. Es beruhigte ihn und gab ihm das Gefühl, alles unter Kontrolle zu haben; als wäre sein Körper eine gut gepflegte Maschine. Ja, möglicherweise war er ein wenig besessen von seiner körperlichen Fitness, seit Monica ihn verlassen hatte. Aber Endorphine waren eine billige Therapie.

Während seines fünfzehnten Bizeps-Curls klingelte es an der Tür.

Connor ließ die Hanteln sinken und wischte sich mit einem Handtuch den Schweiß von Gesicht und Hals.

Das musste seine Mutter sein. Oder Levi. Die zwei schienen stets am beherztesten zu sein, wenn es darum ging, nach ihm zu sehen.

Connor lief die Treppe hinauf – Maximus schlief so tief und fest, dass er nicht einmal den Kopf hob.

Connor hatte sich die Worte schon zurechtgelegt, mit denen er glaubwürdig versichern würde, dass wirklich alles in bester Ordnung war. Doch als er die Tür öffnete, stand nicht seine Mutter davor. Und Levi war es definitiv auch nicht.

Er stutzte. »Deenie.«

Heute trug sie gelbe Leggings – zum Glück kein Rosa und keine Herzen –, und ihre pinkfarbenen Haare hatte sie oben auf dem Kopf zu einem stacheligen kleinen Zopf zusammengebunden, wie Pebbles aus *Die Flintstones*.

Ihr Blick fiel auf sein verschwitztes T-Shirt und die Trainingsshorts. »Hey. Sorry. Ich habe dir eine SMS geschrieben, aber du hast nicht geantwortet, also dachte ich, ich klingel einfach mal. Schlechter Zeitpunkt?«

Heute ist Valentinstag, der denkbar schlechteste Zeitpunkt des ganzen Jahres. Er konnte sich gerade noch beherrschen, es laut auszusprechen. »Ach, ist okay. Ich habe mein Handy ignoriert. Aber Max schläft. Wir haben einen langen Spaziergang unternommen, und seit wir zurück sind, ist er noch nicht wieder aufgewacht.«

»Oh. Tja.« Erneut richtete sie den Blick kurz auf seine Brust. »Tut mir leid. Ich hätte nicht einfach vorbeikommen sollen. Ich habe nach einem Vorwand gesucht, um aus dem Haus zu kommen. Ben und Ally kleben die ganze Zeit aneinander. Ich habe schon den ganzen Vormittag in den Summerland Estates verbracht …«

»Komm rein.«

Sie war sichtlich verblüfft von seinem Angebot, doch als er die Tür weiter aufmachte und zur Seite trat, zögerte sie nicht.

Er wollte weder über Monica noch den Valentinstag oder Gefühle sprechen, aber da Deenie von der Vorgeschichte nichts wusste, würde er bei ihr auf der sicheren Seite sein. Außerdem bot sie eine gute Ablenkung.

Seit fast zwei Wochen versuchte er, dieser Ablenkung in seinem Haus aus dem Weg zu gehen. Ihre gurrende Stimme, mit der sie Maximus lobte. Die winzigen Glitzerspuren, die überall aufzutauchen schienen. Ihr Anblick in diesen neonfarbenen Leggings. Er hatte sich in seinem Arbeitszimmer versteckt, wo er nichts zustande brachte, solange sie sich unter seinem Dach aufhielt. Immerhin lief es mit Max besser. Er schien mittlerweile zu begreifen, was *Sitz!* bedeutete, und mit dem Befehl *Platz!* wurde es auch langsam.

Und solange sein Hund lernte, sich zu benehmen, konnte Connor mit ein paar Glitzerspuren im Haus leben.

Er nahm Deenies Mantel und hängte ihn auf, ehe er voran

zur Küche ging. »Möchtest du etwas trinken? Wir können Max auch wecken, wenn du mit ihm arbeiten willst.«

»Der wird sich nicht gut konzentrieren, wenn er noch groggy ist. Aber Wasser wäre toll.«

Er nahm zwei Gläser, füllte sie aus der Filterflasche im Kühlschrank und gab ihr ein Glas. »Ben hat dich also aus dem Farmhaus verdrängt?«

»So ist es nun auch wieder nicht. Ich mag es, ihn und Ally dort zu haben, nur fühle ich mich ein bisschen wie das fünfte Rad am Wagen. Aber nur heute. Es wäre sicher nicht so angespannt, wenn heute nicht *Valentinstag* wäre.«

Sie sagte Valentinstag, als handele es sich um den Tag einer Zahnwurzelbehandlung. Connor verbarg sein Lächeln, indem er einen Schluck Wasser trank. Sein Handy vibrierte erneut in seiner Tasche. Er verzog das Gesicht, nahm es heraus und legte es mit dem Display nach unten auf den Tresen.

Deenie warf einen neugierigen Blick darauf. »Warum ignorierst du dein Handy, Connor Wyeth?«

»Valentinstag«, erklärte er. Er wollte es dabei belassen, sagte dann aber: »Ich bin bei einigen Dating-Apps registriert.«

Sie sah genauso überrascht aus, wie er selbst es über seine Erklärung war. Er hatte bisher niemandem außer seiner Mutter davon erzählt. Jeder andere würde annehmen, es habe etwas mit Monica zu tun und ihrem Beinahe-Jahrestag. Er hatte es satt, dass alle ständig dachten, alles, was er tue, sei eine Reaktion auf sie. Dabei war er durch sein Verhalten, seit sie ihn verlassen hatte, selbst schuld daran.

Aber Deenie wusste von alldem nichts. Und sie machte kein Geheimnis aus ihrer Abneigung gegen ihn, daher brauchte er sich auch keine Sorgen zu machen, sie könnte ihn mit Mitgefühl überschütten.

»Jeder Treffer in diesen Apps scheint zu denken, heute sei der perfekte Tag, um eine Plauderei zu beginnen.«

Wieder summte sein Handy, und Deenies blonde Brauen hoben sich. »Und du hast viele Treffer unter den Frauen?«

»Ich bin bei zahlreichen Apps registriert«, erklärte er entschuldigend. »Ich wusste nicht, welche in der Gegend gerade angesagt sind. Ich habe so etwas in den vergangenen Jahren eher nicht gemacht, deshalb wollte ich auf Nummer sicher gehen.«

Deenie grinste, und in ihren hellblauen Augen funkelte die Neugier. »Über wie viele Online-Freundinnen reden wir genau?«

»Es sind keine Freundinnen. Es sind lediglich *Treffer*. Potenzielle zukünftige Partnerinnen.«

»Aha. Wie viele?«

»Ich habe keine Ahnung.« Er überschlug es im Kopf, indem er die Zahlen der verschiedenen Apps addierte. »Siebzig?«

Deenie verschluckte sich an ihrem Wasser. »Okay. Wow. Ich glaube, ich verstehe.« Sie deutete mit dem Glas in der Hand auf seinen Körper, was seine Wangen zum Glühen brachte. »Trainierst du deshalb? Um fit zu werden für deinen Harem?«

Er verdrängte ein unwillkommenes Gefühl von Stolz, denn er wollte sich nicht geschmeichelt fühlen von ihrem beiläufigen Kompliment. »Durch das Training bekomme ich den Kopf frei.«

»Mit deiner Eitelkeit hat es sicher nichts zu tun.«

Er kniff die Augen zusammen. »Ich bin nicht eitel.« Ja, es gefiel ihm, gut auszusehen. Er mochte es, wenn eine Frau ihm Blicke zuwarf oder nach einem Blickkontakt errötete. Es war befriedigend, zu wissen, dass er diese Wirkung hatte. Aber er war nicht *eitel.*

»Ach, komm schon. Du liebst es, so ein Prachtexemplar zu sein. Gib's zu.«

Er hob die linke Braue. »Ich bin also ein Prachtexemplar?«

Deenie verdrehte die Augen auf eine Weise, dass ihr ganzer Kopf dabei eine kreisende Bewegung vollführte. »Du bist ganz offensichtlich sexy. Bild dir bloß nichts darauf ein. Du bleibst ein Idiot.«

»Da bin ich aber froh. Für einen Moment habe ich schon geglaubt, du seist von Aliens entführt und durch einen Klon ersetzt worden.«

»Haha.«

Er hatte Mühe, über ihren trockenen Ton nicht zu grinsen. Irgendwie gefiel es ihm, mit ihr die Klingen zu kreuzen. Er fühlte sich dabei hellwach und lebendig – und überhaupt nicht wie der Mann, den Monica verlassen hatte.

Aus einem Impuls heraus fragte er: »Möchtest du dich für eine Weile hier verkriechen? Vielleicht Pizza bestellen und einen superblutigen Horrorfilm ansehen?«

»Hast du keine Valentinspläne für deinen Harem?«

Er stöhnte. »Um Himmels willen, nein. Der Valentinstag ist zu romantisch befrachtet für ein erstes Date. Was glaubst du denn, weshalb ich mein Handy ignoriere? Absoluter Kommunikations-Blackout. Das ist meine Strategie.«

Deenies Miene verdüsterte sich, was nicht recht zu ihrem zarten, süßen Koboldgesicht passte. »Du antwortest also keiner? Du ignorierst all diese Single-Frauen, die sich am romantischsten, schrecklichsten Tag des Jahres Hoffnung auf eine Beziehung mit Zukunft machen?«

»Ja, genau deswegen antworte ich nicht. Am Valentinstag gerät so etwas schnell außer Kontrolle. Da muss ich die Erwartungen dämpfen, damit niemand zu viel in ein simples ›Hallo‹ interpretiert.«

»Weil Frauen alle zu verzweifelten Stalkerinnen werden, wenn du dich am vierzehnten Februar bei ihnen meldest?«

»Nein, weil ich nur *eine* von ihnen heiraten werde und ich den emotionalen Kollateralschaden bei den anderen in Grenzen halten will.«

Deenie sah ihn perplex an. »Du heiratest?«

Seine Wangen glühten. »Irgendwann schon. Das ist das Ziel.« Er konnte kaum glauben, dass er das zugegeben hatte. »Ich lasse mich jetzt auf Dates ein, um es später nie wieder tun zu müssen. Darum geht's bei der ganzen Sache. Wenn ich schlau gewesen wäre, hätte ich mein Profil für die Apps erst nach dem Valentinstag erstellt, aber mir läuft ein wenig die Zeit davon.«

Und wenn er ehrlich war, musste er zugeben, dass etwas von Bens romantischem Blödsinn auf ihn abgefärbt hatte. Denn er hatte es für möglich gehalten, dass unter den Profilen die Richtige sein könnte, mit der er dann tatsächlich den Valentinstag verbringen wollen würde.

Nur hatte es die Richtige nicht gegeben. Dafür siebzig Möglichkeiten. Je mehr Treffer er bekam, desto überwältigender wurde die Vorstellung, er könnte die Passende unter all den Frauen finden.

»Musst du bis zu einem bestimmten Datum geheiratet haben, um ein riesiges Anwesen von einem exzentrischen Onkel zu erben?«

Connor stutzte. »Wie bitte?«

Deenie grinste über Connors erschrockene Miene. Wie vom Donner gerührt. Das traf es ganz gut. »Ich habe viele Liebesromane gelesen, und das ist mein Lieblingsthema. Die erzwungene Zweckheirat, nur dass die zwei dann merken, wie schrecklich verliebt sie tatsächlich ineinander sind, und die Person, die sie nur des Geldes wegen geheiratet haben, bedeutet ihnen mehr, als es das Geld jemals könnte. Happy End – natürlich mit dem Geld.«

Connor schüttelte verwirrt den Kopf. »Das passiert nicht im richtigen Leben. Ich bin mir nicht sicher, ob solche Erbschaftsklauseln überhaupt gültig wären.«

»Darum geht's doch gar nicht. Ich will eben glauben, dass so etwas passieren könnte. Also, um was für eine Deadline handelt es sich bei dir?«

Er verzog das Gesicht, wodurch ganz kurz ein Grübchen sichtbar wurde. »Es ist keine richtige Deadline. Ich … na ja, ich will Teilhaber werden, und es sieht nach einer besseren Work-Life-Balance aus, wenn ich zu Veranstaltungen in den nächsten Monaten eine Freundin mitbringe. Um zu zeigen, dass ich nicht nur ein Workaholic bin.«

»Du hast mich engagiert, um deinen Hund zu trainieren, weil du dich keine Viertelstunde vom Computer loseisen kannst, um dich selbst darum zu kümmern. Und jetzt versuchst du, eine Ehefrau zu finden, zum Beweis dafür, dass du nicht von deiner Arbeit besessen bist?«

»Es ging nicht darum, dass ich mir die Zeit nicht nehmen kann. Dich zu engagieren war einfach effizienter. Du bist Expertin.«

»Ich bin wohl kaum eine Expertin …«

»Es funktioniert aber. Max' Verhalten wird besser, sodass

ich mich auf meine anderen Ziele konzentrieren kann. Außerdem suche ich nicht nur eine Frau wegen des Jobs. Ich bin längst zu der Erkenntnis gekommen, dass es an der Zeit ist.«

»Na, wie schön, dass die Liebe gerade in deinen Terminplan passt.«

»Liebe lässt sich durchaus planen«, erklärte Connor. »Es ist nicht wie im Märchen. Bei der echten, dauerhaften Liebe geht es darum, jemanden zu finden, mit dem man kompatibel ist, und dass man dann täglich an der Beziehung arbeitet. Es ist eine Entscheidung. Und wenn ich mich rasch entscheiden will, damit ich eine Begleitung für Wohltätigkeitsveranstaltungen und Firmenfeiern habe, dann ist das meine Sache.«

»Wow, Connor, du bist vielleicht ein Romantiker.«

»Ich behaupte ja gar nicht, dass es keine Romantik gibt – die richtige Chemie, Anziehung, dieses Gefühl, als wäre man vom Blitz getroffen, von dem die Dichter schreiben. Aber das ist nur körperliche Lust. Die ist zwar auch wichtig, aber eben nicht von Dauer. Kompatibilität ist von Dauer.«

Deenie zog ein Gesicht. »Du hast eine Checkliste, oder? Für Eigenschaften, nach denen du suchst.«

Seine Miene war Antwort genug. »Es ist wichtig zu wissen, was man will. Sich im Klaren darüber zu sein, was einem etwas bedeutet und wo man zu Kompromissen bereit ist, kann die Sache erheblich beschleunigen, weil bestimmte Personen gar nicht erst infrage kommen.«

»Du hast ernsthaft siebzig Frauen gefunden, die deinen Ansprüchen genügen?« So lang, wie seine Checkliste vermutlich war, erstaunte es sie, dass er auch nur eine einzige gefunden hatte.

»Ich hatte noch keine Gelegenheit, alle Punkte auf meiner Liste mit jeder einzelnen zu klären«, räumte er ein. »Außerdem lassen sich manche Dinge leichter bei einer persönlichen Begegnung herausfinden. Wie man miteinander spricht und ob die Frau während des Dates die ganze Zeit auf ihr Handy schaut oder sich tatsächlich auf ihr Gegenüber einlässt …«

»Vielleicht ist die beste Freundin deines Dates im neunten Monat schwanger, und dein Date wartet auf Neuigkeiten, um gegebenenfalls schnell ins Krankenhaus zu fahren.«

»In dem Fall hoffe ich doch, dass meine zukünftige Frau mich darüber informiert. Es ist wohl nicht zu viel verlangt, dass sie bei einem gemeinsamen Abendessen nicht bloß mit einem technischen Gerät Blickkontakt hat.«

Erst da merkte Deenie, dass sie während des ganzen Gesprächs Blickkontakt hielten. Sie lehnten beide einander zugewandt an der Kücheninsel. Prompt wippte sie auf den Absätzen zurück und zwang sich, woanders hinzusehen. Ihr Blick landete auf seinem Smartphone, das schon wieder vibrierte.

Sie deutete auf das nervende Ding. »Ich bin immer noch der Ansicht, dass du dich bei einigen der Frauen melden musst. Nicht bei allen. Nur bei deinen Top Five. Sei kein Idiot, der sie an bedeutsamen Feiertagen ignoriert, nur um sich dann später, wenn emotional weniger auf dem Spiel steht, zu melden, als sei gar nichts gewesen. Das bist du deiner zukünftigen Ehefrau schuldig, findest du nicht?«

Connor überlegte, dann sagte er widerstrebend: »Das könnte tatsächlich ein guter Rat sein.«

»Siehst du? Ganz nutzlos bin ich nicht.«

»Das ist mir bewusst. Trotzdem werde ich heute mit keiner von ihnen ausgehen.« Er sah sie wieder direkt an. »Pizza?«

Aus irgendeinem Grund wollte sie noch nicht gehen. »Ja, einverstanden. Und den blutigsten Horrorfilm, den wir finden können.«

11. Kapitel

Maximus wachte auf, bevor die Pizza eintraf.

Connor war duschen gegangen, während Deenie die Bestellung aufgab, und er tauchte gleichzeitig mit dem Hund wieder auf. Er duftete viel zu gut – Connor, nicht Maximus.

»Hallo, mein Welpe«, begrüßte sie den Hund, um dessen Besitzer nicht sabbernd anzuglotzen.

Prompt erschien Connors mürrische Miene wieder. »Er ist kein Welpe. Der Tierarzt schätzt ihn auf zwei Jahre.«

»Er wird immer ein Welpe sein. Nicht wahr, Schätzchen?«, schwärmte Deenie – was unausweichlich zu einer sinnlosen Diskussion darüber führte, wann ein Hund als Welpe galt und wann nicht. Immerhin lenkte es sie von dem Verlangen ab, Connor anzugaffen.

Da die Lieferzeiten vom Resort ewig dauerten, nutzte Deenie die Gelegenheit, um mit Max und Connor gemeinsam zu trainieren. Connor beschwerte sich, sie korrigiere ihn mehr als den Hund – und damit lag er nicht falsch. Doch als sie ihm erklärte, er sei schließlich für die Übungseinheit verantwortlich, nicht Max, hielt er den Mund und hörte einfach zu.

Es lief nicht einmal so schlecht, wie Deenie befürchtet

hatte. Beim Kurs morgen würden die beiden vielleicht nicht mehr stören.

Als die Pizza kam, machten Deenie und Connor es sich auf der Couch in seinem Medienraum bequem. Max versuchte, zwischen sie zu springen, um auch etwas von der Pizza abzubekommen, doch Deenie stoppte ihn mit strenger Stimme, sodass er sich stattdessen zu ihren Füßen legte.

Connor starrte Deenie an, als hätte sie gerade Wasser in Wein verwandelt.

Der Film, den sie aussuchten, war mäßig schrecklich, aber Deenie lernte etwas Wichtiges über Connor.

Er war ein Zwischenrufer.

Anfangs waren es nur nervige Grunzer, wenn die Filmcharaktere etwas Dummes sagten oder taten. Doch nachdem sie die Pizza aufgegessen hatten und Maximus es endlich geschafft hatte, sich auf der Couch zwischen sie zu drängeln, den Kopf auf Deenies Schoß, die Hinterläufe auf Connors, wechselte Connor zu grantigen Kommentaren.

Deenie presste die Lippen zusammen, absurderweise amüsiert über Connors Empörung. Er schien alle Fehler des Films – und es gab viele – als persönliche Beleidigung zu empfinden. Sein Zorn war irgendwie hinreißend.

»*Warum?*«, ereiferte er sich unvermittelt und laut genug, um den schnarchenden Maximus zu erschrecken. »Warum gehst du wieder ins Haus hinein? Das Auto steht doch da. *Fahr einfach weg!*«

Deenie konnte sich ein Prusten nicht verkneifen.

Connors durchdringender Blick landete auf ihr, vorwurfsvoll, als hätte sie selbst das Drehbuch des Films geschrieben. »Findest du das etwa komisch?«

Sie kicherte. »Ja?«

Ihr Lachen machte ihm sein Verhalten erst bewusst, und er grinste verlegen. »Ich rege mich immer auf, wenn die Handlung nicht logisch ist.«

»Ist mir aufgefallen.«

»Aber mal im Ernst. Warum sollte da irgendwer zurück ins Haus gehen?«

»Weil sie noch fünfzehn Minuten Film brauchten und die Heldin den Bösen noch nicht umgebracht hat? Es ist doch viel weniger dramatisch, wenn sie einfach wegfährt und die Cops ruft, damit sie ihm Handschellen anlegen.«

»Es ist *unlogisch*.«

»Lass mich raten, *unlogisch* ist ein Ausschlusskriterium auf deiner Liebes-Checkliste.«

»Es ist keine Liebes-Checkliste«, widersprach er. »Ich finde es nur wichtig, zu wissen, was man will. Oh, verdammt, *echt jetzt*?«, schrie er den Bildschirm an. »Nimm das Messer! Das *Messer*!«

»Bist du schon aus vielen Kinos geflogen?«, erkundigte Deenie sich.

»Ich gehe nicht ins Kino«, antwortete Connor, ohne den Blick vom Fernseher zu lösen. »Das ist Geldverschwendung. Ich kann mir den Film ebenso gut hier ansehen, mit meinem eigenen Popcorn und meinem eigenen Softdrink, zu einem Bruchteil des Preises. Und ich muss nicht in der Schlange stehen oder irgendwohin fahren. Warum sollte ich das tun?«

»Weil es Spaß macht? Weil in einem Kinosaal voller Leute zu sein, die alle zusammen lachen und weinen, uns daran erinnert, dass wir teilhaben an einer allgemeinen menschlichen Erfahrung? Und weil man von allen guten Filmszenen längst gehört hat, wenn der Film endlich auf DVD erscheint.«

»Ich tummle mich nicht in den sozialen Medien, deshalb brauche ich mir keine Sorgen zu machen, dass mir irgendwer die Spannung verdirbt.«

Deenie fragte sich, ob das schon immer so gewesen war oder ob es eine Reaktion darauf war, dass seine Ex Fotos von ihren Abenteuern postete.

»Du hast wohl überhaupt keine Laster, was?«, fragte sie. Er war stets so beherrscht. Obwohl das nicht zwangsläufig etwas Schlechtes sein musste. Seine sportliche Disziplin tat seinem Körper jedenfalls gut. Momentan lümmelte er allerdings in Jogginghose am anderen Ende der Couch und sah auch in dieser Haltung verdammt gut aus. »Trinkst du wirklich Limonade und isst Popcorn?« Er wirkte eher wie der Mein-Körper-ist-ein-Tempel-Typ.

»Nein, aber ich glaube, ich habe was davon in der Speisekammer, wenn du möchtest. Mac bringt allen möglichen Mist zu den Pokerabenden mit.«

»Ach ja, die berühmten Pokerabende.«

Connor warf ihr aus dem Augenwinkel einen Blick zu. »Berühmt?«

»Ally hat mir davon erzählt. Es klang wie eine große Sache. Viel Testosteron und so.«

»Es hat bloß Tradition. Eine, die wir wiederzubeleben versuchen. Gehört zu meinen Neujahrsvorsätzen.« Er kraulte Max am Bauch. »Zusammen mit der Adoption dieses Burschen, der Teilhaberschaft und der Ehefrau.«

Er sagte das so dahin, als würde jeder sich eines Tages hinsetzen und beschließen, jetzt zu heiraten. Wie seltsam es sein musste, in Connors Welt zu leben.

»Ich habe nie etwas von Neujahrsvorsätzen gehalten«, sagte Deenie träge, während die Filmheldin die Treppe hinauf zu fliehen versuchte und der Killer sie am Knöchel packte. »Wenn man wirklich entschlossen ist, wozu braucht man dann einen bestimmten Tag im Jahr, um sich etwas vorzunehmen?«

»Es bietet einem die Gelegenheit, Bilanz zu ziehen. Aber wenn ich ehrlich bin, bei mir wurde es eher ein Murmeltiertagsvorsatz. Im Januar hatte ich zu viel um die Ohren und hab meine Neujahrsvorsätze daher vergessen. *Erschieß ihn!*«

Die Schauspielerin auf dem Bildschirm weigerte sich störrisch, seinen Anweisungen zu folgen.

»Genau das meine ich«, sagte Deenie. »Die Menschen fassen lauter Vorsätze, anstatt wirklich etwas zu tun. Man nimmt sich ständig etwas vor, tut es aber dann doch nie. Das ist wie bei all den Leuten, die mich darum beneiden, dass ich nach Paris oder Thailand reise oder was immer auf ihrer Liste steht. Sie könnten morgen fahren, wenn sie wollten, Geld genug haben sie. Aber sie bleiben lieber zu Hause und machen Pläne, statt diese zu verwirklichen.«

»Na endlich!«, rief Connor, als die Heldin nun doch ein ganzes Magazin in den Bösewicht pumpte, ehe sie mit einer zufällig herumliegenden Axt den Job beendete. »Man kann nicht direkt sagen, dass ich Pläne mache. Ich sorge nur vor, indem ich mich bei diesen Dating-Apps registriert habe. Und tatsächlich hatte ich schon mein erstes Date.«

»Ach?« Deenie spürte, wie sie sich anspannte, und versuchte sich einzureden, dass das nur Neugier sei. Sie könnte, was Connor betraf, niemals eifersüchtig sein. »Wie ist es gelaufen?«

Er lauschte dem Monolog der Heldin, die vor dem geköpften Bösewicht stand. Schließlich brummte er: »Nicht gut.« Und Deenie brauchte einen Moment, bis sie begriff, dass er das Date meinte, nicht den Monolog.

»Nein?« Es gab keinerlei Grund, weshalb sie das aufatmen lassen sollte. Sie hatte nicht das leiseste Interesse an einem Date mit ihm, aber sie wünschte ihm auch nicht mehr, er möge einsam und verlassen enden. Sie sollte ihm Erfolg für seine Dates wünschen. »Was ist passiert?«

»Es war einfach peinlich.«

»Manche Menschen sind nervös bei ihrem ersten Date.«

»Es lag nicht an ihr, sondern an mir. Ich musste ständig ...« Er atmete geräuschvoll aus, während der Abspann lief und er nicht länger so tun konnte, als schaue er den Film. »Ich hatte eine Beziehung, die übel geendet ist, und jetzt achte ich ständig auf Warnsignale, dass eine dieser Frauen von den Apps sein könnte wie meine Ex. Sobald es eine Gemeinsamkeit gibt, ist das wie eine rote Flagge. Aber wenn sie nichts gemeinsam haben, kommt es mir so vor, als hätten sie auch mit mir nichts gemeinsam, und ohne Gemeinsamkeiten geht es nun mal nicht. Meine Ex und ich, das war eine runde Sache, nur das Ende der Beziehung überhaupt nicht, und jetzt traue ich meinem Gefühl nicht mehr.«

Sie empfand Mitleid. »Gib mir dein Handy.«

Connor blickte skeptisch. »Was? Nein.«

»Lass mich mal deine Treffer sehen. Du traust deinem Gefühl nicht mehr, also spiele ich die Kupplerin. Wenn es nicht läuft, hast du auf diese Weise wenigstens jemanden, dem du die Schuld geben kannst.«

Connor zögerte länger, als er es vermutlich hätte tun sollen. Er ließ sich die Idee durch den Kopf gehen, dann lehnte er ab. »Nein. Auf keinen Fall.«

Deenie zuckte nur mit den Schultern. »Wie du willst.«

Das war einer der angenehmen Punkte zwischen ihnen. Keinen kümmerte es großartig, was der andere von ihm hielt, deshalb waren sie nicht empfindlich. Er musste weder auf seine Wortwahl achten noch so tun, als wäre er nicht der Typ, der seinen Frust über den Blödsinn im Fernsehen herausbrüllte.

Es hatte überraschend viel Spaß gemacht, den Valentinstag mit Deenie zu verbringen.

Allerdings hätte er diesen Tag auch sonst allein mit Max verbringen müssen.

»Willst du dich nicht wenigstens bei einigen von ihnen melden? Glaub mir, du willst nicht so rüberkommen wie jemand, der die ganze Zeit mit ihnen chattet und dann am Valentinstag plötzlich abtaucht.«

»Ich weiß«, knurrte er. »Ich weiß nur nicht, was ich sagen soll.«

»Sag einfach irgendwas. Schweigen ist am schlimmsten. Das führt nur zu Spekulationen. Einige werden glauben, dass du schon ein Date mit einer anderen hast oder bereits verheiratet bist.«

Er musterte sie, von ihrem pinkfarbenen Pebbles-Zopf bis zu ihren wissenden blauen Augen. »Hast du Dates? Ich sehe dich nie mit jemandem.«

»Glücklicher Single. Freiwillig bindungslos. Ich bevorzuge Beziehungen mit Verfallsdatum. Ich lasse mich nur auf etwas ein, wenn es ein Ablaufdatum gibt, wie zum Beispiel einen Flug zurück in die Vereinigten Staaten, damit ich mich nicht zu sehr binde. Keine Enttäuschung, keine Erwartungen. Nur Spaß. Aber ich habe all meinen Freunden zugehört, die auf der Suche nach der Liebe fürs Leben sind, und wie ich schon erwähnte, ich habe tonnenweise Liebesromane gelesen. Da geht's um Beziehungen und um die weibliche Seele. Solltest du mal versuchen. Sozusagen ein unbegrenzter Blick hinter die feindlichen Linien.«

»Ich betrachte das wohl kaum als Krieg. Außerdem habe ich keine Zeit zum Lesen.«

Deenie keuchte. »Das ist das Traurigste, was ich bisher von dir gehört habe. Und du hast schon einige traurige Dinge von dir gegeben, Princeton.«

»Yale«, erinnerte er sie.

»Ist doch wurscht.«

Max stöhnte, streckte sich und verließ die Couch, um sich auf seinem Lager niederzulassen. Deenie und Connor spürten ihre Beine wieder. Deenie winkelte ihre, die in den gelben Leggings steckten, an und wandte sich Connor zu.

»Okay, welche gefallen dir am besten?«

»Am besten?«

»Von den Treffern, die die Apps ermittelt haben. Komm schon. Mach mit. Was möchtest du?«

Er hob die Hand, um sie zu stoppen. »Ich brauche keinen Coach.«

»Natürlich brauchst du einen, wenn du deinen gesamten Harem ignorieren willst, bis der Valentinstag vorbei ist.«

»Es ist kein Harem.«

»Okay, dann eben deine Treffer. Wer liegt vorne?«

Er starrte sie an, aber damit hatte er Deenie noch nie einschüchtern können. Sie lächelte nur, pink und glitzernd und völlig unempfindlich gegen seine Stimmungen. »Na schön«, gab er murrend nach und nannte die Namen. »Sarah, Ashley, Piper, Jennifer, Noor, Ashley ...«

»Oh, Ashley muss dir ja wirklich gefallen. Die hast du zweimal aufgezählt.«

»Weil es zwei Ashleys gibt. Drei, um genau zu sein, aber zu den Favoritinnen zählen Ashley aus Stowe und Ashley aus New Hampshire.«

Deenies Augen weiteten sich ein wenig. »Du hast drei Ashleys. Das ist ja besser als *Der Bachelor*. Okay, was gefällt dir an den Ashleys unter den Favoritinnen? Ich wusste übrigens, dass du eine Liste hast. Zum Beispiel: Ashley aus Stowe. Also, warum mögen wir Ashley aus Stowe?«

Er verzog das Gesicht, machte aber mit. Nur ein Narr nahm Hilfe nicht an, wenn er sie brauchte, und Connor konnte nicht gerade behaupten, dass er momentan alles souverän im Griff hatte. »Sie ist vierunddreißig, also kein Kind mehr. Das ist wichtig. Raucht nicht und nimmt keine Drogen. Trinkt gelegentlich in Gesellschaft, aber nicht übermäßig ...«

»Wer gibt in einem Dating-Profil schon zu, dass er oder sie übermäßig viel trinkt?«

Damit hatte sie natürlich recht, doch er redete einfach weiter, als hätte sie nichts gesagt. »Keine Kinder, will aber welche. War nie verheiratet, will aber heiraten. Ähnlicher Gehaltsrahmen ...«

»Dann brauchst du dir jedenfalls keine Sorgen zu machen, dass sie es nur auf dein Geld abgesehen hat.«

»Es geht um gleiche Werte und ähnliche Ziele im Leben«, erinnerte er sie.

»Geld regiert?«

»Sicherheit und geregelte finanzielle Verhältnisse sind wichtig. Und zu wissen, dass ich mit meiner Frau nicht über Geld und verschwenderische Ausgaben streiten muss, ist mir wichtig.«

»Nur weil sie viel verdient, heißt das noch nicht, dass sie nie über ihre Verhältnisse lebt. Ich verdiene kaum etwas und bin trotzdem einer der finanziell verantwortungsbewusstesten Menschen, denen du je begegnen wirst.«

»Es fällt mir schwer, das zu glauben.«

Deenie zeigte ihr strahlendes Lächeln. »Kann ich mir denken. Ich kann nicht glauben, dass diese Frauen dir verraten, wie viel sie verdienen.«

»Nicht auf allen Sites. Willst du jetzt etwas über Ashley erfahren oder nicht?«

Sie breitete die Hände aus. »Unbedingt.«

»Sie ist Maklerin. Ein Umzug nach Pine Hollow würde sie beruflich also nicht beeinträchtigen.«

»Ist das nicht ein bisschen voreilig, davon auszugehen, dass sie bei dir einzieht?«

»Ich bin überhaupt nicht voreilig. Ich versuche nur, zukünftige Hindernisse zu antizipieren.« Da Deenie nicht weiter darauf einging, fuhr er fort: »Ihre Profilfotos sind klasse. Elegant. Wohltätigkeitsveranstaltungen, Sportveranstaltungen, ein Familienpicknick mit einem süßen Babyneffen, um ihre mütterliche Seite zu betonen – keine Bars, keine Fotos von ihrem Dekolleté. Alles sauber und professionell.«

»Na, das klingt ja toll.«

Er stutzte. »Bei dir weiß ich nie, ob du es ernst meinst oder nicht.«

»Das weiß niemand«, erwiderte sie fröhlich. »Es ist Teil meines Geheimnisses. Also, was für eine Valentinsbotschaft hat die elegante Ashley dir geschickt?«

»Nein.« Connor schüttelte den Kopf, denn instinktiv sperrte er sich dagegen, ihr seine Online-Flirtversuche zu offenbaren. Das war einfach zu unangenehm. Und es erschien ihm unpassend. »Ich werde zurückschreiben, versprochen. Ich werde mich am Valentinstag nicht wegducken, aber ich will auch nicht, dass du deine Nase da hineinsteckst. Ich kriege das allein hin.«

Deenie zuckte unbekümmert mit den Schultern. »Wie du willst.«

»Ich bin wirklich gut darin, sobald ich meinen Rhythmus gefunden habe.«

Deenie schnaubte. »Darauf steht sie bestimmt.«

»Im Ernst?« Seine Miene verdüsterte sich. »Sehr reif.«

»Ach, Reife ist überbewertet. Jeder tut so, als wäre Erwachsensein ein Ehrenabzeichen, dabei ist genau das nur eine Methode, um über Leute zu urteilen. Ich sehe jünger aus, als ich bin, ich werde dieses Jahr dreißig. Trotzdem behandelt jeder mich wie ein Kind.«

»Du musst dich eben erwachsener kleiden.« Er schnipste gegen eine ihrer pinkfarbenen Strähnen, die sich aus dem Zopf gelöst hatten.

»Nur weil ich bunte Farben und Glitzerzeug mag, bin ich automatisch unreif und verantwortungslos? Das ist doch Unsinn. Man soll tun, was einem Spaß macht.« Sie verlagerte ihr Gewicht auf der Couch – wie schon den ganzen Abend; ihr ständiges unruhiges Herumrutschen forderte unentwegt seine Aufmerksamkeit.

»Du kannst nicht still sitzen, oder?«

»Wo liegt da denn der Spaß?«

»Im Leben geht es doch nicht nur um Spaß.«

»Nein, es geht auch um Arbeit. Aber Spaß gehört dazu, und Leute, die keinen Spaß haben können, sollten diejenigen mehr zu schätzen wissen, die für Spaß in ihrem Leben sorgen.«

»Ich kann Spaß haben«, behauptete er.

»Klar, durch Zwischenrufe bei Filmen. Sehr erwachsen.«

»Ich rufe nicht dazwischen.«

»Natürlich nicht.« Deenies Grinsen war etwas herablassend.

Connor sah sie verärgert an. »Ich kann bloß über unsinnige Charakterisierungen nicht hinwegsehen.«

»Es wird dich vielleicht überraschen, aber Leute neigen zu unvernünftigem Verhalten, besonders, wenn sie Angst haben oder gestresst sind. Und von einem Axtmörder verfolgt zu werden, kann wohl stressig sein, oder?«

»Ich möchte bloß mal einen Horrorfilm sehen, in dem der Held oder die Heldin sich in einer Krise bewährt.«

»Ich glaube, diese Art von Filmen heißen ›Actionfilme‹«, sagte sie und machte Gänsefüßchen in der Luft. »Filme, in denen der Held hartgesotten ist und mit allem fertigwird, was der Bösewicht aufzubieten hat. Wie in *Stirb langsam* oder *Alien*.«

»Du meinst also, Inkompetenz der Helden gehört zu Horrorfilmen dazu, und wenn der Held oder die Heldin nicht dämlich sind, ist es kein Horrorfilm mehr?«

»Ich meine einfach«, erklärte sie, »dass zum Genre des Horrorfilms Menschen gehören, die eben kein Waffenarsenal im Keller haben, sondern haushaltsübliche Gegenstände, mit denen sie gegen übernatürliche Schreckensgestalten kämpfen. Du fühlst dich nur deshalb von der Inkompetenz der Protagonisten provoziert, weil wir uns mit ihnen identifizieren sollen – wobei ich allerdings stark bezweifle, dass die meisten Leute sich mit dem Helden in *Mission Impossible* identifizieren. In Actionfilmen wollen wir Helden sehen, die in einer Krise cool und gefasst reagieren, kaum menschlich also. Nehmen wir zum Beispiel den Scharfschützen oder den Kung-Fu-Kämpfer mit den coolsten Waffen. Denen bricht weder der Schweiß aus noch bringt sonst irgendetwas sie aus der Fassung. Offenbar haben die männlichen Helden auch soziopathische Züge, denn sie agieren weiterhin kühl und besonnen, auch wenn wunderschöne Frauen vor ihren Augen hingemetzelt werden.«

Das war eine ziemlich schlüssige Argumentation, aber Connor gab sich noch lange nicht geschlagen. »Nachvollziehbare Handlungen sind die eine Sache. Aber uns einen völlig unfähigen Durchschnittstypen zu präsentieren, ist doch eine Beleidigung des Publikums.«

»Oder, im Gegenteil, schmeichelhaft. Es soll uns daran erinnern, wie viel klüger wir sind. Wir wollen glauben, dass wir den Film überleben. Wenn wir schlauer sind als die Person, die am Ende den Killer erwischt, mögen wir den Film. Wir sind zufrieden. Deshalb schaut man sich immer wieder Horrorfilme an, auch wenn sie einen in den Wahnsinn treiben. Damit man sich überlegen fühlt.«

Er grinste arrogant. »Ich fühle mich immer allen überlegen.«

Deenie lachte. »Ja, ist mir schon aufgefallen.«

Für einen Moment sahen sie sich nur grinsend an, und Connor merkte, wie entspannt er war. Wie wohl er sich in seiner Haut fühlte.

So hatte er sich in letzter Zeit nicht oft gefühlt. Er hatte stets eine genaue Vorstellung davon gehabt, wer er war. Aber im Lauf des vergangenen Jahres war ihm dieses Gefühl öfters abhandengekommen. Als wäre er nicht mehr der, für den er sich gehalten hatte. Er wollte dieses Selbstbewusstsein zurückhaben – daher der Plan, sein Leben wieder auf die Reihe zu bekommen. Doch irgendwie hatte er ausgerechnet bei Deenie, mit der ihn kaum etwas verband, dieses Gefühl wiedergefunden.

Vielleicht lag es daran, dass er sich ständig vor ihr rechtfertigen und verteidigen musste, dass er sich so lebendig in ihrer Gegenwart fühlte. Was immer es war, es fühlte sich gut an. Als Deenie endlich den Blickkontakt unterbrach und aufstand, wollte er nicht, dass sie schon ging.

»Ich sollte mich auf den Weg machen. Du musst dich noch bei etlichen Frauen melden.«

»Ich bin froh, dass du vorbeigekommen bist«, sagte er und stand ebenfalls auf. »Es hat Spaß gemacht.«

»Ja, hat es«, bestätigte sie und klang beinah ein wenig erschrocken. Wenn er nicht selbst so überrascht gewesen wäre, hätte ihn diese Bemerkung wahrscheinlich beleidigt.

»Das werden wir selbstverständlich nie wiederholen.«

»Um Himmels willen, nein«, versicherte sie ihm mit gespieltem Entsetzen, das ihn zum Grinsen brachte.

Maximus raffte sich auf und ging mit ihnen zum Eingang, und Connor hielt ihn am Halsband fest, während er Deenie die Tür öffnete. Ein Schwall kalter Luft wehte herein. Die

Sonne war untergegangen, und der Abend draußen war still. Der Vollmond stand tief am Himmel.

Mit jedem anderen Menschen wäre das jetzt ein romantischer Moment gewesen.

Deenie zog ihren Mantel an und kraulte Maximus noch einmal hinter den Ohren. »Bis bald, mein Welpe«, versprach sie dem Hund und sah Connor nicht an, bis sie auf die Veranda hinausgetreten war und ihre pinkfarbenen Strähnen im Mondlicht leuchteten. »Wir sehen uns, Princeton.«

»Yale.«

»Genau. Viel Glück mit dem Harem.«

Er schaute ihr nicht hinterher, sondern schloss die Tür und ging in die Küche, wo er sich mit dem Einsammeln der Pizzaschachteln ablenkte. Angesichts Deenies üppiger Bestellung hatte er damit gerechnet, dass etwas übrig bleiben würde, aber er hatte unterschätzt, wie viel Pizza eine gertenschlanke, feinknochige Frau wie Deenie essen konnte, nur angeknabberte Ränder waren noch übrig. Er warf sie in Max' Napf, aus dem sie umgehend verschwanden.

Innerhalb von Minuten war die Küche wieder in makellosem Zustand – und Connor hatte keine Entschuldigung mehr dafür, sein Handy zu ignorieren.

Rasch scrollte er durch die Textnachrichten, als würde er ein Pflaster abreißen. Die meisten Botschaften waren völlig harmlos. Eine wünschte ihm einen schönen Tag, eine andere schickte Valentinsgrüße. Manche sandten ihm Bilder oder Emojis. Nichts, wovor man sich den ganzen Tag verstecken musste. Er hatte diesen Tag in seinen Gedanken total überbewertet.

Trotzdem hatte er immer noch keine Ahnung, was er den Frauen antworten sollte. Er wollte nicht zu viel sagen. Wollte sich nicht in einen Chat hineinziehen lassen. Nicht heute Abend. Vielleicht konnte er ihnen einfach einen schönen Valentinstag wünschen und es dabei belassen.

Normalerweise besaß er Selbstbewusstsein im Umgang mit Frauen und machte sich keinerlei Sorgen, er könnte etwas Falsches sagen oder sich dumm verhalten. Aber nun hatte er anscheinend vergessen, wie man zwanglos charmant war.

Prompt summte sein Handy, während er noch zögerte, und verkündete den Eingang einer neuen SMS.

Deenie.

Sofort öffnete er die Nachricht. Es handelte sich um ein GIF mit Bonbonherzen, wie er sie zum Valentinstag in der Grundschule bekommen hatte. Die Bonbons kullerten fröhlich aus einer Schachtel. Connor grinste. Eine zweite Nachricht folgte.

Das könntest du deinem Harem schicken.

Connor stutzte. Das war eine gute Idee. Süß. Unverfänglich. Aber ein Gruß.

Sicher.

Er bedankte sich, kopierte das GIF und öffnete die erste Dating-App.

12. Kapitel

Deenies Handy klingelte, als sie am nächsten Morgen vor den Summerland Estates aus dem Wagen stieg. Nach der frischen, klaren Valentinsnacht hatte sich das Wetter gedreht, und ein eisiges Prasseln hob den grauen Tag auf ein neues Elendslevel. Sie duckte sich vor dem Regen zurück in den Wagen und tastete nach ihrem Smartphone.

Als es ihr endlich gelang, es aus den Tiefen ihrer Umhängetasche zu fischen, und sie aufs Display schaute, zögerte sie.

Sie liebte ihre Schwester, wirklich. Aber meistens bekam Deenie von den Gesprächen mit ihr einen heftigen emotionalen Kater, der oft Stunden anhielt. Jetzt wollte sie aber fit sein für Tante Bitty.

Andererseits rief Kirsten sie sonst nie an. Es musste also etwas Wichtiges sein. Ihre Eltern wurden älter …

Deenie nahm den Anruf entgegen. »Kirsten?«

»Deenie Baby!«

Deenie zuckte längst nicht mehr zusammen, wenn sie diesen alten Spitznamen hörte. Ihr Bruder und ihre Schwester, acht und sechs Jahre älter als sie, hatten ihr den Namen Deenie – oder Teenie Weenie Deenie – schon bei der Geburt gegeben, weil sie so klein gewesen war. Als Beanie Babys der Kuscheltier-Renner wurden, wechselten sie zu dieser neuen Version.

Ihre Geschwister waren zum College gegangen, als Deenie noch sehr klein war, deshalb war es bei diesem Kosenamen geblieben. Er wurde auch nicht besser dadurch, dass sie in den Augen ihrer Geschwister nie wirklich erwachsen geworden war. Keine »echte« Karriere. Keine Hypothek. Keine Arbeitnehmersparzulage. Keine ernsthafte Beziehung. Es spielte keine Rolle, dass sie bald dreißig wurde, sie blieb für die beiden Deenie Baby.

»Du errätst nicht, was passiert ist«, schwärmte Kirsten mit hoher Stimme, als würde sie mit einem Kleinkind reden – was stets passierte, wenn sie mit Deenie sprach. »Todd hat mir einen Heiratsantrag gemacht!«

»Äh … wow. Herzlichen Glückwunsch!« Ihre Schwester und Todd waren seit ein paar Jahren zusammen. Sie hätte damit rechnen sollen. Besonders, da ein Antrag am Valentinstag genau so ein Klischee war, wie ihre Schwester es liebte.

»Du bist nicht einmal verblüfft, oder? Alle, denen ich es bisher erzählt habe, meinten nur: ›Das wurde aber auch Zeit‹. Besonders, da ich beinah Schluss gemacht hätte, als er mir Weihnachten keinen Ring präsentiert hat. Aber kann man es mir verdenken? Seit zwei Jahren sind wir zusammen – in unserem Alter! Worauf hat er gewartet? Und dann macht er mir am Valentinstag einen Antrag! Wie romantisch ist das denn bitte? Jetzt werden wir es nie vergessen.«

Denn die meisten Leute vergessen den Heiratsantrag. Deenie musste sich zwingen, auf einen bissigen Kommentar zu verzichten. »Das ist ja großartig.«

»Es wird keine lange Verlobungszeit sein. Meine biologische Uhr tickt. Wir peilen den Sommer an. Juni, spätestens Juli. Natürlich wirst du bei der Hochzeit dabei sein. Du musst mir versprechen, dass du da sein wirst. Kein Schwimmen mit Delfinen auf Bora Bora oder was auch immer.«

»Oh. Wow. Bist du dir sicher, dass du mich dabeihaben willst?« Um ein Haar hätte Deenie ihre Schwester gefragt, ob ihre Mutter sie erpresst hatte, Deenie zur Brautjungfer zu machen. Oder zum Blumenmädchen? Manchmal kam es ihr so vor, als hielte Kirsten diese Rolle für angemessen.

»Natürlich, Dummchen! Du bist meine einzige Schwester. Du musst die Hochzeitsfeier mitgestalten!«

Warum? Weil die Leute sonst reden? »Ach, ich wäre nicht beleidigt, wenn du mich nicht dabeihaben willst …«

»Möchtest du denn keine Brautjungfer sein?«, fragte Kirsten in einem Ton, in dem die meisten Leute entsetzt fragen würden: »Willst du wirklich unschuldige süße Welpen umbringen, du Monster?«

»Natürlich will ich. Aber ich … ich möchte, dass dein Tag perfekt wird.«

Und wenn es eines gab, das ihre Familie Deenie immer zu verstehen gegeben hatte, dann, dass sie nicht zu deren Vorstellung von »perfekt« passte.

»Deenie Baby. Schätzchen. Das wird er. Aber nur, wenn du dabei bist.«

Sie klang aufrichtig – und Deenie fühlte sich nun erst recht mies wegen ihrer Zweifel.

»Wir werden eine Verlobungsparty am sechsten März veranstalten. Um zwanzig Uhr in der Lodge. Schreib's gleich in deinen Kalender.« Kirstens Ton war jetzt ganz geschäftsmäßig. Wahrscheinlich hatte sie eine Liste vor sich liegen.

Verlobung bekannt geben – check.

Scherz darüber machen, dass ich Todd fast verlassen hätte – check.

Hochzeit im Sommer (biologische Uhr, haha) – check.

Brautjungfer bei der Trauung – check.

Datum der Verlobungsfeier – check.

»Ich werde sehen, ob ich es schaffe«, meinte Deenie unverbindlich.

In den vergangenen Jahren war es ihr meistens gelungen, Einladungen zu Familienfeiern zu umgehen – eine dreimonatige Rucksacktour durch Neuseeland war eine hervorragende Entschuldigung, um nicht zu Geburtstagen und Jubiläen zu erscheinen. Weihnachten hatte sie allerdings den Fehler begangen, ihrer Familie zu eröffnen, sie verbringe die nächsten Monate in Vermont, was nur eine Stunde entfernt war.

»Deenie«, meinte Kirsten tadelnd.

»Okay, ich werde da sein. Ich richte es ein.«

»Ausgezeichnet!«, flötete Kirsten. »Ich kann es kaum erwarten. Tschüss, Schätzchen!«

Deenie saß in ihrem VW, starrte auf die Tropfen an der Frontscheibe und fand auf einmal, dass dieser trostlose Tag sehr gut zu ihrer Stimmung passte.

Sie war nicht verstimmt, weil Kirsten heiratete. Ihre Schwester hatte so begeistert geklungen, da musste Deenie sich einfach für sie freuen. Außerdem passten Kirsten und Todd gut zusammen – sie waren sich fast zu ähnlich. Ihre Beziehung mochte eine Echokammer sein, aber sie würden niemals miteinander streiten.

Deenie gönnte Kirsten wirklich, dass sie bekam, was sie wollte. Aber ihre Familie zu sehen … das war kompliziert.

Sie liebte sie. Und sie wusste, dass ihre Familie sie auch liebte. Weshalb sie Deenie ständig zu helfen versuchten. Sie anzuleiten. Ihr zu zeigen, wie Deenie ihnen mehr gleichen könnte.

Dabei war Deenie längst klar geworden, dass ihre Familie die Welt nie mit ihren Augen sehen würde. Aber sie schaffte es nur für eine gewisse Zeit, ihr Lächeln beizubehalten und sich die gut gemeinte Kritik an ihrem Lebensstil anzuhören. Dann musste sie weg, nach Irland oder Island oder Indonesien, um sich davon zu erholen.

Doch diesmal … Verlobungsparty im März. Hochzeit im Juni. Junggesellinnenabschied und Brautparty und Kleideranprobe – wurde von ihr erwartet, dass sie all das mitmachte? Wurde von ihr erwartet, dass sie die ganze Zeit hierblieb?

Bei Furry Friends gab es reichlich zu tun, und sie hatte Zeit mit Bitty verbringen wollen, solange noch gute Tage für ihre Großtante kamen. Aber die Vorstellung, bis Juni in Vermont bleiben zu müssen, jagte ihr ein nervöses Kribbeln den Rücken hoch. Sie rieb sich den Nacken, wie um die aufsteigende Panik wegzuwischen.

Sie war schon spät dran zur Besuchszeit.

Wegen des kalten Regens rannte Deenie geduckt von ihrem Wagen zum Säulengang vor dem Haupteingang. Das Wasser lief ihr in den Kragen, und fröstelnd schüttelte sie sich wie ein Hund, als sie unter dem Dach ankam.

Heute arbeitete Suzie Keep an der Rezeption, die ehrenamtliche Tanzlehrerin, und Deenie erkundigte sich bei ihr, wie es ihrer Großmutter gehe. Sie plauderten ein paar Minuten, bevor Deenie zum betreuten Wohnen ging, wo sie noch einmal bei den Pflegerinnen haltmachte.

Als sie Bittys Zimmer erreichte, sah ihre Großtante aus dem Fenster auf den grauen Tag. In letzter Zeit schien sie den Großteil ihrer Tage mit der Betrachtung des Wetters zu verbringen. Sie hatte nie viel vom Fernsehen gehalten, und die Pflegerinnen berichteten, sie habe mittlerweile auch Probleme, den Handlungen zu folgen. Aber sie liebte Musik, liebte das Radio, und das kleine Satellitenradio, das Deenie ihr mitgebracht hatte, spielte jetzt Hits aus den Vierzigern und Fünfzigern, während Bitty dem Regen zuschaute.

»Hallo, Tante Bitty«, rief Deenie fröhlich beim Eintreten. Wie immer war ihre Tasche prall gefüllt mit Sachen, die sie ihrer Tante zeigen wollte, zum Teil, um ihre Erinnerung anzuregen, aber auch, um etwas zum Reden zu haben, falls es ein schlechter Tag sein sollte und Deenie wieder einmal das Gefühl hatte, sie spreche mit sich selbst.

Heute aber schaute Bitty auf, und ein breites vertrautes Grinsen erschien auf ihrem Gesicht. »Deenie!«

Erleichterung durchströmte Deenie so heftig, dass ihr die Tränen in die Augen stiegen; sie lächelte noch breiter, um sie zu verbergen.

»Ist das Wetter zu fassen?«, fragte sie und beugte sich herunter, um Bitty zu umarmen. Als sie die Arme ihrer Tante um sich spürte, wurde es für einen Augenblick noch schwieriger, die Tränen zurückzuhalten.

»Es schifft die ganze Zeit«, erklärte Bitty angewidert. »Hab ich dir je erzählt, wie ich das erste Mal in Paris war? Da hat's die ganze Zeit genauso geregnet. Die Leute schwärmen immer davon, wie *magisch* Paris ist, doch ich hatte nur Regen, der mir die Schuhe ruinierte. Was für eine Magie soll das sein? Na, aber *Rom*. Das war wirklich magisch.«

Deenie machte es sich im Sessel neben ihrer Großtante bequem und lauschte deren Schilderung des Lichts auf den Piazzas und einer Mopedfahrt durch Rom, bei der Bitty sich wie Audrey Hepburn in *Ein Herz und eine Krone* gefühlt hatte. Die Geschichten vermischten sich mit Erinnerungen an Monaco. Deenie kannte diese Geschichten fast alle, doch die neuen Details kamen ihr wie Schätze vor, sodass sie an Bittys Lippen hing.

Bitty hatte mit in der Menschenmenge auf den Straßen gestanden, als Grace Kelly Prinz Rainier geheiratet hatte. Das war früher Deenies Lieblingsgeschichte gewesen – und der Beginn ihrer Prinzessinnen-Obsession. Sie war sogar nach England geflogen, als Will und Kate heirateten. Dafür hatte sie Kurse ausfallen lassen und eine Klausur versäumt. Aber manche Momente gab es nur ein Mal, und sie war dabei gewesen. Genau wie die neunzehnjährige Bitty seinerzeit.

Ihre Großtante war während des Krieges aufgewachsen, und entsprechend waren ihre frühesten Erinnerungen von dieser Zeit geprägt. Während ihre Schwester, Deenies Großmutter, dadurch wachsam und risikoscheu geworden war, hatten Bitty Abenteuerlust und unbändiger Lebenshunger gepackt. Sie war das wilde Stiefkind ihrer Generation gewesen, so wie Deenie heute der komische Vogel war.

Bitty hatte nie geheiratet, sondern sich die Welt angesehen. Sie hatte segeln gelernt und fliegen, lange bevor das für Frauen nichts Ungewöhnliches mehr war. Sie hatte den Kopf bis zum Rand voller Erinnerungen, die alle noch da waren, auch wenn sie nicht mehr jederzeit an sie herankam.

Deenie hörte ihr zu, bis sie nach über einer Stunde innehielt und den Kopf schief legte.

»Du bist nicht hergekommen, um dir meine Abenteuer anzuhören.«

»Genau deswegen bin ich hier«, versicherte Deenie ihr. »Aber ich habe auch Neuigkeiten. Kirsten hat sich verlobt.«

Bittys blassblaue Augen weiteten sich vor Schreck. »Nein! Die kleine Kirsten? Dafür ist sie doch noch gar nicht alt genug.« Sie stutzte. »Oder?«

Sie ist älter als ich, Bitty, dachte Deenie, behielt das aber für sich. Sie hatte gelernt, dass solche Richtigstellungen Bittys Verwirrung nur vergrößerten. Mit sanfter Stimme beruhigte sie ihre Großtante. »Kirsten ist alt genug. Und sie ist schon ganz aufgeregt.«

»Oh, gut. Sie ist so ein liebes kleines Ding. Ich habe immer gedacht, dass sie eines Tages eine Familie gründen wird. Deenie dagegen, das ist eine Wilde. Nee, die nicht.« Bitty schüttelte mit einem liebevollen Lächeln den Kopf und schien nicht zu realisieren, dass Deenie neben ihr saß.

Tränen schnürten ihr die Kehle zu, aber Deenie tätschelte ihrer Großtante nur die Hand. »Ich muss los. Du bist sicher müde.«

Bitty nickte mit feuchten Augen. Deenie umarmte sie noch einmal und hielt sie so lange sie konnte.

Es war ein guter Tag gewesen. Ein *großartiger* Tag. Sie hatten viel länger Zeit miteinander verbracht – *wirklich* zusammen – als üblicherweise. Aber das änderte nichts an der

Tatsache, dass Bitty immer weniger sie selbst war. Dies würden vielleicht die letzten guten Momente sein.

Also würde Deenie endlose Veranstaltungen rund um die Hochzeit durchstehen, auch wenn es ihr schwerfiel. Sie musste bleiben. Denn zu gehen hieße loszulassen. Und dazu war sie noch nicht bereit.

13. Kapitel

»Warum nur habe ich die Kandidatur für das Bürgermeisteramt für eine gute Idee gehalten?«, meinte Ben stöhnend, während er neben der Bühne darauf wartete, in einem Wahlkampfduell mit Tandy Watts über die Ehre zu diskutieren, die es bedeutete, Pine Hollow zu regieren.

»Weil du das pathologische Bedürfnis hast, jedes Problem zu lösen, über das du stolperst. Außerdem würde es dich wahnsinnig machen, vier Jahre mitansehen zu müssen, wie jemand anders alles vermurkst«, erwiderte Connor.

Leute aus dem Ort standen in den Gängen des Theaters, grüßten einander und plauderten, bevor die Debatte um das Rathaus begann. Da das Stück *Ein Sommernachtstraum* demnächst aufgeführt werden sollte, fand das Duell vor der Kulisse eines Märchenwaldes statt. Aber das war noch nicht die schrägste Umgebung für eine öffentliche Veranstaltung der Stadt, die Connor bisher gesehen hatte.

Astrid und Partridge standen in der Nähe; der Hund trug eine Fliege und lehnte an Astrids Schienbein, während Ally sich einen Weg durch die Menge bahnte und dabei Buttons verteilte, auf denen in großen Buchstaben stand: BEN WEST

ALS BÜRGERMEISTER. Connor trug bereits einen am Revers.

Irgendwo in der Menge machte Deenie das Gleiche, aber Connor zwang sich, nicht nach diesem verräterischen Pink Ausschau zu halten.

In der Woche seit dem Valentinstag hatten sich die Dinge zwischen ihnen geändert. Connor kam immer häufiger aus seinem Arbeitszimmer, wenn Deenie da war, um mit Max zu trainieren. Offenbar war bloß ein schlechter Horrorstreifen nötig gewesen, um sich mit der Hundetrainerin mit den pinkfarbenen Haaren unter einem Dach wohlzufühlen.

Nicht immer redeten sie. Manchmal sah er ihr einfach bei der Arbeit zu, seltsam zufrieden, wenn Max bei ihr bockig wurde, obwohl sie unendliche Geduld bewies. Während er sie beobachtete, wurde ihm klar, dass sie eine wundervolle Mutter abgeben würde, ruhig und geduldig. Nicht dass es ihn interessierte, was für eine Mutter sie sein würde.

Sie war ständig in Bewegung, und das würde sie bleiben. Er verspürte keinerlei Bedürfnis, sie einzufangen. Aber er merkte, dass er die Ablenkung mochte, die sie in seinen Arbeitsalltag brachte. Er hatte befürchtet, diese Unterbrechungen könnten sich negativ auf seine Produktivität auswirken, doch eigenartigerweise fühlte er sich energiegeladener und konzentrierter nach ihren Besuchen, und er schaffte mehr.

Vielleicht hatte er tatsächlich etwas mehr Work-Life-Balance gebraucht.

Wenn sie sich dann miteinander unterhielten, war es leicht und ungezwungen. Er bedankte sich bei ihr für den Tipp mit den Bonbonherzen – die Idee war sehr gut angekommen und hatte zu lustigen Dialogen mit den potenziellen Partnerinnen geführt. Deenie erkundigte sich nach den Kandidatinnen, die sie ›die Ashleys‹ nannte, egal, wie sie in Wahrheit hießen. Meistens aber unterhielten sie sich über Max.

Sie hatte Connor dazu ermutigt, Max heute Abend zu der Debatte mitzubringen, als eine ihrer vertraglich vereinbarten öffentlichen Veranstaltungen. Aber sie waren sich einig gewesen, dass es zu lange dauern würde, um ein durchweg braves Verhalten des Hundes erwarten zu können. Es konnte auch wie mit dem sprichwörtlichen Elefanten im Porzellanladen enden, zumal sie beide darauf konzentriert waren, ihren Kandidaten zu unterstützen.

Der momentan ein wenig grün um die Nase aussah.

»Ich tue es immer wieder.« Ben schüttelte den Kopf und schien die Menge kaum wahrzunehmen, obwohl sein Blick auf die Leute gerichtet war. »Ich halse mir zu viel auf. Eigentlich hatte ich mich darauf gefreut, dem Stadtrat Adieu zu sagen, und jetzt das. Ich bewerbe mich um weitere vier Jahre!«

Ally tauchte an seiner Seite auf, sie strahlte und drückte aufmunternd seinen Arm. »Wir sind sämtliche Buttons losgeworden. Es sind sehr viele Unterstützer heute Abend hier. Bist du bereit?«

»Er kann es kaum erwarten«, bemerkte Connor trocken.

»Die Wahl ist schon in zwei Wochen, und wir reißen Mittwoch meine Küche raus«, meinte Ben stöhnend. »Wir haben immer noch nicht alle Schränke ausgeräumt. Astrids Klasse hat Elternsprechtag, während wir aus Koffern leben … Wie konnte ich das alles für eine gute Idee halten?«

Ally wurde sofort ernst. »Die Handwerker sagen, sie sind mit der Renovierung fertig, bevor du vereidigt wirst. Aber darum geht’s, glaube ich, nicht, oder?«

»Alles okay?« Deenie gesellte sich zu ihnen.

Ally sah sie nicht einmal an. »Ben, sie werden dich wählen. Du hast das Tierheim gerettet und für ein neues Dach des Gemeindezentrums gesorgt und noch tausend andere Dinge für diese Stadt angeleiert. Jeder weiß das.«

Deenie hakte sich bei Connor unter und zog ihn sanft mit in die erste Reihe. »Komm, Mac und Astrid halten uns Plätze frei.« Sie wartete, bis sie außer Hörweite waren, ehe sie leise hinzufügte: »So ist er schon die ganze Woche. Ich hatte ja keine Ahnung, dass er so sehr Bürgermeister werden will.«

»Er setzt sich ständig derartig unter Druck«, erklärte Connor und zählte die freien Plätze durch, um sicherzugehen, dass genug für die ganze Gruppe vorhanden waren.

»Da ist er nicht der Einzige, Mister Ich-muss-um-jeden-Preis-Partner-werden.«

Er warf ihr einen finsteren Blick zu und setzte sich. »Das ist etwas anderes.«

»Wenn du es sagst.« Sie nahm neben ihm Platz, drehte sich um und winkte jemandem hinter ihnen zu.

Sie hatte Glitzer am Hals, einen Streifen, der von einem Ohr bis zum Schlüsselbein reichte. Wie eine funkelnde Akzentuierung dieser anmutigen Länge.

Nervös riss er sich von diesem Anblick los. »Warum bist du ständig mit Glitzerzeug bedeckt?«

»Ich hatte heute Nachmittag eine Prinzessinnenparty.« Sie sah ihm in die Augen und berührte gedankenverloren ihren Hals. »Der ist wie Sand, er gelangt überallhin.«

»Ist dir schon mal in den Sinn gekommen, dass du zu viel davon aufträgst?«

Sie tat entsetzt. »Blasphemie!«

Dann deutete sie zur Bühne. »Unser Kandidat scheint wirklich bereit zu sein.«

Connor schaute nach vorn. Ben sah aus, als wollte er eine Burg erstürmen, während Ally ihn weiter aufmunterte. Ohne den Blick von der Szene abzuwenden, sagte Connor mit leiser Stimme: »Wie steht es denn um die Turteltauben? Du weißt ja, du bist stets willkommen, um dich zu verkriechen und Horrorfilme anzuschauen, wenn die beiden mal wieder zu überschwänglich werden.«

»Sei vorsichtig. Ich werde darauf zurückkommen. Allerdings weniger, um dem Geturtel zu entkommen, als der Zwangsverpflichtung zur Mithilfe zu entfliehen. Den Großteil des gestrigen Tages haben wir mit Fahrten zwischen dem Farmhaus und Bens Haus verbracht, um ›nur das Notwendigste‹ für ihn und Astrid abzuholen.«

»Das Angebot steht. Ehrlich gesagt wollte ich dich eh um etwas bitten. Ich habe am Freitag erfahren, dass ich im März beruflich für einige Tage nach New York muss. Würdest du in der Zeit in meinem Haus wohnen und dich um den Hund kümmern?«

»Ja, klar.«

»Ich bezahle dich selbstverständlich.«

Ihre Augen funkelten, als sie grinsend erwiderte: »Wie gut, dass wir Abschnitt C im Vertrag haben.«

»Du scherzt zwar, aber jetzt bist du doch dankbar, oder?«

»*Dankbar* ist ein starkes Wort.«

Er wollte noch etwas sagen, doch das Mikrofonknistern verhinderte es. Delia Winter, die derzeitige Bürgermeisterin, betrat die Bühne und eröffnete die Versammlung.

Connor hatte schon öfter den Debatten zugehört, aber im hinteren Teil des Saals, stets bereit, die Flucht zu ergreifen, falls es zu lächerlich werden sollte. Aber hier ging es um Ben, deshalb würde er bis zum bitteren Ende in der ersten Reihe ausharren. Er war zwar darauf gefasst, sich zu ärgern, trotzdem stieß er einen tiefen, angewiderten Laut aus, als Tandy Watts die Weigerung des Stadtrats, ihr eine Genehmigung für eine zwanzig Meter hohe Kletterwand in ihrem Garten zu erteilen, allen Ernstes mit dem kommunistischen Russland verglich. Deenie schüttelte sich.

Er sah sie an, während sie den Blick auf die Bühne gerichtet hielt. Offenbar bemühte sie sich, nicht laut zu lachen. Sie flüsterte: »Hätte ich mir ja denken können, dass selbst eine öffentliche Debatte von deinen Zwischenrufen nicht verschont bleibt.«

Und plötzlich musste er selbst gegen das Lachen ankämpfen.

Für den Rest der Diskussion tauschten er und Deenie jedes Mal Blicke, sobald einer der Stadtbewohner eine Frage stellte oder Tandy Watts wieder etwas Lächerliches von sich gab. Connor schaffte es nur knapp ohne Lachanfall, und als Ben sein Schlusswort ans Publikum richtete, standen sie beide auf und applaudierten.

Während die Kandidaten von der Bühne gingen und die Besucher zu den Ausgängen strömten, streckte Connor den Rücken durch und schaute auf seine Uhr. »Nur anderthalb Stunden. Das war ja ganz erträglich.«

Deenie sah ihn an. »Ich dachte, du brichst zusammen, als Darren Wells fragte, welcher Kandidat seine Petition unterstützt, ein Stück über eine Pirateninvasion auf die Bühne zu bringen.«

»Wir leben in *Vermont*«, knurrte Connor. »Hier gibt's keine Piraten, und es hat nie welche gegeben.«

»Ja, aber es ist sein *Traum*.«

Er warf ihr einen finsteren Blick zu. »Du bist schrecklich.«

»Schlimmer als Darren Wells?«

Er wollte schon Ja sagen, sie sei tatsächlich noch viel schlimmer als Darren Wells, denn Darren sei ein argloser Mensch, während sie genau wisse, was sie tue. Doch da vernahm er eine vertraute Stimme, die sich in das Gespräch einschaltete. Ihm blieb das Herz stehen.

»Connor! Willst du mir deine Freundin nicht vorstellen?«

»Mom.« Es klang wie erstickt. »Ich wusste nicht, das du hier bist.«

Bei dem Wort ›Mom‹ weiteten sich Deenies Augen.

»Selbstverständlich bin ich hier. Die ganze Stadt ist hier.« Offenbar hatte sie für ihre Begriffe lange genug darauf gewartet, dass Connor sie und Deenie miteinander bekannt machte, denn nun wandte sie sich direkt an Deenie. »Ich bin seine Mutter. Mele Cooper. Nennen Sie mich Mele. Ich habe euch beide die ganze Zeit während der Debatte tuscheln sehen. Ich hatte ja keine Ahnung, dass Connor mit jemandem zusammen ist.«

Connor verschluckte sich fast. »Mom, nein, so ist es nicht …«

»Wir sind nicht zusammen«, erklärte Deenie. »Es ist rein beruflich.«

»Deenie ist meine Hundetrainerin. Erinnerst du dich? Ich habe dir doch erzählt, dass ich jemanden engagiert habe, der mir bei Max hilft.«

»Aber du hast mir nicht erzählt, dass dieser Jemand so hübsch ist!«, schwärmte seine Mutter, völlig unbeeindruckt von der Beteuerung, sie seien nicht zusammen. Mele hakte sich bei Deenie unter und führte sie den Gang entlang auf den Ausgang zu. »Also, Deenie, erzählen Sie mir alles über sich.«

Connor hatte Deenie seiner Mutter gegenüber extra nicht erwähnt. Da er mit diesen Dating-Apps begonnen hatte, bestand durchaus die Chance, dass sie seine Hundetrainerin nicht als Beziehungsanwärterin sah. Trotzdem hatte er es nicht riskieren wollen. Seine Mutter war eine Naturgewalt, und er wollte nicht, dass Deenie das zu spüren bekam. Jetzt aber konnte er nur noch hilflos zusehen, wie sie mit Deenie Richtung Tür marschierte.

Auf dem Parkplatz herrschte großes Gewimmel. Mitch wartete bereits. Connors Mutter flüsterte immer noch mit Deenie, als Mitch sich zu ihnen gesellte. »Connor. Hatte deine Mom schon Gelegenheit, mit dir zu sprechen?«

»Worüber denn?«, fragte Connor. »Ich glaube, sie ist gerade damit beschäftigt, Deenie über ihre Lebensgeschichte auszuquetschen, obwohl wir *nicht* zusammen sind.« Er hatte die Stimme gehoben, und seine Mutter warf ihm einen Blick zu; immerhin ließ sie Deenies Arm endlich los.

»Ich versuche nur, Deenie besser kennenzulernen«, protestierte seine Mutter. »Es kann doch nicht schaden, freundlich zu sein.«

»Schon klar.«

Seine Mutter gab ihm einen Klaps, dann zog sie ihn zu sich herunter, um ihn zu umarmen. »Ich mag sie«, flüsterte sie ihm ins Ohr und drückte seine Schultern.

Nach fünf Sekunden? Er verkniff sich eine spöttische Bemerkung und versuchte lieber ein letztes Mal, sie zu überzeugen. »Wir sind nicht zusammen. Sie ist eine Angestellte.«

»Mm-hmm.« Sie ließ ihn los und trat mit schlauem Grinsen einen Schritt zurück. »Gute Nacht, ihr zwei.«

Connor schaute seiner Mutter und Mitch hinterher und wartete, bis sie außer Hörweite waren, ehe die Neugier siegte. »Okay, was hat sie zu dir gesagt?«, wandte er sich an Deenie.

Sie grinste; ihr schien das für seinen Geschmack viel zu sehr zu gefallen. »Sie meinte, deine Gene seien zu gut, um nicht an die nächste Generation weitergegeben zu werden. Und dass du ein wundervoller Vater sein wirst.«

Er stöhnte. »Zurückhaltung ist nicht ihre starke Seite.«

»Ach, Zurückhaltung wird überbewertet.«

Diesen Satz hatte er aus dem Mund seiner Mutter so oft gehört, dass er vor Schreck beinah zusammengezuckt wäre. Er hätte niemals erwartet, Ähnlichkeiten zwischen seiner Mutter – einer Frau, die er über alles bewunderte – und Deenie – die er bisher albern gefunden hatte – zu entdecken. Allerdings verfolgten beide ohne jeglichen Anflug von Scham ihre Ziele.

Er legte den Kopf schief. »Sie hat nicht wirklich von guten Genen gesprochen, oder?«

»Technisch gesehen war es eher etwas in der Richtung, dass sie das hübscheste Baby in Vermont gemacht hat und du ihr deshalb schnellstmöglich süße Enkelkinder schuldest.«

»Das klingt nach ihr.«

»Aber dass du ein wundervoller Dad wärst, hat sie wirklich so gesagt. Und da hat sie wohl recht.«

»Womit? Mit dem Dad oder dem hübschesten Baby in Vermont?«

Deenie verdrehte die Augen. »Du weißt, dass du gut aussiehst. Hör auf, nach Komplimenten zu fischen.« Sie lief neben ihm über den Parkplatz bis dorthin, wo ihre Autos Seite an Seite standen. »Wie geht es mit den Ashleys voran?«

»Ganz gut.«

Sie sah ihn skeptisch an. »*Ganz gut?* Wow, Connor, übertreib's mal nicht mit deiner Begeisterung. Spar dir die lieber für deine Dates auf.«

»Es dauert einfach länger, als mir lieb ist.« Er schob die Hände in die Taschen. »Viele Chats, Verabredungen zum Kaffee oder Drinks. Aber bisher …«

»Ist die Richtige noch nicht in Sicht?« Sie lehnte sich gegen ihren Wagen. Connor blieb bei ihr stehen und wartete darauf, dass die Pine-Hollow-Version einer Rushhour nachließ. »Ist dir schon mal in den Sinn gekommen, dass die Wahrscheinlichkeit, enttäuscht zu werden, mit deinen zu hohen Ansprüchen zu tun hat? Du siehst nicht, welche Möglichkeiten das Leben für dich parat hält.«

»Ich habe keine zu hohen Ansprüche. Außerdem gibt es tatsächlich vielversprechende Kandidatinnen«, erklärte er. »Corinne aus Burlington scheint klasse zu sein. Sie ist auf Geschäftsreise, aber wir treffen uns, sobald sie zurück ist. Das mit den Bonbonherzen hat ihr richtig gut gefallen.«

»Siehst du? Ich habe immer recht«, lobte Deenie sich selbst, aber es klang übertrieben, so wie sie manchmal ihr strahlendes Lächeln einsetzte, um etwas zu verbergen. »Ist doch toll, dass ihr euch gut versteht.«

»Ja, ist es. Allerdings muss ich beruflich nächsten Samstag zu einer Wohltätigkeitsgala, und ich weiß nicht, wie ich bis dahin jemanden finden soll. Es sei denn, ich mache ein erstes Date daraus, aber das kommt mir ziemlich riskant vor.«

»Es gibt Begleitservices.«

»Sehr hilfreich«, sagte Connor mürrisch.

Sie strahlte. »Ich gebe mir eben Mühe.« Sie stieß sich von ihrem VW-Käfer ab und öffnete die Tür. »Wir sehen uns morgen?«

»Ich kann's kaum erwarten«, erwiderte er und brachte sie zum Grinsen. Das Seltsame war jedoch … es stimmte.

14. Kapitel

Der Vorschlaghammer sauste in hohem, anmutigem Bogen und krachte kraftvoll auf die Kücheninsel. Die hässliche geflieste Oberfläche zerbarst in Dutzende Teile. Der folgende Jubel riss Deenie aus ihrer Bewunderung für die Muskeln, die den Vorschlaghammer hielten, und sie stimmte in die Begeisterungsrufe mit ein.

Connor war mit einem eigenen Hammer aufgetaucht, der aussah, als wäre er noch nie benutzt worden. Ben und die anderen beiden Freunde der Pokerrunde – Levi, der Polizeichef, und Mac, der Besitzer von The Cup – hatten sofort angefangen, Connor zu ärgern, er sei doch viel zu verweichlicht für körperliche Arbeit und wüsste gar nicht, wie man einen Vorschlaghammer halte. Das war natürlich lächerlich angesichts der Art und Weise, wie sein T-Shirt über den Schultermuskeln spannte. Er hätte glatt Werbung für Power-Werkzeug machen können.

Connor hatte dann sehr schnell bewiesen, dass er sehr wohl mit einem Vorschlaghammer umgehen konnte. Und der Mann sah verdammt sexy aus, wenn er diesen Hammer schwang. All diese sich anspannenden Muskeln …

»Na, siehst du etwas objektiv Heißes?«, fragte Elinor spöttisch, und Deenie riss sich – wieder einmal – von Connors Anblick los.

»Was? Nein. Ich war nur in Gedanken.«

»Gedanken an jemanden, der ziemlich sexy ist?«

Deenie verdrehte die Augen, hob eine Schranktür aus dem Schutt am Boden und schob sie Elinor zu, damit sie den Mund hielt. Die Schränke waren zu alt und schrottig, um sie zu spenden. Mittlerweile waren sie dank Levi und Mac, die sie von den Wänden gerissen hatten, auch schon zerkleinert.

Deenie, Ally, Elinor und Astrid hatten alle abwechselnd mal den Hammer geschwungen – Elinor hatte mit einem einzigen Schlag die ganze Abzugshaube erledigt. Dann aber hatten sie beschlossen, es sei sicherer, aus der Schusslinie zu gehen. Außerdem war die Küche nicht groß genug für alle, und diejenigen, die nicht mit Hammer oder Brecheisen arbeiteten, schleppten die Trümmer hinaus zum Container.

Staub hing in der Luft und klebte auf dem Bizeps, der von Connors engem schwarzen T-Shirt nicht bedeckt war. Deenie löste sich widerstrebend von diesem verlockenden Anblick, nahm einen Armvoll Trümmer und ging hinaus.

»Hey!«, rief Ally, die gerade etwas in den Bauschuttcontainer warf. »Da bist du ja. Ich dachte schon, du hast dich da drin verlaufen.«

»Sie hat Connor angegafft«, erklärte Elinor heiter.

Deenie warf ihr einen tödlichen Blick zu – froh, dass nur sie drei in diesem Moment im Vorgarten standen und die Nachbarin Mrs. Fincher, die ihnen bei der Arbeit zugesehen hatte, wieder ins Haus gegangen war. Dass Gerüchte in der Stadt die Runde machten, konnte Deenie absolut nicht gebrauchen.

»Ich habe niemanden angegafft. Zufällig beschäftigen mich momentan viele Dinge.«

»Prinzessinnenparty-Drama?«, erkundigte sich Elinor.

Deenie stutzte und war sich nicht sicher, ob sie sich über sie lustig machte oder nicht. Elinor schien eigentlich nie abwertend zu sein; andererseits war sie jemand, der sämtliche Erwartungen ihrer Eltern erfüllt hatte: Uniabschluss mit Auszeichnung, Altersvorsorge, Hausbesitzerin.

»Ist es deine Großtante?«, fragte Ally.

Am Abend zuvor hatte Deenie endlich nachgegeben und Ally gestanden, dass sie eine Tante hatte, die in den Summerland Estates lebte. Ally hatte sich Sorgen gemacht, Deenie könnte durch das Chaos seit Bens und Astrids Ankunft aus dem Haus getrieben werden – was auch stimmte –, und Deenie hatte sie nur beschwichtigen können, indem sie als Begründung für ihr ständiges Unterwegssein die Besuche bei Bitty anführte. So hatte sie nicht zugeben müssen, wie viel Zeit sie inzwischen bei Connor verbrachte.

»Ja, ich habe sie ständig im Hinterkopf«, sagte Deenie, um dann gleich noch einen anderen Grund zu gestehen: »Aber eigentlich ist es meine Schwester. Sie hat sich verlobt.«

Kirsten hatte heute wieder angerufen, um sich zu vergewissern, dass Deenie auch wirklich zu ihrer Verlobungsparty kam.

Auf Allys Gesicht erschienen Sorgenfalten. »Magst du ihren zukünftigen Mann nicht?«

»Doch, er scheint ganz okay zu sein. Ehrlich gesagt kenne ich ihn kaum.« Deenie fügte gequält hinzu: »Ich kenne *sie* auch kaum. Wir standen uns nie nahe. Sie ist der verantwortungsvolle Typ. Perfekt. Gäbe es eine gute Ausrede, wäre ich zum Beispiel mal wieder am anderen Ende der Welt, wäre sie sicher froh, mich nicht zu all ihren Hochzeitsveranstaltungen einladen zu müssen. Aber ich bin nun mal hier, nur eine Stunde entfernt, und die eigene Schwester nicht zur Hochzeit einzuladen, geht einfach nicht. Jedenfalls nicht in Kirstens Welt. Also muss ich zu allen Veranstaltungen hin, angefangen bei der Verlobungsfeier.«

»Wenn es nur eine Party ist ...«, murmelte Ally, nach dem Motto *Wie schlimm kann es schon werden*.

Deenie winkte ab. »Es ist nie nur eine Party. Die werden mich auseinanderpflücken. So sind sie nun mal. Du glaubst, du feierst bloß den dritten Geburtstag deines Neffen, doch ehe du weißt, wie dir geschieht, bekommst du Ratschläge, wie du einen richtigen Job findest. Oder irgendwer drückt dir die Visitenkarte eines guten Therapeuten in die Hand, der dir wegen deiner ›Labilität‹ helfen kann. Nein, es ist nie nur eine Party.«

Es war ein unablässiges, nicht sehr subtiles Sticheln wegen ihres Lebensstils.

»Was du brauchst, ist eine Begleitung«, schlug Elinor vor. »Einen fleischlichen Schutzschild. Jemanden, der den Puffer spielt, damit die anderen nett zu dir sein müssen. Sie werden dich wohl kaum kritisieren, wenn sie von einem neuen Typen abgelenkt sind.«

»Selbst wenn ich jemanden hätte, den ich würde mitnehmen wollen – was nicht der Fall ist –, würden sie mich wegen meines Männergeschmacks kritisieren«, erklärte Deenie. »Ich war noch nie mit jemandem zusammen, der ihnen gefallen hat. Und dann würde ich gleich Schuldgefühle bekommen, weil ich jemanden in diese Schlangengrube mitgeschleppt habe.« Sie schüttelte den Kopf. »Es würde höchstens funktionieren, wenn ich ein Vorzeigeexemplar des Kapitalismus mitbringen würde, den sie gutheißen. Und wo sollte ich so einen finden ...«

Connor trat aus der Tür, beide Arme um das Keramikwaschbecken geschlungen. Ein bisschen Mörtel zierte seinen einen Wangenknochen.

»Ist euch nicht kalt da draußen?«, rief er, während er die Treppenstufen herunterkam, um das Spülbecken in den Container zu werfen. »Wir sind drinnen fast fertig. Nur noch sauber machen.«

Deenie hörte ihn kaum.

Ein Vorzeigeexemplar des Kapitalismus.

Ihre Eltern wären begeistert von Connor. Er verkörperte einfach alles, was sie sich je für Deenie gewünscht hatten. Jemand, der genauso war wie ihre Eltern selbst. Steif und spießig, mit einem Fünfjahresplan und soliden, *normalen* Zielen. Einen solchen Mann hatte Deenie nie haben wollen, denn wenn sie sich in Mr. Perfect verliebte, würden ihre Eltern gewinnen. Außerdem würde Mr. Perfect ihr zweifellos das Gefühl geben, unzulänglich zu sein, so wie ihre Eltern es stets taten. Als wäre Deenies Leben falsch.

Aber wenn sie gar nicht verliebt wäre, sondern ihn nur als Schutzschild benutzte ... wenn sie eine Abmachung hätten ... einen *Vertrag*.

»Wir kommen gleich«, versicherte Ally Connor und scheuchte ihn wieder ins Haus. Deenie bekam es kaum mit, da ihre Gedanken durcheinanderwirbelten.

»Ich glaube, ich habe Connor in der Öffentlichkeit noch nie schwitzen sehen«, meinte Elinor staunend und sah ihm hinterher, als er die Tür schloss. »Schon seltsam. Als würde man den Dalai Lama fluchen hören.«

»Genau«, pflichtete Deenie ihr bei, und ein Lächeln erschien auf ihrem Gesicht. »Er ist *perfekt.*«

Natürlich hatten Elinor und Ally die *Perfekt*-Bemerkung missverstanden. Und als Deenie ihnen ihren Plan erläuterte, sahen sie sie an, als sei sie nicht ganz bei Verstand. Doch je mehr Deenie davon redete, desto brillanter erschien es ihr.

Connor brauchte sofort jemanden, der ihn zu Wohltätigkeitsgalas der Firma begleitete. Aber das konnte er den Ashleys schlecht sagen, solange er die noch nicht besser kannte. Deenie könnte seine Platzhalterfreundin sein und ihn zu diesen Galas begleiten; damit würde er seine Partner zufriedenstellen, bis er die Liebe seines Lebens gefunden hatte. Connor wiederum würde verhindern, dass Deenies Familie bei jedem Besuch in den nächsten Monaten wie die Geier über sie herfiel. Es war ideal.

Jetzt musste sie nur noch Connor überzeugen.

Nachdem Bens Küche leer bis auf den Holzfußboden war, kehrten sie zu Allys Farmhaus zurück, wo es Bier und Pizza gab. Connor verschwand für eine Weile, um nach Max zu sehen, und tauchte frisch geduscht wieder auf, als das Essen eintraf. Deenie aß eine Käsepizza und trank einen Erdbeer-Kiwi-Cider, während sie auf den geeigneten Moment wartete, um Connor ihren Plan zu unterbreiten.

Nachdem ihr diese Idee gekommen war, wollte sie unbedingt herausfinden, ob es funktionieren würde. Es war der erste Hoffnungsschimmer, seit Kirsten ihr gesagt hatte, sie wolle Deenie bei *allen* Veranstaltungen rund um die Hochzeit dabeihaben.

Astrid war schon ins Bett gegangen, und die Erwachsenen unterhielten sich im Wohnzimmer. Irgendwann stand Connor auf, um Wasser für Mac zu holen – der es irgendwie fertiggebracht hatte, von nur zwei Bier derartig betrunken zu werden, dass er Musicalsongs schmetterte.

Deenie erkannte ihre Chance und folgte Connor in die Küche.

»Hey.« Sie lehnte sich gegen die Arbeitsplatte. »Hast du einen Moment? Ich wollte dir von einer Idee erzählen. Eine Sache, von der wir beide profitieren können.«

Sehr lässig.

Connor blickte skeptisch und hielt mit dem Wasser für Mac in der Hand inne. »Geht es um Max? Ich dachte, es läuft gut.«

»Tut es auch!«, versicherte sie ihm rasch, mit etwas zu viel Begeisterung; als Elinor vom Wohnzimmer herüberschaute, sprach sie leiser. »Es geht um etwas anderes. Und falls du es für verrückt hältst, werde ich es dir nicht übel nehmen. Aber hör mir zuerst zu, ja? Denn auch wenn es wirklich ein bisschen verrückt klingt, könnte es dennoch brillant sein.«

Er senkte das Kinn. »Okay, jetzt bin ich nervös.«

»Musst du nicht sein. Dazu besteht kein Grund. Ich schlage dir lediglich einen Deal vor.« Seine Miene drückte noch mehr Zweifel aus, aber da das in ihrer Gegenwart ständig passierte, fuhr sie unbeirrt fort: »Meine Schwester hat sich gerade verlobt, und es gibt jede Menge Feierlichkeiten rund um die bevorstehende Hochzeit. Meine Familie … es ist kompliziert. Es muss hier und jetzt genügen, wenn ich dir erkläre, dass es für mich erheblich einfacher wäre, wenn ich einen Partner mitbrächte.«

Connors Brauen zogen sich zusammen, aber sie ignorierte es und lächelte stattdessen, als hätte er bereits eingewilligt.

»*Du* brauchst jemanden, um deinen Bossen auf Firmenveranstaltungen eine Begleiterin zu präsentieren, bis du die Richtige gefunden hast. Ich bin eine ausgebildete Schauspielerin. Ich kann in jede Rolle schlüpfen. Ich besitze sogar Perücken, die ich aufsetzen kann, damit niemand es komisch findet, dass du eine Freundin mit pinkfarbenen Haaren hast. Ich werde für dich die perfekte Partnerin spielen – bis du jemanden gefunden hast, den du wirklich bei Firmengalas vorzeigen willst. Und du begleitest mich im Gegenzug zu den Hochzeitsfeierlichkeiten und gibst dich als mein Freund aus. Mein männlicher Schutzschild. Auf diese Weise profitieren wir beide davon.«

Connor konnte kaum skeptischer dreinblicken. »Stammt das aus einem der Liebesromane, die du liest?«

»Ja. Aber deswegen kann es trotzdem brillant sein. Und ja, in den Büchern verlieben Held und Heldin sich. In unserem Fall können wir das ausschließen. Ich würde nie mit dir zusammen sein wollen, und ich weiß, dass ich die letzte Person auf Erden bin, mit der du eine Beziehung haben willst. Genau das macht es so perfekt. Wir brauchen uns keine Sorgen wegen widersprüchlicher Signale oder irgendwelcher Gefühle zu machen. Es ist eine rein geschäftliche Transaktion. Wir sind bloß Freunde, die sich gegenseitig in einer kniffligen Zeit helfen.«

»Und wenn ich tatsächlich jemanden finde, mit dem ich zusammen sein will? Wie erkläre ich das dann?«

»Sag ihr die Wahrheit! Dass wir uns nur gegenseitig helfen und wir gar keine richtige Beziehung führen. Dass da weniger als nichts zwischen uns ist. Wir können ›Schluss machen‹, was deine Bosse betrifft, und dann bringst du einfach deine echte Freundin mit.«

»Deenie ...«

»Denk darüber nach«, ließ sie nicht locker. »Schlaf darüber. Du wirst feststellen, dass es perfekt ist.«

Connor war ziemlich überzeugt davon, dass Deenie den Verstand verloren hatte. Ihr platonischer Freund zu sein, den sie zu einer Hochzeit mitbrachte, war eine Sache. Aber so zu tun, als seien sie tatsächlich zusammen, war etwas völlig anderes.

Allerdings würde es eine Menge seiner Probleme lösen.

Die erste Veranstaltung, zu der er musste, um sich mit den Teilhabern gutzustellen, fand schon in wenigen Tagen statt. Er hatte nur drei weitere seiner Online-Dates persönlich treffen können. Bis jetzt war keine für ein zweites Rendezvous infrage gekommen – schon gar nicht für eine Beziehung, die er vor seinen Kollegen ausprobieren würde.

Deenie gehörte eher nicht zu den Frauen, die er als Begleitung ausgewählt hätte, aber sie war Schauspielerin. Genau genommen hatte er sie nie schauspielern gesehen, nur würde es mit ihr sicher nicht schlimmer werden, als wenn er ein erstes Date als Begleitung mitbrachte. Immerhin lag es in ihrem Interesse, sich zu benehmen, da sie ihn als Schutzschild bei ihren Hochzeitsfeierlichkeiten brauchte.

Vielleicht war das gar keine so schlechte Idee.

Als er an diesem Abend im Bett lag und nicht einschlafen konnte, erschien ihm Deenies Plan noch plausibler.

Auch während er am nächsten Morgen Verträge ausarbeitete, ließ ihn die Idee nicht los und wurde im Gegenteil immer verlockender.

Als Deenie um die Mittagszeit zum Training mit Max auftauchte, erwartete er sie mit einem Stapel Papiere, sauber geordnet auf der Kücheninsel.

»Wir werden einen Vertrag brauchen«, informierte er sie.

Deenie strahlte. »Ich habe mir gedacht, dass du das sagen würdest.«

15. Kapitel

Deenie lief die Treppe hinunter, als sie Connors Wagen in der gekiesten Auffahrt hörte. Sie verdrängte ihre Nervosität unter eine ruhig scheinende Oberfläche. Sie konnte das. *Kleinigkeit.*

Ally, die mit Colby und Partridge auf der Couch lag, sah auf. Es war später Samstagnachmittag. Astrid war bereits unterwegs, um bei ihrer besten Freundin Kimber zu übernachten, während Ben sich zum zweiten Mal an diesem Tag zur Baustelle in seinem Haus aufgemacht hatte, um »mal nach dem Rechten zu sehen«. Daher machte bloß Ally ein erstauntes Gesicht, als Deenie eintrat – worüber diese sehr froh war, denn sie brauchte jetzt nicht die Kommentare mehrerer Leute zu dem, was sie vorhatte.

»Wow«, sagte Ally und zog die Beine unter den Hunden hervor, um aufstehen zu können. »Du siehst …«

»Ich weiß. Ich sehe aus wie eine Charity-Gala-Barbie. Oder wie ihre flachbrüstige Schwester.« Sie wusste gar nicht, was schlimmer wäre – wenn Ally fand, sie sehe albern aus, oder wenn sie meinte, Deenie sehe gut aus.

Das Kleid hatte sie auslüften müssen, nachdem sie es aus Bittys Lagerraum geholt hatte, zusammen mit der restlichen

Garderobe, die sie für diese bizarre Aktion brauchte. Den Lagerraum hatte sie vor drei Jahren für Bitty angemietet, nachdem ihre Großtante ihr Haus verkauft hatte und in die Summerland Estates gezogen war. Gelegentlich stellte Deenie auch ein paar ihrer eigenen Sachen dort unter. Zum Glück war der muffige Geruch verschwunden; dafür juckte es. Aber vermutlich lag das nicht am Satin, sondern hatte psychosomatische Ursachen.

Ihre Mutter hatte ihr dieses Kleid gekauft. Es war schon einige Jahre alt, doch der klassische Schnitt kam nie aus der Mode – ebenso wenig das Designerlabel. Die breiten Träger saßen perfekt auf ihren Schultern und liefen in einem tiefen V-Ausschnitt zusammen. In Verbindung mit der Push-up-Funktion des hautengen Mieders sah es beinah aus, als hätte sie ein Dekolleté. In dem Oberteil konnte sie kaum atmen, trotzdem hatte sie das Kleid stets gemocht. Es bauschte sich ein bisschen wie ein echtes Ballkleid, obwohl es nur bis zu den Knien reichte – und es gab sogar verborgene Taschen. Eine dünne elfenbeinfarbene Schärpe war am Rücken mit einer Schleife zusammengebunden. Es sah aus, als hätten ein Prinzessinnenkleid und ein kurzes schwarzes Abendkleid ein Baby bekommen.

Deenie fühlte sich sogar hübsch darin, solange sie nicht daran dachte, dass sie eine Rolle spielen musste.

»Deine Haare …«, staunte Ally, und Deenie hob die Hand an die seidigen Locken.

»Oh, ach ja. Darf ich dir Aurora vorstellen?«

Die blonde Schneewittchenperücke war die teuerste, die sie besaß – was bedeutete, dass es auch die am natürlichsten aussehende war. Die wallenden blonden Locken reichten ihr bis auf die Schultern und hatten fast Deenies normale Haarfarbe. Außerdem unterstrichen sie den Barbiepuppen-Effekt.

Es klingelte an der Tür, und Deenie fluchte im Stillen. Eigentlich hatte sie Connor am Wagen treffen wollen, jedoch auf dem Weg zur Tür gezögert. Sie wollte nicht, dass es sich wie ein Date anfühlte. Ja, sie spielten ein Paar, aber wenn sie nicht gerade auf der Bühne standen, sozusagen, wollte sie so viel Distanz wie möglich. Also kein Abholen an der Haustür. Dummerweise hatte sie gebummelt, und nun war er da, klingelte, und sie konnte ihn schlecht ignorieren.

Ihre klassischen schwarzen Pumps – ebenfalls ein Geschenk ihrer Mutter – klapperten auf dem abgenutzten Dielenboden des Farmhauses. Sie ging entschlossenen Schrittes, schnappte sich ihren Mantel vom Haken und öffnete die Tür.

Connor stutzte. »Wow.«

Er betrachtete sie von Kopf bis Fuß, und das konnte sie ihm kaum vorwerfen, denn sie tat dasselbe mit ihm.

Er sah tadellos aus. Frisches weißes Hemd, taubengraue Krawatte, maßgeschneiderter schwarzer Anzug, sogar mit Einstecktuch. Connor Wyeth hatte sich richtig zurechtgemacht. Nicht dass er je anders als makellos aufgetreten wäre – allerdings hatte er neulich, verschwitzt und mit Baustaub bedeckt, ziemlich sexy ausgesehen.

In seinen Augen lag ein sinnlicher Ausdruck. »Du siehst …«

»Keine Komplimente!«, fuhr sie ihn fast an – und es verfehlte seine Wirkung nicht. Er hörte auf, sie anerkennend zu mustern, und nickte sachlich.

»… dem Anlass entsprechend aus«, beendete er den Satz, als habe er die ganze Zeit genau das sagen wollen. »Danke.«

Deenie neigte majestätisch den Kopf. »Gern geschehen.«

Er hatte gedacht, es sei albern von ihr, zu verlangen, »Komplimente und kitschige romantische Bemerkungen auf das in der Öffentlichkeit Notwendige zu beschränken«. Er hatte argumentiert, dass ihr Auftreten als Paar natürlicher wirken würde, wenn sie sich die ganze Zeit wie Liebende verhalten würden. Aber Deenie hatte auf strikte Trennung zwischen Staat und Kirche bestanden, also hatte er es in den Vertrag aufgenommen, den sie beide unterschrieben hatten.

Sie kannte sich. Und sie konnte es absolut nicht gebrauchen, sich ständig fragen zu müssen, ob er etwas ernst meinte oder nur seine Rolle spielte. Da war es viel besser, klare Grenzen zu ziehen. Keine Missverständnisse. Keine Sorge darüber, dass Gefühle ins Spiel kommen könnten.

»Bist du bereit?«, fragte er.

»Absolut«, erklärte Deenie, ihre Nervosität überwindend. Sie hatte ihre Handtasche, ihren Mantel und ihre Würde.

Sie verabschiedete sich von Ally, trat auf die Veranda hinaus und zog die Tür hinter sich zu. An der Treppe bot Connor ihr seinen Arm, und sie warf ihm einen vernichtenden Blick zu.

»Ich kann auf hohen Absätzen gehen«, informierte sie ihn – nur leider scheiterte ihr Hochmut an der Tatsache, dass die Auffahrt mit Kies bestreut war und ihr Knöchel beim zweiten Schritt umknickte.

Sofort war Connors Hand da und umfasste ihren Ellbogen, um sie zu stützen.

Zerknirscht murmelte sie ein »Danke«.

Wenigstens verzichtete er darauf, »Ich hab's dir ja gesagt« zu erwidern. Stattdessen hielt er ihr die Wagentür auf und wartete, bis sie in dem luxuriösen Ledersitz Platz genommen hatte.

Bis zum Beginn der Gala blieben noch anderthalb Stunden Zeit, aber Connor hatte den Verkehr und die Parkplatzsuche eingeplant. Die Fahrt würde fast eine Stunde dauern, also machte Deenie es sich bequem, stellte die Temperatur auf ihrer Seite ein und spielte an der Sitzheizung herum.

Sie wartete, bis Connor das langsame Anfahren und Stoppen in Pine Hollow hinter sich hatte und sein SUV sich in die Kurven der Landstraße Richtung Burlington legte, ehe sie zur Sache kam.

»Sollen wir anfangen?« Sie hatten sich darauf verständigt, die Fahrten zu den Veranstaltungen für die Vorbereitung zu nutzen. Auf den Rückfahrten wollten sie jeweils auswerten, was gut gelaufen und was verbesserungswürdig war. Es war Connors Idee gewesen, das in den Vertrag aufzunehmen, aber Deenie musste zugeben, dass es eine gute Strategie war. »Was muss ich für den heutigen Abend wissen?«

»Es ist eine stille Auktion und ein Wohltätigkeitsdinner für Easter Seals. Meine Kanzlei hat zwei Tische.«

»Wen müssen wir beeindrucken?«

»Die Seniorchefs. Brent Sterling und Lila Karlson. Mein Mentor, Davis, wird auch da sein, ebenso vermutlich einige der Kollegen, die ebenfalls auf eine Partnerschaft hoffen.«

»Der Wettbewerb. Keine Sorge. Die machen wir fertig.«

»Na ja, ich muss weiter mit ihnen zusammenarbeiten, also halten wir uns lieber etwas zurück.«

»Klar. Minimale Zerstörung, aber du gewinnst trotzdem.« Sie nickte. »Wer soll ich sein?«

Connor nahm den Blick von der Straße und sah sie kritisch an. »Meine Freundin. Erinnerst du dich an den Vertrag, den wir unterschrieben haben?«

»Nein, ich meine, bin ich Steuerberaterin? Finanzanalystin? Ich kann hervorragend eine Risikokapitalanlegerin spielen.«

Connors Brauen zogen sich zusammen. »Kannst du nicht einfach du selbst sein?«

Deenie sah ihn ungläubig an, was er aber nicht mitbekam, weil er sich wieder aufs Fahren konzentrierte. »Soll ich deinem Boss erzählen, dass du eine Prinzessinnenpartyplanerin und Teilzeithundesitterin datest?«

»Warum nicht?«, erwiderte er und sah kurz zu ihr hin; diesmal registrierte er ihre Miene. »Es geht doch darum, zu zeigen, dass ich weder spießig noch von der Arbeit besessen bin. Wer eignet sich besser dafür als eine Freundin, die Prinzessinnenpartys organisiert?«

»Aber du *bist* spießig und von der Arbeit besessen.«

»Ich weiß«, sagte er gereizt. »Aber das sollen die ja nicht wissen. Na ja, sie wissen es zwar, aber wir versuchen, sie davon zu überzeugen, dass sich das geändert hat. Dass ich sozial und engagiert bin, eine Führungspersönlichkeit und ein Mentor mit der perfekten Work-Life-Balance, der als Teilhaber ein Gewinn sein wird.«

Deenie runzelte die Stirn. »Beunruhigt es dich denn gar nicht, dass du dich als jemand anderes ausgeben musst, um diesen Job zu bekommen, den du für deinen Traumjob hältst? Woher weißt du, ob du das wirklich willst, wenn du dich verstellen musst, um es zu bekommen?«

»In jedem Job gibt es Aspekte, mit denen man sich arrangieren muss. Kein Job ist perfekt. Wir tun das Notwendige, um das zu bekommen, was uns wichtig ist.«

»Und was ist dir wichtig? Status? Geld?«

Er antwortete lange nicht, die Hände auf zehn und zwei Uhr fest am Lenkrad.

»Connor?«

»Teilhaber werden.«

»Okay, aber warum diese Kanzlei?«

»Weil es die beste ist.«

Er sagte das, als wäre es das letzte Wort zu diesem Thema. Und für Connor war es das wahrscheinlich auch. Warum diesen Job? Weil es der beste ist. Warum dieses Haus? Weil es das beste ist.

Aber machte das Beste Menschen wirklich glücklich? Bedeutete das Erreichen des Ziels, auf das man hingearbeitet hatte, automatisch Zufriedenheit? Connor schien zu denen zu gehören, die Zufriedenheit gar nicht kannten. Die nie einfach nur *sein* konnten. Er musste viel zu viel beweisen.

Deenie musste auch viel beweisen, aber ihr Kampf drehte sich mehr darum, zu beweisen, dass sie *nicht* die Beste sein musste, um glücklich zu sein.

Sie und Connor passten wahrhaftig nicht zusammen.

»Menschen haben eine ungesunde Einstellung zur Arbeit«, erklärte sie, einfach so, weil das Schweigen schon zu lange dauerte.

Connor hob wie üblich vielsagend eine Braue. »Möchtest du das vielleicht näher erläutern?«

»Die Franzosen machen jedes Jahr einen ganzen Monat Urlaub, während es in Amerika eine Art Wettbewerb ist, wer die meisten nicht genommenen Urlaubstage ansammeln kann, weil man einfach *zu viel* zu tun hat und *zu* wichtig ist, um sich auch nur einen einzigen Tag freizunehmen. Ich nehme also an, dass nur Amerikaner ein ungesundes Verhältnis zur Arbeit haben, und korrigiere hiermit meine vorherige Aussage.«

»Manche Menschen *müssen* arbeiten.«

»Stimmt. Das trifft auf viele zu – und mir ist durchaus bewusst, dass ich mich privilegiert fühlen kann, weil ich keine drückenden Schulden habe und meine Eltern mich nie hängen lassen würden, wenn etwas katastrophal schiefliefe in meinem Leben. Auch wenn ich nie einen Cent von ihnen annehmen würde, würden sie mich jedenfalls nicht verhungern lassen. Das gibt einem psychologisch gesehen schon mal Sicherheit. Aber ich rede auch nicht von den Leuten, die sich von einem Gehaltsscheck zum nächsten hangeln. Ich meine die Menschen, die das krankhafte Verlangen haben, sich zu überarbeiten. Als würde es sie irgendwie besser machen als andere.«

»Du kannst ruhig sagen, dass du mich meinst. Du musst nicht ständig von ›Menschen‹ oder ›Leuten‹ sprechen, wenn wir beide doch genau wissen, wen du meinst.«

»Es geht nicht nur um dich«, widersprach sie. »Du wärst erstaunt, wie viele Menschen mir vorschwärmen, wie ›frei‹ mein Leben doch sein müsse und wie sehr sie mich darum beneiden, dass ich reisen und meinen eigenen Zeitplan machen kann. Aber sobald ich ihnen erkläre, dass sie das auch können, fangen sie an zu prahlen, wie wichtig sie doch seien und dass sie deshalb nie und nimmer für längere Zeit entbehrlich wären. Diese Leute beziehen ihr ganzes Selbstwertgefühl aus ihren Jobs. Wenn sie sich dann zur Ruhe setzen oder gefeuert werden oder feststellen, dass es mehr im Leben gibt, als achtzig Stunden pro Woche vor einem Computer zu sitzen – *Krise*.«

Connor ließ sich nicht anmerken, wie recht sie hatte, und behielt seinen sarkastischen Ton bei. »Du hast also den Sinn des Lebens entdeckt, ja? Und wir anderen sind alle zu blöd.«

»Das sage ich ja gar nicht. Jeder muss für sich selbst den Sinn im Leben finden. Ich finde allerdings, dass die Menschen sich weniger um ihren Status sorgen sollten und lieber etwas mehr darum, was sie wirklich glücklich macht. Mein Job ist kein Egotrip. Es ist nur eine Möglichkeit, um Geld zu verdienen, mit dem ich mir Zeit und Freiheit erkaufen kann. Ich trainiere deinen Hund, plane Prinzessinnenpartys und nähe Prinzessinnenkleider, damit ich es mir finanziell leisten kann, die Welt zu sehen – nicht, weil diese Dinge mich definieren.«

»Anwalt zu sein definiert mich auch nicht«, behauptete er, aber die Worte fühlten sich wie eine Lüge an. Er hatte seine Identität um das herum aufgebaut, was er tat – aber war das wirklich so falsch? Viele Menschen taten das.

»Ich weiß«, versicherte Deenie auf dem Beifahrersitz zu schnell. »Tut mir leid. Ich bin ein bisschen vom Thema abgekommen. Wir müssen noch einiges klären, bevor wir da sind. Wie lange sind wir schon zusammen?«

Connor stutzte und ärgerte sich über sich selbst, dass er über diesen Teil noch nicht nachgedacht hatte. Es konnte schließlich kein erstes Date zwischen ihnen sein. Davis und die anderen Partner sollten nicht glauben, er sei nur deshalb mit jemandem zusammen, um als potenzieller Teilhaber gut dazustehen – auch wenn genau das zutraf.

Beunruhigt es dich denn gar nicht, dass du dich als jemand anderes ausgeben musst, um diesen Job zu bekommen, den du für deinen Traumjob hältst?

Connor verdrängte diesen Gedanken. »Seit Weihnachten?«

Das ließ auf eine gewisse Ernsthaftigkeit schließen. Zwei Monate, und immer noch zusammen. So jemanden würde er wahrscheinlich zu einer Veranstaltung mitbringen. »Wir können nah an der Wahrheit bleiben, da wir uns Weihnachten kennengelernt haben.«

»Eigentlich haben wir uns schon vor Weihnachten kennengelernt.«

Er überging das. »Um Weihnachten herum. Sagen wir, es war um die Weihnachtszeit.«

»Nee, letzten Sommer.«

Sie sagte das gut gelaunt, doch als er ihr einen Blick zuwarf, war da ein Ausdruck in ihren Augen, der ihm Unbehagen verursachte. »Ich erinnere mich nicht …«

»Na ja, nicht richtig *kennengelernt*. Wir haben uns einander nicht vorgestellt. Ich glaube, es war im Juni. Wir waren beide bei Magda's – ich sollte Mac echt von deinem Verrat erzählen, mach ich aber nicht. Du hattest ein Bluetooth-Ding im Ohr, deshalb habe ich nicht gemerkt, dass du telefoniert hast, und dich angesprochen. Ich bin mir ziemlich sicher, es war Samstag, und ich kam von einer Party, die ich ausgerichtet hatte, deshalb sah ich vermutlich aus, als wäre ich in pinkfarbenen Glitzer getunkt worden. Du hast mich angesehen wie etwas, was du dir gerade von der Schuhsohle gekratzt hast, und meintest nur: *Ich arbeite.*«

Connor schämte sich. Es sah ihm ähnlich. »Oh, tut mir leid …«

»Ach, kalter Kaffee«, erwiderte sie und winkte ab. »Gut, wir haben uns also Weihnachten kennengelernt …«

»Gut.« Ihr erster Eindruck von ihm im Juni ließ ihn nicht los. »Und seitdem sind wir zusammen?«

»Bleiben wir dabei, dass ich Max trainiere? Sind wir uns dadurch nähergekommen? Du wolltest einen Hund aus dem Tierheim, und er entpuppte sich als schwierig, weshalb du mich engagiert hast, und bei der Gelegenheit hast du dich schrecklich in meine Intelligenz und meinen Charme verliebt?«

»Das klingt plausibel«, erklärte er. *Viel zu plausibel.*

»Wer hat den ersten Schritt gemacht? Das war ich, oder? Ich bin regelrecht über dich hergefallen.«

Connors Gesicht glühte. »Äh, ich glaube kaum, dass so etwas zur Sprache kommen wird.«

»Na schön, nun zu den Dingen, die ich wissen muss, falls jemand fragt ... hast du schon immer in Pine Hollow gewohnt?«

»Bis auf die College- und die Studienzeit.«

»Richtig. Also Pine Hollow, dann Princeton ...«

»Yale«, knurrte er.

»Ich weiß.« Sie grinste reuelos. »Ich mag es einfach, dich aufzuziehen. Hast du beide Staatsexamen dort gemacht?«

»Nur das erste, das zweite in Georgetown. Danach bin ich gleich zurückgekommen, um hier für STK zu arbeiten.«

»Warum Vermont?«

»Es ist mein Zuhause. Meine Mutter lebt hier.«

»Muttersöhnchen. Check.« Sie nickte fröhlich, während er finster dreinblickte, und fuhr unbekümmert fort: »Was machen deine Eltern beruflich?«

»Meine Mutter war Anwaltsgehilfin und mein Vater ein Arschloch.«

»Hauptberuflich?«

Er schnaubte verächtlich, war aber insgeheim froh, dass sie nicht gleich auf Mitleid umgeschaltet hatte. Mitleid war ihm zuwider. »Ich glaube, er arbeitet im Baugewerbe. Ich weiß es ehrlich nicht. Meine Mom hat vor einigen Jahren wieder geheiratet. Was ist mit deiner Familie?«

»Finanzen«, antwortete sie. »Jede Menge Finanzen. Sie fanden es ganz und gar nicht okay, dass ich was Künstlerisches machen wollte, obwohl sie sich nach außen hin wirklich Mühe geben, so zu tun, als stünden sie hinter mir. Ich bin mir ziemlich sicher, dass ich eine Art Wechselbalg bin. In irgendeinem Märchenland wundert sich eine Finanzanalystin, warum sie dauernd von Glitzer und Regenbogen umgeben ist. Du erinnerst mich manchmal an meine Eltern.«

Er warf ihr einen kurzen Blick von der Seite zu. »Ich bin mir ziemlich sicher, dass das kein Kompliment ist.«

»Ist es nicht. Aber ich versuche, es dir nicht vorzuwerfen.«

»Du bist nicht in Pine Hollow aufgewachsen ...«

»In Connecticut geboren«, sagte sie. »Meine Eltern haben ein Haus in Lake Champlain gekauft, als ich neun war, und wir sind dorthin gezogen. Meine Schwester lebt noch in der Nähe, aber mein Bruder ist an die Wall Street gegangen. Er lebt jetzt in Westchester.«

»Und du bist die Jüngste?«

»Habe ich dir das erzählt? Oder hast du geraten? Ich bin sechs Jahre jünger als Kirsten und acht Jahre jünger als Peter. Nicht geplant. Ich habe sehr früh gelernt, dass Verhütung nicht immer funktioniert – ich bin ein wandelndes Beispiel dafür.«

Connor wusste nicht, wie er auf diese Mischung aus Bitterkeit und Humor reagieren sollte, mit der sie über ihre Familie sprach, daher fragte er: »Warum bist du nach Pine Hollow gezogen?«

»Ich bin nicht hergezogen. Ich ziehe nirgendwohin. Ich bin mehr oder weniger regelmäßig auf Besuch. Bleibe lange genug, um meine Reisekasse zu füllen. Und dann heißt es wieder: los und die Welt entdecken. Meine Lieblingstante lebt in Pine Hollow – genau genommen meine Großtante. Sie wohnt jetzt in den Summerland Estates, aber als sie noch ihr eigenes Haus hatte, habe ich zwischen meinen Reisen bei ihr gewohnt, Geld gespart und mit ihrer Hilfe meine nächste Reise geplant. Sie hat ein cooles Leben geführt und einfach *alles* gesehen.«

»Wie heißt sie?«

»Elizabeth. Aber wir nennen sie Bitty.« Deenie rümpfte die Nase. »Du solltest wohl besser meinen richtigen Namen kennen – aber ich warne dich, wenn du mich so nennst, werde ich mit gnadenloser Gewalt reagieren.«

»Ich nehme die Warnung zur Kenntnis.«

Er sah, wie sie tief Luft holte, um sich zu wappnen. Dann verkündete sie dramatisch: *»Nadine.«*

Connor sah sie überrascht an: »Das ist ein sehr schöner Name.«

»Ich weiß. Aber *Nadine*? Sehe ich wie eine Nadine aus?«

Auf diese Frage gab es keine richtige Antwort, daher hielt Connor weise den Mund.

Sie tauschten weiter willkürlich biografische Informationen aus – Haustiere in der Kindheit (sie: ein Zwergspitz namens Pom Pom, er: keines), Lieblingsschulfächer (sie: Theaterprojekt; er: Debattierklub) –, bis sie sich dem Hotel näherten, in dem die Wohltätigkeitsgala stattfinden sollte.

Sie waren früh da, und weil Deenie auf keinen Fall zu früh auftauchen wollte, dirigierte sie Connor zu einer Eisdiele ein paar Straßen weiter. Ihm widerstrebte die Vorstellung, vor dem Dinner Eis zu essen, aber Deenie bestand darauf, es sei die einzige Möglichkeit, um genügend Platz für das Dessert zu schaffen, und sie bräuchten schließlich Energie für die stille Auktion. Also gab Connor nach und suchte einen Parkplatz.

Nach einigem Hin und Her über Lieblingseissorten und einer hitzigen Debatte darüber, ob Zitronensorbet überhaupt Eis war, gingen sie mit ihren Waffeln in den Händen die Church Street entlang, zurück zum Wagen. Connor wollte nicht, dass Eis auf seine Ledersitze kleckerte, daher zog er seine Cabanjacke aus und legte sie Deenie zusätzlich zu ihrer Jacke um die Schultern. Sie lehnten sich gegen den SUV und aßen ihr Eis.

Deenie war streitlustig. Konfrontativ. Er würde nie etwas sagen können, ohne dass sie es zerpflückte und eine Diskussion vom Zaun brach. Aber sie war auch eine ausgezeichnete Ablenkung. Als sie endlich die Lobby des Veranstaltungsortes betraten, fünf Minuten, nachdem die Türen geöffnet worden waren, diskutierte er viel zu leidenschaftlich mit Deenie, um nervös zu sein. Sie fand nach wie vor, dass sie zu früh da waren, während er der Ansicht war, sie seien fast schon zu spät.

Die ganze Woche lang hatte er diese Veranstaltung gefürchtet. In seinem Kopf hatte er das Ganze zum entscheidenden Wendepunkt seiner Karriere gemacht. Alles oder nichts. Doch als er ihre Jacken der Angestellten an der Garderobe reichte und Deenie auf der Damentoilette verschwand, um ihren von der Eiscreme in Mitleidenschaft gezogenen Lippenstift zu erneuern, fühlte er sich überraschend entspannt.

Ihre verrückte Idee entpuppte sich möglicherweise als das Beste, das ihm je widerfahren war.

16. Kapitel

Das war ganz ohne jeden Zweifel die schlechteste Idee, die Deenie je gehabt hatte.

Dabei war sie ihr zuerst so clever erschienen. Sie konnte gut in Rollen schlüpfen; und sie hatte sogar geglaubt, es könne ganz lustig sein, sich für ein paar Abende als Connors reizende Begleiterin auszugeben. Doch bei der Planung dieser Aktion hatte sie überhaupt nicht darüber nachgedacht, dass es für sie zwar alles gespielt war, für Connor aber das wirkliche Leben. Die Sache konnte echte Konsequenzen für ihn haben.

Er wollte diese Beförderung so sehr. Auch wenn sie der Meinung war, dass er die falschen Prioritäten setzte, wollte sie es um seinetwillen nicht vermasseln. Er wollte unbedingt die Teilhaberschaft an der Kanzlei, und dadurch spürte Deenie plötzlich Druck, der noch dadurch verstärkt wurde, dass sie ganz sie selbst sein sollte.

Sie war absolut darauf vorbereitet gewesen, Ashley, die Steuerberaterin, zu spielen. Doch dann eröffnete Connor ihr, sie solle einfach Deenie, die schräge Prinzessinnenpartyplanerin, sein, und prompt wurde sie nervös.

Das hier waren Leute wie ihre Eltern. Was, wenn die sie

ablehnten? Und was, wenn sie diese Ablehnung Connor spüren ließen?

Am liebsten hätte sie die Flucht ergriffen, lächelte jedoch tapfer, als sie an Connors Arm den Ballsaal betrat. Es gab eine Bühne mit einem riesigen Bildschirm, auf dem das Logo von Easter Seals zu sehen war. Auf einer Reihe von Bankettischen zu ihrer Linken waren die Sachen für die stille Auktion platziert. Die anderen Tische waren gedeckt und mit Nummern versehen.

Vom stilvollen Zuspätkommen hielten die Anwälte aus Connors Kanzlei offenbar nichts. Deren Tische waren bereits nahezu voll besetzt, als Connor Deenie dorthin führte. Als sie nur noch wenige Meter entfernt waren, bot ein umhergehender Kellner Champagner an, und Connor nahm für sie beide ein Glas.

Deenie war dankbar für diese kleine Hilfe, so wusste sie wenigstens etwas mit ihren Händen anzufangen.

Sie litt nie an Lampenfieber – warum also schlug ihr Magen jetzt Purzelbäume?

»Connor!« Einer der Männer, die um die Tische herumstanden, kam auf sie zu, ein breites Lächeln im Gesicht. Er war nicht besonders groß, hatte kurz geschorenes schwarzes Haar und ein einnehmendes, offenes Lächeln, wegen dem Deenie ihn auf Anhieb mochte.

»Davis, schön, dich zu sehen«, begrüßte Connor ihn unaufgeregt und wandte sich der Frau an der Seite des anderen zu. »Jodie, du siehst wundervoll aus.«

»Und wer ist das?«, wollte Davis wissen und ließ die schwarzen Brauen hüpfen, während sein Blick auf Deenies Hand an Connors Arm ruhte.

»Ich wollte euch gerade miteinander bekannt machen«, sagte Connor, als wären sie tatsächlich schon seit Monaten zusammen. »Deenie Mitchell, Davis Aquino und seine Frau Jodie.«

»Deenie.« Davis strahlte. »Was für eine Überraschung! Ich hatte keine Ahnung, dass Connor mit jemandem zusammen ist.«

»Meine Schuld«, erklärte Deenie sofort und drückte Connors muskulösen Arm. »Ich wollte ihn ganz für mich allein haben.«

Davis' Grinsen wurde noch breiter, was eigentlich kaum möglich war.

Und so begann es.

Tausend Namen schienen zu fallen, obwohl es in Wirklichkeit vermutlich höchstens fünfzehn oder sechzehn waren. Deenie versuchte, den Überblick zu behalten, wer zu den Partnern der Kanzlei gehörte, wer die Ehefrauen waren, wer die Kollegen, die in Konkurrenz zu Connor standen, sowie deren Ehefrauen. Aber es waren zu viele Namen, und Deenie war zu nervös. Sie konnte sich nur auf den Augenblick konzentrieren, während sie ihr Lächeln beibehielt und unverfängliche, heitere Bemerkungen machte, die jeweils denjenigen oder diejenige in ihrer Nähe zum Lachen brachten.

Es war wie Improvisieren. Die wichtigste Regel war das Ja – immer zustimmen, egal, was kam, und daran anknüpfen. Die Konversation am Laufen halten, ganz spontan.

Deenie verlor jedes Zeitgefühl, bis eine der Teilhaberinnen, eine ältere schwarze Frau mit durchdringenden Augen und einem Namen, der Deenies Überzeugung nach ziemlich sicher mit L anfing, vorschlug, man solle sich doch jetzt mal die zur Versteigerung bereitliegenden Sachen ansehen.

Connor legte Deenie die Hand auf den Rücken, als sie sich in kleinere Gruppen auflösten und auf das eine Ende der langen Tische zusteuerten. Deenie und Connor schlenderten ein Stückchen weg von den anderen und waren für einen Moment unter sich. Sofort kehrte Deenies Nervosität zurück, da sie nicht mehr im Schauspielmodus war.

Sie tat so, als lese sie die Beschreibungen zu den für die Versteigerung bereitliegenden Sachen.

»Alles okay?«, erkundigte Connor sich leise.

Zum Glück war dies keine Veranstaltung, auf der öffentliche Zuneigungsbekundungen erwartet wurden, trotzdem war Deenie sich Connors Hand auf ihrem Rücken nur allzu bewusst. Sie sah ihm in die Augen – die Distanz zwischen ihnen war kürzer dank ihrer hohen Absätze –, und die Angst, es zu vermasseln, wurde stärker, als sie den Ausdruck von Besorgnis darin sah. »Habe ich etwas Falsches gesagt?«

»Nein, Deenie, du bist perfekt. Nur … du wirkst ein bisschen angespannt.« Ihr wurde flau, doch sofort beruhigte er sie: »Ich bin mir sicher, dass es niemandem sonst aufgefallen ist.«

Aber ihm war es aufgefallen. Er sah hinter ihre Maske. Das war ein wenig beängstigend. Nicht einmal ihre Eltern sahen, was sie wirklich empfand, wenn sie ihr fröhliches Gesicht aufsetzte.

Deenie verdoppelte ihr Bemühen, nicht mehr angespannt zu wirken und über alles mit einem strahlenden Lächeln hinwegzugehen. »Es geht mir ausgezeichnet, keine Sorge. Wir sollten uns ein Zeichen überlegen, für den Fall, dass ich ins Fettnäpfchen trete. Stups mich unter dem Tisch mit dem Fuß an oder so was.«

Connor wollte etwas sagen, doch jemand anderes kam ihm zuvor.

»Auf was bietet ihr beiden? Ihr tuschelt ja schon die ganze Zeit.«

Connor straffte die Schultern, und Deenie wusste gleich, dass dieses neue Paar zu den Seniorchefs gehörte – die Sterlings? Sie setzte ihr strahlendstes Lächeln auf.

»Weißt du noch, wie wir früher auf solchen Veranstaltungen getuschelt haben, Brent? Bevor wir ein altes Ehepaar wurden?« Die Frau, die gesprochen hatte, schaute an ihnen vorbei auf die zu versteigernden Sachen, vor denen Deenie und Connor unbeabsichtigt stehen geblieben waren. »Ooh, ein Wochenende in einem Bed & Breakfast am Lake Champlain. Das klingt romantisch.«

»Möglicherweise muss ich mit Ihnen darum kämpfen, Wyeth«, scherzte Brent, und Connor grinste.

»Vorsicht, Sir. Ich nehme einiges in Kauf, um Deenie glücklich zu machen – außerdem ist ja alles für einen guten Zweck.«

Mrs. Sterling schmolz bei seinen Worten regelrecht dahin und tätschelte Deenies Arm. »Den halten Sie mal gut fest.«

Deenie schlang ihren Arm um Connors. »Ich habe einen festen Griff.«

Mrs. Sterling lächelte voller Zuneigung.

»Das lief gut«, flüsterte Connor, nachdem die Sterlings weitergegangen waren.

Er ging beschwingt zurück zu den Tischen, wo das Dinner gleich beginnen würde.

Tatsächlich schien alles gut zu laufen. Was Deenie nur noch nervöser machte. Sie wartete förmlich darauf, dass etwas passierte. Es würde kommen, ganz sicher. Sie wusste es.

Und es passierte tatsächlich, als sie zum Essen Platz nahmen.

Eine der anderen Frauen – sie wusste nicht, ob es eine der Anwältinnen der Kanzlei oder eine der Ehefrauen war – beugte sich zu ihr herüber und erkundigte sich: »Deenie, was machen Sie eigentlich beruflich?«

Ihr Magen zog sich zusammen – denn natürlich spielte das für diese Leute eine Rolle. Der berufliche Status.

Sie sah zu Connor hin, um ihm die Chance zu geben, sich noch schnell einen akzeptablen Beruf für sie auszudenken, doch anscheinend deutete er ihren Blick falsch, denn er fing an zu reden, als wäre er stolz auf sie.

»Deenie veranstaltet Prinzessinnenpartys – Sie wissen schon, die mit den kleinen Mädchen in diesen Kleidern …«

»Und kleinen Jungs«, fügte Deenie hinzu. »Wir sind gleichberechtigte Royalistinnen. Allerdings sind es tatsächlich mehr kleine Prinzessinnen als Prinzen.«

»Du meine Güte, das ist ja hinreißend«, meinte die Frau begeistert. »Und das ist ein Vollzeitjob?«

Deenie warf Connor einen weiteren Blick zu und wartete auf seine Erklärung; *Oh nein, das ist nur ihr Hobby. Eigentlich ist sie Hedge-Fonds-Managerin.* Aber die Worte, die stattdessen aus seinem Mund kamen, hörten sich stark an wie: »Sie arbeitet außerdem im Tierheim in der Kleinstadt, in der wir leben.« Dazu legte er seine große Hand auf dem Tisch auf ihre. »Dort haben wir uns kennengelernt.«

»Ach du liebe Zeit«, sagte die Frau – Allison? Abigail? »Sie sind eine Heilige. Wie wundervoll, dass Sie Ihre Zeit etwas so Wichtigem widmen.«

Deenie errötete und hatte Mühe, ihre Fassade aufrechtzuerhalten. »Na ja, meine Freundin Ally leitet das Tierheim. Ich helfe nur.«

»Sie ist viel zu bescheiden«, wandte Connor ein. »Sie ist die reinste Hundeflüsterin. Sie ist die Einzige, die in der Lage ist, meinem Hund Maximus etwas beizubringen.«

Zum Glück bewegte sich die Unterhaltung danach weg von Deenies beruflichen Erfolgen – oder dem Fehlen derselben – und hin zu Haustieren im Allgemeinen. Connor erzählte die Geschichte von Maximus, dem Bier und dem Jacuzzi, und irgendwie gelang es ihm, daraus eine mitreißende Anekdote aus den Anfangstagen ihrer Beziehung zu machen. Andere am Tisch steuerten ebenfalls lustige Haustiergeschichten bei, und es wurde so viel gelacht, dass Brent Sterling von der anderen Seite des Tisches herüberkam und sich beschwerte, man amüsiere sich viel zu gut ohne ihn. Daraufhin drängten Connors Kollegen ihn, die Jacuzzi-Story noch einmal zu erzählen. Deenie lächelte unentwegt, während alle anderen lachten.

Sie beobachtete Connor; seine Augen leuchteten, die umwerfenden Grübchen erschienen, während er ihr immer wieder kurze Blicke zuwarf, als teilten sie tausend Geheimnisse.

Genau so würde es sein, wenn sie wirklich zusammen wären.

Das hatte sie nicht erwartet. Sie hatte geglaubt, sie würde eine Rolle spielen. Sie hatte gedacht, sämtliche Geschichten würden Lügen sein. Ein gutes Drehbuch. Sie war besorgt gewesen, ob sie die ausgedachten Geschichten alle richtig hinbekäme – womit sie nicht gerechnet hatte, war, dass sich das Gefühl einstellen würde, alles sei echt.

Connors beiläufige Berührungen – seine Hand auf ihrem Rücken, als sie sich die Dinge für die Versteigerung ansahen;

wie er ihren Nacken streifte, während er ihr zuflüsterte, wer die Leute waren; seine Hand auf ihrer, wenn er eine Geschichte von ihnen beiden erzählte. Genau so würde er sich einer echten Freundin gegenüber verhalten.

Er war ein viel besserer Schauspieler, als sie ihm zugetraut hätte.

Und er war in seinem Element. Blühte regelrecht auf. Im Wagen hatte sie ihm noch einen Vortrag darüber gehalten, dass er einem Job nachjage, der ihn dazu zwinge, jemand zu sein, der er nicht sei. Und hier glänzte er nun – während sie mittlerweile völlig verunsichert war.

Aber das ließ sie sich natürlich nicht anmerken. Obwohl sie allmählich die Anspannung spürte, da sie ihre Rolle schon so lange spielte. Glücklicherweise wurde endlich das Dessert gereicht. Connor lächelte ihr vielsagend zu, um sie daran zu erinnern, dass sie ja bereits ein Dessert gehabt hatten. Deenie konzentrierte sich auf ihre köstliche Pavlova, um dieses Lächeln nicht sehen zu müssen.

Warum benahm er sich, als sei das alles echt?

»Dem Himmel sei Dank, dass Sie hier sind«, sagte Jodie Aquino, die links von ihr saß, leise und beugte sich dabei zu ihr herüber. »Sie müssen mir versprechen, dass Sie von jetzt an immer zu diesen Veranstaltungen mitkommen.«

Deenie brauchte einen Moment, um zu merken, dass Jodie mit ihr redete. »Verzeihung?«

»Sie haben keine Ahnung, wie langweilig diese Abende sonst immer sind – alle tauschen Börsentipps aus und reden die ganze Zeit über die Arbeit. Glauben Sie nicht, wir hätten nicht bemerkt, woher diese Veränderung kommt.«

»Na ja, Connor …«

»Würde ebenfalls über Präzedenzfälle und Börsentipps reden, wenn Sie nicht hier wären.«

Prompt errötete Deenie. »Wenn sie nun mal gerne darüber reden …«

»Ich glaube, sie langweilen sich selbst manchmal. Ab und zu mache ich eine Bemerkung über Kunstgeschichte, nur um ihre verwirrten Gesichter zu sehen. Aber Geschichten über Haustiere, das war genial. Muss ich mir merken.«

Deenie war es ein bisschen unangenehm, für Connors Leistung gelobt zu werden, schließlich war er derjenige, der die lustigen Geschichten erzählt hatte. Doch ehe sie einen Einwand erheben konnte, stand eine andere Frau zwischen den beiden Tischen der Kanzlei und richtete den Blick auf Deenie.

»Veranstalten Sie wirklich Prinzessinnenpartys?«

An den Tischen wurde es auf einmal stiller, und alle Blicke waren auf Deenie gerichtet, die verlegen antwortete: »Ja, das mache ich.«

Die Frau wirkte begeistert. »Ich bin Serena – Brents Schwiegertochter. Ich sitze an dem anderen Tisch da drüben, aber ich habe gerade von Ihren Partys gehört. Machen Sie auch Elsa-Partys? Meine Tochter ist besessen davon.«

»Streng genommen ist es Hans Christian Andersens *Schneekönigin*. Die ist gemeinfrei.«

Die Anwälte am Tisch glucksten wissend, und gleich fühlte Deenie sich angesichts der Beachtung noch unwohler. Aber Serena nickte eifrig. »Natürlich. Haben Sie eine Visitenkarte? Der Geburtstag meiner Tochter ist in der ersten Aprilwoche, und es würde sie überglücklich machen, wenn ich Sie buchen könnte. Sie sind nicht zufällig schon für das ganze nächste Jahrzehnt ausgebucht, oder?«

Tatsächlich war sie nicht allzu weit im Voraus gebucht, da sie gar nicht vorgehabt hatte, lange zu bleiben. Aber jetzt …

Sie bemerkte Connors Blick, bittend, und daher lächelte sie.

»Ach, ich glaube, da lässt sich etwas arrangieren.«

»Danke.« Das hatte er vermutlich bereits ein Dutzend Mal gesagt, seit sie den Wagen vom Parkservice erhalten hatten und sich auf dem Rückweg nach Pine Hollow befanden. Er schien nicht damit aufhören zu können, es ständig zu wiederholen. »Du warst toll heute Abend.«

Deenie schwieg auf dem Beifahrersitz. Sie war sehr still, seit sie das Bankett verlassen hatten – und ihr Schweigen machte ihn allmählich nervös. Eigentlich war sie kein schweigsamer Mensch.

Sie hatte alle verzaubert und sogar einen Auftrag für eine Prinzessinnenparty bekommen, für die Enkelin von einem der Seniorchefs. Was weitere persönliche Treffen mit Brent bedeutete – an den er großzügig die Versteigerung um das romantische Bed & Breakfast verloren hatte.

Es hätte kaum besser laufen können. Deenies verrückte Idee hatte sich als geradezu brillant entpuppt.

Dabei hätte es ihn gar nicht überraschen dürfen, besonders nicht nach einigen Details, die er am heutigen Abend über Deenie erfahren hatte.

Er legte die Hand aufs Lenkrad. »Du hast mir gar nicht erzählt, dass du auf der Brown warst.«

»Habe ich nicht?« Ihre Pumps lagen auf dem Boden des Wagens. Sie hatte sie abgestreift und die Füße unter ihr bauschiges Kleid gezogen – als hätte sie sich ein kleines Nest auf dem Beifahrersitz gebaut.

»Ich hätte mich sicher daran erinnert, dass du eine Eliteuniversität besucht hast, nach all dem Mist, den ich mir von dir wegen meiner Universität anhören musste.«

»Ich habe dich nicht aufgezogen, weil du in Yale gewesen bist, sondern weil du ein intellektueller Snob bist.«

»Ich bin ein Snob? Ich, ein Mann aus der Arbeiterklasse, aufgewachsen bei einer alleinerziehenden Mutter, der sich alles schwer verdienen musste?«

»Nur weil du nicht von Haus aus ein Snob bist, der alles auf dem Silbertablett serviert bekommen hat, kannst du ja trotzdem ein intellektueller Snob sein. Wenn du die Menschen nach ihrer Bildung oder ihrem finanziellen Erfolg beurteilst, ist das doch ziemlich versnobt, oder?«

»Levi gehört zu meinen besten Freunden, und der war nie auf dem College.«

»Würdest du mit jemandem zusammen sein können, der nicht wenigstens einen Masterabschluss hat?«

Er zögerte, seltsam irritiert angesichts dieser Frage. Er umfasste das Lenkrad fester und konzentrierte sich auf die dunkle Straße. »Ich will keinen Streit anfangen. Ich wollte dir nur für den heutigen Abend danken, und es tut mir leid, wenn ich dich unterschätzt habe.«

»Dir ist erst klar, dass du mich unterschätzt hast, seit du weißt, dass ich eine Eliteuniversität besucht habe?«

Er seufzte. Anscheinend wollte sie doch Streit. »So habe ich das nicht gemeint.« Er hatte geglaubt, alles sei gut gelaufen, und jetzt war sie wieder kratzbürstig wie ein Kaktus. »Bist du wütend auf mich? Habe ich etwas falsch gemacht?«

Sie kuschelte sich tiefer in ihr Jackennest auf dem Beifahrersitz. Beim Einsteigen war es kalt gewesen im Auto, deshalb hatte er ihr seine Jacke als Decke gegeben. Sie hatte die Jacke nach wie vor, obwohl die Heizung inzwischen auf Touren gekommen war. Die Sitzheizung war ebenfalls auf die höchste Stufe eingestellt. Er fand, sie müsste längst kochen, aber sie saß da in ihrem Nest und sah ihn finster an.

»Du hast nichts gemacht«, erwiderte sie mürrisch.

»Okay, was ist los?«

»Nichts«, sagte sie knapp. »Alles bestens. Ich bin nur müde.«

»Du kannst schlafen, wenn du willst. Ich wecke dich, wenn wir zu Hause sind.«

»Danke«, murmelte sie, vergrub sich in ihrem Nest und schloss die Augen.

Aha, dachte Connor, sie wird also knatschig, wenn sie müde ist.

Er merkte sich das für die Zukunft, denn er hatte das Gefühl, es könnte irgendwann eine brauchbare Information sein. Er beabsichtigte jedenfalls, sie in den nächsten Monaten zu allen Veranstaltungen mitzunehmen, die im Zusammenhang mit seiner Arbeit standen – sofern sie bereit war, ihn zu begleiten.

Er wollte noch immer die zukünftige Mrs. Wyeth finden, aber bis dahin war Deenie die perfekte Begleiterin. Dabei war er anfangs so skeptisch gewesen. Doch nach dem Erfolg des heutigen Abends sah er ein, wie genial ihr Plan war. Er musste sich auch keine Sorgen machen, sie könnte zu anhänglich werden, schließlich hatte sie ihm wiederholt zu verstehen gegeben, dass er der Letzte war, mit dem sie je zusammen sein wollte. Was seine eigenen Gefühle betraf, konnte er auch ganz unbesorgt sein. Für eine wie Deenie würde er niemals mehr empfinden – eine, die bei den ersten kleinen Problemen nach Indien flüchtete.

Aber sie war wirklich eine gute Begleiterin, und der heutige Abend hatte richtig Spaß gemacht. Damit hätte er nie gerechnet.

Jetzt musste er nur noch für sie der beste Verlobungsfeierbegleiter des Planeten sein, denn er wollte so weitermachen. Deshalb sollte sie ihn ebenso brauchen, wie er sie brauchte.

17. Kapitel

Als Deenie am Sonntagmorgen erwachte, war sie wütend auf sich selbst.

Gestern Abend auf der Fahrt zurück nach Pine Hollow war ihre Fassade gebröckelt. Es war peinlich, wie gereizt sie reagiert hatte und wie sehr sie sich ihr Unbehagen hatte anmerken lassen.

Sie hatte Connor angefahren, damit sie nicht vergaß, dass sie beide kein Paar waren – und dass er sie nicht *wirklich* akzeptierte, wie sie war, sondern nur eine Rolle spielte. Dann hatte sie sich auch noch für die feige Variante entschieden und während der ganzen Rückfahrt so getan, als schlafe sie. In Wahrheit waren ihre Gedanken durcheinandergewirbelt.

Sie war ausgeflippt. Wegen nichts. Hatte aus einer Mücke einen Elefanten gemacht. Zum Glück war sie nicht mit dem herausgeplatzt, was ihr auf der Zunge gelegen hatte – dass sie das nicht mehr wollte.

Bei Tag war wieder alles in Ordnung.

Sie würde sich nicht entschuldigen, beschloss sie, während sie sich anzog und die Treppe hinunterlief. Sich zu entschuldigen bedeutete doch nur, ihr Fehlverhalten einzugestehen, und sie gab lieber vor, nach Veranstaltungen immer ein wenig schlecht gelaunt zu sein. Sie würde einfach zu ihm gehen und Max trainieren, als sei nichts gewesen. Und das stimmte ja auch.

Ally und Astrid waren in der Küche, als Deenie herunterkam, und Astrid rannte gleich voller Begeisterung auf sie zu. »Wir nehmen einen weiteren Hund auf!«

»Ehrlich?«, fragte Deenie und versuchte, ebenso begeistert zu wirken wie das Mädchen. »Das ist fantastisch!«

Dolces Welpen waren jetzt alt genug, um vermittelt zu werden, und die ersten waren im Lauf der Woche schon in ihr neues Zuhause umgezogen, sehr zu Astrids Enttäuschung. Bis auf einen kleinen Welpen, den sie Tank nannten, hatten sie alle schnell vermittelt. Und nachdem Astrid Tank einmal mit zur Schule genommen hatte, war auch das Problem gelöst. Die Klassenlehrerin der fünften Klasse hatte sich um ihn beworben.

Als sie jetzt fröhlich in der Küche herumhüpfte, war bei Astrid jede Spur von Enttäuschung über die schrumpfende Bewohnerzahl von Furry Friends verschwunden. »Sein Name ist Lucky, und er ist ein Tripod, was bedeutet, dass er nur drei Beine hat. Er ist so süß!«

»Unser Tierarzt in Burlington hat ihn gefunden«, erklärte Ally. »Unfall mit Fahrerflucht, der arme Kerl. Ich habe heute Nachmittag ein Fotoshooting, aber wir holen ihn gleich nach dem Frühstück ab. Möchtest du mitkommen?«

Es war verlockend, eine Ausrede zu haben, um Connor noch für eine Weile aus dem Weg zu gehen, aber Deenie wollte natürlich nicht, dass er merkte, dass sie ihn mied, daher schüttelte sie den Kopf. »Nein, ich sollte mich auf den Weg machen, um mit Max zu trainieren.«

»Ich hole meine Schuhe, dann können wir los!« Astrid rannte die Treppe hinauf und veranstaltete einen ziemlichen Lärm.

»Wo ist Ben?«, fragte Deenie, als sie und Ally allein in der Küche waren.

»Wahlkampffrühstück bei den Elks.«

»Ihm ist schon klar, dass niemand Tandy Watts wählen wird, oder?«

Ally zuckte mit den Schultern und gab Colby und Partridge, die den Weg blockierten, je ein Stück Speck. »Ich glaube, er will es sich redlich verdienen. Selbst wenn klar ist, dass er haushoch gewinnen wird. Er hat den Sitz im Stadtrat in Ermangelung eines anderen Kandidaten erhalten, und nun wirklich gewählt zu werden, bedeutet ihm wohl sehr viel.«

Deenie nahm sich ein Stück gebratenen Speck, der zum Abkühlen auf einem Teller lag. »Das verstehe ich.«

Ally holte Geschirr aus dem Schrank und fragte betont beiläufig: »Und? Wie war es gestern Abend?« Ihr bemüht sachlicher Ton verriet ihre Neugier. »Du bist ja ziemlich spät nach Hause gekommen.«

»Es lief sehr gut«, antwortete Deenie mit einem Bissen Speck im Mund. »Ich wurde für eine Prinzessinnenparty gebucht. Apropos, ich sollte den Buchungskalender auf meiner Website erweitern, wenn ich noch bis Juni hierbleiben werde.«

»Wirklich?« Ally strahlte, als sei die Ankündigung, dass Deenie noch blieb, das Highlight ihres Tages.

»Ich hänge wegen Kirstens Hochzeit fest. Aus der Nummer komme ich jetzt nicht mehr raus.« Ihr Handy klingelte, und sie zuckte innerlich zusammen, als sie den Namen auf dem Display las. »Wenn man vom Teufel spricht …«

Deenie schnappte sich noch ein Stück Speck und entschuldigte sich, um den Anruf entgegenzunehmen – obwohl sie draußen auf der Veranda in Erwägung zog, zu warten, bis der Anrufbeantworter ansprang.

Anrufe von ihrer Mutter waren selten ein freudiges Ereignis.

Allerdings hatte es keinen Sinn, das Unausweichliche aufzuschieben. Also Augen zu und durch.

Deenie meldete sich. »Hey, Mom.«

»Nadine. Endlich.«

Da war wieder die Superkraft ihrer Mutter, mit wenigen Silben Schuldgefühle in ihr zu wecken. »Tut mir leid«, sagte Deenie, was ihre Mutter am liebsten von ihr hörte. »Ich war gerade in einem Gespräch.«

Ihre Mutter hasste es, wenn Leute ihr Handy ihrem Gegenüber plötzlich vorzogen – es sei denn, sie selbst war die Anruferin. »Kirsten hat mir erzählt, dass du zu ihrer Hochzeitsfeier kommst.«

»Stimmt«, bestätigte Deenie, noch immer verunsichert und auf irgendetwas gefasst.

Ihre Mutter gab einen kurzen besorgten Laut von sich. »Wirst du wirklich da sein?«

»Das habe ich Kirsten versprochen.«

»Sicher, Schätzchen, aber du weißt selbst, dass du nicht die Zuverlässigste in solchen Dingen bist …«

Deenie biss die Zähne zusammen und zwang sich, ruhig zu bleiben. »Dass ich nicht all deinen Erwartungen entsprechen will, heißt nicht, dass ich unzuverlässig bin. Ich verspreche nie etwas, was ich dann nicht halte.«

»Ja, aber es geht eher darum, *wie* du es hältst. Wir wissen doch alle, dass du zu einer gewissen Dramatik neigst, und ich will einfach nicht, dass du mit einer deiner Szenen die Hochzeit deiner Schwester ruinierst.«

Deenie begriff geschockt, dass es ihrer Mutter nicht um ihr Erscheinen bei der Hochzeit ging, sondern im Gegenteil, dass sie ihr abraten wollte zu kommen. Unwillkürlich legte sie sich die Hand auf die Brust, wo sie einen neuen Stich spürte. »Ich werde überhaupt nichts ruinieren.« *Und ich mache nie Szenen, die du nicht provozierst.*

»Ich weiß, dass es nie deine *Absicht* ist, aber manchmal spielst du dich eben auf, und deine Schwester verdient nun einmal einen perfekten Hochzeitstag.«

»Es war ihre Entscheidung, mich einzuladen.« Wie war sie nur auf die Idee gekommen, ihre Mutter wäre diejenige, die Kirsten zu dieser Einladung ermutigt hatte?

»Du bist ihre Schwester. Wie hätte es denn ausgesehen, wenn sie dich nicht eingeladen hätte? Allerdings dachte ich, du fändest eine Ausrede. Du hast immer einen Vorwand, um keine Zeit mit uns zu verbringen.«

Deenie musste sich erneut zusammenreißen. »Diesmal anscheinend nicht.«

Ihre Mutter seufzte. »Natürlich sind wir alle froh, dass du bei der Verlobungsfeier dabei sein wirst. Du kommst doch zur Feier?«

»Ganz bestimmt. Ich bringe sogar jemanden mit. Er wird dir gefallen.«

»Sarkasmus ist jetzt nicht angebracht, Nadine.«

»Das war kein Sarkasmus. Du wirst ihn wirklich mögen.« Und zwar so sehr, dass sie ihn am liebsten bitten würde, sie nicht zu begleiten, weil sie ihrer Mutter die Genugtuung nicht gönnte.

Er ist dein Schutzschild, sagte sie sich wieder. Connor würde ihr magischer Schutzschirm sein, an dem alle Angriffe ihrer ach-so-geliebten Familie abprallten.

»Versprich mir nur, dass du keine Szene machen wirst. Einige Klienten deines Vaters werden da sein, ebenso Kirstens und Todds Arbeitskollegen.«

»Keine Szene«, versicherte Deenie ihr.

Auch wenn die Versuchung groß sein wird.

Sie hatte wirklich nicht vor, Kirstens Hochzeit zu ruinieren oder sonst irgendeine Veranstaltung rund um dieses Ereignis.

Im Grunde hatte sie auch nie die komische Außenseiterin sein wollen. Es war ihr nur zuwider, dass sie all deren Regeln befolgen musste, um akzeptiert zu werden – und es waren viele Regeln. Lächerliche Regeln mitunter, die überhaupt keinen Sinn ergaben. Regeln, die sich für Deenie wie eine Zwangsjacke anfühlten.

Aber jetzt hatte sie Connor. Die Verlobungsparty würde gut verlaufen, keine Frage.

Deenie sah fantastisch aus – aber auch, als würde sie sich gleich auf ihre pinkfarbenen Stilettos übergeben.

Sie trug das gleiche Cocktailkleid mit dem bauschigen Rock, das sie am letzten Wochenende zu der Wohltätigkeitsgala getragen hatte. Nur hatte sie diesmal die seriösen schwarzen Pumps gegen pinkfarbene getauscht und sich – da sie keine Perücke hatte finden können – Locken gedreht. Kurze pinkfarbene und blonde Ringellöckchen standen in sämtliche Richtungen von ihrem Kopf ab. Um den Hals trug sie einen knallpinken Choker.

Sie sah aus wie ein Rockstar, der sich für die Oscar-Verleihung gekleidet hat – Wildheit lugte unter Eleganz hervor. Connor war froh, dass er sich für seinen schwarzen stilvollen Lieblingsanzug entschieden hatte, um mithalten zu können. Auch wenn Deenies pinkfarbene Glitzernägel sich gerade in den teuren Stoff krallten.

»Alles in Ordnung?«, flüsterte er, als sie den vornehmen Ballsaal des Ski-Resorts betraten, der für die Feier von Kirsten und Todd festlich geschmückt war.

Deenie setzte ein Lächeln auf, das breit, strahlend und falsch war. »Könnte nicht besser sein!«

Er wusste nicht, ob das sarkastisch oder aufrichtig klingen sollte. »Es wird gut laufen«, beruhigte er sie. »Es ist nur ein Verlobungsdinner.«

Ein Streichquartett spielte in einer Ecke, vor einer kleinen Tanzfläche, auf der noch niemand tanzte. Servicepersonal lief mit Hors d'œuvres und Champagner auf Tabletts umher. Das Geräusch gedämpfter Stimmen erfüllte den Raum.

Eine ältere Dame in einem silbernen Kleid und mit anmutigem schwarzen Haarknoten löste sich von ihrer Gruppe und kam mit einem feierlichen Lächeln im Gesicht näher.

Deenie drückte Connors Arm. »Wir brauchen eine Strategie, für den Fall, dass wir getrennt werden.«

Ihm blieb keine Zeit, ihr zu versichern, dass er nicht von ihrer Seite weichen werde, denn die Frau war bereits bei ihnen. »Nadine. Da bist du. Ich habe mich schon gefragt, ob du es schaffen wirst.«

»Der Verkehr«, erklärte Deenie mit zerknirschtem Gesicht – als hätte sie ihn nicht die ganze Fahrt über gedrängt, das Tempo zu reduzieren. »Hallo, Mom.«

Connor stutzte. Die beiden Frauen wiesen auf den ersten Blick keinerlei Ähnlichkeiten auf. Die eine war dunkelhaarig, die andere blond; eine wirkte beherrscht, die andere war wild. Allerdings fiel ihm bei der Suche nach ähnlichen Merkmalen die kleine Nase auf.

»Darf ich dir meinen Begleiter vorstellen? Connor Wyeth, meine Mutter, Joanne Mitchell.«

»Schön, Sie kennenzulernen.« Deenies Mutter reichte ihm die Hand, während sie ihn unverblümt und mit leicht nach unten gezogenen Mundwinkeln kritisch musterte. Sie hatte etwas Unnachgiebiges an sich.

»Das Vergnügen ist ganz auf meiner Seite«, sagte Connor und nahm kurz ihre Hand. »Meinen Glückwunsch zur Verlobung Ihrer Tochter.«

»Danke. Wir sind so glücklich, Todd in unserer Familie willkommen zu heißen. Nicht wahr, Deenie?«

»Absolut.«

Ihre Mutter schien ebenso unsicher zu sein wie er vorhin, ob die Antwort purer Sarkasmus oder echt war. Deenie hatte ihr Pokerface jedenfalls von ihrer Mutter, die jetzt über Deenies Schulter schaute und strahlte. Sie winkte jemandem zu: »Ich muss die Westons begrüßen. Benehmt euch beide!«, flötete sie und tätschelte Deenies Arm.

Diese Mahnung klang scherzhaft, doch Deenies Griff an Connors Arm wurde wieder fester. Er sah sie an, und erneut sprangen ihm die pinkfarbenen und platinblonden Locken ins Auge. Sie konnte keine echte Blondine sein.

Sie ertappte ihn dabei, wie er sie musterte, und hob ihre – sehr blonden – Brauen. »Wechselbalg, erinnerst du dich? Meine Schwester ist das Ebenbild meiner Mutter. Und wenn ich nicht Ähnlichkeit mit der Schwester meines Vaters hätte, würden wir alle annehmen, ich sei bei der Geburt vertauscht worden.« Sie sah an ihm vorbei, und ein harter Ausdruck trat in ihre Augen. »In Deckung.«

»Deenie. Es ist eine Ewigkeit her.«

»Peter.« Deenie begrüßte den Neuankömmling mit einem distanzierten Nicken und stellte ihn als ihren Bruder vor.

Wenn ihn vor einem Monat jemand gefragt hätte, woher Deenie stamme, wäre Connor davon überzeugt gewesen, dass ihre ganze Familie laut, herzlich und unerschrocken war. Deenie wirkte selbstsicher, fröhlich und frei; Connor wäre nie in den Sinn gekommen, dass sie aus dieser Truppe grauer Mäuse kam.

Natürlich hatte er ihre Art anfangs nervig gefunden, weil sie ihn ständig piesackte wegen seiner Spießigkeit und weil er stets seine Routine brauchte. Aber er bewunderte auch ihren Geist. Allerdings schien der deutlich gedämpft zu sein, während sie mit ihrem Bruder verlegen Small Talk machte.

Sie sprachen über seine Kinder. Er bedankte sich bei ihr für die Weihnachtsgeschenke, die sie geschickt hatte. Dann entschuldigte Peter sich, und sie wandten sich dem nächsten Familienmitglied zu – wobei der einzige Unterschied zwischen Familie und fast Fremden die Anrede war, die sie benutzte, wenn sie Connor mit ihnen bekannt machte. Es lief alles sehr höflich und zivilisiert ab.

Distanziert.

Und niemand, absolut keiner, stellte Deenie Fragen über sie.

Die anderen berichteten von ihren Leben und ließen hier und da Bemerkungen fallen über Familientreffen, die sie verpasst hatte. Oder zweideutige Kommentare dazu, dass Deenie nichts für eine Karriereplanung übrighatte. Doch nicht einer erkundigte sich, wie es ihr ging. Oder auch nur, wie lange sie und Connor schon zusammen waren.

Es war bizarr.

Dann kam die Braut angelaufen.

»Deenie Baby!« Die Frau in dem weißen Cocktailkleid sah tatsächlich aus wie die jüngere Version ihrer Mutter; auch sie trug die dunklen Haare zu einem kunstvollen Knoten hochgesteckt und hatte schokoladenbraune Augen. Sie ergriff Deenies Hände, drückte sie eifrig und strahlte. »Ich bin so froh, dass du gekommen bist! Peter hat Wetten abgeschlossen, kannst du dir das vorstellen?«

»Ich hoffe, du hast viel gewonnen.« Deenie lächelte, aber es war ein angespanntes Lächeln.

»Oh, ich habe nicht mitgewettet. Ich wusste, du würdest kommen. Ich habe nur ungeduldig auf dich gewartet. Da ist jemand, den du unbedingt kennenlernen musst. Eine von Todds Freundinnen ist Investorin, und sie ist ganz begeistert von deiner Prinzessinnenparty-Website. Sie will unbedingt mit dir darüber reden, dass du ein richtiges Unternehmen gründen sollst für deine kleinen Prinzessinnenkleider. Wenn du willst, kannst du dein erstes Geschäft in Pine Hollow eröffnen – Burlington wäre natürlich noch viel geeigneter.«

»Kirsten, ich will gar keinen Laden.«

»Ich weiß, es übersteigt deine Finanzen, und viele Firmen gibt es nur online, aber glaub mir, das könnte wunderbar werden. Ich hatte die Idee, als ich letzte Woche nach Hochzeitskleidern gesucht habe. Wir waren in einem Geschäft, wo es Champagner gab und diese entzückenden kleinen Kuchen, das war vielleicht was. Da musste ich an dich denken und dass du zu deinen Kunden nach Hause fährst, damit die Töchter Kleider anprobieren können, in denen sie sich wie echte Prinzessinnen fühlen. Da dachte ich mir: Was gäbe es wohl Besseres als einen Laden, in dem die kleinen Mädchen die Kleider anprobieren können, und dazu gibt es Tee und niedliche kleine Kuchen, während die Eltern lauter Sachen bei dir einkaufen. Ist das nicht genial?«

»Das ist eine großartige Idee, aber das bin ich nicht.«

»Könntest du aber sein!«, schwärmte Kirsten. »Du könntest deinen Lebensunterhalt mit dem verdienen, was du liebst! Noch dazu einen sehr üppigen Lebensunterhalt. Auch wenn es nur Nähen ist.«

Connor zuckte innerlich zusammen, aber Kirsten schien gar nicht zu merken, dass sie Deenie gerade beleidigte. Prompt kamen Deenies Eltern näher, die Blicke auf ihre jüngste Tochter gerichtet, um sicherzugehen, dass Deenie sich benahm.

»Ich komme klar«, meinte sie mit leiser Stimme. »Und mir gefällt mein Leben so, wie es ist. Ich mag es, mir meine Zeit frei einteilen zu können. Wenn ich eine Reise unternehmen will, muss ich nur eine kurze Ankündigung auf meiner Website machen und kann aufbrechen. Ich muss mir keine Gedanken um Personal für einen Laden machen und dafür sorgen, dass er auch ohne mich läuft.«

»Aber es könnte eine große Sache für dich werden. Sprich doch wenigstens mit Todds Freundin …«

»Im Augenblick nähe ich gar nicht so viele Prinzessinnenkleider«, gestand Deenie. »Ich bin jetzt Hundetrainerin.«

Es war einer dieser Momente, die vom Schicksal für maximale Wirkung vorgesehen waren – die Musiker beendeten gerade ihr Stück, und die auf einmal einsetzende Stille durch das Verstummen aller Gespräche bewirkte, dass Deenies Stimme überall im Saal gut zu hören war.

Köpfe drehten sich in ihre Richtung. Ihre Mutter schnappte nach Luft.

Deenie lief knallrot an. »Tja, so viel dazu. Wenn du mich bitte entschuldigen würdest, ich muss mir die Nase pudern.«

Sie ergriff die Flucht, und die Musiker begannen ihr nächstes Stück. Die Gespräche wurden wiederaufgenommen, das Stimmengewirr war ein wenig lauter als zuvor. Um ein Haar wäre Connor Deenie gefolgt, obwohl er ahnte, dass sie ihm nicht unbedingt dankbar sein würde, wenn er mit ihr auf die Toilette kam. Wie dem auch sei, er hielt inne, als er eine hochnäsige Stimme zu seiner Linken vernahm.

»Das meint sie nicht ernst.«

Deenies Mutter, die versuchte, die Wogen zu glätten und die Wirkung der Präsenz ihrer jüngsten Tochter auszulöschen.

Connor hatte keine Ahnung, warum, aber er wurde plötzlich wütend. »Doch, sie meint es ernst«, fuhr er die Frau an, klar und deutlich. »Und sie ist toll.«

Joanne Mitchell starrte ihn an und hob eine ihrer schmalen Brauen. »Und was machen Sie beruflich, Connor?«

18. Kapitel

Im Universum ihrer Eltern war es ein Skandal, dass Deenie verkündet hatte, jetzt Hundetrainerin zu sein. Sie wusste genau, was ihre Mutter davon hielt.

Dabei hatte Deenie es gar nicht so laut hinausposaunen wollen. Kirsten hatte nur endlich aufhören sollen, ihr eine Firma für Prinzessinnenkleider aufzuschwatzen. Sie wollte keinen Laden, und sie war es unendlich leid, sich von ihrer Familie ständig irgendwelche »Verbesserungsvorschläge« für ihr Leben anhören zu müssen. Trotzdem hätte sie den Mund halten und Connor in die Schusslinie schubsen sollen. Dafür hatte sie ihn schließlich mitgebracht, oder?

Eine andere Frau betrat die Toilette, wo Deenie seit fünf Minuten vor dem Spiegel stand. Sie trat lächelnd an das Waschbecken neben ihr und nahm eine Puderdose aus ihrer Handtasche.

»Deenie, richtig? Kirstens kleine Schwester? Ich bin Katrina. Ich gehöre auch zu den Brautjungfern.«

Deenie lächelte zurück und drehte den Wasserhahn auf, um sich die Hände zu waschen und damit einen Grund zu haben, hier zu stehen. »Freut mich, dich kennenzulernen.«

»Passen Kirsten und Todd nicht einfach toll zusammen? Wir freuen uns so für Kirsten. Aber du hast ja auch einen guten Fang gemacht, nicht wahr? Das war doch der Tesla Model X deines Begleiters, in dem ihr vorgefahren seid, oder?«

Deenie rang um Fassung angesichts dieser weiteren Erinnerung an das, was hier zählte – welches Auto man fuhr und wie viel man verdiente.

»Ja, das ist sein Wagen«, bestätigte sie verhalten.

»Das ist nicht bloß ein Auto, Süße, das ist ein *Schlitten.*« Katrina schnurrte förmlich, während sie ihren Lippenstift nachzog. »Alle Achtung zu deinem Fang. Wo hast du ihn dir denn geangelt?«

»In Pine Hollow«, antwortete Deenie trocken.

Katrina lachte, als hätte Deenie einen famosen Witz gerissen. »Echt jetzt? Wenn ich gewusst hätte, dass es in dem verschlafenen kleinen Nest so tolle Hechte gibt, hätte ich da vor Jahren schon gefischt.«

Deenie ignorierte das unwillkommene und rätselhafte Bedürfnis, Katrina von Connor fernzuhalten. Sie wollte diese eigenartigen besitzergreifenden Gefühle lieber nicht genauer analysieren, aber unwillkürlich fing sie an, ihre Hände unter dem warmen Wasserstrahl zu kneten. Connor war wirklich eine gute Partie. Er war klug und witzig, doch Katrina wusste lediglich, welchen Wagen er fuhr. Trotzdem gratulierte sie Deenie, als sei sein Gehaltsscheck alles, worauf es ankam.

Im Stillen ermahnte sie sich, nicht die nächste Szene hier auf der Toilette zu machen. Sie drehte den Hahn zu, trocknete sich die Hände ab und wandte sich mit einem vorsichtig diplomatischen »Es ist eine tolle kleine Stadt« der Tür zu. Bevor Katrina noch etwas schnurren konnte, war sie hinaus.

Zurück im Saal, hielt sie nach Connor Ausschau. Sie wollte ihn sich nur noch schnappen und verschwinden. Weg von diesen Leuten.

Als sie ihn entdeckte, kam er durch die Menge gerade auf sie zu.

»Alles okay mit dir?«, erkundigte er sich, umfasste sanft ihren Ellbogen und streichelte mit dem Daumen gedankenverloren über ihre Haut.

»Bestens. Tut mir leid, dass ich dich allein gelassen habe. Sind die Schakale gleich über dich hergefallen?«

Er hob einen Mundwinkel, und seine sexy bernsteinfarbenen Augen funkelten. »Mit deinen Eltern werde ich schon fertig. Ob du es glaubst oder nicht, die meisten Leute mögen mich.«

Da hatte er wahrscheinlich recht, trotzdem hatte sie noch immer das Gefühl, als müsste sie sich bei ihm dafür entschuldigen, dass sie ihn mitgenommen und ihn dieser Gesellschaft ausgesetzt hatte. Die Spendengala, zu der er sie mitgenommen hatte, war unterhaltsam gewesen. Seine Kollegen waren interessant und nett. Aber das hier …

»Glaubst du, irgendwer würde es bemerken, wenn wir uns davonschleichen?«

»Ach, komm schon«, drängte er sie. »Das Essen wird gleich serviert. Wir essen, lächeln ein bisschen, und dann hauen wir ab.«

»Bist du dir sicher, dass ich dich nicht für die Flucht durch den Hinterausgang begeistern kann?«

Er nickte. »Keine Chance. Später wirst du mir dankbar sein.«

Irgendwie bezweifelte sie das.

Besonders, als sich das Essen in die Länge zu ziehen begann. Ein Toast nach dem anderen wurde ausgesprochen. Aber wenigstens begrenzte das die Möglichkeit zum Small Talk mit den anderen Paaren am Tisch, bei denen es sich um die weiteren Brautjungfern mit ihren Partnern handelte. Und alle verglichen dezent ihre Kontostände. Das Dinner schien ewig zu dauern.

Als der Vater des Bräutigams sich für seine *zweite* Rede erhob, beugte Deenie sich zu Connor hinüber und flüsterte: »Ich schaffe es nicht. Ich brauche mehr Schokolade, um das zu überstehen.« Oder noch viel mehr Alkohol. Das Dessert hatte aus den winzigsten Küchlein der Welt bestanden, und das Servicepersonal, das herumging und Champagner nachschenkte, schien sie zu meiden – wahrscheinlich auf Bitten ihrer Mutter, damit Deenie »keine Szene« machte. Dabei war sie noch nie bei einer Familienfeier betrunken gewesen.

Gerade, als sie erneut die Flucht durch einen der Seiteneingänge vorschlagen wollte, meinte Connor: »Mal sehen, was ich tun kann.« Er stand auf und entfernte sich vom Tisch. Sie wollte ihn festhalten und ihn anflehen, sie nicht mit diesen Leuten allein zu lassen, aber da war er schon weg – auf Schokoladenmission.

Deenie zwang sich, die Qual dieser nicht enden wollenden Toasts weiter über sich ergehen zu lassen – bis jemand sich auf Connors Platz setzte. Die Schulter ihrer Mutter streifte sie, als Joanne sich herüberbeugte. Deenie konnte ihre Verblüffung nicht verbergen. »Solltest du nicht am Kopf des Tisches sitzen?«, flüsterte sie.

Die Augenbrauen ihrer Mutter signalisierten Missbilligung, zur Abwechslung allerdings mal nicht wegen Deenie.

»Ich wollte einen Toast pro Familie, damit es vorangeht, aber Kirsten wollte es ihren zukünftigen Schwiegereltern nicht abschlagen. Ich kann nur hoffen, dass die Klienten deines Vaters nicht einschlafen.«

»Warum unterhältst du dich dann nicht mit ihnen?«

Niemand schien zu bemerken, dass sie leise miteinander flüsterten, trotzdem senkte ihre Mutter ihre Stimme noch weiter – die nächsten Worte kamen fast nur noch gehaucht heraus. »Er ist Schauspieler, nicht wahr?«

»Was?« Deenie konnte ihr nicht folgen.

»Connor. Dein Vater glaubt, er sei wirklich Anwalt, und ich habe ihn in dem Glauben gelassen. Wir haben uns mit ihm unterhalten, während du auf der Toilette warst. Dein Vater war ganz angetan, aber ich erinnere mich an deine vielen Schauspielerfreunde. Dieser junge Mann ist sehr attraktiv und sehr erfolgreich – wenn er die Wahrheit sagt. Hast du ihn engagiert, damit er sich als dein Date ausgibt?«

»Weil jemand wie Connor nur unter der Bedingung mit mir ausgehen würde, dass ich ihm Geld dafür gebe?«

Es war eine beleidigende Unterstellung – und ärgerlich nah an der Wahrheit.

Ihre Mutter gab einen tadelnden Laut von sich. »Sei nicht so empfindlich. Ich will es nur wissen, damit ich die Erwartungen deines Vaters dämpfen kann. Er freut sich so, dass du jemanden mitgebracht hast, der zu uns passt.«

»Er ist kein Schauspieler«, sagte Deenie und verschwieg, dass sie in Wahrheit auch kein Paar waren. Todds Vater beendete seine Rede und hob sein Glas. Deenie nutzte die Chance und stand auf. »Entschuldige mich bitte.«

Rasch lief sie mit geducktem Kopf zur Seite des Ballsaals,

so als würde auf diese Weise niemand ihre Flucht bemerken. Im restlichen luxuriösen Ski-Resort war es ruhig um diese Zeit, die Gänge waren dunkel. Sie tauchte in einen ab und fand eine Fensternische, wo sie sich mit dem Rücken gegen die Holzvertäfelung lehnte und tief durchatmete.

Viele Menschen waren viel schlimmer dran als sie mit ihren Luxusproblemen. Nichts von alldem war wirklich wichtig. Sie hatte Glück. Sie würde ihr Leben leben. Die Welt sehen. Was spielte es da für eine Rolle, dass sie ständig daran erinnert wurde, dass sie in den Augen ihrer Familie nie gut genug sein würde?

Es sei denn, sie lebte ihr Leben auf eine Weise, die sie nachvollziehen konnten. Gründete zum Beispiel ein erfolgreiches Unternehmen. Führte eine Beziehung mit einem erfolgreichen Anwalt.

»Kuchen?«

Sie hatte ihn nicht kommen gehört. Connor stand neben der Fensternische und wirkte etwas verunsichert. Er hatte einen Teller in der Hand, mit gleich vier dieser sehr kleinen Schokoladenküchlein. Ihr Herz hüpfte bei seinem Anblick, sodass sie sich gleich wieder ermahnen musste, dass nichts von alldem echt war.

»Mein Held«, murmelte sie, ironisch genug, dass er die Wahrheit nicht heraushören konnte.

Connors Unsicherheit wich einem Lächeln über ihre Bemerkung. Er trat zu ihr in die Nische und hielt ihr den Teller hin. »Ich bringe Schokolade.«

»Danke.« Eine Gabel hatte er nicht mitgebracht – wahrscheinlich hatte er sie am Tisch erwartet –, aber davon ließ sie sich nicht aufhalten. Sie nahm einen der kleinen Kuchen zwischen die Finger und schob ihn sich in den Mund. Als sie die köstliche Schokolade schmeckte, gab sie einen wohligen Laut von sich. Er sagte nichts, als sie nach dem nächsten Kuchen griff.

»Werden immer noch Toasts ausgebracht?«, fragte sie, nachdem sie sich durch die Kuchen und Connors Gegenwart entspannt hatte.

»Ich glaube schon. Alles okay mit dir?«

Sie verzog das Gesicht. »Ja. Wenn es hart auf hart kommt, nehmen die Mutigen Reißaus, oder?«

Er sah ihr in die Augen, doch seine waren unergründlich in der Dunkelheit. »Du musst das nicht tun.«

Sie legte den Kopf schief. »Was denn?«

»Dich über dich selbst lustig machen. Es ist völlig in Ordnung, wenn es dir zu schaffen macht.«

»Dabei gibt es hier nicht einmal etwas, das es wert wäre. Meine Mutter glaubt, dass ich dich gemietet habe. Anscheinend hast du meinen Vater beeindruckt, während ich auf der Toilette war, und sie kennt mich zu gut, um es für möglich zu halten, dass ich einen Mann wie dich bekomme. Kluge Frau.«

»Hey.« Er trat näher und umfasste mit der freien Hand ihr Kinn. Seine Hand fühlte sich unglaublich warm an, und seine Fingerspitzen waren ein wenig schwielig. »Du redest über meine Freundin Deenie. Sei nett.«

Sie sah ihm in die Augen und konnte deren Farbe in der dunklen Nische nicht erkennen, aber sie hatte sich längst jede Linie seines Gesichts eingeprägt. Auch die Farbe seiner Augen. Jede faszinierende Miene, alle Nuancen seines Charmes. Sie *kannte* ihn. Plötzlich beschleunigte sich ihre Atmung.

Er hatte keine Ahnung, warum er das tat – warum er näher an sie herantrat und ihr Kinn umfasste. Er wollte diese Selbstzweifel nicht in ihrem Blick. Er wollte, dass sie verschwanden. Allerdings hatte er nicht erwartet, wie es sich anfühlen würde, in dieser kleinen Fensternische so nah bei ihr zu stehen.

Es fühlte sich an, als sollte er Deenie küssen.

Er musste nur den Kopf beugen. Sie trug wieder hohe Absätze, also musste er sich nicht mal weit herunterbeugen. Der Lippenstift hatte sich bereits weitgehend aufgelöst; vermutlich hatte sie gar nicht mitbekommen, wie oft sie sich auf die Lippen biss, wenn sie glaubte, niemand sehe es. Sie konnte so gut ihr Lächeln beibehalten und verstand es, die Aufmerksamkeit von sich wegzuhalten, überzeugend so tun, als sei alles in Ordnung. Aber inzwischen konnte er hinter ihre Fassade blicken. Er hatte gesehen, wie viel Mühe es sie kostete, unbeschwert zu wirken und alle glauben zu lassen, alles fiele ihr ganz leicht.

Er fühlte mit ihr, und er wollte sie im Arm halten, damit sie wusste, dass er für sie da war, dass sie nicht allein war und nicht andauernd kämpfen musste. Denn er würde ihr helfen. Sie waren ein Team.

»Nadine?«

Eine Frauenstimme rief in den dunklen Gang hinein, dann waren sich entfernende Schritte zu hören. Deenie wich vor seiner Hand zurück. Er ließ sie sinken und spürte noch ihre Haut an seinen Fingerspitzen.

Sie nahm einen weiteren kleinen Kuchen vom Teller und meinte: »Du solltest wenigstens den letzten essen, bevor ich sie alle geklaut habe.«

Der Augenblick war verflogen.

Connor wich wieder zurück. Er sollte froh sein über diese

Unterbrechung, denn sonst hätten sie womöglich etwas Dummes getan. Allerdings war er nicht ganz sicher, wie er sich dabei fühlte.

Er hielt ihr den Teller hin. »Ich habe sie ja auch für dich mitgebracht.«

»Nimm ihn.« Sie schob den Teller in seine Richtung. »Ich war schon gierig genug.«

Selbst in dem gedämpften Licht erkannte er den Ausdruck auf ihrem Gesicht. Es war derselbe, den sie bekam, wenn sie mit Max trainierte und nicht eher aufgab, bis sie ihn zu etwas bewegt hatte. Stur und störrisch.

Hinreißend.

Nicht dass er ihr das jemals sagen würde. Vermutlich würde sie ihm einen Kinnhaken verpassen.

Connor schob sich den letzten Minikuchen in den Mund – die Dinger waren tatsächlich sündhaft gut –, dann nahm er Deenies Hand in seine. »Komm, ich habe eine Idee.«

Er führte sie zurück in den Ballsaal. Zum Glück waren die Toasts und Ansprachen vorbei, und die Musiker befanden sich wieder auf ihren Posten. Einige Paare wiegten sich auf der Tanzfläche. Conner lächelte still in sich hinein. *Perfekt.*

Er stellte den leeren Teller auf ein Tablett und zog Deenie zur Tanzfläche.

»Ich hatte gehofft, zu deiner Idee würde die Flucht durch den Hinterausgang gehören«, meinte sie, als er sie an sich zog und ihre Hand auf seine Schulter legte.

»Unsinn. Wir müssen etwas beweisen.«

Man spielte gerade einen Walzer, und Connor führte. Schon nach den ersten sicheren Schritten fragte sie: »Bist du eigentlich in *allem* gut?«

Sie schien darüber leicht genervt zu sein, dabei tanzte sie selbst sehr gut und bewegte sich mit natürlicher Eleganz in seinen Armen. So natürlich, dass er sich prompt vornehmen musste, sich nicht an dieses Gefühl zu gewöhnen.

»Meine Mom hat mich mit einem Trick dazu gebracht, zum Tanzunterricht zu gehen«, erklärte er. »Sie meinte, Mädchen mögen Jungs, die tanzen können. Nur hat sie nicht erwähnt, dass Standardtänze in der Highschool unbrauchbar sind.«

Deenies Lippen zuckten. »Ich werde mich schriftlich bei ihr bedanken.«

Er zog sie ein wenig näher an sich, als der Anstand gebot. Sie sah ihn skeptisch an. »Was genau versuchen wir eigentlich zu beweisen?«

»Schaut deine Mutter uns zu?«

Deenie warf einen Blick über seine Schulter und antwortete genervt: »Ja, tut sie.«

»Gut.«

Er beugte sich leicht zu ihr hinunter und küsste sie.

Es sollte nur ein kurzer Kuss sein, ihre Lippen sollten sich streifen, mehr nicht. Aber dann erlag er der Versuchung und küsste sie leidenschaftlich.

Sie schmeckte nach dunkler Schokolade. Ihr Griff an seiner Schulter wurde fester – und sie erwiderte den Kuss, ihre Lippen waren weich und suchend an den seinen. Seine Hand lag auf ihrem Rücken, und ihre Haut fühlte sich warm an. Mit der anderen Hand hielt er nach wie vor die ihre, aber er tanzte nicht mehr, der Kuss hatte ihn völlig verzaubert.

Als sie sich schließlich Atem schöpfend von ihm löste, richtete er sich auf, verlegen, obwohl das alles ja sein Plan gewesen war.

Er hatte ihren Eltern zeigen wollen, dass das zwischen ihm und Deenie nicht nur gespielt war. Dass Deenie perfekt war, so wie sie war. Nur hatte er nicht damit gerechnet, etwas zu empfinden. Er hatte nicht erwartet, hin und weg zu sein.

»Bereit für unseren Abgang?«, fragte er mit unerklärlich rauer Stimme.

Sie fasste sich, und die letzten Spuren von Sinnlichkeit verschwanden aus ihren Augen. »Absolut.«

19. Kapitel

Connor war ein wesentlich besserer Schauspieler, als Deenie ihm zugetraut hätte.

Sie hatte nicht erwartet, ihn küssen zu müssen. Was natürlich ein bisschen idiotisch war, schließlich traten sie als Paar auf. Aber öffentliche Zuneigungsbekundungen gab es in ihrer Familie eher nicht.

Händchen halten? Ja, schon. Miteinander durch den Ballsaal gehen? Klar.

Aber auf einen Kuss war sie nicht vorbereitet gewesen.

Deshalb war sie auch so mitgenommen davon. Der reinste Schock. Er hatte sie völlig überrumpelt. Das war die einzige Erklärung dafür.

Deenie saß wieder vergraben im Beifahrersitz, obwohl der Frühling sich in den vergangenen Tagen gezeigt hatte und es deshalb nicht annähernd so kalt war wie auf der Rückfahrt von der Spendengala seiner Kanzlei. Regen trommelte gleichmäßig auf die Frontscheibe.

Seit sie den Wagen vom Parkservice zurückbekommen und die Heimfahrt nach Pine Hollow angetreten hatten, waren nicht viele Worte zwischen ihnen gefallen. Vielleicht konnte sie erneut so tun, als würde sie schlafen. Eigentlich wollten sie den Abend besprechen – dazu hatten sie sich vertraglich verpflichtet –, aber sie wollte sich nur noch verkriechen.

Sie fühlte sich bloßgestellt vor ihm. Normalerweise ließ sie sich nie anmerken, dass es ihr zu schaffen machte; dass es an ihr nagte, das schwarze Schaf zu sein. Sie hatte ihre Ablenkungsstrategien längst perfektioniert – aber vor Connor brach das alles in sich zusammen.

»Danke, dass du mich heute Abend begleitet hast«, sagte sie schließlich und schaute hinaus in die verregnete Nacht.

So peinlich das alles gewesen war – ihr war vollkommen klar, dass es ohne ihn dort noch viel schlimmer geworden wäre.

»Woher kommst du?«, fragte er – eine Frage, die sie sich auch schon ihr ganzes Leben lang gestellt hatte.

»Ich weiß, okay?«, sagte sie. »Die sind alle so perfekt.«

Er warf ihr einen kurzen, irritierten Blick zu. »Das meinte ich nicht. Du bist der reinste Sonnenschein. Wie wird jemand aus dieser Familie zu Deenie Mitchell?«

Sie erschauerte bei diesen Worten, obwohl ihr gar nicht kalt war. Aus seinem Mund klang es, als sei es etwas Gutes, Deenie Mitchell zu sein.

»Weißt du noch, dass ich dir von meiner Großtante in den Summerland Estates erzählt habe? Die ich ständig besuche?«

»Ja.«

»Sie war das schwarze Schaf ihrer Generation. Hat nie geheiratet. Keine Kinder. Und ist nie die perfekte Hausfrau geworden, wie jeder es von ihr erwartet hatte. Mein ganzes Leben lang war sie der einzige Mensch, der mich dazu ermutigt hat, ein bisschen wild zu sein, wenn mir danach war.« Deenie lächelte bei der Erinnerung daran. »Sie ist der Grund, weshalb ich auf der Brown studiert habe.«

Connor sah kurz zu ihr hin, um sie wissen zu lassen, dass er zuhörte und sie weitererzählen sollte.

»Meine Eltern haben sich in Princeton kennengelernt«, erklärte sie. »Meine Geschwister haben auch beide dort studiert. Es war die Familienuni. Da gingen die Mitchells hin. Und als ich auf der Highschool war, strengte ich mich noch richtig an, um ihren Erwartungen zu entsprechen. Das einzige Wahlfach, das ich belegte, das nicht Teil meiner geplanten akademischen Laufbahn war, war Theater. Das war meine Flucht. Ich wusste, meine Eltern würden außer sich sein, wenn ich ihnen eröffnete, dass ich Theater studieren will. Und ehrlich, ich war richtig gut in Mathe. Finanzen und Wirtschaft schienen das Vernünftige zu sein, vielleicht, weil ich mein ganzes Leben lang die Gespräche meiner Eltern über diese Dinge am Abendbrottisch gehört habe. Deshalb dachte ich mir, nehme ich halt im Hauptfach Wirtschaft. Oder theoretische Mathematik, wenn ich so richtig rebellisch sein will. Aber dann machten wir eine College-Reise.«

Sie erinnerte sich kopfschüttelnd an diese Woche.

»Es war eine Formsache. Meine Eltern wollten mir mit dieser Reise beweisen, wie viel besser Princeton als alle anderen Unis war. ›Die Brown ist so unstrukturiert … Columbia überlaufen … New Haven schmutzig …‹«

»Hey.«

Sie grinste über seinen instinktiven Versuch, Yale zu verteidigen. »Dann kamen wir nach Princeton.« Sie stöhnte dramatisch. »Warst du jemals dort?«

»Nein«, gestand er.

»Das war vielleicht spießig. Der Campus ist klasse, und wir waren an einem wunderschönen Tag dort. Sonne und grünes Gras. Aber alle, die uns auf unserer Tour durch die potenziellen Fakultäten begegneten, trugen Sportjacketts und Krawatten und elegante Kleider, als wären sie zum Brunch im Country Club unterwegs. Es war alles enorm formell. Ich dachte immer, irgendwann werde ich auch so, nur dass ich plötzlich keine Luft mehr bekam. Ich vermasselte mein Bewerbungsgespräch komplett, aber meine Eltern redeten mir gut zu, weil ich gute Noten hatte und es Familientradition war, einen Platz an der Uni zu bekommen. Nur wollte ich gar keinen mehr. Jedes Mal, wenn sie beruhigend auf mich einredeten, hatte ich das Gefühl, eine weitere Panikattacke zu bekommen. Dann kam Tante Bitty mich besuchen. Sie lud mich zum Eisessen ein, ganz zufällig. Ich hatte sie immer lustig gefunden und als Kind gerne die Sommer bei ihr verbracht. Meine Eltern hielten sie für verrückt, deshalb nahm ich Bitty nie richtig ernst, als ich älter wurde, obwohl ich gerne mit ihr zusammen war. Aber dann saßen wir da und aßen Eis, und auf einmal erzähle ich ihr von der Uni und dem Theaterprogramm und dass ich mir auf der Brown meine eigenen Hauptfächer zusammenstellen und studieren könne, was mir wirklich etwas bedeutet. Und da wusste ich es. Als ich nach Hause kam, erklärte ich meinen Eltern, dass ich auf der Brown studieren wolle. Sie reagierten überrascht und enttäuscht, aber da es sich trotzdem um eine Eliteuni handelte, hielten sie es für einen vernünftigen Kompromiss – bis ich ihnen eröffnete, ich wolle ein Jahr Auszeit nehmen und nach Europa gehen. Und dass Tante Bitty angeboten habe, mich zu unterstützen.«

»Das kam wohl nicht gut an.«

»Besser, als ich befürchtet hatte. Sie dachten, ich müsste es nur ein bisschen ausleben – was auch immer es sei, das mich daran hinderte, den vorgeschriebenen Weg zu gehen. Wir einigten uns auf einen Sommertrip – sechs Wochen Rucksacktour quer durch Europa, bevor ich an die Brown University gehen würde.«

»War es dein erster Auslandsaufenthalt?«

»Nein, nur das erste Mal, dass ich irgendwo allein unterwegs war. Und ich werde nicht behaupten, dass ich keine Angst gehabt hätte. Ich glaube, in der ersten Woche habe ich mehr geweint als in den zwei Jahren davor zusammen. Im Zug beklaute mich ein Taschendieb, und in Madrid verlief ich mich. Auf der Highschool hatte ich Französisch gehabt, aber Sprachen waren nie mein Ding, also hatte ich ständig mein kleines Wörterbuch in der Hand und bat die Leute, Englisch zu sprechen. Anfangs war ich enorm eingeschüchtert, aber dann merkte ich, dass ich es tatsächlich hinbekam. Ich kam mit sehr wenig Geld über die Runden. Ich konnte mir die Welt ansehen. Es war, als würde sich etwas in mir öffnen. Ich liebte es. Ich freundete mich in den Jugendherbergen mit anderen jungen Leuten an – jedes Mal schworen wir uns, Freunde fürs Leben zu bleiben, und sahen uns dann doch nie wieder. Trotzdem war es toll. Zum ersten Mal hatte ich das Gefühl, sein zu dürfen, wie ich wirklich war, und ich begann herauszufinden, wer das überhaupt war. Im Herbst kehrte ich für die Uni zurück, aber ich wurde diese Reiselust nicht mehr los. Selbst heute arbeite ich immer noch hauptsächlich, um Geld für meine Reisekasse zusammenzubekommen.« *Und um mich daran zu erinnern, wer ich bin.* »Tante Bitty hat mir unter die Arme gegriffen, auch als meine Eltern mir den Geldhahn zudrehten, nachdem ihnen klar geworden war, dass ich nichts ›Nützliches‹ studiere. Ohne Bitty wäre ich nicht die, die ich bin.«

Und jetzt erkennt sie mich kaum noch.

Connor sah wieder kurz zu ihr hin. »Klingt nach einer interessanten Frau.«

»Das ist sie. Meine Eltern sind allerdings nicht gerade ihre größten Fans. Sie geben ihr die Schuld an meinem unsteten Leben. Wahrscheinlich war Dad deshalb ganz aus dem Häuschen, als er mich mit einem Anwalt gesehen hat. Endlich ein Zeichen, dass ich vielleicht doch noch erwachsen werde und mir einen richtigen Job suche. Ich bin mir ziemlich sicher, dass alle annehmen, Bitty unterstütze mich finanziell. Das tut sie aber nicht«, fügte Deenie rasch hinzu, damit er nicht glaubte, sie schnorre ihre Großtante an. »Seit dem College habe ich keinen Cent mehr von ihr angenommen. Im Gegenteil, ich habe sogar versucht, ihr das Studiengeld zurückzuzahlen, aber davon wollte sie nichts wissen. Sie hat mich keine Miete zahlen lassen, als ich für einige Monate bei ihr wohnte, bevor sie in die Summerland Estates zog. Aber ich habe mich um das Haus gekümmert und um sie. Ich liege nie jemandem auf der Tasche, sondern leiste meinen Beitrag. Auch wenn meine Eltern mich für verantwortungslos und unreif halten.«

»Das weiß ich.«

»Sorry.« Sie vergrub sich tiefer im Sitz und zog die nackten Füße unter sich. »Ich habe einen Riesenkomplex, was meine Familie angeht. Immer habe ich das Gefühl, beweisen zu müssen, dass ich nicht so bin, wie sie denken.«

»Familien sind kompliziert«, sagte er.

»Selbst die von Connor Wyeth?«

Sie rechnete nicht mit einer Antwort, schließlich war die Frage sehr neugierig gewesen. Aber er sah mit der Andeutung eines Lächelns zu ihr herüber. »Selbst die.«

Er bewegte die Hände am Lenkrad, und für einen Moment war nur noch das rhythmische Geräusch der Scheibenwischer zu hören.

Dann sprach er, und seine Stimme klang tief und leise in der Stille des Wagens.

»Ich habe dir ja erzählt, dass ich bei meiner Mutter aufgewachsen bin. Mein Dad ist verschwunden, als ich fünf war. Als ich Teenager war, hörte er auf zu trinken und wollte alles wieder in Ordnung bringen. Aber das hielt nicht lange, und es spielte auch keine Rolle. Ich brauchte ihn nicht. Meine Mom war mein Ein und Alles. Ihr erzählte ich Dinge, die ich nicht einmal meinen Freunden anvertraute. Doch als ich vierundzwanzig war, lernte sie Mitch kennen.«

In der Art, wie er den Namen aussprach, lagen widersprüchliche Emotionen. Deenie lauschte fasziniert, denn solche Dinge verrieten viel über ihn. »Du magst Mitch nicht?«

»Es ist unmöglich, ihn nicht zu mögen. Er ist ein extrem sympathischer Typ«, sagte Connor mit verbittertem Unterton.

»Da fühlt man sich nicht gerade besser, wenn man ihn am liebsten in den nächsten Teich schubsen möchte.«

Connor sah zu ihr und lachte. »Ja, stimmt. Wenn er wenigstens ein Idiot wäre, würde ich mich weniger schlecht fühlen wegen meiner Ablehnung.«

»Ist doch klar, dass du ihn ablehnst. Er hat dir deine Mom weggenommen.«

»Darum geht's ja. Hat er nämlich gar nicht. Von Anfang an hatte er absolutes Verständnis, dass die Beziehung zwischen meiner Mom und mir über der zwischen den beiden steht. Er hat nie versucht, den Dad zu spielen. Er hielt sich zurück, wenn es um mich und Mom ging. Er hat sich nie zwischen uns gedrängt.«

»Es hat deine Beziehung zu ihr trotzdem verändert. Sie hat jetzt jemand anderen, auf den sie sich verlässt.«

Connor sah so lange zu Deenie hinüber, dass die Räder des Wagens auf den unbefestigten Seitenstreifen der Straße gerieten. Er erschrak und konzentrierte sich wieder. Wie war es möglich, dass sie ihn so gut verstand? Wie kam es, dass sie sofort erfasste, worüber er sich seit Jahren klar zu werden versuchte?

Er *mochte* Mitch. Aber er fühlte sich weniger stark verbunden mit seiner Mutter, seit sein Stiefvater auf der Bildfläche erschienen war. Connor hatte sich für zu besitzergreifend gehalten und vermutet, dass er sich zu sehr auf sie verlassen hatte. Doch in Wahrheit fehlte es ihm, dass sie sich auf *ihn* verließ.

Seine Mom hatte ihm wieder und wieder versichert, er sei zu schnell erwachsen geworden. Dass er nicht der organisierteste Junge in der ganzen Straße sein müsse. Dass er sich nicht selbst das Kochen beibringen müsse. Aber er war stolz auf sich gewesen, dass er das für sie tun konnte. Seine ganze Identität war darauf ausgerichtet, der Mann zu sein, der sich um seine Mom kümmerte. Aus diesem Grund hatte er auch einen gut bezahlten Job gewollt – um ihr ein großes Haus kaufen zu können.

Die ganzen letzten Jahre hatte er versucht, Mitch nicht abzulehnen und nicht immer perfekt sein zu wollen.

Und Deenie hatte das alles sofort durchschaut.

»Er ist ein guter Kerl«, wiederholte Connor, für sich selbst ebenso wie für Deenie. »Er macht sie glücklich. Und wir sind Freunde. Na ja, vielleicht nicht direkt Freunde, aber wir kommen gut miteinander aus.«

»Hast du je etwas mit ihm unternommen, ohne dass deine Mom dabei war?«

»Wir waren auch schon allein.«

»Absichtlich?«

Er hörte die Skepsis in Deenies Stimme und brachte ein Lächeln zustande. »Okay, nicht absichtlich.«

Mitch hatte es versucht, nachdem er gerade mit Connors Mutter zusammengekommen war. Aber damals hatte Connor die Regeln für die Beziehung festgelegt, und alle hatten sich daran gehalten. Er mochte Mitch. Aus der Distanz. Und deshalb kannte er ihn gar nicht wirklich.

»Immerhin habt ihr etwas ziemlich Wichtiges gemeinsam«, meinte Deenie leichthin. »Ihr liebt beide deine Mom.«

Er sah kurz zu ihr hinüber, als sie in Pine Hollow einfuhren und er das Tempo verlangsamte. »Ich dachte, heute Abend helfe ich dir, nicht andersherum.«

»Hast du. Glaub mir.«

Connor konzentrierte sich auf die Straße. Um ein Haar hätte er sich für den Kuss entschuldigt. Es lag ihm auf der Zunge. Stattdessen murmelte er: »Du bist die taffste Person, die ich kenne.«

Er spürte ihre Überraschung. »Was?«

»Du hast vorhin einen Scherz darüber gemacht, dass du nicht taff bist. Bist du aber.«

»Ja. Nach Europa zu fliehen, ist ziemlich taff.«

Er warf ihr einen Blick von der Seite zu. »Du lässt dir von niemandem sagen, wer du bist oder sein solltest. Das ist taff.« Grinsend fügte er hinzu: »Und du bist die einzige Person, die ich kenne, die starrköpfig genug ist, um Max zu erziehen.«

»Na, wenigstens habe ich ein paar Qualitäten.«

»Du musst aufhören damit, Deenie«, sagte er ruhig.

»Womit denn?«

»Dich über dich selbst lustig zu machen. Ich habe inzwischen gemerkt, wie außergewöhnlich du bist. Mich kannst du also schon mal nicht mehr vom Gegenteil überzeugen.«

Als er zu ihr hinübersah, hatte sie die Lippen zusammengepresst und den Blick gesenkt. Ihre Wangen leuchteten rosa, selbst im gedämpften Licht des Armaturenbretts. Connor lauschte dem Trommeln des Regens und bog in die Zufahrt zu Furry Friends ein.

20. Kapitel

Deenie war eine Meisterin darin, so zu tun, als habe sich nichts geändert. Als sie am nächsten Tag auftauchte, um Max zu trainieren, tat sie daher genau das. *Hier gibt's nichts zu sehen, Leute. Connor Wyeth hat mich gestern Abend nicht geküsst, und wir hatten ganz bestimmt kein vertrauliches Gespräch über sehr persönlichen Familienscheiß.*

Es war bloß Bestandteil des Vertrages, das war alles. Und bis zur ersten Aprilwoche gab es keine vertraglich vereinbarten Veranstaltungsbesuche mehr. Dann würde sie eine Prinzessinnenparty für die Enkelin von Connors Chef ausrichten. Bis dahin würde sie emotional auf Distanz bleiben und die Schutzmauern wiederaufbauen, die irgendwie eingestürzt waren, als sie ihn mit zu der Verlobungsfeier genommen hatte. Auch wenn sie in seinem Haus zu tun hatte und mit dem Training seines Hundes beschäftigt war.

Es drehte sich alles um Distanz.

Gut, dass sie in den nächsten Wochen so viel um die Ohren hatte.

Am zweiten Dienstag im März gewann Ben die Wahl – was absolut niemanden überraschte. Connor schmiss eine Party bei sich zu Hause, aber Deenie gelang es, ihm fast den ganzen Abend aus dem Weg zu gehen, indem sie sich an Ally und Mac hielt.

Ben sollte am ersten April vereidigt werden und hoffte, dass die Küchenrenovierung bis dahin abgeschlossen sein würde und er und Astrid wieder ihr Haus beziehen konnten. Sobald die Sprache darauf kam, protestierte Astrid allerdings lautstark, sie würde die Hunde aus dem Tierheim zu sehr vermissen.

Mittlerweile kamen ständig mehr Hunde. Es gab vier neue Bewohner in den Zwingern, die ein neues Zuhause suchten, einschließlich Lucky und einem Husky namens Wolfgang, der fast so viel Energie hatte wie Elinors Hund Dory.

Deenie half, wann immer sie gerade keine Prinzessinnenkleider nähte, Partys veranstaltete oder Max trainierte. Ihre Kleiderbestellungen waren gestiegen, wahrscheinlich weil Connors Kolleginnen Kleider für ihre Kinder wollten. Trotzdem fand sie noch Zeit, um für Furry Friends die Bücher zu führen. Zum ersten Mal war sie froh, auf dem College Seminare über Betriebswirtschaft besucht zu haben, um ihre Eltern zufriedenzustellen.

Die Sachen, die Ally und Deenie bestellt hatten, um das Tierheim in ein Furry-Friends-Trainingscenter mit Agility-Kursen zu verwandeln, trafen jetzt ein. Sobald der Frühling mit ganzer Kraft kam – statt zwischen Regen und Schnee zu wechseln –, würden sie das Außengelände vorbereiten. Einen Bereich, der früher zur hinteren Weide gehört hatte, hatten sie schon eingezäunt, um ihn als Hundewiese zu nutzen. Der Großteil des eingetroffenen Materials stapelte sich jedoch in Rita Gilmores früherem Atelier.

Deenie hatte erwartet, sich wie das fünfte Rad am Wagen zu fühlen, aber es war lustig, zusammen mit Astrid und Ben inmitten des Chaos zu leben. Und Allys Großeltern schauten auch noch gelegentlich vorbei. Es war laut und trubelig und irgendwie wundervoll.

Nicht dass sie daran dachte, zu bleiben. Sie war eine Nomadin. Nomadinnen blieben nie an einem Ort.

Sie war nur vorübergehend hier.

Doch es war schwierig, über das Weggehen nachzudenken, wo dies die letzten guten Momente mit Bitty sein konnten. Deenie verbrachte immer häufiger Zeit in den Summerland Estates, was jedoch überhaupt keinen Unterschied machte – es gab weiterhin die guten und die schlechten Tage. Sie besuchte Mr. Burke und JoJo beinah so oft wie Bitty. Dann saß sie in seinem Apartment auf dem Fußboden, spielte mit JoJo und der Quietschmaus, lauschte Mr. Burkes Geschichten und berichtete ihm alles über die bevorstehende Hochzeit.

Dieses Ereignis sollte am ersten Juniwochenende stattfinden, in einem Luxushotel im Süden des Bundesstaates, mit herrlichem Blick auf die Berge. Das perfekte Kleid war bestellt, die Kleider der Brautjungfern waren ausgewählt – und als ihre Mutter anrief wegen der Maße, fragte sie wiederholt, ob Deenie *wirklich* die Kosten dafür auf sich nehmen wolle und ob sie denn *ganz sicher* im Juni zur Hochzeit kommen wolle.

Deenie behauptete sich – Kirsten war diejenige, die sie eingeladen hatte, und solange ihre Schwester sie dort haben wollte, würde Deenie auch hingehen. Selbst wenn das hieß, die Sticheleien ihrer Mutter zu ertragen.

Da Kirsten eine Hochzeitsplanerin engagiert hatte, gab es für die Veranstaltung selbst nicht mehr viel zu organisieren.

Deenie musste nur dafür sorgen, dass ihr Kleid passte und sie die richtigen Schuhe dazu trug. Sie musste zur Brautparty und zum Junggesellinnenabschied, den Kirstens Trauzeuginnen im Mai ausrichteten. Und dann brauchte Deenie nur noch am großen Tag zu erscheinen. Kirsten hatte sie in die Planung miteinbeziehen wollen, was allerdings hauptsächlich bedeutete, dass sie Deenie einmal pro Woche anrief und ihr berichtete, was sie schon beschlossen hatte, nur damit Deenie sie lobte, alles sei brillant.

Da Deenie so viel um die Ohren hatte, blieb ihr kaum Zeit, Connor überhaupt wahrzunehmen. Oder seine Grübchen. Oder seine unverschämt faszinierenden Augen.

Oder sich daran zu erinnern, wie er sie »Sonnenschein« und »wunderbar« genannt hatte.

Wer tat so etwas? Wer sagte solche Dinge, die sie jetzt verfolgten?

Sie wusste, dass er sich weiterhin mit den Ashleys traf. Nicht dass sie darüber sprachen. Genau genommen sprachen sie über gar nichts. Den wichtigen Themen war Deenie aus dem Weg gegangen und hatte alles unverbindlich gelassen. Hatte nur über Maximus und dessen Fortschritte gesprochen.

Und, Wunder über Wunder, Max machte wirklich Fortschritte. Er gehorchte bei *Sitz* und *Platz* und *Aus*; selbst Pfote konnte er geben – während *Bleib* und *Komm* noch zu wünschen übrig ließen.

Dennoch war sie froh, als Connor Mitte des Monats auf Geschäftsreise ging. Sie brauchte ein bisschen Abstand, denn er nahm schon viel zu viel Platz in ihren Gedanken ein.

Was allerdings nicht besser dadurch wurde, dass sie in seinem Haus wohnte.

In jedem Raum spürte sie seine Präsenz. Es war seltsam, ohne ihn dort zu sein. Nicht dass sie ihn *vermisste*. Nicht dass sie auf seine Schritte lauschte oder seine tiefe, leicht griesgrämige Stimme. Aber das Haus war so groß.

Daher verbrachte sie so wenig Zeit wie möglich dort.

Maximus passte kaum auf den Rücksitz ihres Käfers, trotzdem nahm sie ihn jedes Mal mit, sobald die Stille in Connors Haus ihr zu unheimlich wurde, und fuhr zu Furry Friends. Sein massiger Kopf hing dann aus dem Fenster, und seine Lefzen flatterten im Wind.

Sie unternahmen lange Spaziergänge durch den Ort, um sein frisch antrainiertes gutes Verhalten zu erproben und zu vertiefen. Er war auf dem besten Weg, ein echtes Vorbild zu werden – zumindest soweit das dem riesigen schusseligen Mischling möglich war. Er sprang immer noch auf die Couch, sobald er die Chance dazu bekam, und fläzte sich auf Deenies Schoß, als wäre er ein kleiner Terrier statt ein Dreiviertelwolfshund.

Am Abend vor Connors Rückkehr saß Deenie, unter Max' massigem Körper gefangen, auf der Couch und sah sich einen Horrorfilm auf dem überdimensionierten Bildschirm an. Sie redete sich gerade wieder einmal ein, dass sie seine mit Flüchen gespickten Kommentare zum Film *nicht* vermisste, als ihr Handy summte.

Abwesend tastete sie nach dem Gerät und schaute aufs Display. Es war eine Reise-App, die ihr einen verbilligten Flug nach Sydney anbot. Perplex starrte sie auf die Nachricht und fragte sich, warum sie zum ersten Mal seit langer Zeit nicht diese Unruhe und Aufbruchstimmung verspürte.

Wahrscheinlich lag es einfach daran, dass sie hier so viel um die Ohren hatte und sich daher Tagträumen von Australien gar nicht hingeben konnte. Aber der sonst stets erwachende Drang, aufzubrechen und sich wieder auf die Suche zu machen, blieb aus. Und das, obwohl sie schon seit Monaten in Pine Hollow war.

Es musste an Bitty liegen oder an Mr. Burke. Oder an Ally und Ben und Astrid. Oder vielleicht auch an der bevorstehenden Hochzeit.

Mit Connor hatte es jedenfalls nichts zu tun, das wusste sie sicher. Schließlich fühlte sie sich hier nicht mal *wohl* – auch wenn sie dann sogar auf seiner Couch einnickte, beim Fernsehen, unter dem Hund gefangen. Außerdem trug sie Connors altes Yale-Sweatshirt – aber nur, weil es schön weich war und der Geruch Maximus beruhigte.

Es hatte jedenfalls nichts mit Connors sexy Grübchen zu tun.

Ihre Lider wurden schwer, und nur wie aus weiter Ferne vernahm sie das erneute Summen ihres Handys.

»Gute Arbeit heute. Du hast Lila wirklich beeindruckt«, kam Davis' Stimme durch Connors Lautsprecher, während der Wagen ruhig durch die Nacht glitt. »Irgendwelche Pläne für deine letzte Nacht in der Stadt?«

»Ehrlich gesagt ...« Connor zuckte innerlich ein wenig zusammen bei Davis' Frage, denn er bog gerade in seine Auffahrt ein. »Ich habe beschlossen, heute schon zurückzufahren, da wir früher fertig waren.«

Davis gab ein wissendes Lachen von sich. »Hätte ich mir denken können. Da wartet jemand auf dich.«

Connor verkniff es sich, seinen Mentor zu korrigieren.

Er hatte völlig unterschätzt, wie häufig sich die Unterhaltungen bei der Arbeit nach der Spendengala um Deenie drehen würden. Seine Kollegen erkundigten sich nach ihr – wie es ihr gehe und ob sie bei Videokonferenzen nicht Hallo sagen wolle.

Sie war großartig angekommen, was ja genau das war, was er gewollt hatte. Aber ihm wurde auch klar, dass die vorgetäuschte Beziehung nicht so leicht wieder zu beenden sein würde, wie er geglaubt hatte. Momentan war es gut. Es gab einen Vertrag zwischen ihnen. Nächstes Wochenende würde sie eine Prinzessinnenparty für Brents Enkelin veranstalten, und Connor hatte sich selbst eingeladen, um Zeit mit den Teilhabern in privater Atmosphäre zu verbringen. Die Leute bei der Arbeit fingen an, ihn in einem anderen Licht zu sehen. Es funktionierte also.

Nur dass es eben nicht ›echt‹ war. Deenie war nicht der Grund, weshalb er früher nach Hause gefahren war.

»Max kann schwierig sein. Ich will nicht, dass Deenie länger als nötig allein mit ihm fertigwerden muss.«

»Na klar«, meinte Davis, ohne ihm auch nur ein Wort zu glauben. »Grüß sie von mir.«

Connor verabschiedete sich unverbindlich und drückte den Knopf für das Garagentor. Alle drei Stellplätze waren leer. Der taubenblaue Käfer parkte auf der anderen Seite der Auffahrt im Regen. Connor hatte ihr gesagt, sie könne den Ersatz-Garagenöffner benutzen, aber anscheinend hatte sie keinen Gebrauch davon gemacht. Eigensinnig wie immer.

Er hatte ihr vom Flughafen eine SMS geschickt, damit sie wusste, dass er einen früheren Rückflug genommen hatte – schließlich wollte er sie nicht in Unterwäsche in seinem

Wohnzimmer tanzend überraschen. Sie hatte nicht geantwortet, was diese Fantasie, wie sie in Unterwäsche in seinem Wohnzimmer tanzte, während der gesamten Rückfahrt noch verstärkt hatte.

Wahrscheinlich war sie pink, die Unterwäsche. Oder gepunktet. Oder beides.

Nicht dass er irgendeinen Grund dazu hatte, an ihre Unterwäsche zu denken. Das stand schließlich nicht im Vertrag.

Connor stieg aus dem Wagen, holte seinen Koffer heraus und ging ins Haus. Er machte extra viel Lärm im Hauswirtschaftsraum, um Deenie zu warnen, dass sie sich wieder anziehen sollte. Doch weder sie noch Max kamen angelaufen, um ihn zu begrüßen – und als er ins Wohnzimmer kam, sah er auch den Grund dafür.

Es war erst acht Uhr abends, aber das einzige Licht im Raum kam vom Fernseher. Deenie lag eingeschlafen auf der Couch, in einer fast langweilig blauen Leggings und seinem alten Yale-Sweatshirt. Ihre pink gesträhnten Haare waren zerwühlt; auf der einen Seite platt gedrückt, während sie auf der anderen wild abstanden. Maximus lag quer über ihrem Schoß.

Etwas zog sich in Connor zusammen, und für einen Moment stand er nur da und betrachtete die Szene. In seinem Haus, in seinem Sweatshirt und ihr Gesicht im Schlaf entspannt. Eine Hand lag auf Max' Schulter.

Der Hund hob schläfrig den Kopf.

»Du bist der schlechteste Wachhund der Welt.« Connor hatte seinen Tadel extra geflüstert, doch Max' Bewegung hatte Deenie bereits geweckt.

Sie schlug die großen blauen Augen auf.

Blinzelnd sah sie zu ihm hoch, ein wenig verwirrt, ehe ein strahlendes Lächeln auf ihrem Gesicht erschien, das ihn völlig unerwartet traf. »Connor! Sieh mal, Maximus! Daddy ist früher nach Hause gekommen!«

Der Hund sprang auf, und Connor machte sich auf die Begrüßung gefasst, damit der Hund ihm nicht die Beine wegriss. Deenie raffte sich auf und fuhr sich durch die Haare.

»Er hat dich vermisst«, sagte sie atemlos. »Deshalb habe ich dein Sweatshirt an. Damit er dich riechen kann.«

»Ich wollte dich nicht überraschen …«

»Nein, ich liebe Überraschungen.«

»Ich habe dir geschrieben …«

»Ich muss eingeschlafen sein …« Sie rieb sich das Gesicht mit einer Hand. »Wie spät ist es?«

»Ungefähr acht? Es ist noch früh.« Verlegenheit entstand zwischen ihnen, als er sich nach dem ausgiebigen Streicheln des Hundes aufrichtete.

Deenies Wangen röteten sich. »Ich sollte mich auf den Weg machen. Ich muss nur schnell meine Sachen zusammensuchen.«

»Du kannst gern die Nacht hier verbringen«, bot Connor an. »Ich werfe dich nicht hinaus.«

»Ich sollte lieber zurück zum Farmhaus«, erwiderte sie ein wenig hastig. »Willkommen daheim!«

Sie lief die Treppe hinauf; sie floh praktisch vor ihm, und Connor erstickte die widersprüchlichen, eigenartigen Empfindungen, die sich in ihm regten.

Es hatte sich wie ein echtes Zuhause angefühlt, als er heimkam und Deenie mit Max dösend auf seiner Couch vorgefunden hatte.

Wahrscheinlich lag es daran, dass er in ein nicht leeres Haus zurückgekehrt war. Das war etwas Neues, aber er sollte sich nicht von dieser Illusion häuslicher Idylle einlullen lassen. Er mochte Deenie, aber sie wollte offenbar Distanz und strikt das professionelle Verhältnis einhalten. Was gut war. Es war sinnvoll. Und Connor tat stets das Sinnvolle.

Als Deenie drei Minuten später eilig die Treppe herunterkam, erwartete er sie daher mit dem Smartphone in der Hand. *Schön professionell bleiben.* »Ich habe mir überlegt, dir die letzte Rate für Max' Training zusammen mit dem Betrag für das Hundesitten zu überweisen. Dasselbe Konto wie vorher?«

Deenie erstarrte, zum ersten Mal, seit er sie kannte, sichtlich überrumpelt. »Äh, ja, dasselbe Konto. Aber wir haben … ich meine, es sind noch nicht alle vertraglich vereinbarten Ziele erreicht.«

»Nein, natürlich wirst du weiterhin mit ihm arbeiten, aber ich dachte, wir erledigen das Finanzielle schon mal vorweg.«

»Klar. Sicher, danke. Ja, so machen wir es.«

»Gut, dann erledige ich das …«

»Gut. Klar.« Sie ging mit ihrer Reisetasche zur Tür; statt seines Sweatshirts trug sie jetzt ein hellgrünes Oberteil. »Großartig. Gute Nacht, Connor.«

»Gute Nacht, Deenie.«

Sie zog an der Haustür – die verschlossen blieb.

»Sie ist verriegelt.«

»Was?« Sie schien ihn nicht gehört zu haben, denn sie zog erneut.

Er trat hinter sie und griff über ihre Schulter, um den Riegel zurückzuschieben. Als die Innenseite seines Arms sie streifte, erstarrte sie.

»Ich bin durch die Garage hereingekommen«, erklärte er dicht an ihrem Ohr mit rauer Stimme.

»Ach ja, natürlich.« Sie sah ihn nicht an. Ihr Rücken war sehr gerade, und eine zarte Röte kroch ihren Nacken hinauf. »Tja dann, gute Nacht.«

Es war merkwürdig, sie so aufgeregt zu erleben. Deenie, die sonst immer eine schlagfertige Bemerkung und ein freches Grinsen parat hatte.

Er schaute ihr hinterher, wie sie zu ihrem VW lief und davonfuhr. Dieses Knistern neben der Verlegenheit musste er sich eingebildet haben, diese vage Andeutung von einer Anziehung zwischen ihnen.

Sie hatten einen Vertrag, das war alles.

Und er dachte nicht mehr an sie, nachdem sie fort war. Höchstens noch eine oder zwei Stunden.

21. Kapitel

Deenie zögerte, als sie in Connors Auffahrt einbog und die Wagen dort stehen sah. Pokerabend. Sie hatte vergessen, dass Mittwoch war.

Die letzten Pokerabende hatten sie in Bens Haus damit zugebracht, die neuen Kellerwände zu streichen und das Badezimmer oben zu renovieren, damit Ben Umbaukosten sparte. Doch heute Abend spielten sie offenbar wirklich Poker.

Deenie hatte ihre Trainingsstunden reduziert – zum Teil, weil Max gute Fortschritte machte, aber auch, wenn sie ehrlich war, weil sie die strikte Trennung zwischen Kirche und Staat nicht vergessen durfte. Hieß also: weniger Zeit mit Connor. Alles schön professionell halten. Allerdings waren da noch die vertraglich vereinbarten Trainingsziele, die Max bisher nicht erreicht hatte, und deshalb musste sie weiterhin kommen.

Eigentlich hatte sie früher da sein wollen, aber über die Arbeit an einigen Kleidern hatte sie die Zeit vergessen – genau aus dem Grund hielt sie nichts von Zeitplänen. Als sie die Wagen sah, überlegte sie, ob sie die Unterrichtsstunde für Max ausfallen lassen sollte. Allerdings war sie seit zwei Tagen nicht mehr da gewesen, weil sie schnell ein paar Kleiderbestellungen hatte fertig nähen müssen.

Außerdem war dies vielleicht der perfekte Zeitpunkt. Wenn Connor durch seine Pokerfreunde im Spielzimmer abgelenkt war, konnte sie sich hereinschleichen, mit Max fünfzehn Minuten trainieren und gleich wieder verschwinden. Ihre Pflicht hätte sie erfüllt, und alles bliebe wie gehabt.

Deenie tippte den Türcode ein und ging ins Haus. In den vergangenen Monaten hatte sie das wohl an die hundert Mal getan, doch zum ersten Mal hatte sie das Gefühl, nicht hierherzugehören. Weil sie sich in sein Haus schlich, während er Poker mit seinen Freunden spielte.

Max tauchte hechelnd auf, um sie zu begrüßen.

»Hi, Süßer«, begrüßte Deenie den großen Tolpatsch.

Sie flüsterte. Obwohl sie aus gutem Grund hier war. Sie hatte ja sogar eine SMS geschrieben und ein Daumen-hoch als Antwort erhalten. Allerdings war das jetzt eine Stunde her. Sie war unterwegs abgelenkt worden.

Aus dem Spielzimmer war lautes Gelächter zu hören, gefolgt von genervtem Stöhnen.

Mittlerweile hatte sie Connors Freunde besser kennengelernt, hauptsächlich, weil sie praktisch mit Ben zusammenwohnte und Bens Freunde auch Connors Freunde waren. Levi, der Polizeichef, war groß und ernst – definitiv der starke, stille Typ. Er sprach nicht viel, schien aber stets Herr der Lage zu sein.

Mac, der The Cup führte, war das genaue Gegenteil von Levi. Er lächelte immer, redete viel und trat ständig ins Fettnäpfchen. Deenie mochte ihn sehr, besonders, wenn er zwei Bier getrunken hatte und gesanglich sein schier enzyklopädisches Wissen berühmter Songs zum Besten gab. Ihre gemeinsame Begeisterung für *Hadestown* hatte sie am Abend von Bens Wahlsieg einander nähergebracht.

Sie fühlte sich in Gegenwart aller wohl, trotzdem zögerte sie, im Spielzimmer vorbeizuschauen, damit die Männer wussten, dass sie da war. Bisher hatte sie Connor nie behelligt, wenn sie eintraf, sondern einfach angefangen, mit Maximus zu arbeiten. Und sie war leise wieder verschwunden, wenn er beschäftigt war. So war es üblich zwischen ihnen. Angesichts der Stimmen aus dem Zimmer schien es jedoch eine andere Situation zu sein.

»Du erwartest hoffentlich nicht, dass wir dich mit ›Herr Bürgermeister‹ anreden, sobald du vereidigt bist.« Sie horchte auf, als sie Connors Stimme vernahm.

»Unbedingt.« Das musste Ben gewesen sein.

»In dem Fall bestehe ich darauf, dass ihr mich alle ›Polizeichef‹ nennt.« Eindeutig Levi.

»Ich bin schon zufrieden damit, wenn ihr mich mit ›Chefkoch‹ anredet«, verkündete Mac gut gelaunt. »Am besten allerdings in Habachtstellung mit ›Jawohl, Chef!‹, wenn ich euch Anweisungen gebe.«

In der darauffolgenden Stille konnte sie sich die Blicke der anderen sehr gut ausmalen.

Deenie versuchte wirklich, nicht zu lauschen. Sie trainierte wie üblich mit Max, konnte die Stimmen aber schlecht überhören. Es lag wohl am Holzfußboden, der den Hall verstärkte. Komische Akustik. Das war alles.

Doch wenn Deenie die Männer hörte, mussten sie sie auch hören. Deenie befahl Max mit lauter, klarer Stimme, *Sitz* zu machen, und lobte ihn, als er gehorchte. *Hier bin ich, trainiere den Hund und lausche kein bisschen.*

Erneut war Bens Stimme zu hören.

»Ich wünschte bloß, der Handwerker würde nicht noch eine Woche dranhängen«, beklagte Ben sich und mischte mit ungeduldigen Bewegungen die Karten. »Ich wollte, dass die Renovierung vor meiner Vereidigung und allen damit verbundenen Verpflichtungen fertig ist. Astrid hätte wieder ihren normalen Alltag haben sollen, bevor das alles losgeht.«

Connor stapelte seinen Gewinn vom letzten Spiel, während Levi sich zurücklehnte und einen Pokerchip zwischen den Fingern drehte. »Hast du es so eilig, nicht mehr mit Ally zusammenzuwohnen?«

Ben warf ihm einen finsteren Blick zu und teilte Levi die erste Karte heftiger aus als nötig. »Ich hatte mir eben eine gewisse Reihenfolge vorgestellt. Wir sind aus der Not heraus bei ihr eingezogen, und deshalb müssen wir wieder ausziehen. Nur so kann unsere Beziehung Fortschritte machen. Sonst ist es keine freie Entscheidung, sondern bloß Trägheit.«

»Vielleicht machst du dir zu viele Gedanken«, bemerkte Mac.

»Genau«, pflichtete Connor ihm bei und schob seinen Einsatz in die Mitte des Tisches. »Hör auf, dir über irgendeine Reihenfolge Sorgen zu machen, und versuche, nicht immer alles kontrollieren zu wollen.«

»Ausgerechnet *du* nennst Ben einen Kontrollfreak?« Mac brach in schallendes Gelächter aus.

Connor griff nach seinen Karten. »Ich sage nur, dass er ein bisschen verkrampft ist.«

»Oh ja, das ist er wirklich. Aber das müsst ihr gerade sagen. Ihr drei seid doch selbst so was von verkrampft.«

Levi tat ganz unschuldig. »Wie bin ich denn jetzt da hineingeraten?«

»Ich bin der Einzige in diesem Raum, der entspannt ist«, behauptete Mac.

Damit lag er nicht ganz falsch. Mac hatte immer schon die beeindruckende Fähigkeit besessen, zenmäßig in sich zu ruhen, ganz im Gegensatz zu seinen Freunden.

»Obwohl Connor wirklich verdächtig entspannt aussieht«, bemerkte er.

Sofort verspürte Connor eine Anspannung in den Schultern.

»Ist mir auch aufgefallen.« Levi musterte ihn kritisch.

»Beinah, als hätte er jemanden kennengelernt.« Auf Macs Gesicht breitete sich ein Grinsen aus.

»Nein.« Connors Stimme klang hart. »Wir foppen gerade Ben. Ich bin nicht an der Reihe.«

»Ja, könnte man tatsächlich glauben.« Ben grinste ebenfalls, sichtlich erleichtert, dass er nicht mehr das Opfer war. »Du kannst ruhig zugeben, dass ich recht habe.«

»Solltest du etwa mit irgendwas mal recht haben?« Connor gab vor, schwer nachzudenken.

»Maximus? Der Hund, den du eigentlich gar nicht wolltest?«

»Wo steckt der überhaupt?« Mac schaute sich um, als könnte der 60-Kilo-Hund sich unter dem Teppich versteckt haben.

»Schläft irgendwo.« Connor sah nicht von seinen Karten auf. Deenie hatte vor einer ganzen Weile geschrieben, dass sie vorbeikommen würde, und Maximus schlief fast immer nach dem Training.

»Zumindest benimmt er sich besser als Elinors Plage von einem Hund«, brummte Levi. »Ständig muss ich den verdammten Köter überall in der Stadt suchen.«

»Ich bin froh, dass ich mir jetzt keine Sorgen mehr zu machen brauche, sobald er mal außer Sichtweite ist. Deenie vollbringt wahre Wunder.«

»Ja …«, meinte Mac gedehnt. »Ist uns schon aufgefallen.«

Connor sah ihn misstrauisch an. »Was soll das denn heißen?«

»Frag ihn einfach«, forderte Levi seinen Freund auf.

Connor sah von Levi zu Mac. »Was soll er mich fragen?«

Levi betrachtete mit ausdrucksloser Miene seine Karten, während Mac vergessen zu haben schien, dass sie noch spielten; sein Blatt lag mit dem Kartenwert nach unten auf dem Tisch. »Bist du an Deenie interessiert?«, fragte Mac schließlich. »Wir sind alle der Meinung, dass ihr umeinander herumschleicht.«

»Nur mal fürs Protokoll – ich finde das nicht«, stellte Ben klar. »Ich glaube, sie hat einen besseren Geschmack.«

»Sie war ziemlich oft hier«, bemerkte Levi, klopfte seine Karten auf und beobachtete Connor.

»Da läuft nichts zwischen Deenie und mir«, erklärte Connor in unmissverständlichem Ton. Es reichte schon, dass seine Arbeitskollegen völlig hin und weg waren von ihr. Seine Freunde sollten bloß nicht auch noch auf falsche Gedanken kommen. Da Levi ihn skeptisch ansah, gestand er: »Wir haben ein Arrangement.«

»Das Hundetraining?«, fragte Mac.

»Das auch. Aber ich habe mich außerdem bereit erklärt, sie zu einigen Familienfeiern rund um die Hochzeit ihrer

Schwester zu begleiten, wenn sie im Gegenzug zu bestimmten Firmenveranstaltungen mitkommt.«

Levis Brauen schossen in die Höhe. »Bist du dir sicher, dass das eine gute Idee ist?« Als Connor ihm einen herausfordernden Blick zuwarf, zuckte er nur mit einer Schulter. »Du bist serieller Monogamist. Gerätst in Beziehungen und kannst nicht wieder loslassen.«

»Das ist Blödsinn.«

Mac wich seinem Blick aus. »Du warst lange verlobt ...«

»Nicht so lange wie Levi«, konterte Connor, was ihm einen Du-kannst-mich-mal-Blick von der anderen Seite des Tisches einbrachte. »Es ist rein platonisch«, versicherte er ihnen. »Wir sind nur Freunde.«

»War mir gar nicht klar, dass ihr zwei befreundet seid«, erwiderte Levi.

Connor im Grunde auch nicht, aber sie waren es tatsächlich. Irgendwie war Deenie zu einem der Menschen geworden, die ihn am besten kannten. Dabei war ganz offensichtlich, dass sie nicht füreinander geschaffen waren – sie plante ständig ihre nächste Flucht, während er niemals eine Beziehung mit jemandem eingehen könnte, der genau wie Monica bald doch auf und davon wäre. Trotzdem mochte er sie und verbrachte gerne Zeit mit ihr.

Freundschaft, so seltsam das schien, funktionierte zwischen ihnen.

Und ja, vielleicht hatte er irgendwelche Dinge gedacht, als er nach Hause gekommen war und sie in seinen Sachen schlafend vorgefunden hatte. Aber das war nur eine zufällige Verirrung gewesen. Längst vergessen.

Auf Macs Gesicht lag ein nachdenklicher Ausdruck, deshalb beeilte Connor sich, diesen Mist zu zerstreuen. »Ich werde mich in nichts hineinziehen lassen. Ich suche mithilfe einiger Dating-Apps nach der Richtigen.«

»Dann hast du also schon jemanden kennengelernt.«

»Nein. Ich habe nur einen Plan.«

Mac stöhnte. »Ihr alle und eure Pläne. Könnt ihr die Dinge nicht mal auf euch zukommen lassen?«

»Wie lautet dein Plan?«, wollte Ben wissen.

»Zu heiraten«, gestand Connor. »Die Richtige zu finden. Nicht mehr suchen zu müssen, sondern zu wissen, dass meine Zukunft in Sachen Liebe geregelt ist.«

Mac schnaubte verächtlich und nahm seine Karten wieder auf. »Und wie läuft es bisher?«

»Ich hatte ein paar Dates. Noch nicht das Richtige, aber ich arbeite daran.«

Bei einigen dieser Dates hatte er sich ziemlich gelangweilt und die Frauen, ohne es zu wollen, mit Deenie verglichen. Was lächerlich war. Natürlich war Deenie unterhaltsamer. Sie war temperamentvoll und schlagfertig. Sie stritt mit ihm und widersprach ihm mit einem Lächeln im Gesicht, womit sie ihn immer wieder zum Nachgeben brachte.

Allerdings war sie auch unberechenbar. Und er wollte nun mal nie wieder nach Hause kommen und einen Post-it-Zettel vorfinden. Er wollte eine ruhige und verlässliche Beziehung. Aus dem Grund hatte er mit jeder der Frauen ein zweites Date gehabt. Und war erneut gelangweilt gewesen.

Es war nicht allein die Schuld der Frauen. Sie passten nur einfach nicht zu ihm. Er brauchte jemanden, der ihn herausforderte und zugleich bodenständig war. Das war alles. Jemand, der unterhaltsam und klug war …

Unwillkürlich musste er an einen Treffer denken, den eine App gestern vorgeschlagen hatte.

Connor beobachtete Levis Gesicht, der mit regungsloser Miene seine Karten studierte. »Diese Apps sind verrückt. Eine hat mich sogar mit Elinor zusammenzubringen versucht.«

Er wartete auf eine Reaktion, doch Levi zuckte nicht mit der Wimper. Er hob den Blick kein einziges Mal von den Karten. »Nur zu.«

Connor verbarg seine Überraschung nicht. Levi war seit der Highschool schwer in Elinor verliebt. Das Paar hatte vor einigen Jahren die Verlobung gelöst, aber Connor war stets davon ausgegangen, dass sie irgendwann wieder zusammenkommen würden. War Levi möglicherweise wirklich über sie hinweg?

Selbst wenn es so wäre, bezweifelte Connor, dass er Elinor in einem anderen Licht sehen könnte als bisher.

Das hieß jedoch nicht, dass er nicht versuchen würde, eine Reaktion aus Levi herauszukitzeln. »Mach ich vielleicht auch. Wir wissen ja alle, dass sie ziemlich gescheit ist. Witzig. Ein Familienmensch. Tatsächlich wären wir perfekt füreinander.«

Er rechnete mit einem tödlichen Blick. Er rechnete damit, dass Levi sich über den Tisch hinweg auf ihn stürzen und ihn mit bloßen Händen umbringen würde.

Der Polizeichef blinzelte nicht einmal. Er hob seine Bierflasche mit zwei Fingern und trank sie aus. »Will noch jemand eine Runde?«

»Mist!« Deenie wusste, dass ihr keine Zeit mehr blieb, durch die Haustür zu entkommen, bevor Levi aus dem Spielzimmer neben Connors Büro kam. In dem offen gestalteten Erdgeschoss gab es keine Versteckmöglichkeit, daher lief sie schnell in die Küche und tat, als wollte sie die Hundeleckerlis holen, weil sie just im Moment erst eingetroffen war.

Und als hätte sie die nicht selbst mitgebracht.

Sie hatte gerade die Tür zur Speisekammer aufgemacht, als Levi hereinkam. Sie gab sich überrascht. »Levi! Hi! Ist Pokerabend?«

Levi gab einen bestätigenden Laut von sich, öffnete den Kühlschrank und nahm vier Bierflaschen heraus, die er mit einer Hand an den Hälsen hielt. Mit seinen blassgrauen Augen sah er ihr ins Gesicht – und sie hatte das mulmige Gefühl, dass er sofort durchschaute, dass sie jedes Wort mitgehört hatte.

Der Mann besaß ein unglaubliches Pokerface, aber da war auch etwas seltsam Verständnisvolles in dieser ansonsten ausdruckslosen Miene.

»Ich bin nur hier, um mit Maximus zu trainieren. Er macht sehr große Fortschritte«, erklärte sie, um die Stille zu überbrücken. Levi war ein Meister des Verhörs. Er musste bloß ein Brummen von sich geben, und sie wollte alles gestehen.

Er richtete den Blick auf den Hund, der – dem Himmel sei Dank – ganz brav neben ihr saß. »Sieht ganz danach aus.« Er nickte ihr zum Abschied zu und machte sich auf den Rückweg ins Spielzimmer.

Deenie war unentschlossen. Würde er den anderen sagen, dass sie hier war? Und falls ja, würde Connor herauskommen, um mit ihr zu sprechen? Würde er wissen, dass sie gelauscht hatte? Würde er wissen, dass sie gehört hatte, wie er den anderen erklärte, er und Deenie seien nur Freunde, während er in Elinor so gut wie verliebt war? Würde er die dumme Eifersucht, die sie nicht in den Griff zu bekommen vermochte, an ihrem Gesicht ablesen können?

Sie wollte doch gar nicht mit Connor zusammen sein. Wirklich nicht. Warum machte es ihr dann zu schaffen, dass er nicht mit ihr zusammen sein wollte? War das nur Eitelkeit?

Levi blieb stehen, bevor die anderen im Spielzimmer ihn sehen konnten. Er schaute zurück zu ihr, stellte Blickkontakt her und deutete mit dem Kopf zur Seite. Zur Haustür.

Deenie musste nicht zweimal überlegen.

Sie lobte Max, er sei ein braver Junge, gab ihm ein letztes Leckerli und rannte praktisch hinaus.

Draußen im kühlen Märzabend durchzuckte es sie beim Anblick der Autos in der Auffahrt. Kein Wunder, dass Levi ihr das Überraschtsein nicht abgekauft hatte.

Sie war so blöd.

Dass sie versucht hatte, sich zu verstecken.

Und dass sie gelauscht hatte. Dabei wusste sie es doch besser. Wenn man umherschlich, hörte man stets Dinge, die man nicht hören wollte.

Zum Beispiel, wie Connor seinen Freunden wiederholt versicherte, dass das zwischen ihm und ihr rein platonisch sei. Nicht dass sie etwas anderes erwartet hätte, doch nach dem Kuss und seiner Bemerkung, sie sei ein Sonnenschein und gut genug, gab ihr das einen Stich. Genau wie zu erfahren, dass er heimlich in Elinor verliebt war.

Denn natürlich war er das. Elinor war organisiert. Immer gut vorbereitet. Sachlich.

Sie besaß all die Eigenschaften, die Deenie nicht hatte.

Ihre Freundschaft mit Elinor war immer distanzierter gewesen als die mit Ally, deren Energie chaotisch genug war, um mit ihrer mitzuhalten. Elinor dagegen war ordentlich und diszipliniert.

Sie war perfekt für Connor.

Und es gab absolut keinen Grund für Deenie, deswegen enttäuscht zu sein. Zwischen ihr und Connor würde ohnehin nie etwas sein. Er würde doch nur versuchen, sie zu ändern und zu verbessern, wie ihre Eltern es immer schon versucht hatten.

Nein. Es war viel besser, emotional auf Distanz zu bleiben. Dies war eine gute Erinnerung. Sie war froh, gelauscht zu haben. Da wusste sie wenigstens, wie es zwischen ihnen stand. Alles mit Sicherheitsabstand. Klarheit war unbezahlbar.

Zumindest redete sie sich das ein, während sie in ihren taubenblauen Käfer stieg und nach Hause fuhr.

22. Kapitel

»Da ist der Prinz!«

Connor zuckte zusammen, als ein Dutzend kreischender Fünfjähriger in bauschigen pastellfarbenen Kleidern auf ihn zugerannt kam.

Als er Deenie gesagt hatte, er wolle sie zur Prinzessinnenparty begleiten, um Zeit mit den Kanzleipartnern verbringen zu können, hatte sie zugestimmt und es für eine gute Idee gehalten. Nur hatte sie ihm verschwiegen, dass sie ihn arbeiten lassen würde.

Allerdings hatte sie ihm das Kostüm mit einer guten Begründung in die Hand gedrückt. Wenn er zu einem Kindergeburtstag mitkam, brauchte er einen Grund – und welcher wäre besser geeignet, als eine Rolle zu übernehmen?

Der Märchenprinz klang doch gut. Bis er feststellte, dass der Prinz in dem Szenario ein doppelzüngiger Bursche war und Deenie den kleinen Mädchen die Aufgabe stellte, ihn zu suchen und gefangen zu nehmen, damit er seine gerechte Strafe erhielt.

Er hatte nicht erwartet, die königliche Beute zu sein, gejagt von einem Dutzend wehrhafter kleiner Frauenzimmer in Prinzessinnenkleidern. Aber so war es.

Und sie fanden ihn.

Er wollte Kinder. Er mochte Kinder. Nur war er noch nie von so vielen auf einmal umringt gewesen. Er wusste nicht, was er tun sollte. Für gewöhnlich behandelte er sie wie kleine Erwachsene, was auch ganz gut funktionierte. Jetzt, wo die kreischende Horde sich ihm näherte, brauchte er eine neue Strategie.

Was würde Deenie tun?

Die heranstürmende Bande traf auf ihn, und er sank dramatisch mit Gebrüll zu Boden. Prompt warfen sich all die kleinen Prinzessinnen auf ihn.

»Nehmt ihn gefangen!«, rief Deenie, die ein paar Schritte entfernt stand, während mindestens einer seiner Kollegen die Szene mit seinem Smartphone filmte. »Benutzt eure Zauberkräfte! Setzt eure Zauberkräfte ein, um ihn gefangen zu nehmen!«

Die Mädchen kletterten von ihm herunter, sodass er endlich wieder Luft bekam. Sie wedelten mit den Armen, um ihren Zauber auszuüben. Connor setzte sich auf, umzingelt von konzentrierten Kindergesichtern und wedelnden Kinderhänden.

»Lasst ihn nicht entkommen!«, rief Deenie. »Habt ihr ihn?«

Er tat erstarrt, die eine Hand ausgestreckt.

»Wir haben ihn!«, verkündete das Geburtstagskind.

»Gut! Macht weiter mit eurer Zauberkraft! Aber jetzt, wo wir ihn haben, finden wir da wohl heraus, warum er uns hereinlegen wollte? Glaubt ihr, es gibt einen Grund? Seht ihn mit euren magischen Augen an!«

Die kleinen Gesichter musterten ihn mit zusammengekniffenen Augen.

»Er ist verflucht!«, rief eines der kleinen Mädchen.

»Sein Herz war gefroren!«, rief ein anderes.

Deenie schnappte geschockt nach Luft. »Du lieber Himmel! Ein Fluch! Meint ihr, wir können ihn retten?«

»Nur Liebe kann ihn retten!«, schrie das Geburtstagsmädchen – und stürzte sich so schnell auf Connor, dass er erschrak.

Aber sie umarmte ihn nur, und dann taten es ihr fast alle kleinen Mädchen gleich. So fand er sich umringt und von allen gedrückt, während die kleinen Mädchen ihm versprachen: »Keine Sorge! Wir retten dich!«

Es war so verdammt süß, dass er feuchte Augen bekam – in dem Moment sah er Deenie an, und ihre Blicke trafen sich.

Als sie in Connors Augen sah, durchfuhr sie etwas. Ein warmes Gefühl, das sie nicht gebrauchen konnte.

Er machte das viel besser, als sie erwartet hatte.

Sie hätte ihn nicht komplett untergehen lassen, aber sie hatte durchaus damit gerechnet, dass er als ihr Assistent überfordert sein würde. Das hätte ihr wenigstens erneut bewiesen, dass sie nicht zusammenpassten, weil er zu spießig war und alles verkörperte, was sie in ihrem Leben nicht brauchte.

Aber er war gar nicht so.

Sicher, richtig wohl fühlte er sich nicht in seiner Rolle, das merkte sie. Aber er konnte locker genug sein, um mit den kleinen Mädchen herumzualbern. Und er kam an.

Er würde ein guter Vater sein.

Wie zur Antwort auf diesen Gedanken grollte in der Ferne Donner.

Das Wetter war schon den ganzen Tag wechselhaft gewesen. Verdächtige graue Wolken zogen sich zusammen, aber der Regen hatte lange genug auf sich warten lassen, um Connor noch durch den Garten zu jagen. Jetzt sah es allerdings so aus, als sei es mit dem Wetterglück endgültig vorbei.

Glücklicherweise sollte der nächste Teil der Party ohnehin drinnen stattfinden.

Deenie sagte erschrocken: »Habt ihr das gehört?« Sie legte den Kopf schief und lauschte theatralisch, bis die Mädchen sich von Connor wegbewegten und ebenfalls angestrengt lauschten. »Sind das die Glocken der Kuchenfeen? Glaubt ihr, dass wir sie ertappen, wie sie den Kuchen im Haus abstellen, wenn wir schnell genug sind?«

Die Mädchen kreischten begeistert – einerseits wegen der Aussicht darauf, die Kuchenfeen zu erwischen, andererseits wegen der Freude auf Nascherei – und rannten zur Terrassentür, wo die Eltern sie abfingen und hineingeleiteten.

Deenie streckte Connor, der noch auf dem Boden kniete, die Hand hin. »Na komm, Märchenprinz. Ich finde, du hast dir Kuchen verdient.«

Er legte seine warme Hand in ihre. »Danke, dass du mich gerettet hast«, sagte er, während sie ihm aufhalf.

Nur Liebe kann ihn retten.

Nein. Nein, nein, nein, nein. Das war es ganz und gar nicht, was hier ablief. Sie war nicht dabei, sich in Connor Wyeth zu verlieben.

Bestimmt nicht in die Sorte Mann, die ihre Eltern immer für sie gewollt hatten. Einen Mann mit einem Fünfjahresplan und einer nach Farben sortierten Sockenschublade, der die perfekte Frau an seiner Seite suchte. Deenie war alles andere als perfekt. Also *nein*.

»Komm.« Sie zog ihre Hand hastig zurück. »Es fängt jeden Moment an zu regnen.«

Zwei Stunden später prasselte der Regen auf die Frontscheibe des Wagens. Deenie hatte keine Ahnung, wie Connor irgendetwas erkennen konnte, aber er wirkte völlig entspannt hinter dem Lenkrad; er lächelte sogar ein wenig vor sich hin.

Vermutlich hatte er auch allen Grund zur Zufriedenheit. Die Party war ein voller Erfolg gewesen, sowohl aus Kindersicht als auch in beruflicher Hinsicht. Während Deenie mit den Mädchen eine Tee- und Kuchenparty gefeiert hatte, hatte Connor bei den Eltern und Großeltern gesessen und sich leise mit seinem Chef unterhalten. Als Deenie und er am Ende der Veranstaltung zusammenpackten, gehörte er praktisch zur Familie.

»Wie viel von alldem war geplant?«, fragte Connor auf einmal, nachdem sie einige Minuten in angenehmem Schweigen durch den Regen gefahren waren. Zuerst dachte sie, er meinte die zusätzliche Zeit, die er für seinen Boss gehabt hatte, als sie ihr Zubehör einpackte, aber dann erklärte er: »Wusstest du vorher, dass ich der Bösewicht sein würde?«

»Die Bezeichnung gefällt mir nicht. Bösewicht. Das ist zu mehrdeutig.«

Sie musste ihn gar nicht ansehen, um zu wissen, was für einen Blick er ihr zuwarf. *Beantworte die Frage, Deenie.* Sie kannte ihn schon zu gut.

»Ich habe stets eine Idee, eine Art Fahrplan für die Richtung, die ich mir vorstelle«, erklärte sie. »Aber ich lasse die

Kids so weit wie möglich selbst die Geschichte entwickeln. Ich lenke sie ein bisschen, falls sie vom Weg abkommen, aber es ist ihre Chance, die Geschichten, die sie lesen und in Filmen sehen, zu ihrer eigenen zu machen. Daher möchte ich es so interaktiv wie möglich gestalten.« Sie betrachtete kurz sein Profil. Er sah wirklich zu gut aus. »Diesmal fand ich die Sache mit dem Schwindelprinzen interessant, weil das Geburtstagskind Fan von *Die Eiskönigin* ist und sich der Prinz in der Geschichte als nicht ganz echt entpuppt. Ich will nie genau die Geschichten nachspielen, die sie schon kennen, aber sie sind ein guter Ausgangspunkt, von dem aus die Kinder neue Richtungen einschlagen können – wie zum Beispiel, den, in Anführungszeichen, Bösewicht durch Liebe zu retten. Was du mit Sicherheit kitschig und albern findest …«

»Sag mir nicht, was ich finde. In Wahrheit habe ich gedacht, dass deine Beliebtheit kaum verwunderlich ist. Du bist fabelhaft mit den Kindern.«

Sie errötete und war froh über das Unwetter, das seine Aufmerksamkeit in Anspruch nahm, sodass er ihr Gesicht nicht sehen konnte.

»Mein Chef war sehr beeindruckt.«

»Gut.« Darum ging es schließlich. Seine Arbeit. Sonst nichts.

Abgesehen davon hatte sie ein üppiges Trinkgeld zusätzlich zu ihrem Honorar erhalten, daher gab es für sie keinen Grund zur Klage.

»Du hast dich besser geschlagen, als ich erwartet habe«, gestand sie. »Du bist richtig gut mit den Kindern klargekommen.«

»Ich habe ständig gedacht: Was würde Deenie tun?« Jetzt

warf er ihr abermals einen Blick zu. »Glaubst du, du wirst jemals eigene Kinder haben?«

Die Frage erwischte sie gewissermaßen auf biologischer Ebene, aber sie sagte sich sofort, dass er ja nicht deshalb fragte, weil *er* Kinder mit ihr wollte. Er machte nur Konversation.

»Ich weiß nicht«, antwortete sie zögernd. »Ich möchte welche – ich liebe Kinder –, aber ich bin mir nicht sicher, ob mein Leben sich mit Elternschaft verträgt. Verstehst du?«

»Schwer zu sagen. Aber wenn du sehr gern welche willst, könntest du ja vielleicht einiges ändern.«

»Vielleicht bin ich auch nicht dazu geschaffen, eine Mom zu sein«, sagte sie, ein wenig zu scharf und ein wenig zu viel Verletzlichkeit zeigend. Sie bemühte sich um einen sanfteren Ton, versuchte, unbeschwert und scherzhaft zu klingen. »Mein Bruder glaubt, ich würde eine schreckliche Mutter abgeben. Aber er hat so wohlerzogene Kinder, dass ich nicht weiß, ob ich seine Maßstäbe zugrunde legen sollte.«

»Hat er das wirklich zu dir gesagt?« Connor sah sie mehr entsetzt als amüsiert an. Das brachte sie aus dem Konzept, denn sie war es gewohnt, dass die Leute lachten, wenn sie sich über ihre Unzulänglichkeiten lustig machte.

»Das ist schon lange her«, versicherte sie ihm, als würde sie nicht jedes Mal an die Worte ihres Bruders denken, wenn sie zumindest in Erwägung zog, sesshaft zu werden und eine Familie zu gründen.

Sie war zwanzig gewesen, als das erste Kind ihres Bruders zur Welt kam. Frisch zurück von ihrer Flucht nach Europa, um die königliche Hochzeit zu verfolgen und gegen ihre Familie zu rebellieren, indem sie Theater statt Finanzwesen studierte.

Damals hatte sie ihre winzige Nichte zum ersten Mal im Arm gehalten, ehrfürchtig staunend über die kleinen Finger und Zehen, und geflüstert: »Ich will auch eines.«

Und Peter hatte sie gehört.

Daraufhin hatte er ihr einen Vortrag über Verantwortung gehalten. Darüber, dass sie nicht einfach aufhören könnte, Mutter zu sein, sobald sie mal wieder Lust bekäme, ins Ausland zu reisen. Er sagte, nicht jeder sei dazu geschaffen, Kinder zu haben.

Insgeheim glaubte sie ihm.

Sie liebte es, mit Kindern zu arbeiten, und sie hätte gern selbst eines. Vielleicht sogar drei oder vier. Aber nur, weil sie es wollte, wurde es nicht gleich realistisch. Sie hatte sich für ein freies Leben entschieden. Und Kinder großzuziehen, ließ sich mit uneingeschränkter Freiheit schwerlich vereinbaren.

Du könntest dich anders entscheiden, meldete sich eine leise Stimme in ihr.

Aber dazu musste sie erst einmal jemanden finden, der gemeinsam mit ihr diese Entscheidung traf. Und sie gehörte nicht zu der Sorte Frauen, mit der Connor Kinder großziehen wollte.

»Wie läuft es mit den Ashleys?«, erkundigte sie sich, um sich selbst daran zu erinnern.

Er drehte das Lenkrad, weil er abbog. »Ganz gut.«

Ganz gut. Das war ziemlich nichtssagend.

»Allerdings heißt keine von denen, zu denen ich momentan Kontakt habe, Ashley.«

Um ein Haar hätte sie ihn nach Elinor gefragt und damit verraten, dass sie gelauscht hatte. »Die Ashleys waren Flops?«

»Eine von ihnen war ständig beschäftigt, sodass wir nie einen Termin für ein Date finden konnten. Und als es bei ihr gegangen wäre, musste ich nach New York. Der Kontakt ist eingeschlafen. Die andere … die hatte einen scharfen Ton der Bedienung gegenüber. Meine Mom sagt immer, jeder sollte wenigstens ein Mal im Leben im Dienstleistungsgewerbe arbeiten, damit man lerne, nett zu den Menschen zu sein, die einen bedienen.«

Das war ein guter Rat. Deenie war Barista und Bartenderin gewesen und hatte noch ein Dutzend anderer kurzfristiger Dienstleistungsjobs ausgeübt. Jeder einzelne hatte ihr sehr deutlich gezeigt, wie unterschiedlich die Menschen jene behandelten, die ihnen Essen und Trinken servierten. Aber es fiel ihr schwer, sich Connor in der Rolle einer Servicekraft vorzustellen.

»Du hast im Dienstleistungssektor gearbeitet?«

»Während des Studiums«, erklärte er. »Zu kellnern hat gutes Geld gebracht. Ich konnte es mit meinen Vorlesungszeiten vereinbaren, und meine Vorgesetzten hatten Verständnis, wenn ich mal eine Schicht tauschen musste, um vor Examensarbeiten zu lernen. Wegen der Nähe der Universität waren sie das gewohnt.«

»Die müssen dich geliebt haben. Mr. Verantwortungsbewusst. Immer fleißig und pünktlich.«

»Ich bin eben gern rechtzeitig da. Im Gegensatz zu manchen anderen Leuten.«

Deenie warf seinem Profil einen grimmigen Blick zu, aber mehr, weil er es erwartete, nicht, weil sie beleidigt war. »Es gibt Gelegenheiten für Pünktlichkeit und solche, da kommt man mit gutem Grund zu spät.«

»Tja, da kommen wir wohl auf keinen gemeinsamen Nenner.« Connor sah in der Dunkelheit des Wagens mit einem Lächeln zu ihr hin.

Und plötzlich war ihr Hals wie zugeschnürt.

23. Kapitel

Deenie saß still da, von Gefühlen überwältigt, während sie sich Pine Hollow näherten. Noch vor zwei Monaten hätte sie sich nicht im Traum vorstellen können, mit Connor durch ein Gewitter zu fahren, während ihm ihr Herz zuflog. Andererseits hatte sie vor zwei Monaten auch noch ein ganz anderes Bild von ihm gehabt.

Jetzt kannte sie ihn. Schon eine ganze Weile.

Sie verstand, warum er so entschlossen dem Erfolg nachjagte, den er sich schon als kleiner Junge einer alleinerziehenden Mutter ausgemalt hatte. Er hatte kein organisiertes Leben gehabt, also hatte er sich eines gemacht. Und nun arbeitete er härter als jeder, den sie kannte, und verwöhnte seine Mutter, wo er nur konnte. Da war es schwer, ihn nicht zu mögen.

Besonders, wenn er Deenie einen Sonnenschein nannte.

Das konnte sie nicht vergessen. Warum hatte er das gesagt? Warum weckte er diese Gefühle in ihr?

Dabei war sie so überzeugt davon gewesen, dass er wie ihre Eltern sein würde und alle seine Regeln auch für sie zu gelten hätten. Sie hatte befürchtet, sich unzulänglich zu fühlen und ändern zu müssen, um in seinem Leben einen Platz zu finden. Doch er hatte ihr nie dieses Gefühl gegeben.

Er hatte ihr nie das Gefühl gegeben, nicht genug zu sein. Im Gegenteil, er versuchte sie sogar vom Gegenteil zu überzeugen.

Wie sollte sie sich dagegen wehren?

Vor allem, wenn sie ihn ständig sah und sie auch noch vorgaben, ein Paar zu sein. Und wenn er so tat, als sei sie genau die Frau, nach der er gesucht hatte, während sie doch wusste, dass sie das gar nicht sein konnte.

Brauchten sie einander wirklich noch? Max war mittlerweile erzogen, und Connor konnte jetzt mit ihm arbeiten. Er war auf einem guten Weg bei seinen Chefs, die ihn sogar zu einer Dinnerparty eingeladen hatten. Und sie musste zu gar nicht so vielen Hochzeitsfeierlichkeiten, wie sie anfangs angenommen hatte. Während der Hochzeit selbst würde sie als Brautjungfer beschäftigt sein – viel zu sehr, um einen Begleiter zu brauchen.

Vielleicht war es an der Zeit, die Sache zu beenden. Bevor die Dinge noch verworrener wurden und sie sich in Gefühle für ihn verstrickte, die sie nicht mehr abstellen konnte.

Sie bogen in die lange Zufahrt zu Furry Friends ein; das Knirschen des Kieses unter den Reifen wurde übertönt vom Trommeln des Regens auf dem Autodach. Connor hielt so nah wie möglich an der vorderen Veranda des Farmhauses, ohne auf den Rasen zu fahren. Deenie würde trotzdem durch den Regen sprinten müssen.

Connor wandte sich ihr zu. »Danke für den heutigen Tag. Du hast mich wirklich gerettet.«

Nur Liebe kann ihn retten.

Die Erinnerung an die Worte aus dem Mund der Fünfjährigen machte sie plötzlich wütend.

»Vielleicht sollten wir aufhören.«

Sie hatte es schon ausgesprochen, ehe sie sich bewusst dafür entschieden hatte.

Im Schein der Armaturenbeleuchtung sah Connor sie fragend an. »Womit aufhören?«

»Mit alldem.« Sie machte eine unbestimmte Handbewegung, als könnte der Wagen etwas für den Vertrag zwischen ihnen. Deenies Tasche mit den Sachen für die Prinzessinnenparty lag hinten auf dem Rücksitz; darin befanden sich auch ihr Kleid und ihre Perücke. Jetzt trug sie türkisfarbene Leggings und eine flippige Jeansjacke, die sie auf einem Markt in Griechenland erstanden hatte. Eigentlich sollte sie ganz bei sich sein, stattdessen fühlte sie sich sehr unbehaglich. »Wir haben erreicht, was wir wollten. Vielleicht sind wir fertig. Du könntest in Zukunft eine von deinen Ashleys als Begleitung mitnehmen, und ich gehe allein zur Hochzeit.«

Die Gewitterwolken waren nichts im Vergleich zu dem, was sich gerade in Connors Augen zusammenbraute. »Wir haben eben erst zugesagt, zum Dinner mit Brent und den anderen Teilhabern zu gehen.«

»Ich weiß.«

»Es war deine Idee. Diese ganze Sache war deine Idee.«

»Ich weiß!«, fuhr sie ihn an. »Nur habe ich nicht erwartet, dass es sich so …«

Sie hielt sich nur knapp zurück. Wo, um alles in der Welt, war ihre Selbstkontrolle? Ihre legendäre Selbstbeherrschung? Was war denn los mit ihr?

Deenie sprang aus dem Wagen. Der sintflutartige Regen

durchweichte sie im Nu; ihre Jacke saugte sich voll, bis sie die Kälte auf ihrer Haut spürte. Der Schock war ihr nur willkommen.

»Deenie!«, rief Connor, aber da warf sie die Beifahrertür schon zu.

Sie wollte die hintere Wagentür aufreißen und ihre Tasche herausholen, aber die Tür war verriegelt. Fluchend zerrte sie am Griff.

»Deenie!« Connor war jetzt auch aus dem Wagen gesprungen und versuchte, das Rauschen des Regens zu übertönen. »Was soll das?«

»Es ist zu echt geworden!«, schrie sie über das Dach des Wagens hinweg. »Es ist zu viel!«

Mist, verdammter. Sie machte auf dem Absatz kehrt und lief durch die Pfützen, die sich augenblicklich überall auf dem Weg zum Haus gebildet hatten. Die Tasche würde sie später holen. Darin war nichts, was nicht für ein paar Tage auf dem Rücksitz seines Wagens bleiben konnte.

»Deenie!« Plötzlich stand Connor vor ihr und blockierte ihr den Weg. Wasser lief ihm übers Gesicht, und er war genauso durchnässt wie sie. Welcher Idiot stieg denn mitten in einem Regenguss aus dem Wagen? »Was ist zu echt geworden?«

»Nicht.« Sie schüttelte den Kopf und wusste nicht einmal genau, was sie eigentlich verhindern wollte.

Er trat näher. Und obwohl er immer noch einen Schritt entfernt war, veränderte diese Nähe alles. Statt weiter zu schreien, standen sie allein im Regen, wie in einer eigentümlich entstandenen Privatsphäre, und Deenie konnte kaum atmen.

»Was ist zu echt geworden, Deenie?«

»Du«, sagte sie, auch wenn dieses eine Wort keinen Sinn ergab; zugleich war es das einzige Wort, das hier irgendeinen Sinn ergab. »Es war nicht vorgesehen, dass ich dich wirklich mag. Ich hasse es, dass ich dich mag!«

Seine Miene war hart und undurchdringlich wie Stahl, doch in seinen Augen loderte ein Feuer. Sie sah es in dem Bruchteil einer Sekunde, bevor er sich bewegte, schnell und entschlossen. Er umfasste ihr Gesicht, und auf einmal küssten sie sich.

Dieser Kuss war nicht zu vergleichen mit dem auf der Tanzfläche der Verlobungsparty.

Der war zärtlich und andauernd und wärmend gewesen. Dieser war ein Tornado. Ein Hurrikan. Die reinste Naturgewalt, die Deenie mitriss, aufwühlte und umherwirbelte, bis sie in Connors Armen lag und ihre Füße den Boden nicht mehr berührten, weil sie sich an ihn klammerte. Weder Kälte noch Nässe spürte sie mehr angesichts der elektrisierenden Energie.

Sie wollte nicht, dass es aufhörte. Weder jetzt noch jemals.

Ihr Rücken stieß gegen etwas, einen Verandapfeiler, der nicht nur die Veranda stützte, sondern auch sie, denn ihre Muskeln und Knochen schienen die Fähigkeit dazu verloren zu haben. Sie bestand nur noch aus Glut und Flammen. Sie loderte vor reinster Begierde.

Es war schließlich Connor, der den Kopf hob und damit den Kuss unterbrach – wer sonst. Er würde sich niemals einfach gehen lassen. Er musste alles kontrollieren, alles planen.

»Was tun wir da …«

»Hör auf zu denken.« Sie packte seinen Kopf und zog ihn zurück in die Anziehungskraft dieses Kusses. Und beide versanken erneut in dieser Energie, die jedes bessere Wissen wegfegte – bis dieser ärgerliche Kerl schon wieder aufhörte, schwer atmend und ihre Haare in der Faust haltend.

»Stopp«, knurrte er, und der glutvolle Ausdruck in seinen Augen erzeugte das allersinnlichste Kribbeln in ihr.

Wie konnte er *nicht* küssen noch aufregender machen als küssen? Wer war dieser Mann?

Sie standen unter dem Dach der Veranda – sehr klug. Typisch Connor, dafür zu sorgen, dass sie nicht mehr im Regen standen, selbst inmitten des wildesten Aufruhrs der Gefühle zwischen ihnen. Er war wirklich ziemlich patent. Sie würde sich mit einem Drachenflieger in einen Sturm stürzen können, und er würde sie auf den Boden zurückholen – selbst wenn sie beide der Blitz träfe.

»Was tun wir hier?«, fragte er – es war genau die Frage, der sie auszuweichen versucht hatte.

»Wir küssen uns, würde ich sagen? Fühlte sich jedenfalls so an.« Sie drückte sich an ihn, doch er umfasste ihren Brustkorb, um sie aufzuhalten.

»Stopp.«

Sie hielt inne und spürte plötzlich die nasse Kleidung wieder eisig auf der Haut. »Willst du …« Sie konnte die Frage nicht aussprechen. Hatte sie ihn etwa angefallen, gegen seinen Willen?

Aber nein. Er hatte sie gepackt. Klar, sie hatte ihn angesprungen wie ein Puma, aber er hatte definitiv angefangen und schien es genauso gewollt zu haben wie sie. Noch immer war sie zwischen seinem Körper und dem Verandapfosten gefangen. Sie musste unbedingt seinem Personal Trainer ein Dankeschön schicken, denn Connor fühlte sich überall hart wie Granit an.

»Deenie, ich will dich«, versicherte er ihr, und seine heisere Stimme machte seine Worte glaubwürdig. »Aber wohin gehen wir?«

»Muss es denn irgendwohin führen? Ein Ziel haben?« Warum musste alles definiert werden? Warum musste es für alles einen Plan geben? Einen verdammten Vertrag?

Er sah zum Farmhaus, und da wurde ihr klar, dass er das wörtlich gemeint hatte.

Ihre Augen weiteten sich. »Oh.«

Ally, Ben und Astrid waren im Haus. Wenn sie klitschnass hineingingen und hinauf in Deenies Zimmer eilten, würde eine Diskussion mit dem Bürgermeister und der Tierheimbesitzerin über den Status ihrer Beziehung am nächsten Morgen unvermeidbar sein. Bei der Vorstellung zog sich alles in Deenie zusammen.

Und dann war da noch Maximus. Den konnten sie nicht die ganze Nacht allein lassen.

Sie konnten, durchnässt, wie sie waren, wieder in Connors Wagen einsteigen und zu ihm fahren. Aber der bloße Gedanke ließ sie frösteln und die Vernunft schnell wieder erwachen.

Connor spürte die Veränderung und trat zurück; zwar blieb er noch unter dem Verandadach, aber er drückte sie nicht mehr gegen den Pfosten.

Deenie war froh über die Dunkelheit, damit er nicht sah, wie sie vermutlich rot anlief. Sie holte tief Luft.

»Tja, so viel dazu.«

Er lachte leise und schaute zurück zum Wagen. »Wenn du wirklich nicht mehr meine Begleiterin sein willst ...«

»Nein«, unterbrach sie ihn. »Das geht in Ordnung. Ich habe überreagiert. Wir können das sicher aufrechterhalten und, äh …« Sie verstummte, da ihr plötzlich eine ganze Menge zweideutiger Bemerkungen zum Thema *aufrecht* auf der Zunge lagen, um die Atmosphäre zu entspannen. Doch diesmal hatte sie keine Chance, sich zu verstellen, denn sie hatte ihm schon zu viel von sich gezeigt.

»Das war …«

»Gegenseitige Anziehung«, erklärte sie und ließ es so abwertend wie möglich klingen. »Es musste wohl passieren. Du bist sexy. Ich bin sexy. Wir tun die ganze Zeit so, als wären wir verrückt nacheinander.«

Connor gab einen spöttischen Laut von sich. »An Selbstbewusstsein mangelt es dir jedenfalls nicht.«

Das war ein Irrtum – aber sollte er das ruhig glauben.

Deenie hob die Brauen, obwohl sie nicht sicher war, ob er das sehen konnte. Sie musste ihr Gesicht spüren, um die Fassade aufrechterhalten zu können. »Willst du etwa andeuten, ich sei nicht sexy?«

»Nein«, erwiderte Connor mit zu viel Inbrunst. »Das will ich damit überhaupt nicht andeuten.«

Rückzug, schrien ihre Instinkte. Deenie machte einen Schritt die Veranda hinauf. »Ich sollte ins Haus gehen.«

Sie hasste das Wort *sollte*. Würde er sie kennen, wüsste er das. Dann wüsste er, dass sie schon den geringsten Anlass nutzen würde, um gegen das zu rebellieren, was sie *tun sollte* – und sich ihm stattdessen wieder in die Arme werfen. Der Rücksitz seines Wagens war sicher sehr bequem – und ihnen bliebe die Verlegenheit auf der Fahrt zu seinem Haus erspart. Er brauchte nur mit den Fingern zu schnippen.

Aber er wippte auf den Absätzen und schob die Hände in die Hosentaschen. »Stimmt.«

Er hatte seine Cabanjacke im Wagen gelassen, als er ihr hinterhergelaufen war, und sein Hemd klebte ihm am Körper. Wow, wie viele Muskeln hatte dieser Mann? Sie wusste ja, dass er trainierte, aber das war ja schon unglaublich. Warum musste er nur so gut aussehen? Und warum musste sie sich derartig dumm vorkommen, sich von ihm abzuwenden – während zugleich diese Angst da war vor dem einen Schritt, der sie zurück in seine Arme bringen würde.

»Gute Nacht, Deenie.«

Nein, hätte sie am liebsten gerufen. Sie war die Königin der fragwürdigen Entscheidungen, und auch wenn ihr klar war, dass es eine fatale Entscheidung wäre, sich mit ihm einzulassen, wollte sie es doch mehr als alles andere. Warum konnte er nicht einfach draufgängerisch und dumm sein bei ihr?

Er nickte ihr zu und ging – von hinten sah er genauso gut aus. Diese Schultern … Sie stand unter dem Vordach und genoss seinen Anblick, aber er schaute nicht zurück. Er zögerte nicht einmal, bevor er in seinen Wagen stieg und in der Auffahrt wendete.

Warum hätte er auch zögern sollen? Es goss in Strömen, und sie hatte ihn gerade weggeschickt. Trotzdem.

Sie stand bibbernd in den nassen Sachen da und sah ihm hinterher, bis die Rücklichter verschwunden waren. Erst als sie ins Haus ging, fiel ihr die Tasche auf seinem Rücksitz wieder ein.

24. Kapitel

Connor zwang sich, nicht in den Rückspiegel zu schauen – weder tatsächlich noch im übertragenen Sinne. Er würde nicht überprüfen, ob Deenie ihm hinterhersah. Und ganz bestimmt würde er *nicht* an den Moment zurückdenken, in dem er den Verstand verloren und sie geküsst hatte.

Nur konnte er nicht verhindern, dass er sich ständig daran erinnerte. Als sie im Regen gestanden hatten, Wassertropfen auf Deenies Wimpern, die Haare klitschnass. Der Wolkenbruch hatte offenbar seinen Verstand ausgeschaltet und auch jede sonstige Gehirnzelle, bis er nur noch aus reinem Instinkt und Verlangen bestand.

Immerhin hatte er jetzt hinter ihre Fassade geblickt und die Deenie hinter dem strahlenden Lächeln, dem selbstbewussten Auftreten und den schlagfertigen Bemerkungen gesehen. Die Deenie hinter dem Glitzer. Die verletzliche Deenie. Und auf gar keinen Fall wollte er ihr wehtun.

Sie passten nicht zusammen. Das wussten sie beide.

Als Kind hatte er sich so hilflos gefühlt. Nie wieder wollte er sich so fühlen. Und als Monica ihn verlassen hatte, war erneut dieses Gefühl der Ohnmacht da gewesen. Dieses Gefühl, keine Kontrolle zu haben. Er hatte sich sein Leben durch sorgfältige Planung wiederaufgebaut. Er durfte das alles nicht aufs Spiel setzen für jemanden, der wie eine Abrissbirne durch sein geordnetes Dasein krachte.

Deenie gab ihm das Gefühl, nicht mehr die Kontrolle zu haben. Dieser Kuss ...

Wie ging es jetzt weiter? Ihre Tasche stand noch auf seinem Rücksitz. Sollte er sie ihr bringen? Würde sie morgen trotz allem zum Training mit Max kommen?

Würden sie sich erneut küssen?

Connor fuhr in die Garage und ließ Maximus zum Pinkeln auf die überdachte Terrasse, ehe er in die Garage zurückging, um den Fahrersitz abzuwischen. Dann zog er seine nassen Sachen aus, warf sie in die Wäsche und stellte sich unter die heiße Dusche. Brachte sein Leben wieder in Ordnung, indem er jeden Beweis verschwinden ließ.

Aber ihre Tasche stand noch auf dem Sitz. Und die Erinnerung war noch sehr lebendig, besonders als er unter dem Duschstrahl stand und das Wasser den prasselnden Regen imitierte, während Connor von Verlangen erfüllt war.

Es war möglich, dass nichts passierte. Deenie war eine Meisterin der Verstellung. Sie konnte glatt so tun, als sei der Kuss im Regen nie passiert. Aber wenn sie wollte, dass er sich wiederholte ...

Er wollte sich nicht wieder hilflos fühlen. Er wollte kein Opfer seiner Emotionen sein. Er würde es schaffen, emotional auf Distanz zu bleiben. Er wusste doch ganz genau, dass sie nicht zusammenpassten. Er brauchte jemanden, der nie weglaufen würde, jemanden, an dem er nie zweifeln musste. Nur einer solchen Frau würde er sich ganz hingeben können. Und solange er diese Frau nicht gefunden hatte …

Vielleicht würde es vorübergehend funktionieren. Mit einem Verfallsdatum, wie sie es genannt hatte. Wenn ihnen beiden klar war, dass es sich nur um eine verrückte Anziehung zwischen ihnen handelte, weil es eben aus irgendeinem rätselhaften Grund zwischen ihnen knisterte. Gegensätze zogen sich an. Für eine dauerhafte Beziehung taugte das nicht.

Möglicherweise brauchte er eine Affäre. Jenen Befreiungsschlag von Monica, den er nie gehabt hatte. Er und Deenie waren jetzt Freunde. Warum nicht ein bisschen mehr? Freundschaft plus?

Oder war das Ganze eine dämliche Idee? Vielleicht sollte er diesen unvergesslichen Kuss vergessen.

Er beschloss, sich ihrer Entscheidung anzupassen. Seinem eigenen Rattenfänger von Hameln der schlechten Ideen.

Und sein Herz gut unter Verschluss zu halten.

Deenie versteckte sich nicht vor Connor, eigentlich. Maximus brauchte wirklich hin und wieder einen trainingsfreien Tag. Außerdem hatte sie an diesem Sonntag einen Besuch bei ihrer Großtante geplant. Zugegeben, sie trödelte lange bei ihr herum, auch nachdem sich herausgestellt hatte, dass es einer der schlechten Tage war. Aber sie hatte die Hoffnung, dass Bitty irgendwie doch noch aus dem Nebel auftauchen und Deenie den Rat geben würde, den sie dringend brauchte … tja, das war doch nur zu verständlich.

Sie war nur froh, dass gestern Abend niemand im Farmhaus aus dem Fenster geschaut hatte, als sie und Connor auf der Veranda knutschten.

Abgesehen von einem beiläufigen »Wow, es schüttet ja richtig draußen« zu ihren nassen Klamotten hatten Ally und Ben keine weiteren Bemerkungen gemacht.

Deenie hatte sich nach oben geschlichen, bevor irgendwer sie genauer betrachten konnte. Sie war überzeugt, dass man es ihr hätte ansehen können. Bestimmt war da ein C auf ihren Lippen gewesen, leuchtend. C wie Connor. Das war natürlich albern und verrückt. Aber sie durfte albern und verrückt sein, wenn ihr danach war, und ja, ihr war danach.

Sie hatte Gefühle für Connor. Sehr unpassende Gefühle.

Ginge es nur um Lust, wäre alles halb so schlimm. Aber eine Kombination aus Lust, Freundschaft und echter Zuneigung … das war ein gefährlicher Cocktail. Und sie wusste nicht, was sie tun sollte.

Sollte sie so tun, als sei nichts passiert? Sollte sie den Stier bei den Hörnern packen und ihn entschlossen von jeder Art von Beziehung wegsteuern? Oder sollte sie sich in die Kurve legen und sich ganz darauf einlassen, bis sie genug von ihm hatte?

Die dritte Option klang am besten, allerdings war sie nicht gerade bekannt dafür, stets die richtige Entscheidung zu treffen.

Genau deshalb hatte sie mit Bitty sprechen wollen.

Eigentlich hatte sie gewollt, dass Bitty mit *ihr* sprach, doch heute war es schwierig. Bitty war schon verwirrt und aufgewühlt gewesen, bevor Deenie gekommen war, aber dann war es weiter bergab gegangen.

Deenie verließ den Bereich des betreuten Wohnens und ging über den langen Flur zum Apartmenthochhaus. Sie hatte nicht vorher angerufen, aber Mr. Burke ging selten aus, daher versuchte sie es auf gut Glück und fuhr in den fünften Stock hinauf.

Sie näherte sich der Tür von Apartment 5015, als diese aufging und eine junge Pflegerin, die Deenie vage wiedererkannte, herauskam. Die junge Frau verabschiedete sich von Mr. Burke und lächelte Deenie im Vorbeigehen zu. Deenie lächelte zurück und versuchte sich an ihren Namen zu erinnern.

»Mr. Burke!«, rief sie, bevor die Tür wieder zuging. »Komme ich ungelegen?«

»Nadine!« Mr. Burke strahlte. Sie wusste nicht, wieso, aber sie mochte es, wenn er ihren ganzen Namen sagte. JoJo jaulte und lief in den Flur, wo sie begeistert um Deenies Knöchel herumsprang. »Bist du hier, um dein Mädchen zu sehen?«

Deenie kniete sich hin, um JoJo zu begrüßen. Sie hob den süßen kleinen Hund auf den Arm und schmiegte die Wange an JoJos seidigen Kopf, während sie sich aufrichtete. »Ich wollte Sie besuchen.«

»Welch wunderbare Überraschung. Komm rein.«

Deenie betrat das vertraute Apartment und zögerte, als sie die Pillenbox auf dem Couchtisch sah, die die Pflegerin dagelassen hatte. »Ich hätte vorher anrufen sollen.«

»Unsinn. Du bist jederzeit willkommen. Wie geht es Bitty?«

Die üblichen Versicherungen, dass es ihr gut gehe und alles in Ordnung sei, kamen ihr diesmal nicht über die Lippen. Sie folgte ihm zu der kleinen Küchenzeile, wo er mit dem Teekessel hantierte. Inzwischen war es zur Gewohnheit geworden, dass es Tee und Butterkekse gab, wenn Deenie zu Besuch kam. Mr. Burke bereitete mit langsamen, konzentrierten Bewegungen das Tablett vor.

»Kann ich helfen?«

»Du kannst die Kekse holen«, sagte er und musterte sie genau mit seinen blassen Augen. »Heute ein paar extra, nehme ich an.«

Deenie machte den Schrank auf und legte die Kekse auf den dekorativen kleinen Teller, den er ihr gab. Mr. Burkes verstorbener Ehemann war Brite gewesen und sehr eigen, was sein Gebäck und den Tee anging.

Mittlerweile besuchte Deenie Mr. Burke und JoJo fast so häufig wie Bitty, besonders nachdem sie erfahren hatte, dass er zu niemandem aus seiner Familie noch Kontakt hatte.

Mr. Burke wartete, bis sie auf der Couch saßen und JoJo ein flauschiger kleiner Ball auf seinem Schoß war, dann musterte er Deenie über seine Teetasse hinweg. »Wirst du mir erzählen, was los ist?«

Sie errötete. »Wie kommen Sie denn darauf, dass etwas nicht stimmt?« Sie warf die Quietschmaus, und JoJo sprang zu Boden und jagte ihr hinterher. Mr. Burke sah Deenie unverwandt an.

»Nadine, du bist eine ausgezeichnete Schauspielerin, aber mir brauchst du nichts vorzumachen.«

Sie sah ihm in die Augen und spürte die Last der vergangenen Monate. Sie hatte geglaubt, sie würde über Connor reden wollen. Über den Kuss und ihre Gefühle für ihn und dass sie überzeugt davon war, einen Fehler zu begehen. Doch es kamen ganz andere, rauere Worte aus ihrem Mund. »Es geht ihr überhaupt nicht gut.«

Ihre Stimme brach. Mr. Burke musste nicht fragen, um wen es ging.

JoJo ließ die Spielzeugmaus und kam zurück, als sie Deenies erstickte Stimme hörte. Die kleine Hündin sprang auf die Couch und kletterte auf Deenies Schoß – ihre winzigen Pfoten und ihr fast nicht vorhandenes Gewicht spendeten süßen Trost. Deenie stellte ihre Teetasse ab und streichelte den Hund.

»Ich dachte mir, dass das der Fall ist«, sagte Mr. Burke sanft.

Deenie schluckte und kämpfte mit den Tränen. »Sie will nicht, dass es jemand weiß.«

»Das kann ich verstehen.« Mr. Burke sah auf den Couchtisch, auf die Medikamentenbox und den dünnen Umschlag daneben.

Es war eine Rechnung vom Pflegedienst. Deenie erkannte sie. Als Bittys nächste Angehörige hatte sie reichlich davon gesehen. Ihr fiel der Name des Unternehmens ins Auge, und da erinnerte sie sich, wo sie die junge Pflegerin schon einmal gesehen hatte.

Die Rechnung hatte nichts mit betreutem Wohnen zu tun.

Deenie erstarrte und vergaß für einen Moment ihren Kummer über Bittys Schicksal. Sie sah Mr. Burke an. Er lächelte. »Es ist okay«, murmelte er.

Tränen schwammen in ihren Augen. »Wie lange erhalten Sie schon Hospizpflege?«

Er wirkte so gesund und fit für einen Mann Ende achtzig. Sein Verstand arbeitete noch ausgezeichnet.

»Nicht lange. Sie glauben, mir bleiben noch ein paar Monate. Prostatakrebs. Bei der Diagnose sagten sie, es würde zehn Jahre dauern, bevor der mich umbringt. Die Ärzte meinten, ich würde vorher an etwas anderem sterben. Das war vor zwölf Jahren. Tja, mich hat nichts anderes vorher erwischt.« Sein Lächeln verriet große Ruhe. Wie konnte er so ruhig sein?

Ihr Kinn zitterte, und Mr. Burke kniff die Augen zusammen. »Hey, lass gut sein. Ich gehöre zu den Glücklichen. Ich werde mit schönen Erinnerungen gehen. Ohne Reue. Allerdings wünschte ich, mir bliebe noch Zeit für ein paar weitere Abenteuer.« Er legte sanft seine Hand auf ihre. »Such die Abenteuer, Nadine. Du kannst noch so viel Geld auf der Bank haben, aber mehr Leben kriegst du dafür nicht.«

Sie schürzte die Lippen. »Das hat Bitty früher immer gesagt.«

»Na, sie hat es von David«, erklärte er in Anspielung auf seinen verstorbenen Mann. »Der war sehr carpe diem.«

»Ich wünschte, ich hätte ihn kennengelernt.«

Mr. Burke sah sie zärtlich an. »Ich auch. Er wäre begeistert gewesen von dir. Und von diesem kleinen Mädchen.« Er streichelte JoJos seidigen Kopf. »Du wirst dich um sie kümmern, nicht wahr? Ich habe sie impfen und ein tierärztliches Zertifikat ausstellen lassen. Du kannst sie also überallhin auf der Welt mitnehmen.«

Sie presste die Lippen zusammen und konnte nur nicken.

Sein Lächeln war so sanft. »Man glaubt immer, es bliebe einem noch viel Zeit. Es ist erstaunlich, wie rasch sie vergeht.«

25. Kapitel

Es klingelte an der Tür.

Deenie klingelte eigentlich nicht mehr. Das war Connors erster Hinweis darauf, dass etwas anders war.

Der zweite Hinweis war die Art, wie sie ins Haus stürmte und drauflosplapperte.

»Ich will nichts bereuen.« Sie marschierte an ihm vorbei, direkt auf die Küche zu. Maximus lief erwartungsvoll neben ihr her.

Connor schaute ihr nach, dann folgte er ihr langsam. »Das will ich auch nicht.«

Auf keinen Fall wollte er, dass sie etwas taten, was einer von beiden bereuen würde. Den ganzen heutigen Tag über hatte er sich gesagt, er könne dankbar dafür sein, dass gestern Abend nicht mehr passiert war. Während er schlief, war sein Verstand zurückgekehrt, dem Himmel sei Dank.

»Das Leben ist zu kurz.«

Sie riss seinen Kühlschrank auf und nahm eine Dose des pinkfarbenen Erdbeer-Kiwi-Cider heraus, den er seit einiger Zeit für sie kaufte, für die Abende, an denen sie länger blieb und sie sich gemeinsam einen schlechten Film ansahen.

Er selbst trank das Zeug nicht. Es war ihm viel zu süß, aber Deenie liebte es.

Sie wirbelte zu ihm herum. »Bitty hat immer gesagt, wenn man von einer Sache nie mehr bekommt, dann ist das Zeit. Nutz die Chancen, die sich dir bieten, denn du weißt nie, ob sie wiederkommen. Betrachte alles als einmalige Gelegenheit. ›Man kann mehr Geld auf die Bank schaffen, aber mehr Leben kriegt man dafür nicht.‹«

Aufgebracht öffnete sie die Dose, hob sie jedoch nicht an die Lippen, sondern hielt sie fest in der Hand.

»Ich dachte immer, sie redet vom Reisen und dass Erfahrungen wichtiger sind als das Bankkonto. Jetzt bin ich mir nicht mehr sicher, was genau sie gemeint hat.« Sie lief in der Küche auf und ab, während Max um sie herumsprang, weil er dachte, das sei ein Spiel. »Sie stirbt.«

Die Worte wogen schwer, und er machte unwillkürlich einen Schritt auf Deenie zu, die Hand zum Trost ausgestreckt. Doch sie sah ihn gar nicht und lief weiter hin und her.

»Sie verschwindet vor meinen Augen, und jetzt auch noch Mr. Burke …« Sie schüttelte den Kopf. »Bitty war die Einzige, die mich verstanden hat. Ich wollte sein wie sie. Ich wollte das Leben auskosten. Aber was, wenn ich zu sehr damit beschäftigt bin, all diesen Dingen hinterherzujagen, und dadurch die Abenteuer hier verpasse? Was, wenn es gar nicht darum geht, ständig neuen Dingen nachzujagen, sondern darum, den Augenblick achtsam wahrzunehmen, und sei es hier?« Jetzt sah sie ihn an. »Mit dir.«

Ihr Blick ging ihm durch und durch. »Deenie …« Er war sich nicht ganz sicher, weshalb sie eigentlich hier war.

»Ich weiß, dass ich nicht deine Frau fürs Leben bin. Ich

weiß, diese Geschichte hat ein Verfallsdatum. Aber fühlt es sich denn nicht an, als gebe es einen Grund dafür, dass wir beide zusammen sind?«

Connor hielt sich an der Kante der Kücheninsel fest. »Ally färbt auf dich ab.« Die redete dauernd von Zeichen und dem Willen des Universums.

Deenie stellte ihr unberührtes Getränk geräuschvoll ab.

»Ich will dich.« Die Worte hingen zwischen ihnen, unverblümt und simpel. »Ich weiß, es ist eine schlechte Entscheidung«, räumte sie ebenso ungeschönt ein. »Ich bin die Königin der schlechten Entscheidungen. Aber wenn du mich auch willst, warum nicht? Wir sind beide erwachsen und wissen, worauf wir uns einlassen und worauf nicht.«

Weil es unbesonnen ist, flüsterte seine Vernunft.

Weil ich süchtig nach dir werde, warnte ihn die Vorsicht.

Weil ich es nicht riskieren darf, mich wieder ohnmächtig zu fühlen, sobald mir die ganze Geschichte um die Ohren fliegt, schloss seine Furcht.

Aber dann biss Deenie sich auf die Unterlippe und sah ihn mit ihren großen blauen Augen an, in denen die Verletzlichkeit schimmerte – und sein Herz kickte all diese Stimmen weg.

Er hob die Hand und strich mit dem Daumen sanft über ihre Lippe, auf die sie gerade gebissen hatte.

Warum nicht? Aus vielerlei Gründen.

Trotzdem neigte er den Kopf, hielt ihren zwischen den Händen, nahm ihre prickelnde Energie und Sinnlichkeit in sich auf.

Es war lediglich Kompensation. Nur eine Affäre. Ein Strohfeuer, heiß und schnell auflodernd und ebenso rasch wieder erloschen.

»Keine Reue«, murmelte er an ihren Lippen und hoffte, nicht einen Riesenfehler zu begehen.

Sie krallte die Finger in sein Hemd, was ihm den letzten Rest an Verstand raubte und ihn in die beste schlechte Idee seines Lebens trieb.

26. Kapitel

»Wann bringst du Deenie mal zum Essen mit?«

Connor stöhnte leise. Damit hätte er rechnen müssen.

Blumenduft erfüllte die Luft. Der Frühling hielt Einzug in Pine Hollow, und der Wochenmarkt fand an seinem Schönwetterstandort statt. An diesem sonnigen Samstagmorgen im Mai war der Marktplatz mit den bunten Markisen der Stände geschmückt.

Ally war hier irgendwo und warb mit Fotos der hinreißenden neuen Bewohner des Tierheims, aber Connor konnte sie in dem Labyrinth nirgends entdecken. Max hatte ihren Geruch glücklicherweise auch noch nicht in der Nase. Der Wolfshund hielt wachsam Ausschau, blieb jedoch an Connors Seite, ohne an der Leine zu zerren, während Connor und seine Mutter von Stand zu Stand schlenderten.

Der labyrinthische Wochenmarkt in Pine Hollow funktionierte besser als ein Casino in Vegas, wenn es darum ging, die Besucher ins Zentrum zu locken und die Fluchtrouten zu verbergen. Seit fast einer Stunde gingen sie an den Obst- und Gemüseständen vorbei, deren Angebot wegen der frühen Jahreszeit noch begrenzt war.

»Wir sind nur Freunde«, erinnerte er seine Mutter – was ja auch nicht komplett gelogen war. Sie waren tatsächlich Freunde. Und noch ein bisschen mehr.

Viel mehr.

Die vergangenen Wochen waren der reinste Wahnsinn gewesen. Wunderbarer Wahnsinn, weil er sich vorübergehend davon verabschiedet hatte, vernünftige Entscheidungen zu treffen. Nur würde er das seiner Mutter nicht auf die Nase binden.

»Du solltest sie heute Abend zum Essen mitbringen«, sagte seine Mutter unbeirrt.

Fast wäre er mit der Wahrheit herausgeplatzt. *Sie kann heute nicht. Sie ist bei der Brautparty ihrer Schwester in Burlington.* Auf keinen Fall sollte seine Mutter mitbekommen, dass er Deenies Termine im Kopf hatte.

»Damit du die ganze Zeit davon schwärmen kannst, was für ein hübsches Paar wir abgeben würden? Nein, danke. Wir sind nicht zusammen.« Jedenfalls nicht *so*.

Aber sie waren sehr gut darin, es vorzugaukeln.

Deenie hatte ihn zum Dinner der Kanzleipartner begleitet und erneut alle mit ihrem Charme verzaubert. Allmählich fühlte er sich wie ihr Begleiter, statt andersherum – und er liebte es. Er war jetzt viel entspannter bei diesen geschäftlichen Veranstaltungen und fühlte sich wohler im Gespräch mit seinen Kollegen. Deenie hatte den Druck von ihm genommen, schlagfertig und witzig sein zu müssen, denn das war sie ja schon die ganze Zeit.

Er war nach wie vor bei den Dating-Apps angemeldet, hatte aber seit Wochen nicht mehr hineingeschaut. Er wusste, dass das mit Deenie vorübergehend war und nicht exklusiv –

das hatten sie einander sehr klar versichert –, aber er wollte sich momentan mit niemandem sonst treffen. Natürlich waren er und Deenie nicht richtig zusammen, aber es gefiel ihm gut, so zu tun, als ob, und mit ihr halbwegs regelmäßige Treffen zu haben.

Sie war die perfekte Affäre – lustig, leidenschaftlich und überraschend –, und wenn es vorbei war, was unausweichlich passieren würde, würde er sich wieder ernsthaft auf die Suche machen. Nachdem er sich die Hörner abgestoßen hatte. Mit Deenie. Noch so eine überraschende Sache.

Dabei konnte er sich nicht vorstellen, sie eines Tages über zu haben. Allerdings würde sie irgendwann genug von ihm haben. Sie würde weglaufen. Das wussten sie beide. Es war nur eine Frage der Zeit.

Und deshalb wollte er gar nicht erst, dass seine Mutter Gefallen an ihr fand.

»Sie trainiert nur Max«, versicherte er ihr.

»Und das macht sie toll, oder, Max?«, lobte seine Mutter den Hund, der sich vorbildlich verhielt.

Der Vorwand Hundetraining würde nicht mehr lange funktionieren, denn mittlerweile war Max auf dem Weg, der besterzogene Hund in Pine Hollow zu werden. Deenie arbeitete noch gelegentlich mit ihm, aber häufiger kam sie jetzt vorbei, um Connor zu sehen. Gestern Abend erst …

Rasch verdrängte er die Erinnerung, damit seine Mutter ihm nicht womöglich etwas anmerkte.

»Ich sage ja nur, dass ich sie mag«, erklärte seine Mom und beugte sich herunter, um Spargel zu begutachten.

»Du bist ihr erst einmal begegnet. Für fünf Sekunden.«

Seine Mutter sah zu ihm hoch. »Sie ist aber nun mal witzig. Und du bist glücklich. Glücklicher, als du je mit Monica warst. Ich *mag* sie.«

Deenie war kein Vergleich zu Monica. Deenie machte aus allem ein Fest. Sie war die wandelnde Freude, schenkte ihre ganze Aufmerksamkeit den Menschen um sich herum und gab ihnen das Gefühl, etwas Besonderes zu sein. Aber es lag nicht nur an Deenie, dass er sich unbeschwerter fühlte.

Max stieß gegen seine Hüfte, und Connor passte die Leine an. »Weißt du, möglicherweise hat mein Glücklichsein gar nichts mit ihr zu tun. Ich stehe kurz davor, Partner in der Kanzlei zu werden.«

Etwas flackerte in den Augen seiner Mutter auf. »Ich bin ohnehin stolz auf dich. Das weißt du.«

»Natürlich. Trotzdem will ich Partner werden.« Er hatte immer gewusst, dass er nicht der Beste sein musste, damit seine Mutter stolz auf ihn war. Aber das hinderte ihn nicht daran, ihretwegen dennoch der Beste sein zu wollen.

»Arbeite nur nicht zu hart. Du tauchst in den Tunnel ab und vergisst alles um dich herum. So warst du schon immer.«

»Ich arbeite nicht zu hart«, versicherte er ihr. Und diesmal war es nicht gelogen.

Und das wiederum war tatsächlich Deenies Werk. Es lag nicht nur am Sex, obwohl das eine sehr willkommene Ablenkung war. Sie streamten Filme und aßen Popcorn – und verbrachten fast so viel Zeit damit, über die Filme zu diskutieren, wie sie anzusehen. Mit Deenie gab es ständig irgendetwas zu diskutieren, und irgendwie liebte er das. Ben war zum Teil deshalb sein bester Freund, weil er genauso gern diskutierte und argumentierte wie Connor. Aber Deenie mochte es noch mehr, falls das überhaupt möglich war. Und es gab viel zu diskutieren. Zu bald jedem Thema schienen sie unterschiedliche Auffassungen zu haben, doch nie hatte er sich lebendiger gefühlt als bei dem Versuch, sie argumentativ zu überflügeln. Sie stellte immer eine Herausforderung dar. Und ihr verbales Sparring war zum Vorspiel geworden.

»Nimm dich nur in Acht. Wir neigen in der Familie zu Herzproblemen.«

Connor horchte auf. »Wirklich? Ist alles in Ordnung mit dir?«

»Mir geht's gut«, versicherte seine Mutter ihm, hakte sich bei ihm unter und bewegte sich auf den nächsten Stand zu. »Mitch hat mich vor einigen Monaten dazu überredet, den Arzt zu wechseln – der andere hörte mir einfach nicht zu. Der neue Arzt hat Tests mit mir durchgeführt, und es ist alles gut. Es hat sich herausgestellt, dass ich keine Operation benötige, dem Himmel sei Dank. Ich habe nur neue Medikamente bekommen.«

Connor erschrak bei dem Wort Operation. »Was denn für Medikamente? Was für Tests? Wann war das?«

»Vor ein paar Monaten. Im Februar. Ich wollte dich nicht beunruhigen.«

»Mich nicht beunruhigen? Mom, bitte.« Er nahm die Stände um sie herum nicht mehr wahr. »Falls es ein Problem gibt, will ich es erfahren.«

»Wir wussten nicht genau, ob es ein Problem gibt. Und du bist immer so gestresst. Da konnte ich dich damit nicht auch noch behelligen.«

»Du hast mit Mitch darüber geredet, aber nicht mit mir?« Offenbar registrierte Maximus, dass er nicht bei der Sache war, und nutzte diesen Moment, um auf einen anderen Hund zuzustürmen. Connor ermahnte ihn mit ruhiger Stimme, aber in ihm brodelte es.

»Mitch hat mir auch gesagt, dass ich es dir erzählen soll. Aber wie hätte ich dir das auch noch aufbürden können?«

»Du bürdest mir doch nichts auf. Du lässt mich daran teilhaben, um damit nicht allein zu sein.« Nur war sie ja gar nicht allein gewesen. Sie hatte Mitch gehabt. Unsinnige Eifersucht meldete sich in ihm.

Seine Mutter schüttelte den Kopf. »Als du klein warst, habe ich nicht immer die richtigen Entscheidungen getroffen. Ich habe mich zu sehr auf dich verlassen. Ich habe dich zu schnell erwachsen werden lassen.«

»Nein, hast du nicht, Mom …«

»Lass mich ausreden.«

Er hielt den Mund.

»Ich habe dir zu viel aufgebürdet, als du klein warst. Ich habe zugelassen, dass du dir selbst zu viel aufbürdest. Du musst dich nicht um mich kümmern, Connor …«

»Das will ich aber«, unterbrach er sie, worauf sie ihn durchdringend ansah. Seine Ohren glühten, und er schluckte herunter, was er hatte sagen wollen. »Tut mir leid.«

»Du warst schon immer so selbstständig und tüchtig. Nie hast du mir einen Grund zur Sorge gegeben. Und heute, wo ich nicht mehr bloß über die Runden zu kommen versuche, weiß ich, wie hart du gearbeitet haben musst, damit ich beruhigt bin. Es war nicht gut, dass du das musstest. Du warst das Kind, ich die Erwachsene. Nun bist du erwachsen, aber ich werde dich trotzdem immer beschützen wollen. Verstehst du das?«

Er nahm ihre Hand. »Ich will dich auch beschützen. Du bist der wichtigste Mensch in meinem Leben. Und wenn dir etwas passiert wäre und ich etwas hätte tun können, du mir aber gar nichts davon *erzählt* hättest, weil ich mir keine Sorgen machen soll …«

»Schätzchen, nichts ist passiert. Mir geht es gut. Ich nehme nur neue Medikamente.«

»Aber du konntest nicht wissen, dass es so ausgeht. Etwas war nicht in Ordnung. Deshalb hat man die Tests mit dir durchgeführt. Deshalb bekommst du neue Medikamente. Und du hast es mir nicht erzählt. Mom, du musst mir solche Sachen sagen.«

Sie schürzte die Lippen und nickte steif.

Mitch tauchte auf, mit einem breiten Grinsen und einer Bäckereitüte. »Schaut ihr euch immer noch Gemüse an? Ich dachte, da seid ihr längst weg.«

Connor ließ das Thema ruhen; doch es blieb ein leises Unbehagen über diese Auseinandersetzung zurück.

Auch am Abend war das Unbehagen noch nicht verflogen, als er sein Haus betrat und Deenie in der Küche klappern hörte. Maximus rannte zu ihr, um sie zu begrüßen.

»Du bist schon zurück?«, rief er, als er um die Ecke bog.

»Warum hast du überhaupt kein Junkfood da?«, wollte sie wissen, im Türrahmen zur Speisekammer stehend. »Hast du eine Aversion gegen Tortillachips, von der ich wissen sollte?«

Sie begrüßte Maximus, der einem zum Glück vor Freude nicht mehr die Pfoten auf die Brust legte. Connor lehnte sich gegen die Arbeitsfläche. »Wer nicht einkauft, darf sich nicht beklagen«, erwiderte er.

Sie verzog das Gesicht. »Ich schulde dir eine Packung Bio-Popcorn, oder?«

»Ach, deine Popcorngewohnheiten kann ich mir leisten.« Er griff an ihr vorbei, extra ihre Schulter streifend, um das Bio-Popcorn aus dem Regal zu nehmen; dann holte er aus einem unteren Fach die Popcornmaschine.

Der Hund legte sich auf den Boden, in der Hoffnung auf Popcorn, das in seine Richtung flog.

»Bist du dir sicher, dass du keinen Popcornvertrag aufsetzen willst?« Deenie schwang sich auf die Kücheninsel und beobachtete Connor, der sich in der Küche hin und her bewegte. Sie trug kurze weiße Shorts, kreuzte die Beine an den nackten Knöcheln und ließ sie sanft schwingen. »Ich weiß doch, dass du deine Juristensprache liebst.«

»Ich werde einen mündlichen Vertrag akzeptieren. Ausnahmsweise.« Er nahm eine kleine Pfanne und begann mit der Zubereitung des Karamells, weil Deenie es auf ihrem Popcorn liebte.

Ihr Blick ruhte auf seinem Bizeps, während er Zucker, Salz und Wasser in der Pfanne verrührte. »Wir haben uns nicht sonderlich gut an die Klauseln des anderen Vertrages gehalten.«

Der andere Vertrag, der vorsah, »Komplimente und kitschige romantische Bemerkungen auf das in der Öffentlichkeit Notwendige zu beschränken«, war inzwischen so häufig gebrochen worden, dass sie nicht mehr mitzählten.

»Ich könnte einen Zusatz formulieren.«

Sie verdrehte die Augen und schnupperte anerkennend. »Machst du da Karamell?«

»Du wirst dir deine Zähne kaputt machen. Das Zeug ist übel für Füllungen«, erinnerte er sie, während er weiter umrührte. »Wie war die Party?«

»Ganz gut.« Deenie zog ein Gesicht, aber sie klang nicht so ätzend wie sonst, wenn sie von den Hochzeitsdingen erzählte. »Sehr beige. Aber der Dinkelsalat war köstlich. Offenbar mit Minze.« Sie rümpfte die Nase. »Alle wollten mit mir nur über dich sprechen. Und die nennen sich Feministinnen.«

Da er etwas in ihrer Stimme wahrnahm, drehte er sich am Herd um. »Na ja, ich bin eben ziemlich unglaublich.« Er umfasste ihre Knie, und sie spreizte die Beine lächelnd, als er sie zu sich heranzog. Sie rutschte auf dem glatten Granit bis zur Kante, bis ihre Knie seine Hüften umklammerten.

»Stimmt«, gab sie zu. Sie kreuzte die Handgelenke in seinem Nacken und sah ihm in die Augen; ihre funkelten und waren mit blauem Glitzerlidschatten geschminkt. »Aber das sage ich dir lieber nicht. Dein Ego ist schon groß genug.« Sie beugte sich dem Kuss entgegen, unterbrach ihn aber nach kurzer Zeit wieder. »Lass mein Karamell nicht anbrennen.«

Connor schnaubte. »Jawohl, Ma'am.« Er wandte sich wieder dem Herd zu und fuhr mit der Zubereitung des Karamells fort, während das Popcorn anfing zu ploppen.

»Wie geht es deiner Mom?«

Connor machte ein gequältes Gesicht.

Deenie schnappte dramatisch nach Luft. »Hast du gerade etwa *eine Grimasse* gezogen, als ich dich nach deiner heiligen Mutter gefragt habe? Connor Wyeth! Ich bin schockiert!«

»Sie hat mich angelogen.«

Der amüsierte Ausdruck verschwand von Deenies Gesicht. »Was ist passiert?«

»Eigentlich hat sie nicht richtig gelogen«, stellte er klar und betrachtete das Karamell, statt Deenie anzusehen. »Sie war krank – oder nicht krank, musste sich jedoch einigen Tests unterziehen, weil etwas mit ihrem Herzen nicht stimmte. Und jetzt nimmt sie Medikamente. Alles scheint wieder in Ordnung zu sein, nur hat sie es mir erst erzählt, nachdem sich herausgestellt hat, dass es nichts Ernstes war. Unter Umständen hätte sie operiert werden müssen – wahrscheinlich hatte sie Angst und hat es mir trotzdem nicht erzählt. Mitch war für sie da. Und wenn nun doch etwas passiert wäre?«

»Hey.« Sie glitt von der Arbeitsfläche, schlang von hinten die Arme um seine Taille und schmiegte ihre Wange an seinen Rücken. »Es geht ihr gut«, erinnerte sie ihn.

»Ich weiß. Ich bin nur wütend, weil sie es mir nicht erzählt hat.«

»Bleib nicht lange wütend«, riet sie ihm, und ihr Atem bewegte das Hemd an seinem Rücken. »Zeit ist zu kostbar.«

Er legte seine Hand auf ihre Hände, die über seinem Bauch gefaltet lagen. »Werde ich nicht.«

Dann unterhielten sie sich über ihre Tante und darüber, wie deren Erinnerung immer mehr zu verblassen schien.

»Nutze den Tag«, murmelte er, und die Worte klangen wie ein Versprechen. Es war ihr Mantra geworden, eine sanfte Ermahnung für sie beide, ganz im Augenblick zu leben, weil sie wussten, dass das zwischen ihnen nicht von Dauer sein würde.

Connor war noch nie impulsiv gewesen. Er war ein Planer und überließ sich nicht einfach dem Augenblick. Doch jetzt schaltete er den Herd aus.

Deenie spähte an seiner Schulter vorbei. »Was tust du?« Er hörte die Skepsis in ihren Worten. Es war nie eine gute Idee, sich zwischen Deenie und Süßigkeiten zu bringen – aber er würde dafür sorgen, dass sie etwas davon hatte.

Er drehte sich zu ihr um. »Ich nutze den Tag.«

Der Kuss war sanft und gemächlich.

Sie löste sich von ihm und sah ihn beleidigt an. »Ich hatte mich auf das Karamell gefreut.«

»Ich werde dir neues machen«, versprach er. »Später.«

Dann zog er sie an sich – sie passte perfekt in seine Arme.

27. Kapitel

»Seid ihr, du und Connor, heimlich zusammen?«

Deenie trug gerade das breite Brett für die Hundewippe und erschrak über Allys Worte so heftig, dass sie es sich prompt auf den Fuß fallen ließ. Sie stieß einen kurzen Schrei aus, zog ihren Fuß unter dem Brett hervor und taumelte rückwärts. Dabei stolperte sie über den Plastiktunnel und landete auf dem Po.

Ally hob die Brauen und presste die Lippen zusammen, um nicht loszulachen. »Das deute ich mal als ein Ja.«

Colby, der Bernhardiner, der ihnen beim Aufbau des Agility-Parcours draußen zugeschaut hatte, trottete zu Deenie hin und stupste mit seinem riesigen Kopf gegen ihren, um sich zu vergewissern, dass alles okay war. Deenie kraulte ihn hinter den Ohren, dann schob sie ihn weg, um aus dem feuchten Gras aufstehen zu können.

»Ich bin *nicht* mit Connor zusammen«, erklärte Deenie, doch dann zwang ihre Aufrichtigkeit sie, hinzuzufügen: »Wir schlafen nur miteinander.«

Ally riss die Augen auf. »Ich kann nicht glauben, dass Ben recht hatte. Normalerweise hat er überhaupt keine Antennen für solche Dinge.«

»Er hat ja auch gar nicht recht«, behauptete Deenie. »Da ist nichts weiter. Wir benutzen uns gegenseitig für Sex – und gelegentlich geben wir uns für den Partner des anderen aus, wie es ursprünglich vertraglich vereinbart war.«

»Bist du dir sicher, dass das alles ist?«

Deenie hob das Brett auf und manövrierte es an seinen Platz. »Es ist eine Affäre, sonst nichts. Mit einem Ablaufdatum.«

»Weil er objektiv heiß ist.«

Deenie kniff die Augen zusammen. »Genau.«

Ally nickte und brachte die Rampe, die sie vorher hinausgetragen hatte, in Position. Dies war der letzte Schritt zur Wiederbelebung von Furry Friends. Die Hundewiese auf der hinteren Weide wurde schon täglich von Bewohnern des Ortes genutzt. Allys Haustierfotografie hatte sich etabliert, und sie hatte mittlerweile sogar ein paar menschliche Kunden. Anmeldungen für das Hundetraining kamen auch stetig, und die ersten Hunde zur Tagespflege waren auch schon da gewesen.

Furry Friends war jetzt offiziell modernisiert. Deenie hatte nicht vorgehabt, länger zu bleiben, nachdem das Unternehmen angelaufen war, aber vielleicht würde Bitty noch gute Tage haben. Und Kirstens Hochzeit war erst in einem Monat. Normalerweise hätte Deenie jetzt nach Flügen gesucht und ihre Flucht vorbereitet, auch wenn sie noch nicht wegkonnte. Doch aus irgendeinem Grund meldete sich ihr Fernweh nicht.

Sie betrachtete den Parcours, in dessen Mitte der Bernhardiner lag. Colby war unendlich träge, aber Hunde wie Elinors Australian Shepherd waren dafür wie geschaffen. »Dory wird begeistert sein.«

Ally betrachtete ebenfalls zufrieden ihre Arbeit und nestelte an den Bändern ihres Furry-Friends-Hoodies. »Gehst du zu Elinors Geburtstag am Mittwoch?«

»Ja, wir werden da sein«, rutschte es Deenie heraus, und sofort verbesserte sie sich: »Ich werde da sein.«

Ally sah sie an. »Es ist okay, wenn ihr zwei ein *Wir* seid.«

»Sind wir aber nicht«, beteuerte Deenie. »Wir haben nur eine Weile Spaß zusammen. Ich muss hier sein für die Hochzeit meiner Schwester nächsten Monat, und Connor ist ein angenehmer Zeitvertreib.«

»Es muss nicht enden, weißt du?«, meinte Ally zögernd. »Du könntest hierbleiben, einen Hund adoptieren … vielleicht will dir das Universum gerade zu verstehen geben, dass du bleiben sollst.«

Es war verlockend – viel zu verlockend –, aber Deenie schüttelte den Kopf. »Du kannst auf das Universum hören. Ich höre auf meinen Kopf und mein Herz, und die sagen mir beide, dass etwas Langfristiges mit Connor in eine Katastrophe münden würde.«

Auch wenn sie noch nicht bereit dazu war, es zu beenden. Was immer das nun war zwischen ihnen.

»Er ist ein guter Typ«, ließ Ally nicht locker.

»Das weiß ich. Aber wir sind wie Hund und Katze. Glaub mir, es ist besser so.«

Ally nickte – und etwas funkelte zwischen ihren Fingern, als das Licht darauf fiel. Sie nestelte gar nicht an ihrem Hoodie, wie Deenie jetzt erkannte, sondern hielt etwas, das an einer Kette befestigt war und das sie unter dem Pullover verbarg.

»Was ist das?«

Ally hörte auf, die Hand zu bewegen, und wirkte plötzlich nervös. »Wir wollten es erst nach Elinors Geburtstag erzählen, um ihr bei der Party nicht die Show zu stehlen. Aber es fühlt sich falsch an, dich nicht einzuweihen.«

Ally trat näher, den Gegenstand an der Kette flach auf der Hand haltend.

Es war ein Diamantring.

Deenie staunte. »Ihr habt euch verlobt?«

Ally grinste schief. »Überraschung.«

»Wie lange … Wann ist das passiert? Ally! Herzlichen Glückwunsch!« Deenie hatte ihren Schock sowie den komplizierten Mix aus Emotionen überwunden und umarmte ihre Freundin.

»Danke. Es war letztes Wochenende. Als du auf der Brautparty deiner Schwester gewesen bist. Astrid hat ihm geholfen. Es war so süß. Offenbar hatten sie das seit Wochen geplant – ich habe keine Ahnung, wie er Astrid dazu gebracht hat, es für sich zu behalten. Er meinte, er wollte mich schon seit einer ganzen Weile fragen, aber wie Ben nun mal ist, musste alles in einer bestimmten Reihenfolge stattfinden. Er fand, wir seien wegen der Renovierung seines Hauses ein bisschen überstürzt zusammengezogen, und deshalb wollte er mir erst den Antrag machen, wenn jeder wieder für sich wohnt, damit ich nicht einfach annehme, es wäre so am einfachsten.« Sie schüttelte lächelnd den Kopf. »Manchmal kann er wirklich ein Idiot sein.«

Deenie grinste. »Dann vermute ich mal, du hast nicht Ja gesagt, weil es einfacher war, als Nein zu sagen.«

»Ach, wir schleichen beide seit Monaten um den heißen Brei herum und reden über die Zukunft. Es war klar, dass wir irgendwann heiraten und noch mehr Kinder haben wollen.

Und da rechnet er ernsthaft damit, ich könnte Nein sagen?« Ally verdrehte die Augen. »Männer.«

»Wow.« Eine neue, eigenartige Gefühlsmischung entstand in Deenie, zu komplex, um sie zu analysieren. »Du wirst *heiraten*. Ich meine, anscheinend habe ich es kommen sehen, aber *wow*.«

Ally wirkte auf einmal unsicher. »Du hältst es nicht für verfrüht? Die Hochzeit wird nicht vor Weihnachten stattfinden, aber wir kennen uns erst seit fünf Monaten.«

»Ehrlich, ich bin erstaunt, dass ihr so lange gewartet habt. Ihr seid beide für eine Beziehung geboren. Und zufällig passt ihr großartig zusammen.«

»Wirklich?« Ally sah erleichtert aus.

»Und ob.«

»Nur unsere Familien wissen es bis jetzt«, erklärte Ally. »Und Ben will nach wie vor erst sein Haus fertig bekommen und es zum Verkauf anbieten, bevor wir offiziell das Farmhaus von meinen Großeltern kaufen. Er und Astrid werden nicht gleich einziehen – und wir wollen alle, dass du bleibst. Das ist einer der Gründe, weshalb ich Angst hatte, es dir gleich zu erzählen. Ich wollte nicht, dass du das Gefühl bekommst, wir drängen dich hinaus.«

»Natürlich nicht«, versicherte Deenie ihr, obwohl ihr gleich eine ganze Anzahl neuer Deadlines im Kopf herumschwirrten.

Ally und Ben hatten extra beteuert, es sehr langsam angehen lassen zu wollen, aber sie hatte es kommen sehen. Sie hatte gewusst, dass die beiden zusammenziehen würden. Und sie würden nicht wollen, dass Deenie dann weiterhin bei ihnen wohnte.

Jetzt war es also so weit.

Deenie tippte den Türcode ein und betrat Connors Haus, begrüßte Max und lauschte auf das vertraute Geräusch von Connor, der gerade telefonierte.

Sie wusste nicht, warum sie hergekommen war. Ally war bei Ben, und sie hätte das Farmhaus für sich allein gehabt. Aber seit sie von Bens und Allys Verlobung wusste, war da ein gewisses Unbehagen.

Sie freute sich für die beiden. Aber sie spürte auch, dass es nicht mehr so weitergehen würde wie in den vergangenen Wochen. Die unausweichliche Veränderung würde kommen. Der Moment, wenn Bitty und Mr. Burke nicht mehr da sein würden. Wenn Ally und Ben zusammenleben und Hunde und hinreißende Babys großziehen würden. Und wenn Connor mit jemand anderem verheiratet wäre …

Sie war stets nach Pine Hollow zurückgekehrt. Es kam einer Heimat am nächsten. Aber vielleicht würde sie diesmal nicht mehr zurückkommen. Es war besser so.

Diese Gedanken waren es, die sie heute zu Connors Haus geführt hatten.

Nutze den Tag, sagte sie sich.

Denn schon bald wäre dieser Tag vergangen.

Sie ging nach hinten zu seinem Arbeitszimmer und wartete, bis er das Telefonat beendet hatte, ehe sie in den Türrahmen trat. »Hey.«

Connor warf ihr einen Blick zu und schien Bescheid zu wissen. »Ally hat es dir erzählt?«

Sie streichelte Max' Kopf, der sich an sie lehnte. »Und Ben hat es dir erzählt?«

»Ich bin sein Trauzeuge.«

»Oh. Klar.« Diese Worte hatten etwas unfassbar Ernüchterndes. Nicht dass sie Allys Trauzeugin sein wollte. Aber die Hochzeitsfeier war gar kein Thema gewesen. Connor als Trauzeuge passte natürlich. Er und Ben waren seit Ewigkeiten befreundet. Und Deenie blieb nie allzu lange.

»Alles okay mit dir?«, erkundigte er sich, ohne aufzustehen; er blieb in dieser Haltung, die stets verriet, dass er noch halb in Gedanken bei der Arbeit war. »Wie war der Aufbau des Hindernis-Parcours?«

»Agility-Parcours. Ganz gut. Anstrengend. Wahrscheinlich wird mir eine Woche lang alles wehtun. Ich hatte keine Ahnung, wie schwer eine Wippe sein kann.«

Er richtete den Blick wieder auf seinen Bildschirm. »Du solltest ein Bad im Jacuzzi nehmen, das entspannt die Muskeln.«

»Ich bin immer noch leicht traumatisiert vom letzten Mal, als ich in die Nähe deines Jacuzzis gekommen bin.«

Er lächelte bei der Erinnerung daran. »Achte darauf, dass die Wasserlinie oberhalb der Düsen liegt. Glaub mir, du wirst es lieben. Der Jacuzzi ist einer der Hauptgründe, weshalb ich das Haus gekauft habe.«

»Arbeitest du länger heute?« Sie sollte nicht bleiben, sondern nach Hause fahren. Diese Sache vergessen.

»Ein bisschen. Ich muss noch ein paar Dinge zu Ende bringen.«

Sie nickte und wollte gehen, doch seine Stimme stoppte sie.

»Deenie, ist alles in Ordnung mit dir? Bist du sauer wegen der Hochzeitsgeschichte?«

»Nein, selbstverständlich nicht. Es bringt einen nur ins Grübeln, oder?« Darüber, wie Connor eines Tages jemandem einen Antrag machen würde. Einer Frau wie Elinor. »Ich bin für so etwas nicht geschaffen«, sagte sie, damit er es nicht vergaß und sie auch nicht. *»Für immer und ewig.«*

Connor nickte, aber da war etwas in seinen Augen, ehe er den Blick abwandte. »Nimm lieber kein Schaumbad, denn sobald die Düsen an sind, schäumt der Wasserdruck alles wie verrückt auf. Du würdest den ganzen Raum befüllen.«

»Gut zu wissen.«

Connor versuchte sich auf seine Arbeit zu konzentrieren und nicht daran zu denken, dass Deenie in diesem Augenblick oben im Jacuzzi lag. Und nicht an die Neuigkeiten, die Ben ihm vor knapp einer Stunde überbracht hatte.

Es waren gute Neuigkeiten. Er freute sich für Ben und Ally. Woher kam also diese Beklemmung?

Ich bin für so etwas nicht geschaffen …

Er verdrängte die Erinnerung an Deenies Worte und verließ zwanzig Minuten später seinen Schreibtisch. Maximus schlief wieder auf der Couch – Deenie hatte Connor gefragt, ob Max lernen sollte, nicht dort zu schlafen, aber der Hund wirkte so glücklich, wie er dort ausgestreckt lag, dass Connor es nicht übers Herz brachte. Allerdings war ihm nur die Couch gestattet, nicht mehr das Klettern in den Bürosessel, als wäre er noch ein Welpe, der auf den Schoß genommen werden wollte.

Sie hatten eine gute Balance gefunden. Er und Max und Deenie.

Genau daran hatte er denken müssen, als Ben ihm von der Verlobung erzählte. Ben hatte so glücklich ausgesehen. So entspannt. Er war ein bisschen rührselig geworden und hatte Connor gefragt, ob er sein Trauzeuge werden wolle – und da war Connor selbst ein wenig rührselig geworden.

Er hatte Ben einiges zu verdanken.

Sein Freund hatte verhindert, dass er zum Einsiedler geworden war und sich in Selbstmitleid ertränkt hatte. Sosehr er sich mitunter darüber geärgert hatte, dass seine Freunde ständig auftauchten, war er heute froh, dass sie nie aufgegeben hatten. Da war es das Mindeste, dass er seinen Beitrag als Trauzeuge leistete.

In Gedanken bei der Hochzeit, stieg er die Treppe hinauf. Sein Schlafzimmer war leer und still – kein Summen der Whirlpooldüsen –, und die Tür zum Badezimmer stand offen.

»Deenie?«

»Hier drin!«, rief sie aus dem Badezimmer.

Connor trat ein – und musste sich ein Lachen verkneifen.

Er hätte sich denken können, dass sie seine Bemerkung hinsichtlich eines Schaumbads eher als Herausforderung denn als Warnung nehmen würde.

Sie lag unter Schaumbergen, aus denen auf der einen Seite nur ihr hochgerecktes Kinn und auf der anderen ihre Zehen herausschauten. Es sah aus wie eine Filmszene, freigegeben ab sechs, in der die Illusion von Keuschheit aufrechterhalten werden sollte.

»Willst du mir Gesellschaft leisten?«, fragte sie und hob eine Handvoll Schaumbläschen an.

Er zog seine Krawatte ab, die Deenie scherzhaft seine Hauskrawatte nannte, obwohl er doch auch bei Videokonferenzen auf sein Aussehen zu achten hatte. »Du siehst aus wie Julia Roberts. Bin ich Richard Gere in diesem Szenario?«

»Ich verzichte darauf, beleidigt zu sein, weil du mich gerade mit einer berühmten Leinwandprostituierten verglichen hast, denn zufällig liebe ich diesen Film.«

Connors Gesicht glühte in der dampfenden Luft. »Ich meinte nicht …«

»Ich weiß«, unterbrach sie ihn gut gelaunt. »Ehrlich gesagt bin ich erstaunt, dass du *Pretty Woman* überhaupt kennst.«

»Ich kann mir romantische Komödien durchaus ansehen.« Er fing an, sein Hemd aufzuknöpfen.

Sie hob die Brauen, weil er gleich so klang, als müsste er sich dafür rechtfertigen. »Du hasst unlogische Sachen. Romantische Liebeskomödien sind ein Vorwand, um zugunsten von Liebe auf jegliche Logik zu verzichten.«

Klappte es deshalb bei ihm mit der Liebe nicht? War er einfach nicht blöd genug, um für die Liebe alle Vernunft über Bord zu werfen?

Connors Miene verdüsterte sich, doch Deenie bemerkte es nicht, sondern zeichnete Muster in den Schaum.

»Danke für den Tipp mit dem Schaumbad«, sagte sie. »Ich habe dich gar nicht für den Schaumbadtypen gehalten.«

»Das war Monica, ehrlich gesagt«, gestand er, während er sich die Schuhe mit den Zehen abstreifte. »Sie war diejenige, die entdeckt hat, was für ein Chaos durch das Zusammenspiel von Jacuzzi und Badeschaum entsteht.«

Deenie legte den Kopf schief und beobachtete ihn. »Ich wusste gar nicht, dass ihr hier zusammengelebt habt.«

Natürlich wusste sie das nicht. Er hatte Deenie nie von Monica erzählt.

Er hatte seinen Online-Dates von ihr erzählt, stets auf sehr sachliche Weise. Beim Kennenlernen ging es schließlich auch darum, etwas von der eigenen Vergangenheit preiszugeben. Bei Deenie hatte er das nicht für nötig erachtet – trotzdem kannte sie ihn inzwischen besser als jedes dieser digitalen

Dates. Die Sache mit Monica war dennoch ein weißer Fleck geblieben. Eine Lücke, über die er einfach nicht hatte sprechen wollen.

Sie musterte ihn. »Elinor meinte, ihr seid verlobt gewesen.«

Er saß auf dem Wannenrand, um sich die Socken auszuziehen. »Hat sie dir auch erzählt, dass Monica per Post-it zwei Wochen vor der Hochzeit mit mir Schluss gemacht hat?«

Deenie verzog das Gesicht. »Ja, möglicherweise hat sie das erwähnt.«

Connor nickte, sah sie jedoch nicht an, sondern tat, als falte er seine Socken zusammen. »Damals hielt ich mein Leben für perfekt. Perfekter Job, perfekte Verlobte, perfektes Haus, um unsere zukünftigen perfekten Kinder darin großzuziehen. Monica und ich haben jeden Schritt gemeinsam geplant. Ich war mir so sicher, dass wir uns einig sind – und dann komme ich nach Hause und finde einen Zettel, auf dem sie mir mitteilt, dass sie das nicht kann. Sie sei nicht *glücklich* und wolle nach Indien, um sich selbst zu finden.« Er seufzte. »Ich habe ihre Ausgabe von *Eat, Pray, Love* verbrannt. Es hat nicht geholfen.«

Er schaute sich in dem großen Badezimmer um und sah es in einer anderen Zeit. Als er noch glaubte, sein Leben verliefe in der richtigen Bahn.

»Dieses ganze Haus wurde zu einem Mahnmal für meinen gigantischen Irrtum. Ich hasste es sogar ein bisschen. Bis …«

Bis zu dir.

Er konnte sich die Worte gerade noch verkneifen. Wieder kam ihm ihre Bemerkung in den Sinn: *Ich bin nicht dafür geschaffen. Für immer und ewig.*

Damit hatte sie ihn gewarnt. Sie wusste, dass er sich zu sehr auf ihre Affäre einließ. Sie wusste, dass er sich in sie verliebte.

Warum sonst hätte sie das sagen sollen? Sie musste ihn daran erinnern, dass sie nicht bleiben würde.

Und er hatte sich fest vorgenommen, sich nicht in sie zu verlieben.

Er war ein solcher Idiot. Wie war er bloß auf die Idee gekommen, seine Gefühle kontrollieren zu können? Er hatte immer versucht, diese Dinge zu planen, aber dann lachte das Schicksal ihn aus.

»Gab es keine Vorwarnung?«, wollte Deenie wissen. Und für einen Moment glaubte er, sie frage, ob er gemerkt habe, dass er sich in sie verliebte.

Dann erinnerte er sich. Monica.

»Rückblickend würde ich schon sagen, dass es Zeichen gab«, räumte er ein. »Aber ich habe sie nicht gesehen. Nicht darauf geachtet. Ich bin wohl einfach davon ausgegangen, dass sie bleiben würde. Wenn man sich an jemanden bindet, dann richtig. Mir ist nicht in den Sinn gekommen, dass ich sie infrage stellen müsste.«

Und heute stellte er alles infrage.

»Connor ...« Deenies Stimme kam sanft aus dem Schaumberg. »All diese Dinge ... dass sie weggelaufen ist ... das hatte mit ihr zu tun. Nicht mit dir. Du bist toll. Und du wirst ein toller Vater und Ehemann sein.«

Nur eben nicht für dich.

Er hob eine Braue; Skepsis war seine beste Verteidigung gegen das Verlangen. »Diese Worte aus deinem Mund? Von der Frau, die mich für einen unerträglichen Snob hält?«

»Du bist wirklich ein unerträglicher Snob«, meinte sie. »Du bist aber auch ein toller Mann. Ich bin vielleicht nicht die Frau, die mit einem solchen Mann zusammen sein kann, aber glaub mir, du gehörst zu den Guten. Jede Frau, die noch bei Verstand ist, kann das sehen.«

Ja, aber können sie mich genug lieben, um zu bleiben?

Natürlich behielt er diesen Gedanken für sich. Was nützte Selbstmitleid auch?

Ausgerechnet die Menschen, die einen nicht lieben wollten, waren besonders gut darin, einem zu versichern, wie liebenswert man doch war. Wenn nur die Praxis sie nicht widerlegen würde. Deenie war so überzeugt davon, dass er die perfekte Liebe finden würde – nur würde es dann nicht *sie* sein. Das durfte er nicht vergessen.

Selbst als er zu ihr in den Jacuzzi stieg. *Nutze den Tag.*

28. Kapitel

The Tipsy Moose Pub war eine von zwei Bars in Pine Hollow – und die einzige mit Karaoke. Deenie war zum Karaoke-Abend noch nie hier gewesen, deshalb hatte sie keine Ahnung, ob der gemütliche Pub immer so voll war oder ob die Leute alle nur wegen Elinors Geburtstag da waren. Aber wenn sie hätte raten müssen, hätte sie auf Letzteres getippt.

Sie wusste, dass Elinor singen konnte – die beiden waren über respektlosen Weihnachtsliedern im Dezember Freundinnen geworden –, aber sie hatte nicht erwartet, dass die zurückhaltende Bibliothekarin sich im Rampenlicht so wohlfühlte. Sie teilte sich die kleine Bühne mit Magda von der Bäckerei und Kendall vom Ski-Resort. Die Frauen hatten die Arme umeinandergelegt, während sie die ersten Zeilen von *I Will Survive* ins Mikrofon kreischten.

Möglicherweise hatten die Geburtstagsschnäpse ihre Begeisterung befeuert.

Ben und Ally tanzten inmitten der Menge, zusammen mit Connor und Mac – der sich das Songbuch schnappen sollte, um mit Deenie ein Duett zu singen. Der Besitzer des Diner hatte bereits *I Believe* aus *The Book of Mormon* zum Besten gegeben und war entschlossen, Deenie mit ihm zusammen auf die Bühne zu bekommen. Es war allerdings nicht schwer gewesen, sie zu überzeugen, doch nun war Mac abgelenkt durch Elinors, Magdas und Kendalls berauschten Vortrag.

Alle in der Bar tanzten, lachten und sangen laut mit, bis auf den ruhigen, breitschultrigen Levi, der auf einem Barhocker neben Deenie saß und mit angespannter Miene die Bühne fixierte.

Deenie lehnte sich neben ihm auf den Tresen und verschränkte die Arme, während sie beobachtete, wie Connor Elinor betrachtete. »Hast du gewusst, dass sie so gut singen kann?«

Magda und Kendall fingen an zu lachen, aber Elinor trug den Song weiter vor, mit einer Stimme, die in eine Talentshow gehörte. Elinor war richtig gut.

Levi wandte den Blick nicht von der Bühne ab, weshalb sie zuerst dachte, er hätte sie gar nicht gehört. Aber dann meinte er knapp: »Ja, wusste ich.«

Deenie musterte seine ausdruckslose Miene. »Gewinnst du eigentlich immer, wenn ihr Jungs pokert?«, fragte sie.

Er stutzte kurz. »Normalerweise. Warum fragst du?«

»Du hast das beste Pokerface, das ich je gesehen habe.« Trotzdem hatte sie die vage Ahnung, dass da etwas mit Elinor im Gange war. Ein Mann sah eine Frau nicht auf diese Weise an, wenn sie ihm gleichgültig war. »Warum hast du Connor gesagt, er solle sein Glück bei Elinor versuchen?«

Jetzt wandte Levi sich ihr zu – und entdeckte in ihren Augen mit Sicherheit zu viel. »Keine Sorge. Wird er nicht.«

Sie errötete prompt. »Ich mache mir keine Sorgen deswegen.« Bisher hatten sie niemandem erzählt, dass sie zusammen waren. Waren sie ja auch nicht wirklich. Aber Levi hatte es gesehen. Oder hatte Connor es seinen Freunden erzählt?

Deenie sah wieder zur Bühne. Warum musste Elinor auch in allem gut sein? Das war geradezu beängstigend. Sie war klug und tüchtig – die Sorte Mensch, die perfekt zu Connor passte. Und jetzt musste sie auch noch eine so gute Sängerin sein? War das vielleicht fair?

Wie sollte Deenie damit konkurrieren? Allerdings war es kein Wettbewerb. Diese Geschichte mit Connor war nur vorübergehend. Elinor war für etwas Dauerhaftes geschaffen.

Der Song endete mit stürmischem Applaus. »Wirst du singen?«, fragte sie den Mann aus Stein neben ihr.

Er tippte auf sein Ohr. »Null musikalisches Gehör. Du solltest es bei Connor versuchen. Der ist fast so gut wie Elinor.«

»Du machst Witze.«

Connor hatte sich rundweg geweigert und behauptet, er singe schrecklich.

Deenie drehte sich auf ihrem Hocker um und hielt Ausschau nach ihm. In diesem Moment verließ Elinor schwungvoll die Bühne und landete in seinen wartenden Armen.

Deenies Mut sank auf einen neuen Tiefststand.

»Das war beeindruckend.« Connor fing Elinor auf, als sie beinah von der Bühne angeflogen kam und auf dem unebenen Boden ins Stolpern geriet. Lachend hielt sie sich an seinen Armen fest, bis sie ihre Balance wiedergefunden hatte. »Galt das jemand Bestimmtem?«

Elinor stieß sich ein wenig heftiger als nötig von ihm ab, aber ihr Lächeln war ganz unschuldig. »Ich weiß nicht, wovon du sprichst.«

»Klar.« Sie traten zur Seite, als eine der anderen Lehrerinnen der Pine Hollow Elementary die Bühne erklomm und eine sehr freie Version von *Eleanor Rigby* vortrug. »Amüsierst du dich gut, Geburtstagskind?«

»Hervorragend«, antwortete sie und stupste ihn an. »Und du? Hast du jemanden mitgebracht? Ich habe dich auf ›Match‹ gesehen. Schön, dass du dich wieder unter Leute begibst.«

»Ja.« Nur hatte er sich in den vergangenen Wochen nicht viel unter Leute begeben. Jedes Mal, wenn er ein Online-Date in Erwägung zog, fand er irgendetwas an der Frau auszusetzen. Die Wahrheit lautete jedoch: Er war einfach gerne mit Deenie zusammen. »Fast hätte ich dich angerufen, nachdem du bei der App als Treffer erschienen bist. Das war …«

»Ziemlich schräg.« Elinor nickte. »Offenbar spinnt der Algorithmus ein bisschen.«

»So verrückt ist das gar nicht. Du bist ein analytischer Typ, und ich bin es auch. Keiner von uns beiden ist verrückt. Ehrlich, ich verstehe nicht, weshalb wir nie ein Date hatten.«

Sie lachte. »Weil Levi dich sonst umgebracht und die Leiche irgendwo versteckt hätte, wo niemand sie je findet.«

»Früher vielleicht, aber jetzt nicht mehr. Als ich ihm erzählt habe, die App hätte uns als mögliches Paar aufgeführt, meinte er, ich solle es ruhig probieren.«

Für einen ganz kurzen Moment, kaum wahrnehmbar, wirkte sie gekränkt.

»Das ist lächerlich«, sagte sie viel zu heiter. »Du bist wie ein Bruder für mich.«

»Ich bin mir sicher, er wusste genau, dass ich es nie probieren würde«, bemühte sich Connor um Schadensbegrenzung.

Elinors kleine Schwester Charlotte nutzte diesen Moment,

um von hinten die Arme um Elinor zu schlingen. »Geburtstagskind! Nicht verstecken! Du musst den nächsten Song aussuchen!«

Charlotte zog die grinsende Elinor in die Menge, und Connor hielt nach Deenie Ausschau. Doch der Platz an der Bar, wo sie gesessen hatte, war leer.

»Was machst du hier draußen?«

Die Terrasse war mikroskopisch klein, mehr eine schmutzige Raucherecke, aber zumindest war es hier ruhig, und niemand war da. Außerdem tat die kühle Abendluft gut. Deenie wusste nicht, wie lange sie dort schon stand und mit ihrem Mojito in der Hand zu den Sternen hinaufschaute, als Ally sie fand.

Sie sah zu ihrer Freundin hin und war immer noch ein wenig aufgewühlt. »Connor und Elinor sind bei einer dieser Dating-Apps als Match ermittelt worden.«

Allys Gesicht nahm einen vorsichtigen, beschwichtigenden Ausdruck an. »Okay …«

»Ich bin nicht betrunken«, fuhr Deenie sie an. »Na ja, nicht sehr jedenfalls. Aber überleg mal. Elinor wäre genau die Richtige für Connor. Selbst ein Computerprogramm findet das.«

Allys Brauen schossen in die Höhe. »Erinnerst du dich noch, wie du mich ausgelacht hast, weil ich fest davon überzeugt war, dass Ben mit Elinor verlobt ist?«

»Ja, aber das hat sich alles nur in deinem Kopf abgespielt. Das hier ist real. Es geschieht tatsächlich. Connor hat selbst gesagt, sie seien perfekt füreinander. Ich hab's gehört.«

»Und warum sucht er dann drinnen nach dir?«, fragte Ally. »Connor ist nicht an Elinor interessiert. Er ist an dir interessiert.«

»Aber wie lange?«, platzte Deenie heraus – und errötete prompt, weil diese Frage so viel verriet. »Ich bin nicht das, was er will.«

»Ist er denn das, was du willst?«, fragte Ally sanft.

»Das weiß ich nicht.« Deenie war sich immer so sicher gewesen, was sie wollte. Warum wusste sie es jetzt nicht mehr? Wann war alles so verwirrend geworden?

»Falls er derjenige ist, den du willst, darf ich dir dann einen kleinen Rat anbieten?«, wollte Ally vorsichtig wissen. »Du müsstest es ihm tatsächlich auch sagen.« Sie stellte sich neben Deenie, sodass ihre Schultern sich berührten. »Du bist so selbstbewusst. Das habe ich stets an dir bewundert. Aber du bist auch ziemlich auf der Hut.«

»Das ist gar nicht meine Absicht«, sagte Deenie.

Aber das stimmte nicht. Sie war auf der Hut. Und selbstbewusst war sie auch nicht. Sie rechnete nie damit, dass jemand sie so akzeptierte, wie sie war. Sie konfrontierte die Menschen mit ihren Unzulänglichkeiten und provozierte sie, ihr wahres Ich zu sehen. Aber sie ließ niemanden an sich heran. Nicht einmal Ally, die eine ihrer besten Freundinnen geworden war.

»Auch wenn du uns auf Distanz hältst, du bist liebenswert.« Ally nahm ihre Hand und verschränkte die Finger mit Deenies. »Und ich weiß, dass Connor genauso denkt.«

»Ich bin nicht das, was er will«, wiederholte sie.

»Na und? Vielleicht bist du besser. Ich finde dich jedenfalls ziemlich unglaublich. Ich würde dich auf der Stelle bitten, zu meiner Hochzeit zu kommen, wenn ich nicht gleichzeitig versuchen würde, dich nicht zum Bleiben zu drängen.« Sie stieß mit ihrer Schulter sanft gegen Deenies. »Macht Connor dich glücklich?«

Das war eine leichte Frage. Aber sie hob nicht automatisch alle anderen auf. »Er will eine wie Elinor.«

»Was macht dich so sicher, dass er weiß, was er will? Warst du nicht diejenige, die gesagt hat, man müsse die Männer mit der Nase direkt auf das stoßen, was sie brauchen? Und mal ehrlich, was hat Elinor nur an sich, dass alle deine Unsicherheiten zum Vorschein kommen?«, wunderte Ally sich.

»Sie ist auf ärgerliche Weise vollkommen.«

»Wer ist vollkommen?«

Sie sahen beide gleichzeitig zur Tür, wo das Geburtstagskind persönlich stand. »Ist alles in Ordnung mit euch? Mac sucht nach dir. Er meinte, ihr zwei wolltet singen.«

»Stimmt«, bestätigte Deenie. »Sorry. Wir haben nur ein kleines Beziehungsdrama hier draußen.«

Elinor sah zu Ally. »Ist alles okay zwischen dir und Ben?«

»Es geht um mich«, sagte Deenie, und dann wagte sie es einfach: »Wirst du dich mit Connor treffen? Ich weiß, dass die Dating-App euch als Match ermittelt hat. Und es ist okay, wenn du das willst.«

»Warum gibt jeder mir auf einmal die Erlaubnis, Connor zu daten? Ich bin gar nicht an ihm interessiert, jedenfalls nicht so. War ich auch nie.«

»Es würde dir also nichts ausmachen, wenn ich etwas mit ihm habe?«

Ein Ausdruck huschte über Elinors Gesicht, und Deenie spürte ihre Zweifel wie ein Messer zwischen den Rippen.

»Du findest, ich bin nicht gut genug für ihn.« Sie wusste, dass sie zu aggressiv klang, aber es musste heraus. *Sprich es als Erste aus, dann tut es nicht so weh.*

»Darum geht es nicht«, erwiderte Elinor.

»Aber du findest, wir passen nicht zusammen.« Natürlich dachte Elinor das. Deenie fand es ja selbst.

»Ich will nur nicht, dass er verletzt wird«, erklärte Elinor milde. »Er ist ein guter Kerl. Ein guter Freund. Er war am Boden zerstört, als Monica ihn verlassen hat. Wir haben es alle gesehen, und du … du *gehst*. Das ist dein Ding.«

»Vielleicht will ich gar nicht mehr, dass es mein Ding ist«, gab sie zurück.

Alle erschraken; Deenie war von diesen Worten ebenso geschockt wie Ally und Elinor.

War es wirklich das, was sie wollte? Bleiben? Ein normales, geordnetes Alltagsleben führen?

Und selbst wenn sie das wollte – was, wenn es nicht seinen Vorstellungen entsprach?

»Ich sollte hineingehen und Mac suchen«, erklärte sie.

Mac war der Typ Mann, mit dem sie zusammen sein sollte. Locker. Süß.

»Deenie …« Elinors Stimme stoppte sie. »Ich habe es nicht so gemeint … Ich weiß nicht, was ich gemeint habe.«

Deenie öffnete den Mund, nicht mal sicher, was sie sagen wollte, als die pure Angst aus ihr sprach: »Selbst wenn ich bleibe, will er mich vielleicht gar nicht.«

»Dann ist er ein Idiot«, sagte Elinor knapp.

Deenie schnaubte. »Das aus dem Mund einer Frau, die sich nie Gedanken darüber machen musste, ob sie gut genug ist.«

»Deenie.« Elinor legte ihre Hände auf Deenies Schultern. Die Geste strahlte Selbstsicherheit und Bestimmtheit aus. »Du bist gut genug. Das ist offensichtlich. Du bist großartig. Und nun steh dazu.«

»Ja!«, meldete sich eine weitere Stimme, die Mac gehörte,

der auf die Terrasse gestolpert kam. »Zeigen wir ihnen, wie toll wir sind! Was singen wir?«

Deenie umarmte Elinor. »Danke«, flüsterte sie, kurz bevor Mac rief: »Umarmung!«, und sie beide umschlang.

»Warum hast du nicht gesungen?«

Deenie taumelte leicht zur Seite, weshalb Connor ihren Ellbogen umfasste, sodass sie das Gleichgewicht auf ihren hohen Absätzen wiederfand – was ihm einen finsteren Blick eintrug. Miss Sunshine and Glitter war offenbar ein wenig streitlustig, wenn sie betrunken war. Ally, Elinor und Mac hatte sie allerdings den ganzen Abend umarmt. Anscheinend war er der Einzige, auf den sie aus irgendeinem Grund wütend war.

»Levi meinte, du hättest eine großartige Stimme«, sagte sie herausfordernd, als er nicht gleich antwortete.

»Levi sollte lieber den Mund halten.«

»*Elinor* findet das ganz bestimmt.« Die Party war ziemlich spektakulär zu Ende gegangen. Das Geburtstagskind hatte den Polizeichef zur Rede gestellt und ihn darüber informiert, dass er kein Recht dazu habe, irgendeinen Kommentar dazu abzugeben, wen sie datete und wen nicht. Connor fühlte sich ein bisschen verantwortlich dafür, aber da es sich um Elinor und Levi handelte, hatte das wohl so kommen müssen.

»Hast du Angst, dass du albern wirkst, wenn du singst?«, wollte Deenie wissen, gerade als er anfing zu hoffen, sie habe ihre Frage vergessen. »Wir wirken doch alle albern. Darum geht's doch beim Karaoke. Aber du, mit dem Stock in deinem süßen Hintern, kannst natürlich kein bisschen albern sein. Neee, du nicht!«

Sie stolperte auf dem Gehsteig, und er fing sie erneut auf.

Sie hatte mit der von zu vielen Geburtstagsschnäpsen befeuerten Entschlossenheit verkündet, sie wolle zu Fuß nach Hause gehen. Connor, der nüchtern war, hatte es sich zur Aufgabe gemacht, dafür zu sorgen, dass sie heil ankam. Und weil er diese streitlustige Version des Sonnenscheins Deenie irgendwie amüsant fand.

»Warum hast du nicht gesungen?«, verlangte sie erneut zu erfahren und klammerte sich diesmal aus einigen Zentimetern Entfernung an ihn.

»Ich bin kein Sänger.«

»Nein.« Sie schob ihn von sich und marschierte ein paar Schritte. »Du bist *Anwalt*. Du bist Mr. Perfect. Du und deine *Grübchen*.«

»Du hast ein Problem mit meinen Grübchen? Ich lerne eine ganze Menge heute Abend.«

»Die sind einfach nicht *fair*. Du darfst nicht klug und nett und erfolgreich sein und obendrein diese sexy Grübchen haben. Es gibt schließlich *Regeln*.«

»Ich werde es mir merken.«

Sie nickte. »Gut.«

Sie gingen schweigend weiter, bis das Farmhaus in Sicht kam und Connors Neugier siegte. »Was hast du eigentlich heute Abend zusammen mit Mac gesungen?«

»*Take Me or Leave Me*. Aus *Rent*.« Das letzte Wort sprach sie derartig explosiv aus, dass er einen Moment brauchte, bis er begriff, dass sie das Musical meinte. »Es ist eigentlich für zwei Frauen geschrieben, aber Mac hat es als Joanne rausgehauen.«

»Es schien sehr pointiert zu sein.« Er erinnerte sich nicht an den ganzen Text, aber von Mac kam eine Menge darüber, Listen im Schlaf zu erstellen und ein Kontrollfreak zu sein, während Deenie davon sang, ein Tiger im Käfig zu sein, der frei sein müsse.

»Das Lied ist gut«, sagte Deenie übertrieben unschuldig.

»Es ist ein Lied über das Ende einer Beziehung.«

Sie blieb abrupt auf der Auffahrt stehen und drehte sich zu ihm herum. »Ist es das, was du willst? Die Beziehung beenden?«

»Ist es das, was *du* willst?«

Sie schüttelte vehement den Kopf, aber was sie dann sagte, schien dieser Geste zu widersprechen. »Wir hätten wissen müssen, dass es niemals funktionieren würde.«

»Deenie.«

»Ich bin so blöd. Warum bin ich so blöd? Ich kann nicht glauben, dass ich mich in dich verliebt habe.«

»Was?« Er war wie benommen.

Sie drehte sich weg, ging weiter und rief in die Nacht: »Wer verliebt sich denn in den Kerl, in den man nur vorgibt, verliebt zu sein? Ich. Wer sonst.«

Sie war fünf Schritte die Auffahrt entlanggegangen, ehe er merkte, dass sie weglief. »Deenie! Stopp!«

Er holte sie ein und hielt sie fest.

Die Worte kamen einfach so. »Ich liebe dich auch.«

Entsetzen spiegelte sich in ihren Augen wider. »Sag das nicht.«

»Das ist nicht die Reaktion, die ich mir erhofft hatte. Allerdings hatte ich auch nicht vor, es dir zu sagen, wenn du betrunken und nicht bei Sinnen bist.« Er sah ihr in die glasigen Augen. »Wirst du dich überhaupt daran erinnern?«

Sie schüttelte den Kopf. »Wir beenden es! Es wird nie funktionieren. Wir sind wie Katz und Maus.«

»Heißt das, wir versuchen es nicht einmal? Ich dachte, du liebst das Risiko.«

»Aber nicht so eines!«, rief sie und machte sich los. »Das ist … Du bist …« Sie ging erneut ein paar Schritte weiter, ehe sie wieder herumwirbelte. »Warum tust du das?«

»Vielleicht will ich mit dir zusammen sein. Nicht so halbherzig, wie es jetzt zwischen uns ist. Vielleicht will ich, dass es echt ist. Und ja, vielleicht macht es mir Angst, daran zu denken, du könntest eines Tages verschwinden. Aber vielleicht weiß ich nur dadurch, dass ich es wirklich will. Hätte ich keine Angst, dich zu verlieren, wie könnte ich dann wissen, dass es wirklich etwas bedeutet?«

»Ich will nicht, dass du Angst hast. Aber wenn wir zusammen sind, wirst du Angst haben. Du wirst nie darauf vertrauen, dass ich bleibe, und ich werde mich hier gefangen fühlen. Es wird uns zermürben. Es wird uns zerstören.«

»Und wenn nicht? Was, wenn es funktioniert?« Er kam näher, ob sie es wollte oder nicht. »Du hast selbst gesagt, dass du noch nie eine echte Beziehung hattest. Was, wenn es dir gefällt? Was, wenn es toll ist?«

»Du versuchst, alles zu kontrollieren …«

»Du etwa nicht? Tust du das nicht auch, indem du Leute wegstößt? Deine Gefühle zu beherrschen versuchst? Niemanden nah an dich heranlässt, um nicht verletzt zu werden? Du bist mindestens ein solcher Kontrollfreak wie ich. Du verbirgst es nur hinter pinkfarbenen Strähnen und einem Reisepass mit einer Million Stempel darin. Aber das zwischen uns will ich nicht kontrollieren. Ich will dieser Sache eine Chance geben, Deenie. Was, wenn wir glücklich werden? Warst du denn nicht glücklich?«

Tränen schimmerten in ihren Augen. »Um was bittest du mich?«

»Bleib. Das ist alles. Nur: bleib.«

»Connor …«

»Sag, dass du bleiben wirst.«

In seinem Blick lag eine Mischung aus Hoffnung, Angst und Verletzlichkeit, aber sie schien sich nicht abwenden zu können. Sie biss sich auf die Unterlippe.

Ihre Antwort kam geflüstert: »Okay.«

29. Kapitel

Das Wochenende um den Memorial Day war fantastisch – der Sonnenschein tauchte alles in idyllische Perfektion. Und Deenies Stimmung war nicht weniger sonnig.

Allerdings täuschte sie sie auch gut vor. Schließlich nahmen sie an Connors Firmenpicknick teil, und sie schuldete ihm vertraglich ein lächelndes Date ... auch wenn alles, was jenseits dieses Vertrages lag, trübe und festgefahren war.

Ja, sie hatte zugesichert, zu bleiben. Sie *wollte* bleiben.

Aber was, wenn sie es vermasselte? Sie war nicht gut darin, an einem Ort zu bleiben. War sie nie gewesen.

»Ich bringe Hotdogs.« Connor erschien mit zwei überladenen Papptellern.

Sie schenkte ihm ein strahlendes Lächeln und nahm einen der Teller. »Mein Held.«

Das Firmenpicknick der Kanzlei am Memorial-Day-Wochenende war eine überraschend lockere Veranstaltung, mit Hüpfburg und Schminken für die Kinder und viel gegrilltem Fleisch für die Erwachsenen. Deenie und Connor hatten einen Platz an einem schon vollen Picknicktisch gefunden.

Sie aßen ihre Hotdogs, während rings um sie herum rege Gespräche geführt wurden.

Als sie fertig mit dem Essen waren, gesellten sich die Sterlings zu ihnen. »Was für ein Wetter!«

Deenie lächelte wieder. »Es ist wohl eine Wiedergutmachung des Wettergottes für den vielen Regen in diesem Frühjahr.«

»Ich weiß nicht. Ich mag Regen.« Connor sah kurz zu ihr, und sein Arm streifte ihren, da sie nebeneinandersaßen. Eine Erinnerung an den ersten Kuss im Regen stieg in ihr auf.

Deenie hoffte, nicht zu erröten. Zwei Mädchen, die sie von der Prinzessinnenparty kannte, kamen zum Tisch gerannt.

»Prinzessin Deenie! Du musst dir dein Gesicht schminken lassen! Es gibt so viel Glitzer!«

Deenie zögerte und sah Connor an, aber er grinste. »Nur zu«, ermutigte er sie. »Ich werde ganz sicher kein Glitzerspielverderber sein.«

Die beiden Mädchen hakten sich links und rechts bei ihr ein und führten sie zur Schminkstation. Weitere Kinder umschwirrten sie und machten Vorschläge, wie Deenie sich das Gesicht schminken lassen sollte. Als sie sich endlich auf die perfekten Farben geeinigt hatten, setzte Deenie sich in den Sessel der Schminkkünstlerin. Sie sah zu Connor hinüber, der ihr zuzwinkerte, aber dann bat die Frau sie, in die andere Richtung zu schauen.

Deenie plauderte mit der Visagistin, wenn sie ihr Gesicht nicht stillhalten musste. Die zwei waren sich einig, dass sie unbedingt Visitenkarten tauschen mussten, da es so viele Überschneidungen gab bei dem, was sie taten, und Deenie ja auf unbegrenzte Zeit hierbleiben würde.

Auf unbegrenzte Zeit. Das klang einschüchternd.

»Kopf nach links, bitte«, sagte die Visagistin, und Deenie drehte den Kopf. Sie sah, wie Davis zu Connor ging. Die beiden unterhielten sich, dann erschien ein überraschter, freudiger Ausdruck auf Connors Gesicht. Die Männer schüttelten sich die Hand, und nachdem Davis gegangen war, stand Connor allein da, als wäre er zu verblüfft, um sich zu bewegen. Aber er fand seine Fassung rasch wieder. Er ging bereits auf Deenie zu, als die Schminkkünstlerin verkündete: »Fertig.«

Deenie nahm den Spiegel und bewunderte die zarte fliegende Fee auf ihrem Wangenknochen. Die winzige Fee schaute über die Schulter, als wollte jemand sie fangen und festhalten – möglicherweise war das aber auch nur Deenies Interpretation.

Sie bedankte sich bei der Frau und steckte Geld in die Trinkgeldbüchse. Die Kinder um sie herum zupften an ihren Ärmeln, doch Deenie schickte sie auf eine Mission, die Hüpfburg vor der herannahenden Drachenarmee zu beschützen. So konnte sie wenigstens für einen Moment mit Connor sprechen.

Er wirkte noch immer ein wenig abwesend, als sehe er sie gar nicht. Sie legte die Hand auf seinen Arm. »Ist alles in Ordnung?«

»Alles ist wunderbar«, sagte er mit leiser Stimme, damit nur sie es hörte. »Davis hat mir gerade gesagt, dass ich Partner werde. Noch ist es nicht offiziell. Ich muss noch zwei Wochen warten, bis bei der Teilhaberversammlung die endgültige Entscheidung gefällt wird, aber er glaubt, ich hab's im Sack.« Er sah ihr ins Gesicht. »Und das alles habe ich dir zu verdanken.«

»Das ist lächerlich, das weißt du. Du arbeitest dich seit Jahren für diese Kanzlei krumm.«

»Aber ich wäre wohl nicht Partner geworden. Nicht ohne dich.«

Sie schüttelte den Kopf und versuchte, die Begeisterung aufzubringen, die sie empfinden sollte. »Herzlichen Glückwunsch. Ich freue mich riesig für dich«, sagte sie, als würde es dadurch wahr werden. Sie wollte sich wirklich für ihn freuen. Warum also empfand sie stattdessen ganz anders?

Als wäre sein Triumph ein Sargnagel. Nur dass sie nicht wusste, welcher Sarg eigentlich und warum. Sie wusste nur, dass sie das nicht empfinden wollte.

Zum Glück kam ein Trupp Kinder auf sie zugerannt, die ihre Hilfe im Kampf gegen die imaginäre Drachenarmee brauchte. Das gab ihr die Gelegenheit zur Flucht, bevor sie genauer analysieren konnte, warum sich alles auf einmal so falsch anfühlte.

Den ganzen Nachmittag kam sie ihrer Verpflichtung nach, setzte ihr fröhlichstes Gesicht auf und schlief im Wagen auf der Rückfahrt nach Pine Hollow ein – und diesmal schlief sie wirklich, statt nur so zu tun, als ob, unerklärlicherweise erschöpft von den Aktivitäten des Nachmittags.

Als sie Pine Hollow erreichten, blieb ihnen kaum Zeit, sich Max und den Picknickkorb zu schnappen, bevor sie Ally, Ben, Astrid, Elinor und Mac auf dem Marktplatz treffen wollten, für »Movies in the Moonlight« – eine Pine-Hollow-Sommertradition, bei der alte Filme gezeigt wurden, zu denen die Einwohner des Ortes auf dem Rasen picknickten.

Es war idyllisch. Romantisch.

Und sie musste sich während des ganzen Films zusammennehmen, obwohl *Die Nacht vor der Hochzeit* mit Katharine Hepburn und Cary Grant zu ihren Lieblingsfilmen zählte.

Den Connor natürlich zerpflückte.

Immerhin mit gedämpfter Stimme, um die anderen Leute im Park nicht zu stören. Dafür hörte Deenie seine gemurmelten Kommentare umso besser.

Normalerweise hätte sie den Film verteidigt, doch an diesem Abend schien es ihr sinnlos zu sein. Sie fragte sich, wie sie je hatte glauben können, eine Beziehung mit einem Mann, der *Die Nacht vor der Hochzeit* nicht mochte, könnte funktionieren.

»Die Moral der Geschichte ist also, dass sie zurück in eine Beziehung soll, in der sie sich schlecht fühlt?«, fragte Connor maulig, als sie mit Max heimwärts schlenderten.

Deenie erwiderte gereizt: »Ist dir völlig entgangen, dass er ausgenüchtert und sie lockerer geworden ist, sodass sie wieder zusammenkommen und die Liebe finden konnten, die sie die ganze Zeit schon verbunden hat?«

»Sie mussten sich also beide ändern für ein Happy End?«, gab er zurück; offenbar wollte er die Diskussion unbedingt fortsetzen. Aber sie hörte schon nicht mehr zu.

Darum ging es in romantischen Komödien, oder? Held und Heldin änderten sich, um glücklich zusammen sein zu können. Aber bei Connor und ihr war es anders. Sie hatten nicht *beide* einen Kompromiss gemacht. Nur Deenie.

Connor bekam exakt das, was er immer gewollt hatte, während Deenie …

Sie hatte ihre Wünsche für ihn verdrängt. Sie hatte nachgegeben. Und nun meldete sich Unbehagen.

Connor war sich zu neunzig Prozent sicher, dass er es sich nur einbildete. Aber die übrigen zehn Prozent sagten ihm, dass Deenie sich zurückzog.

Er hatte geglaubt, alles sei geklärt, als sie zugestimmt hatte zu bleiben. Aber jetzt fühlte es sich seltsam an. Er hatte ihr gesagt, dass er sie liebe. Sie hatte es zu ihm gesagt. Trotzdem war es nach wie vor, als wären sie zwei Boxer im Ring, die einander belauerten und auf den K.-o.-Hieb des anderen warteten.

Diese Paranoia war ein Problem.

Ihm war klar, dass er nach Anzeichen für ihre baldige Flucht suchte. Bei Monica hatte er nichts bemerkt, und diesen Fehler wollte er kein zweites Mal begehen. Daher passte er jetzt sehr genau auf – und sah plötzlich überall Warnhinweise.

Gestern Abend beim Kino-Picknick war er besorgt gewesen, weil sie sich nicht so wie gewohnt mit ihm gestritten hatte. Sie hatte ihn nicht »Princeton« genannt und ihn auch nicht ständig mit allem aufgezogen, was er sagte. Als der Film dann losging, hatte er über jede Kleinigkeit gelästert – aber Deenie war seltsam zurückhaltend geblieben.

In jeden ihrer Blicke deutete er etwas hinein, in jeden Wimpernschlag. Er machte sich darauf gefasst, dass etwas passierte. Nach Monica – nach seinem Vater, wenn er ehrlich war – sah er überall emotionale schwarze Löcher, die nur darauf warteten, ihn aufzusaugen. Ja, Deenie hatte gesagt, sie würde bleiben, und das wollte er gern glauben. Nur, wie sollte er das schaffen?

Sie war nicht einmal bei ihm, sondern verbrachte den ganzen Tag auf dem Junggesellinnenabschied ihrer Schwester auf einem Weingut, dennoch konnte er nicht aufhören, sich Sorgen zu machen.

»Wie konntest du Mitch vertrauen, dass er dich nicht verlässt?«

Seine Mutter sah ihn überrascht an. Er konnte es ihr kaum verdenken, da er selbst ein wenig erstaunt war. Für gewöhnlich sprachen sie nicht über Mitch.

Connor und sie – und Max – schlenderten über das Pine-Hollow-Memorial-Day-Festival, für das die Innenstadt gesperrt war. Überall waren Buden und Stände aufgebaut. Furry Friends hatte einen Stand am nördlichen Ende des Marktplatzes, aber als Connor vorgeschlagen hatte, Deenie solle einen Stand für ihre Prinzessinnen machen, hatte sie ihn nur verständnislos angesehen.

»Habe ich einfach«, entgegnete seine Mutter wenig hilfreich.

Connor verzog das Gesicht. »Nach dem, was vorher passiert war, warst du da nicht …?« Er wusste nicht, wie er die Frage formulieren sollte. Zum Glück musste er das auch nicht.

»Mitch war ganz anders als Aaron.« An dem Tag, als er verschwand, hatte sie aufgehört, Aaron Wyeth »dein Vater« zu nennen. »Aber ich weiß, was du meinst. Es ging nicht um ihn, sondern um mich. Wie schafft man es, jemanden an sich heranzulassen?«

»Genau.«

Sie hakte sich bei ihm unter und wich einem kleinen Mädchen auf einem Dreirad aus. »Geht es um Deenie?«

Er zuckte mit den Schultern; glücklicherweise bohrte sie nicht weiter nach.

»Nun.« Sie räusperte sich. »Für mich ging es darum, mich selbst zu kennen. Zu begreifen, dass ich keinen Mann brauche, um mich als ganzer Mensch zu fühlen. Ich hatte einen guten Sohn ganz allein großgezogen. Du warst glücklich und gesund, kamst gut in der Schule zurecht, und ich war zufrieden, auch ohne Beziehung. Aber mein häusliches Nest fühlte sich schrecklich leer an. Es fehlte mir, jemanden zu haben, um den ich mich kümmern konnte. Mir wurde klar, dass ich zwar niemanden brauchte, aber doch jemanden wollte. Mitch brachte mich zum Lachen. Er überließ mir das Tempo – und das war nicht immer perfekt. Er ist ein so umgänglicher Kerl, dass ich manchmal etwas nach ihm werfen wollte, damit er sich aufregte und mal aus sich herauskam. Einmal hielt ich ihm vor, dass ich ihm nicht genug bedeute, weil er mich nie dazu drängte, die Sache zwischen uns ernsthafter anzugehen. Und dann zeigte er mir den Ring, den er seit unserem dritten Date bei sich trug, für den Fall, dass ich bereit sei, ihn zu heiraten. Da hörte ich auf mit meinen Vorwürfen, ihm nicht genug zu bedeuten.«

»Ich bin mir nicht sicher, ob diese Strategie bei Deenie funktionieren würde.« Er konnte sich kaum eine Methode vorstellen, um sie schneller in die Flucht zu schlagen, als einen Heiratsantrag.

»Sie scheint ganz anders zu sein als Monica.«

»Das heißt aber nicht, dass sie nicht auch verschwindet.« Wahrscheinlich war ihre Neigung dazu noch ausgeprägter als Monicas.

Nur … Deenie war nicht so.

Sie war nicht unzuverlässig. Sie machte keine Versprechungen, die sie dann nicht einhielt. Sie entwarf keine Pläne, weil sie sich sonst verpflichtet fühlte, und das widerstrebte ihr. Sie wollte sich nicht eingeschränkt fühlen durch irgendwelche verbindlichen Zusagen. Sie war nicht verantwortungslos. Im

Gegenteil, sie war *äußerst* verantwortungsvoll. Sie achtete sehr darauf, niemanden im Stich zu lassen, und wenn sie sagte, sie würde bleiben …

Sie musste es ernst gemeint haben.

Oder?

Mitch gesellte sich zu ihnen, bevor Connor etwas erwidern konnte, und so hielt er den Mund. Wichtige Dinge besprach er nicht mit dem Mann seiner Mutter.

Aber kurz darauf ging seine Mutter, um jemanden zu begrüßen, sodass Mitch und Connor verlegen schweigend nebeneinanderstanden. Connor erinnerte sich daran, dass Deenie gestichelt hatte, er gebe Mitch keine richtige Chance.

Diesem Mann, der seine Mutter glücklich machte. Der nie drängte, aber nicht, weil ihm etwas gleichgültig war.

»Es sieht ganz danach aus, dass ich Teilhaber der Kanzlei werden kann«, sagte Connor und sprach die Worte zum ersten Mal laut aus, seit er Deenie davon erzählt hatte. Er wusste selbst nicht, warum er es Mitch erzählte. Er hatte es nicht einmal seiner Mutter gesagt.

»Du klingst nicht allzu froh darüber«, stellte Mitch fest.

»Bin ich aber. Ich dachte nur, ich würde mich anders fühlen.«

Mitch nickte langsam. »Warum wolltest du es werden?«

Connor machte den Mund auf … und hatte keine Antwort.

Du hast es geschafft, hatte Davis gestern gesagt. *Wenn es das ist, was du willst.*

Und Connor hatte nur denken können: *Natürlich ist es das, was ich will. Ich habe es immer gewollt.*

Doch das Triumphgefühl war rasch einer gewissen Unruhe gewichen.

Lag es daran, dass es zu gut war, um wahr zu sein? Dass es ihn misstrauisch machte, wie alles sich auf einmal fügte? Oder war es etwas anderes?

»Du weißt hoffentlich, dass deine Mutter stolz auf dich ist, egal, was du tust. Ob du nun Anwalt bist oder …« Mitch ließ den Satz offen, ratlos, daher beendete Connor ihn.

»Hundeausführer?«

»Genau.«

»Ich weiß«, gab Connor zu. »Trotzdem wollte ich in ihren Augen der Beste sein.«

Wieder nickte Mitch. »Ich habe deinen Ehrgeiz stets bewundert. Obwohl er bisweilen ein wenig einschüchternd sein kann.«

»Ich wollte nicht einschüchternd sein …« Er hielt inne. »Eigentlich doch. Wahrscheinlich wollte ich das. Mir ist klar, dass es unsinnig ist, auf dich eifersüchtig zu sein …«

»Oh, keine Sorge. Ich war auch auf dich eifersüchtig«, versicherte Mitch ihm mit einem ungezwungenen Lächeln. »Aber ich bewundere dich auch, Junge.«

Connor sah diesen mit einer unerschöpflichen Ruhe gesegneten Mann an, der offenbar nichts von Konkurrenz hielt – wodurch es frustrierend war, sich in Konkurrenz zu ihm zu sehen. »Ich bewundere dich auch«, gestand Connor und erkannte diese Wahrheit erst, als er sie aussprach.

Seine Mutter kam zurück. Mitch lächelte, und seine leicht veränderte Haltung verriet, dass für ihn dieser kurze Moment gegenseitigen Verstehens vorbei war, jetzt, wo Mele wieder da war.

»Wir sollten mal zusammen ein Bier trinken. Nur du und ich«, erklärte Connor.

Mitch wirkte überrascht, aber er lächelte. »Gern, wirklich.«
Connor sah seine Mutter an und bemerkte Tränen in ihren Augen. »Nicht.«

»Was denn?«, fragte sie. »Ich freue mich nur. Darf ich das nicht?«

30. Kapitel

»Leute, ich bin so glücklich!«

Deenie hatte ihre Schwester noch nie betrunken erlebt. Sie hatte Kirsten nicht einmal beschwipst gesehen. Sie war stets souverän. Stets elegant. Immer beherrscht.

Jetzt aber schwankte sie betrunken hinten im Partybus und trank Rosé direkt aus der Flasche.

Die vornehme Einladung hatte sich nicht nach einem rauschenden Junggesellinnenabschied angehört. Eine Nachmittagstour im Luxusbus durch eine Auswahl an Weingütern, dazu Käseknabbereien. Keine Stripper. Keine phallusförmigen Halsketten. Keine pinkfarbenen Schnäpse – was vermutlich ganz gut war, da Deenie noch immer die Nachwirkungen von Elinors Geburtstagsparty vor zwei Wochen spürte.

Im Grunde hatte Deenie damit gerechnet, sich zu langweilen. Jedenfalls hatte sie nicht erwartet, dass Kirsten und die Brautjungfern nach einem ruhigen ersten Anstoßen mit Champagner dazu übergehen würden, flaschenweise Wein zu kaufen und diesen, zunehmend betrunkener werdend, auf der Fahrt von Weingut zu Weingut direkt aus der Flasche zu trinken.

Deenie hatte nur ein paar Schlucke genommen und war entsprechend nüchtern geblieben, vom Busfahrer abgesehen, der sich über die besäuselten Passagiere zu amüsieren schien.

»Anschnallen!«, rief er, als Kirsten durch den Gang wankte, um sich auf den Sitz neben Deenie fallen zu lassen.

»Hoppla!« Sie kicherte und verkleckerte Wein, ehe sie die Flasche erneut an den Mund hob.

»Sehr vornehm«, sagte Deenie trocken.

»Es ist mein Junggesellinnenabschied. Da muss ich einfach betrunken sein«, verkündete Kirsten. »Das ist Tradition.«

»Mission erfüllt.«

Kirsten prostete ihr mit der Flasche zu und legte seufzend den Kopf an Deenies Schulter. »Deenie Baby, ich bin so froh, dass du dabei bist.«

»Ich auch. Wasser?« Sie vertauschte die halb leere Roséflasche gegen eine Wasserflasche.

Kirsten richtete sich wieder auf. »Im Ernst«, erklärte sie, als hätte Deenie widersprochen, und versuchte sie mit ihren braunen Augen konzentriert anzusehen. Im Gegensatz zu Deenie glich Kirsten ihrer Mutter äußerlich sehr. »Ich kann es nicht fassen, dass du wirklich mitgekommen bist. Du bist nie aufgetaucht, wenn ich dich eingeladen habe.«

»Dann hast du also nicht insgeheim gehofft, ich würde Nein sagen, als du mich zur Hochzeit eingeladen hast?«

»Natürlich nicht! Aber ich habe auch nicht damit gerechnet, dass du zusagst. Du magst mich ja nicht einmal.«

»Kirsten, ich liebe dich.«

»Ich weiß. Ich liebe dich auch. Aber du *magst* mich nicht. Du willst nie mit mir zusammen sein.«

»Kirsten.« Deenie drehte sich ein wenig, um ihre Schwester besser ansehen zu können, und nahm deren Hand. »Ich mag dich. Dass ich ungern zu Besuch komme, liegt nicht daran, dass ich dich nicht mag. Ich habe nur immer das Gefühl, mich bei Familientreffen dafür rechtfertigen zu müssen, wie ich bin. Das ist anstrengend.« Da Kirsten sie nur ratlos ansah, fuhr sie erklärend fort: »Mom und Dad sitzen mir, seit ich denken kann, im Nacken – ich soll etwas Vernünftiges studieren, einen richtigen Abschluss machen, einen richtigen Job finden.«

»Aber du weißt doch, dass mir das alles egal ist.«

Deenie hob eine Braue. »Der Laden?«, erinnerte sie ihre Schwester sanft. Bevor sie heute in den Bus gestiegen waren, hatte Kirsten sie erneut beiseitegenommen und ihr gesagt, Todd habe einen Freund, der sie unternehmerisch voranbringen wolle.

»Ich versuche dir doch nur zu helfen, erfolgreich ...«

»Zu *deinen* Bedingungen.«

»Andere Bedingungen kenne ich nicht«, protestierte Kirsten.

»Ist mir klar. Aber ich will keinen festen Standort mit Angestellten und all diesen Verpflichtungen. Mir gefällt meine Unabhängigkeit. Die gehört einfach zu mir.«

Aber für Connor gab sie die gerade auf. Dieses Unbehagen nagte weiter an ihr, und das Fernweh erwachte.

»Ich will dich doch gar nicht ändern«, versicherte Kirsten ihr. »Ich habe dich immer beneidet.«

Deenie stutzte. »Was?«

»Du warst immer so frei. Für dich galten andere Regeln. Du warst die Rebellin. Deenie Baby, die sich alles erlauben konnte und tat, was sie wollte. Glaubst du vielleicht, ich hätte noch nie Lust gehabt, nach Europa zu gehen? Mir Kunst anzusehen und Café au lait zu trinken?«

Deenie schüttelte den Kopf. »Für mich galten doch keine anderen Regeln, und ich war auch nicht die Rebellin. Ich hab mir nur von Mom und Dad nicht vorschreiben lassen, wie ich mein Leben zu führen habe. Leicht war das überhaupt nicht.«

»Glaubst du etwa, mein Leben war leicht?«, konterte Kirsten.

»Das habe ich nicht behauptet«, sagte Deenie.

»Du hast uns immer weggestoßen und uns unter die Nase gerieben, wie frei du doch bist.«

»Wenn ich euch weggestoßen habe, dann nur deshalb, weil ich ständig das Gefühl hatte, mich für meinen Lebensstil rechtfertigen zu müssen. Was in mir den Willen, anders zu sein, nur verstärkt hat. Zu beweisen, dass daran nichts falsch ist.«

»Niemand hat behauptet, es sei falsch. Wir machen uns nur Sorgen um dich. Wie kannst du glücklich sein ohne Stabilität? Wir alle haben uns Gedanken über deine Zukunft gemacht, und es ist schon eine Erleichterung, dass wir das jetzt nicht mehr müssen.«

Ein ungutes Gefühl breitete sich in Deenie aus. Kirsten nutzte diesen Moment der Unaufmerksamkeit und schnappte sich die Roséflasche wieder. »Wie meinst du das?«

»Nur, dass wir uns für dich freuen. Peter hat immer gesagt, du würdest eines Tages erwachsen werden, aber Peter ist ein Idiot.«

Deenie schnaubte nur, als sie die Meinung ihrer Schwester über ihren einzigen Bruder hörte, der glaubte, stets über alles Bescheid zu wissen.

»Diesmal hatte er recht. Schließlich hat jemand Deenie gezähmt!« Deenie stutzte, während Kirsten weiter schwärmte. »Du hast einen Job, eine feste Adresse und einen verantwortungsvollen Freund. Ich weiß tatsächlich, wohin ich deine Einladungen für die Hochzeitsfeierlichkeiten schicken kann. Dieser Typ hat dich verändert. Und Mom und Dad sind ganz begeistert von ihm.«

Inzwischen schrillten bei Deenie die Alarmglocken.

»Ich bin stolz auf dich. Endlich wirst du sesshaft. Und ich heirate!«

Das letzte Wort schrie sie, was prompt Jubel bei den Teilnehmerinnen der Party auslöste. Deenie war überhaupt nicht nach Jubeln zumute. Sie konnte kaum atmen.

Hatte sie sich wirklich für Connor geändert? War sie zu jemandem geworden, der sie nie hatte sein wollen?

»Ich freue mich so für dich, Deenie Baby.«

Kirsten ließ ihren Kopf wieder auf Deenies Schulter sinken und seufzte zufrieden, während Deenie sich fragte, ob das eine Panikattacke war, was sie da fühlte. Ihre Brust war wie zugeschnürt, und es gelang ihr kein tiefer Atemzug mehr.

Der Drang wegzulaufen wurde übermächtig.

Im Augenblick wusste sie nicht, was sie wollte. Alles war ein einziges Durcheinander. Ihre frühere Unabhängigkeit war jetzt eingeschränkt durch Dinge, die sie tun *sollte*. Sie hatte ihrer Schwester versprochen, zur Hochzeit da zu sein. Connor hatte sie versprochen, zu bleiben. Und nun hielten diese Versprechungen sie gefangen.

Sie griff nach der Flasche Rosé.

31. Kapitel

Es war derselbe Saal. Dasselbe malerisch gelegene Resort. Was für ein Zufall!

Connor stand an dem Ort, an dem er beinah vor sechzehn Monaten Monica geheiratet hätte, und erwartete, dass sich irgendetwas in ihm regte. Bedauern vielleicht oder eine Flut an Erinnerungen. Aber seine Gedanken waren ganz bei Deenie, die gerade für die Hochzeitsfotos posierte.

Die ganze Woche über hatte er sie kaum gesehen. Er wollte nicht paranoid sein. Er hatte einen neuen Beschluss gefasst: Er würde ihr vertrauen und nicht mehr in jede Kleinigkeit etwas hineininterpretieren. Sie hatte zu tun gehabt. Im Tierheim gab es viel Arbeit. Ihre Prinzessinnenkleider waren sehr gefragt. Außerdem hatte sie bei den allerletzten Hochzeitsvorbereitungen geholfen. Und dann waren da noch die Proben und Probedinner und Proben mit der Kosmetikerin und der Hairstylistin. Kein Wunder, dass er sie kaum gesehen hatte. Nein, sie ging ihm nicht aus dem Weg.

Heute Abend würde er sie ausgiebig sehen. Sie würden die Nacht im Hotel verbringen, zusammen mit den meisten anderen Hochzeitsgästen. Max hatte er über Nacht zu Furry

Friends gebracht, ehe er sich mit Deenie traf, die sich schon den ganzen Tag im Resort aufhielt, wo sie auf herkömmliche Weise hübsch gemacht wurde. Selbst das Pink in ihren Haaren schien verblasst.

Sie wirkte sehr kultiviert. Nicht der Hauch von Glitzer, während sie da in ihrem unauffälligen grauen Brautjungfernkleid stand.

Er hatte sie während der gesamten Zeremonie beobachtet. Sie spielte ihre Rolle gut und behielt tapfer ihr Lächeln bei. Aber er glaubte genau zu spüren, dass sie innerlich davonlief, vor ihm und alldem hier.

Die Gruppe stellte sich immer wieder neu auf für die Fotos – die Braut samt Freundinnen, die Familie des Bräutigams, die Familie der Braut. Im Ballsaal mischten sich die Gäste, knabberten Häppchen und erwarteten die Ankunft des frisch verheirateten Paares. Connor hätte drinnen bei ihnen sein sollen, aber der einzige Grund für seine Anwesenheit auf dieser Hochzeit war Deenie. Daher war er hinausgegangen, um beim Fotografieren zuzusehen.

Er erkannte seinen Fehler, als Kirsten ihn entdeckte.

»Connor!« Sie hielt ihren Brautstrauß gebieterisch in die Höhe. »Machen wir eins mit Connor!«

»Oh nein, das ist nicht nötig.« Er hob protestierend die Hand, aber Kirstens Miene war fröhlich-militant geworden.

»Du wirst einer Braut an ihrem Hochzeitstag doch keinen Wunsch abschlagen. Komm her.«

Es wurden gerade Fotos von Deenies Familie mit dem glücklichen Paar gemacht – ihren Eltern, ihren Geschwistern, ihren Nichten und Neffen. Alle sahen ihn strahlend an, während er näher kam, und hießen ihn herzlich willkommen in der Familie. Deenies Lächeln blieb unverändert, der Ausdruck in ihren Augen wurde hingegen noch schwerer zu deuten.

Der Fotograf schob ihn neben Deenie und legte Connors Arm sogar um ihre Taille. Connor neigte den Kopf zu ihr hinüber. »Ist das okay für dich?«, flüsterte er, obwohl er nicht die leiseste Ahnung hatte, wie er es hätte aufhalten oder beenden sollen, denn der Fotograf nahm bereits seine Position ein.

»Schultern zurück«, rief der Fotograf, und Connor richtete sich zu voller Größe auf.

»Du wirst mir noch dankbar sein, Deenie Baby«, schwärmte Kirsten. »Stell dir vor, du siehst dir die Bilder in zehn Jahren an und denkst: Wieso sind denn keine von Connor dabei? Ich weiß doch, dass er auch auf Kirstens Hochzeit war.«

Connor wäre fast zusammengezuckt – Kirsten machte die Sache nicht besser. Er sah Deenie an, die jedoch starr in die Kamera blickte, lächelnd natürlich.

»Bitte hierher sehen! Und alle lächeln!«

Connor befolgte die Anweisungen, während der Fotograf rasch hintereinander abdrückte. Dann war es vorbei, und er wurde hineingeschickt zu den anderen wartenden Gästen. Er ging zögernd und drehte sich zu Deenie um, die seinen Blick jedoch mied.

Wieder ermahnte er sich, nicht paranoid zu sein, und sagte sich, dass er sich alles nur einbilde.

Das redete er sich auch während des großen Auftritts des Brautpaares ein, während des Essens und der Toasts, während des ersten Tanzes und als es Kuchen gab. Er versuchte, ihr zu vertrauen. Aber etwas stimmte nicht. Als sei sie plötzlich wieder auf der Hut und gebe lediglich vor, glücklich zu sein mit ihm. Und er gab vor, nicht zu bemerken, dass sie nur glücklich tat, denn sonst würde sie verschwinden.

Die Band spielte eine Auswahl altbekannter Jazzsongs, zu denen eine Handvoll Paare tanzte, während Braut und Bräutigam die Runde machten, um möglichst von allen der zweihundert Gäste Gratulationen entgegenzunehmen. Und Deenie hatte den ganzen Abend kaum mehr als ein paar Worte zu ihm gesagt.

Sie musste erschöpft sein, denn sie war schon seit dem frühen Morgen hier, damit alles pünktlich fertig wurde.

»Es ist bald vorbei«, murmelte Connor, als sie am Tisch saßen und den tanzenden Paaren zuschauten. »Sobald der Brautstrauß geworfen wurde, können wir uns davonstehlen.«

Deenie antwortete nicht. Ihr Blick war auf eine Frau gerichtet, die zielstrebig auf ihren Tisch zukam. Ihre Mutter.

»Komm.« Connor stand unvermittelt auf. »Lass uns tanzen.«

Sie sagte nichts, weigerte sich jedoch auch nicht. Er führte sie zur Tanzfläche und zog sie in seine Arme, als die Sängerin einen neuen Song anstimmte.

Wenigstens dies war ein Ort, an dem sich die Dinge noch richtig anfühlten. Auch wenn er den Eindruck nicht loswurde, sich sehr bemühen zu müssen, um sie beide davon abzulenken, dass Deenie ihm entglitt.

Deenie wiegte sich in Connors Armen und lauschte dem Text des Lieds. Sie kannte es – einen Klassiker mit dem Titel *Something's Gotta Give* über unwiderstehliche Kräfte und unbewegliche Objekte. Die Band spielte es ruhig und verwandelte die jazzige Melodie in etwas Langsameres und Melancholisches. Prompt stiegen Emotionen in Deenie auf.

»Das ist unser Lied«, sagte sie und verlieh ihren Worten einen sarkastischen Unterton, damit Connor ihre Bewegtheit nicht bemerkte.

Den ganzen Tag – ach, die ganze Woche – hatten die Worte, die ihre Schwester beim Junggesellinnenabschied zu ihr gesagt hatte, sie verfolgt.

Jemand hat Deenie endlich gezähmt.

Ihre Familie liebte ihn. Ihre Schwester hatte ihn sogar fürs Familienfoto hergezerrt, als wären sie schon verlobt und als sei klar, dass sie in zehn Jahren noch zusammen sein würden.

Er hatte sie gebeten, für ihn diesen Sprung zu machen, und das hatte sie getan … aber die Wahrheit ließ sich nicht ignorieren. Sie war eine unaufhaltsame Kraft und er das unbewegliche Objekt. Einer musste nachgeben, und sie war diejenige gewesen. Sie hatte nachgeben müssen.

Damit verleugnete sie sich selbst. Warum? Warum tat sie das alles?

»Alles in Ordnung mit dir?«, erkundigte Connor sich und zog sie ein wenig näher an sich heran. Auf einmal war sie extrem genervt davon, wie rücksichtsvoll, verständnisvoll und verdammt *perfekt* er war. Sie stieß ihn von sich weg.

»Ich brauche frische Luft.« Als er nickte, um ihr zu signalisieren, dass er sie begleiten wollte, fuhr sie ihn an: »Allein.«

Sie schaute nicht zurück, als sie in die warme Juninacht hinausstürmte. Sie sollte ihn nicht allein auf der Hochzeit ihrer Schwester stehen lassen, schließlich war er nur ihretwegen mitgekommen. Aber dieses Gefühl, das ihre Brust zuschnürte, ließ einfach nicht zu, dass sie wieder hineinging.

Sie stützte sich auf die Brüstung des gemauerten Balkons, von dem aus man in den nächtlichen, von Scheinwerfern an ausgewählten Stellen beleuchteten Garten hinausblickte. Der Ort der Veranstaltung war ein Streitpunkt zwischen ihrer Schwester und ihrer Mutter gewesen. Die Annehmlichkeiten entsprachen nicht ganz dem Fünf-Sterne-Standard ihrer Mutter – kein Wellness, kein Michelin-Stern-Restaurant –, aber Kirsten hatte nicht auf die Schönheit der Landschaft verzichten wollen. Die steinernen Brücken, die blühenden Lustgärten. Die Aussicht auf die Berge.

Hinter Deenie wurde die Tür geöffnet. »Was machst du hier draußen, Nadine? Deine Schwester wirft gleich den Brautstrauß.«

Deenie drehte sich nicht um, als sie die Stimme ihrer Mutter hörte. »Ich brauche nur einen Moment für mich.«

»Den kannst du später haben. Dieser Abend gehört deiner Schwester.«

»Das weiß ich, Mom.« Sie hielt den Blick auf den Garten gerichtet und versuchte, ruhig zu bleiben. *Zen. Denke Zen.*

»Die Leute werden es merken, wenn du beim Wurf des Brautstraußes nicht dabei bist.«

»Werden sie das?« Sofort bereute sie die freche Erwiderung.

»Deine Schwester wird es jedenfalls merken«, fuhr ihre Mutter sie an. »Wir wissen alle, dass du so tust, als gehörtest du nicht zu dieser Familie, aber du kannst wenigstens einen Blumenstrauß fangen.«

»Ich weiß, dass ich ein Teil dieser Familie bin.« Dieser Tatsache konnte sie nicht entkommen.

»Erzähl mir doch nichts. Du verbringst Weihnachten bei Bitty, die sich nicht einmal daran erinnert, wer du bist.«

Die Worte trafen Deenie. Sie drehte sich zu ihrer Mutter um und lehnte sich an die Steinbalustrade. »Die *mag* mich wenigstens und gibt mir nicht ständig das Gefühl, ich sei nicht gut genug. Du warst diejenige, die wollte, dass ich ablehne, als Kirsten mich zur Hochzeit eingeladen hat.«

»Weil du verantwortungslos bist!«

»Nein, das bin ich nicht! Ich habe alles getan, worum du mich für diese Hochzeit gebeten hast. Trotzdem musst du immer weiter auf mir herumhacken.« Sie hatte sich sehr ins Zeug gelegt, damit Kirstens Hochzeit gelang. Sie war die einzige Person im Wein-Bus gewesen, die sich nicht zur Närrin gemacht hatte. Und trotz allem kritisierte ihre Mutter sie? »Wann werde ich jemals etwas richtig machen? Ich habe alles erfüllt, was du dir unter einem erfolgreichen Leben vorstellst. Sicherer Job, stabile Beziehung. Ist es nicht das, was du wolltest? Eine brave, grundsolide Tochter? Nachdem endlich jemand sie gezähmt hat? Wann wird es genug sein?«

»Wenn du den Brautstrauß fängst!«

Um ein Haar hätte Deenie geschrien. Ihre Mutter hörte ihr einfach nicht zu. Sie war wie taub. Und die einzige Person, die sie je verstanden hatte, erkannte sie nicht mehr. Kein Wunder, dass Deenie neben sich stand.

»Es tut mir leid, Mom. Ich kann das nicht.«

Sie ließ ihre Mutter stehen und ging über die Steinplatten, die hinunter in den Garten führten, das scharfe »Deenie!« ihrer Mutter ignorierte sie.

Einer musste nachgeben.

32. Kapitel

Früh am nächsten Morgen klingelte ihr Telefon. Deenie meldete sich beim ersten Läuten. Sie rollte sich aus dem Bett und ging rasch auf den winzigen Balkon hinaus, um Connor nicht zu stören.

Während des Brautstraußwurfs hatte sie sich vor ihrer Mutter versteckt und Kirsten und Todd auch nicht zum Abschied gewinkt, als die zwei in die Flitterwochen aufgebrochen waren. Bei zweihundert anderen Gästen, die Blütenblätter warfen, bezweifelte sie, dass ihre Abwesenheit aufgefallen war. Als sie wieder hineingegangen war, befanden sich nur noch die Unermüdlichen auf der Tanzfläche. Connor war bereits auf ihr gemeinsames Zimmer gegangen.

Er hatte nicht gefragt, wo sie gewesen sei. Er hatte ihr auch nicht vorgeworfen, dass sie einfach verschwunden war und ihn stehen gelassen hatte – denn genau das hatte sie getan. Stattdessen hatte er sich nur erkundigt, ob alles okay sei. Und sie hatte sich schrecklich gefühlt, als sie ihm wortkarg versicherte, es sei alles in Ordnung, um sich gleich darauf im Badezimmer einzuschließen, bis sie sicher war, dass er schlief.

Jetzt war die Sonne aufgegangen, aber die Luft war kühl und alles mit Tau bedeckt. Deenie fröstelte ein bisschen und nahm den Anruf entgegen. »Hallo?«

»Nadine Mitchell?«

Deenie stutzte, da nur Leute vom Telefonmarketing sie mit diesem Namen ansprachen. »Wer ist da?«

»Miss Mitchell, mein Name ist Eileen Glenn. Ich arbeite in den Summerland Estates.«

Die Stimme war sanft, mit einem Hauch Mitgefühl, was Deenie sofort alarmierte. »Ist etwas passiert?«

»Ich fürchte, ich habe schlechte Neuigkeiten.«

Bitty. Deenies Herz klopfte.

»Es tut mir sehr leid, Miss Mitchell«, fuhr die Stimme fort, sanft und beruhigend; eine Stimme, die mit solchen Telefonaten Erfahrung hatte und wusste, dass die Person am anderen Ende bereits den Grund des Anrufs erahnte. »Es ging schnell.«

Connor wachte allein auf und fühlte sich angesichts der fremden Umgebung kurz orientierungslos, bevor sein Verstand anfing zu arbeiten und er sich wieder erinnerte, wo er sich befand. Die Sonne schien ins Zimmer. Er hatte unruhig geschlafen, sich gewälzt und keine bequeme Lage gefunden, musste aber schließlich doch in tiefen Schlaf gefallen sein, denn dem Stand der Sonne nach zu urteilen, war es bereits Vormittag. Er rieb sich das Gesicht, groggy vom für ihn untypisch späten Erwachen.

»Deenie?«

Sie antwortete nicht, und seine Hand berührte etwas auf ihrem Kissen. Ein Stück Papier.

Er setzte sich auf und las die gekritzelte Nachricht. Die Worte ergaben keinen Sinn.

Tut mir leid. Musste weg.

Er betrachtete das Blatt vom Notizblock des Hotels. Nicht ganz ein Post-it, aber auch nicht weit davon entfernt. »Autsch. Zu früh, Babe«, sagte er, trat die Bettdecke weg und ging zur angelehnten Badezimmertür. Er stieß die Tür ganz auf – der Raum war leer. Die auf dem Frisiertisch zuvor verstreut herumliegenden Toilettenartikel waren fort.

Connor drehte sich um und sah zu der Stelle, an der lauter Zeug aus Deenies Reisetasche herumgelegen hatte, denn sie war die unordentlichste Person, der er je begegnet war. Aber auch dort befand sich nichts mehr. Alles war vom Fußboden verschwunden.

»Nein«, sagte er zu sich, als die Paranoia sich kreischend meldete. Das würde sie nicht tun. Nicht genau das, was Monica getan hatte. Sie wusste doch, wie sehr ihn das verletzen würde, und Deenie war niemals grausam.

Er nahm sein Smartphone und wählte ihre Nummer, aber der Anrufbeantworter sprang gleich an. Rasch tippte er einen Text. *Wo steckst du? Ist alles in Ordnung?*

Es kam keine Antwort.

»Shit.« Connor verzichtete auf eine Dusche. Er zog saubere Sachen an, warf sein Zeug in die Reisetasche und war in weniger als zehn Minuten unterwegs. Er und Deenie waren gestern in zwei Autos nach Castle Hill gefahren, weil sie viel früher hatte da sein müssen. Allerdings hatte er nicht in Betracht gezogen, dass sie am nächsten Morgen ohne ihn abfahren würde.

Irgendetwas stimmte nicht. Irgendetwas stimmte ganz und gar nicht.

Deenies taubenblauer Käfer stand schief in der Auffahrt zu Furry Friends. Connor parkte dahinter, blockierte ihn und sprang aus seinem Wagen. Dann rannte er die Verandastufen hinauf.

Er betrat fast nie das Farmhaus, da Deenie meistens zu ihm kam. Immerhin hatte er sich den Hundepark angeschaut, den Deenie und Ally hinter dem Haus angelegt hatten. Manchmal kam er auch vorbei, um Deenie abzuholen, aber dann wartete sie stets draußen auf ihn. Seit der spontanen kleinen Party nach den Abrissarbeiten in Bens Küche war er nicht mehr im Farmhaus gewesen. An jenem Tag hatte Deenie ihm ihren überraschenden Vorschlag unterbreitet, sie sollten sich als Paar ausgeben. Das hatte alles in Gang gesetzt.

Ally öffnete die Tür, bevor Connor davorstand. Sie sah besorgt aus. »Sie ist oben.«

Connor nahm zwei Stufen auf einmal.

Auf dem breiten Flur im ersten Stock gab es ein halbes Dutzend Türen. Er wusste nicht, hinter welcher Deenies Zimmer lag, aber da alle offen standen, folgte er den Geräuschen, die zu hören waren. »Deenie?«

Sie antwortete nicht. Er stieß eine Tür weiter auf und trat ein. Ihr Anblick traf ihn wie ein Schlag.

Ihre Augen waren verweint, ihr Gesicht kreideweiß. Ein winziger Hund mit kleinen Schleifchen an den Ohren saß auf ihrer flauschigen Tagesdecke, inmitten eines Stapels bunter Kleidungsstücke. Neben dem Hund stand ein großer violetter Rucksack, in den Deenie Sachen stopfte.

Sie packte.

Sie war nicht bereit, Connor zu sehen. Natürlich war ihr klar gewesen, dass sie ihm irgendwann begegnen musste. Schließlich würde sie nicht einfach ohne Erklärung davonlaufen. Das hatte er nicht verdient. Sie war nur noch nicht bereit, ihn *jetzt* zu sehen. Sie hatte sich noch nicht überlegt, was sie zu ihm sagen wollte. Sie wusste nicht, wie sie rechtfertigen sollte, was geschehen würde. Wie sie erklären sollte, dass es so am besten war. Für sie beide. Sie hatte ihre Argumente noch nicht im Kopf formuliert.

Im Moment war sie vollkommen vom Kummer erfüllt.

»Deenie, was ist los? Was ist passiert?«

Seine Stimme drang wie aus weiter, nebliger Ferne zu ihr. Sie betrachtete die zusammengeknüllten Leggings in ihren Händen. »Ich packe«, sagte sie mit belegter Stimme. *Konzentriere dich auf deine Aufgabe*, ermahnte sie sich im Stillen.

Sie konnte ihn nicht ansehen, spürte seine Gegenwart dadurch aber umso mehr. »Ist etwas mit Bitty passiert?«, fragte er besorgt.

Deenie zuckte innerlich zusammen und umklammerte die Leggings fester. Dann schob sie sie in den Rucksack. »Es war Mr. Burke. Er hatte einen Schlaganfall. Sie sagen, es sei schnell gegangen. Er hat nicht gelitten.«

Den ganzen Morgen war sie in den Summerland Estates gewesen. Sie hatte Connor schlafen lassen und JoJo abgeholt. Sie hatte alles Organisatorische mit den Pflegekräften besprochen und die Tränen unterdrückt, selbst als die Pflegerinnen weinten, ihre Hände hielten und ihr versicherten, wie reizend sie Mr. Burke gefunden hatten. Jedenfalls behandelten sie Deenie wie eine Angehörige. Und vielleicht war sie das auch.

Danach war sie zu Bitty gegangen. Sie hatte nicht vorgehabt, ihr von Mr. Burke zu erzählen. Bitty würde sich ohnehin nicht an ihn erinnern. Sie erinnerte sich ja nicht einmal an Deenie. Sie hatte im Bett gelegen und gar nicht mitbekommen, dass Deenie zu Besuch war. Bitty war in ihrer eigenen Welt verloren gewesen, und Deenie hatte begriffen, dass sie nicht mehr zurückkommen würde. Physisch mochte sie noch da sein, aber geistig war sie weggeglitten, wie Seide, die durch Deenies Finger glitt, dieser verführerische Stoff, mit dem zu nähen ihre Tante ihr beigebracht hatte.

Alles war nun vorbei, bis auf die Tränen. Deenie hatte es seit Wochen nicht wahrhaben wollen, und nun war es sehr rasch Realität geworden. Es würde keine guten Tage mehr geben. Es hatte sie schon seit einer ganzen Weile nicht mehr gegeben. Die Wahrheit hatte aus dem mitfühlenden Blick der Pflegerin gesprochen und war schlicht unübersehbar gewesen.

Connor trat näher. »Deenie, es tut mir schrecklich …«

»Nicht.« Sie schob sich an ihm vorbei zu ihrer Unterwäscheschublade. Sie würde Unterwäsche brauchen. Unterwäsche war wichtig. Viel wichtiger als seine Stimme voller Mitleid und Verständnis, das sie nicht ertrug.

Ich gehe nicht sehr gut mit dieser Situation um.

Der Gedanke war seltsam klar und fern, als sei ein Stück von ihr herausgebrochen und analysiere die Situation von außen. Zumindest war dieses Stück ruhig. Sie mochte die Ruhe.

»Wohin willst du?« Ah, das Mitleid war jetzt verschwunden. Das war gut.

»Rom. Er hat gesagt, ich soll ein Abenteuer erleben.« *Du kannst nicht mehr Leben von der Bank kriegen.* Was bedeutete das eigentlich?

Er hatte ihr JoJo hinterlassen. Und einen Brief. In der Schublade, für *Wenn es so weit ist*. Er hatte keine Familie. Das, was er besaß, hinterließ er einem Neffen von David, einigen wohltätigen Organisationen und Deenie. Er hatte ihr geschrieben, sie dürfe das Geld nicht für nützliche Dinge ausgeben.

Sicher würde es ein Testament geben. Sein Apartment würde ausgeräumt werden müssen. Dinge waren zu erledigen. Doch zuerst …

»Ich habe ein günstiges Last-Minute-Ticket erworben, aber der Flug geht schon heute Nacht. Also muss ich packen.« Sie nahm eine Handvoll Unterwäsche; Connors Schweigen fühlte sich an wie Verdammnis. »Ich wollte auf dem Weg zum Flughafen vorbeikommen. Ich wäre nicht abgereist, ohne mit dir gesprochen zu haben.«

»Wann kommst du zurück?«

Sie schüttelte den Kopf, trug die Unterwäsche zum Rucksack und packte weiter. »Das weiß ich nicht.«

Sie konnte ihn nicht ansehen. Wenn sie ihn ansah, würde alles über sie hereinbrechen. Sie würde alles fühlen. Das durfte sie nicht. Jetzt nicht. Sie musste es verdrängen. Musste etwas tun. Musste fliehen.

Doch seine Stimme ließ sie nicht. »Du hast keinen Rückflug gebucht? Was ist mit uns?«

Die Worte schienen im Zimmer widerzuhallen, während Connor um Geduld rang. Sie war aufgewühlt. Sie hatte Mr. Burke sehr gemocht. Das alles konnte nicht ihr Ernst sein.

Aber sie wollte nicht, dass er sie berührte. Wollte ihn nicht einmal näher an sich herankommen lassen, sondern floh in eine andere Ecke, sobald er es versuchte. Der winzige Hund schnüffelte jedes Mal, wenn sie etwas Neues in den Rucksack stopfte.

Er musste sie aufhalten. Natürlich hätte er sie festhalten können, sie an sich ziehen und die Arme um sie schlingen. Aber das hier war Deenie. Er wusste nicht, was sie tun würde, falls er versuchte, sie festzuhalten. Möglicherweise würde sie ihm nie vergeben.

Sie winkte ab. »Du brauchst mich nicht mehr. Max' Training ist beendet. Du bist Teilhaber der Kanzlei. Ich habe den Vertrag erfüllt.«

»Scheiß auf den Vertrag«, fuhr Connor sie an. »Der Vertrag interessiert mich nicht. Deenie, sieh mich an!«

Sie hielt inne und drehte sich zu ihm um. Ihr Blick verriet, dass sie schon meilenweit weg war. Geschichte wiederholte sich. Sie stieß ihn weg und verließ ihn.

Nur konnte er sich die Abfuhr diesmal persönlich abholen.

»Rede mit mir«, verlangte er.

»Was gibt es da noch groß zu reden? Das mit uns hätte sowieso nie funktioniert. Das wissen wir beide. Ich werde immer wieder aufbrechen müssen.«

»Das redest du dir ein. Du musst nicht gehen …«

»Doch, muss ich!«, schrie sie, und die Worte hallten von der hohen Decke wider. »Ich erkenne mich selbst nicht mehr. Bist du stolz auf dich, mich gebändigt zu haben? Mich in eine Erwachsene verwandelt zu haben?«

»Ich wollte dich nie ändern …«

»Warum hast du mich dann gebeten, zu bleiben?«

»Weil ich dich liebe!«

»Nein, du liebst die Person, die ich deiner Ansicht nach sein sollte. Und ich habe nachgegeben. Ich habe versucht, diese Person zu sein. Aber ich bin zu lange geblieben. Habe angefangen zu vergessen, wer ich bin. Habe angefangen, das Haus und den Garten und Kinder zu wollen, obwohl ich nie der Typ dafür war. Für dich habe ich mich *geändert.* Weil ich …« Sie verstummte unvermittelt, atmete tief ein, fand ihre Fassung wieder und erklärte dann kühl: »Es war alles nur Show. Wir sind unserer eigenen Lüge auf den Leim gegangen. Nichts von alldem ist echt.«

»Für mich war es echt. Es war seit Langem nicht mehr gespielt. Ich bin mir nicht sicher, ob es überhaupt je gespielt war.«

Sie stutzte, und einen kurzen Moment lang glaubte er, sie erreicht zu haben.

»Deenie, bitte.« Er machte einen Schritt auf sie zu, doch ein kalter, distanzierter Ausdruck trat in ihre Augen.

»Nein.« Sie wandte sich ab und fuhr fort zu packen, diesmal noch eiliger als zuvor. »Das Ganze ist absolut schrecklich.« Sie stopfte ihre Toilettenartikel in den Rucksack, dazu einen langen Schal. Der kleine Hund beobachtete alles mit glänzenden schwarzen Augen. »Meine Familie ist überglücklich, dass ich mit dir zusammen bin. Sie sehen, wie ich wie du werde. Meine Frisur verändere, mich anders kleide und anders verhalte, bis ich schließlich exakt ihren Vorstellungen entspreche.«

»Ich wollte nie, dass du dich änderst. Ich liebe Pink. Ich liebe das Glitzerzeug. Ich liebe *dich.*«

»Hör auf, das ständig zu sagen!« Sie wirbelte herum und schleuderte ein Sockenknäuel nach ihm. »Du willst nicht mich! Du willst jemanden, der in deinen Plan passt. Du willst keinen Plan mit mir gemeinsam entwerfen. Du willst nur, dass ich deinen akzeptiere. Aber das werde ich nicht.«

»Du hast gesagt, du würdest bleiben.«

»Du hättest mich nicht fragen sollen.« Das Geräusch eines Reißverschlusses war zu hören.

Panik stieg in Connor auf. Sie ging. Sie verschwand wirklich. Er hatte seinen Standpunkt dargelegt, hatte sogar gebettelt, sie möge bleiben, aber sie ging trotzdem.

»Ich habe mir geschworen, nie mit jemandem zusammen zu sein, der mir das Gefühl gibt, nicht gut genug zu sein. Der mir das Gefühl gibt, ich müsste mich ändern …«

»Aber ich wollte *nie*, dass du dich änderst!« Warum hörte sie ihm denn nicht zu?

»Ich kann deinen Erwartungen nicht entsprechen.«

»Ich will *dich*.«

»Nein, willst du nicht. Du willst einfach nur, dass ich bleibe.«

Sie nahm den Rucksack und den kleinen Hund und ging zur Tür hinaus. Und nichts, was Connor sagte oder fühlte, konnte sie aufhalten.

Er stand in dem Zimmer, das noch so viel von Deenie hatte – die gazeartigen pinkfarbenen Vorhänge, die Nähmaschine mit Stoff darauf, dessen Glitzer an allem Spuren hinterließ; die achtlos beiseitegelegten neonfarbenen Leggings, die es nicht in die Auswahl für Europa geschafft hatten.

Draußen schlug eine Autotür zu.

»Verdammt!« Er rannte aus dem Zimmer und die Treppe hinunter, lief durchs Wohnzimmer und stürmte auf die Veranda hinaus. »Deenie!«

Ihr Wagen stand noch da. Aber der Pick-up von Furry Friends rollte auf die Straße. Vorn saßen Deenie und Ally. Mit den Armen wedelnd, lief er die Auffahrt hinunter. Ihm war klar, dass er wie ein Narr aussah, aber wenn Deenie sich umdrehte und ihn winken sah, würde sie ihre Meinung ändern.

Oder?

An der Straße blieb er stehen, außer Atem, obwohl er gar nicht weit gerannt war. Kies knirschte unter seinen Schuhen.

Monica war er nicht hinterhergelaufen. Sie hatte er nicht angefleht zu bleiben. Damals hatte er nicht die Chance dazu bekommen, aber irgendwie war es noch schlimmer, Deenie zu sagen, dass er sie liebe, und sie dennoch wegfahren zu sehen. Oder aber es war ohnehin alles schlimmer, weil es um Deenie ging. Weil er Monica nie so geliebt hatte, wie er Deenie liebte.

Monica hatte in sein Leben gepasst. Sie hatten sich verstanden. Doch als sie gegangen war, hatte er um seine gescheiterten Pläne mehr getrauert als um sie. Er hatte die Zukunft stets über die Gegenwart gesetzt. Ziele über Spontaneität. Er hatte seine Pläne gemacht und versucht, eine Frau hineinzupressen, genau wie Deenie es ihm vorgeworfen hatte. Nur, dass sie sein sorgsam geordnetes Leben auf den Kopf gestellt hatte. Sie spielte nicht nach seinen Regeln. Und das gefiel ihm.

Wer würde mit ihm über Filme diskutieren und ihn darauf hinweisen, wenn er zu spießig war? Er wollte niemanden, der akkurat war, keine dieser ›passenden‹ Frauen.

Er wollte Deenie mehr, als er die Vision seiner Zukunft wollte, der er in den vergangenen zwanzig Jahren hinterhergejagt war.

Aber wie konnte er ihr das beweisen? Wie konnte er ihr zeigen, dass er derjenige war, der sich für sie ändern wollte?

Ja, dass er sich längst für sie geändert hatte? Dass er zu jedem Kompromiss bereit war, weil er endlich jemanden gefunden hatte, ohne den er nicht leben konnte.

Connor erinnerte sich daran, wie er am Abend zuvor mit ihr getanzt hatte und an die Worte *ihres* Songs. Deenie war eine unwiderstehliche Kraft. Er war ein unbewegliches Objekt gewesen.

Aber für sie würde er sich bewegen.

Er rannte zu seinem Wagen.

33. Kapitel

Deenie saß auf dem Beifahrersitz des Pick-ups von Furry Friends, den prallen Rucksack gegen die Knie gepresst und JoJo auf dem Schoß. Die Transporttasche, in der JoJo reisen würde, stand neben ihr auf dem Sitz, aber Deenie brauchte den seidigen, süßen Trost jetzt nah bei sich.

Sie traf die richtige Entscheidung. Sie war sich zu mindestens siebzig Prozent sicher, die richtige Entscheidung zu treffen. Sechzig Minimum. Nur gingen ihr Connors Worte nicht aus dem Kopf.

Ally saß neben ihr, konzentrierte sich aufs Fahren und schwieg vorsichtshalber, obwohl Deenie genau spürte, was ihrer Freundin alles auf der Zunge lag.

Sie hätte selbst fahren sollen. Oder per Uber. Aber per Uber bis zum Flughafen in Burlington war unsinnig teuer, und ihren Wagen wollte sie nicht für unbestimmte Zeit am Flughafen parken. Normalerweise hätte sie sich die Zeit genommen, ihn vernünftig unterzubringen. Sie hätte all ihr Hab und Gut zusammengepackt, damit Ally nicht mit einem Gästezimmer voller herumliegender Prinzessinnenkleider und Nähsachen zurückblieb.

Normalerweise hätte Deenie auch nicht innerhalb von sechs Stunden das Land fluchtartig verlassen.

Nein, es war keine Flucht. Sie brach auf ins Abenteuer. Mr. Burke hatte sie gebeten, ein Abenteuer zu erleben. Allerdings fühlte sich das hier nicht wie eines an. Sie fühlte sich nicht befreit. Sie fühlte sich elend.

Sie war zu lange in Pine Hollow gewesen. Daran lag es. Das war der einzige Grund, weshalb sie angefangen hatte, davon zu fantasieren, mit Connor ein häusliches Leben zu führen. Sie hatte sich gar nicht wirklich in ihn verliebt.

Warum aber fühlte es sich dann so an, als würde ihr Herz brechen?

Ach, das hatte natürlich mit Mr. Burke zu tun. Sie trauerte um ihn. Aber irgendwie kam es ihr auch so vor, als würde sie ihn enttäuschen. Sie zog den Brief, den er ihr hinterlassen hatte, aus dem Rucksack und strich das bereits zerknitterte Briefpapier glatt.

Nadine,
wenn du das hier liest, wirst du sicher denken, dass es viel zu früh ist, aber trauere nicht zu lange um mich. Ich bin bereit, wieder mit David vereint zu sein. Ich hatte ein gutes Leben und mehr Glück, als ich mir hätte erhoffen können. Dank dir haben sich diese letzten Monate wieder wie ein Leben angefühlt, voller Möglichkeiten, obwohl die Uhr tickte.

Ich habe nicht viel Familie, wie du ja weißt, deshalb hinterlasse ich dir ein bisschen. Versprich mir, es nicht vernünftig auszugeben. Ich wäre enttäuscht, würdest du es nicht dazu nutzen, das Leben mit beiden Händen zu packen.

Man kann ständig Geld auf die Bank bringen, aber mehr Leben kriegt man dafür nicht – und lass dir von Bitty nicht erzählen, dass das von ihr stammt. Es ist von David.

Ich hoffe, du erlebst viele Abenteuer, aber vor allem hoffe ich, dass deine Angst nie deinem Glück im Wege stehen wird. Sei mutig. Jage deinen Träumen nach. Sei du selbst in einer Welt, die dich zu jemand anderem machen will. Und all diese anderen albernen Platitüden.

Gedenke meiner von Zeit zu Zeit, als neugierigem alten Mann, der dir gesagt hat, was du tun sollst, obwohl du es doch selbst ganz genau weißt. Und pass gut auf meine JoJo auf.

In Liebe,
James Alexander Burke

Deenie drückte JoJo an sich, während ihr eine Träne über die Wange rann.

»Deenie?«, fragte Ally sanft. »Bist du dir sicher, dass es das ist, was du willst?«

Ally. Die versuchte, sie nicht zum Bleiben zu drängen, obwohl sie Deenie deutlich zu verstehen gegeben hatte, dass sie herzlich willkommen war, sehr sogar, und ein Dach über dem Kopf hatte, wenn sie es nur annehmen wollte.

Dann war da noch ihre Schwester, die sie unbedingt bei ihrer Hochzeit hatte dabeihaben wollen, obwohl Deenie ihre Familie stets wegstieß oder gleich davonlief …

Und Connor …

Deenie schüttelte den Gedanken an ihn ab und schaute erneut durch den Tränenschleier vor ihren Augen auf den Brief.

Mr. Burke wollte, dass sie ihren Träumen nachjagte. Wieso fühlte es sich dann an, als würde sie vor einem Traum davonlaufen?

Sie hatte sich geschworen, keine Angst vor dem Anderssein zu haben; aber wurde sie vielleicht gerade von einer ganz anderen Angst beherrscht?

Sie hatte Angst, nicht gut genug zu sein und nicht so akzeptiert zu werden, wie sie war. Nicht geliebt zu werden. Aber Kirsten liebte sie. Ally liebte sie.

Und Connor …

Er hatte ihr nie das Gefühl gegeben, nicht gut genug zu sein. Er hatte ihr das Gefühl gegeben, wie Sonnenschein zu sein. Und ja, er hatte gewollt, dass sie blieb, aber nicht, weil er sie in eine Schublade stecken wollte. Er hatte sie nie gebeten, jemand zu sein, der sie nicht war. Sie war diejenige, die sich als jemand anderes hatte ausgeben wollen – als Steuerberaterin oder Finanzexpertin. Er hatte sie als Prinzessinnenpartyplanerin oder Hundetrainerin an seiner Seite gewollt. Er hatte sie gewollt, wie sie war.

Er liebte sie.

Und sie hatte es ihm vor die Füße geworfen. Sie war weggelaufen. Obwohl sie ganz genau wusste, dass es das Schlimmste war, was sie ihm antun konnte.

Deenies Kehle war wie zugeschnürt, ihr Herz zog sich zusammen.

»Wir müssen zurück.«

Ally zuckte zusammen, erschrocken über die Lautstärke, mit der Deenie dies verkündete. »Wirklich?«

»Ich liebe Connor. Wir müssen zurück.«

Ein breites Grinsen erschien auf Allys Gesicht, während sie wendete. »Das wurde auch Zeit.«

34. Kapitel

Die Liebe ihres Lebens war weg.

Sein Wagen stand nicht mehr bei Furry Friends, als Ally und Deenie endlich zurück waren. Ally fuhr sie zu seinem Haus, aber die Tür war abgeschlossen und die Alarmanlage eingeschaltet.

Deenie wollte persönlich mit ihm sprechen, aber wenn sie ihn nicht finden konnte, war das schwierig. Sie versuchte, ihn auf dem Handy zu erreichen, aber da sprang nur der Anrufbeantworter an. Sie kehrten zurück zu Furry Friends, um ihre nächsten Schritte zu planen, und Deenie wählte erneut Connors Nummer – wieder nur der Anrufbeantworter.

»Glaubst du, er ist bei seiner Mom?«

JoJo zappelte auf dem Platz neben ihr und kläffte, da er ihre Unruhe spürte.

»Ich frage mal, ob Ben weiß, wo er steckt«, bot Ally engagiert an. Sie bogen in die Auffahrt vor Furry Friends ein und wurden von dem üblichen Gebell aus der Scheune begrüßt.

Deenie sprang aus dem Pick-up, lief zu den Zwingern und kam gleich wieder heraus. »Max ist noch hier!«, rief sie Ally zu, die mit erstaunter Miene ihr Handy ans Ohr hielt. »Was? Was ist los?«

Ally zeigte auf ihr Handy. »Er ist auf dem Weg nach *Rom.*«

Das war mit Abstand das Abenteuerlichste, was Connor Wyeth je getan hatte. Er ging durch die Sicherheitskontrolle Richtung Gate, nur mit einer Reisetasche und vagem Optimismus, während er nach Deenie Ausschau hielt.

Sie musste den gleichen Flug gebucht haben. Es ging nur einer von Burlington, der Anschluss an einen Flug nach Rom hatte, via JFK Airport. Er hoffte nur, dass sie sich freuen würde, ihn zu sehen. Ihm war durchaus bewusst, dass es auch gehörig nach hinten losgehen konnte. Was, wenn sie es ihm übel nahm, dass er sie bis nach Rom verfolgte? Was, wenn sie von ihm wegzukommen versuchte?

Er schüttelte die Panik ab, als er sich dem Gate näherte. Wenn sie ihn hier nicht haben wollte, würde er den ersten Flug nach Hause nehmen. Er konnte auch auf dem JFK noch umkehren. Gepäck hatte er keines aufgegeben. Er musste es einfach versuchen.

Hoffentlich würde sie es romantisch finden, ihn zu sehen – nicht stalkerisch.

Auch wenn er sich ein bisschen wie ein Stalker vorkam.

Sie war nicht am Gate.

Connor stutzte und starrte auf sein totes Handy. Er hatte das Ladekabel vergessen. Genau aus diesem Grund fertigte er Packlisten an und bereitete sich vor. Damit er nämlich nicht am Flughafen nach einer Möglichkeit suchen musste, ein Ladekabel zu erstehen, und zwar in den noch verbleibenden fünf Minuten, bevor er an Bord seines Flugzeugs musste.

Er hatte hastig alles in seine Reisetasche gestopft und gerade noch an seinen Reisepass gedacht. Per Handy hatte er diesen Last-Minute-Flug gebucht, während er schon zur Tür hinausgeeilt war. An das Ladekabel hatte er dabei nicht gedacht.

Er würde wirklich mit Deenie darüber reden müssen, dass er beim nächsten Mal vor einer Reise ins Ausland mehr als fünfzehn Minuten Vorlaufzeit benötigte – vorausgesetzt, es gab ein nächstes Mal.

Ein Mann vom Bodenpersonal rief die Passagiere auf, sich für das Boarding bereit zu machen. Connor beobachtete aufmerksam die Leute am Gate und hielt Ausschau nach einem verräterischen Aufblitzen von Pink. Aber sie war nicht da.

Hatte sie einen anderen Flug genommen? Würde er sie in Rom finden? Er hatte keine Ahnung, wo sie wohnen würde oder ob ihr Handy international funktionierte. Sie musste in der Lage sein, in Kontakt zu bleiben. Ally würde es wissen. Connor musste nur Ben dazu bringen, dass Ally ihm verriet, wo ihre Freundin steckte, damit er ihr auf einem fremden Kontinent nachstellen konnte …

Connor sah, wie die Passiere ins Flugzeug stiegen.

Er hatte den Verstand verloren. Was machte er hier? Das war doch nicht er. Er plante Dinge. Auf keinen Fall gefährdete er seine Karriere, indem er einfach nach Rom verschwand, und zwar von einem Moment auf den anderen.

Davis war erschrocken gewesen, um es milde auszudrücken, als Connor ihn auf dem Weg zum Flughafen angerufen und um eine Woche Urlaub gebeten hatte. Connor hatte jede Menge Urlaubstage angesammelt, da er seit zwei Jahren keinen einzigen mehr genommen hatte. Auswirkungen auf seine Arbeit würde es nicht haben, das wusste auch Davis, da Connor stets vorausarbeitete. Nur machte es keinen guten Eindruck, wenn jemand, der Teilhaber werden wollte, Hals über Kopf das Land verließ, noch dazu kurz bevor die übrigen Seniorpartner ihre endgültige Entscheidung zu treffen gedachten.

Connor war sich darüber im Klaren, dass er seine Beförderung riskierte. Aber er scherte sich nicht darum.

Das Wort ›Teilhaber‹ war für ihn stets gleichbedeutend mit Erfolg gewesen. Die Partner in der Kanzlei in Pine Hollow, bei der seine Mutter arbeitete, hatte er für den Inbegriff von erfolgreich gehalten. Als Neunjähriger war er überzeugt gewesen, dass, wenn er nur reich genug, erfolgreich genug, ja *perfekt* genug wäre, nie wieder etwas schiefgehen könnte. Niemand würde ihn je verlassen. In gewisser Hinsicht hatte er diesen naiven Kinderglauben niemals verloren.

Er hatte geglaubt, Partner der Kanzlei zu werden, würde auf magische Weise all seine Probleme lösen. Natürlich würde das nicht passieren, denn darum ging es nicht. Seine Mom war glücklich als Anwaltsgehilfin. Er würde als Kanzleipartner glücklich werden. Oder als Mitarbeiter. Oder als Hundeausführer.

Solange Deenie nicht verschwand.

Es war beängstigend, keine Kontrolle zu haben. Dieses Gefühl, dass sein Glück in den Händen eines anderen lag.

Aber vielleicht tat es das gar nicht. Vielleicht war das ein bisschen zu dramatisch. Vielleicht würde er den Verlust von Deenie überstehen. Den Umstand, von einer weiteren Frau verlassen worden zu sein – mit einer weiteren verdammten Notiz auf einem Zettel.

Aber er *wollte* es nicht überstehen müssen.

Er wollte Deenie.

Connor stellte sich in die Schlange, um an Bord des Flugzeugs zu gehen.

Deenie hatte schon immer eine Schwäche gehabt für diese Filmszenen, in denen jemand durch den Flughafen rennt, um die Liebe seines Lebens zu erwischen, ehe die für immer auf und davon fliegt.

Wie sich zeigte, war es unfassbar stressig, diejenige zu sein, die rannte.

Sie war spät dran.

Sie war selbst zum Flughafen gefahren – einerseits, weil sie nicht dauerhaft dort parken, sondern bloß Connor abholen und ihn zurück nach Pine Hollow bringen wollte. Andererseits aber auch, weil sie schnell fahren wollte – Ally sollte keinen Strafzettel für zu schnelles Fahren bekommen, nur weil Deenie zu blöd gewesen war, das Gute zu erkennen, als Connor ihr seine Liebe gestanden hatte.

Sie hatte keine Ahnung, wie groß sein Vorsprung war – sie und Ally waren schon auf halbem Weg nach Burlington gewesen, als Deenie sich besann. Sie kannte die Abflugzeit ihres geplanten Fluges, und sie nahm an, dass er dieselbe Maschine gebucht hatte. Es war die letzte an diesem Abend. Wenn sie die verpasste, würde er ohne sie in Rom landen.

Und wenn sie nicht rannte, würde sie es nicht mehr rechtzeitig schaffen.

Nachdem sie auf dem nächstmöglichen Parkplatz geparkt hatte, war sie losgelaufen. Die Toilettenartikel, die zu groß waren, um die Sicherheitsschleuse passieren zu können, hatte sie während der Fahrt mit einer Hand aus ihrer Tasche gezerrt. Die Zeit war zu knapp, um Gepäck aufzugeben. Sie hatte sogar JoJo bei Ally gelassen. Diese hatte ihr versprechen müssen, sich bis zu ihrer Rückkehr gut um den kleinen Hund zu kümmern.

Deenie versuchte erneut, Connor auf dem Handy zu erreichen, als sie in der Schlange für den ersten Security-Check wartete. Er meldete sich immer noch nicht.

Sie fluchte leise, warf ihr Handy in die kleine Plastikschale und eilte durch die Sicherheitskontrolle.

Auf der anderen Seite nahm sie das Telefon und ihre Tasche wieder an sich und rannte los.

Sie sollte wirklich mehr Sport treiben.

Als das Gate in Sicht kam, war sie komplett außer Atem. Keine Passagiere mehr. Die Gate-Angestellte rief ein letztes Mal dazu auf, sich an Bord der Maschine zu begeben, und wollte die Tür gerade schließen.

»Warten Sie!«, schrie Deenie.

Sie steigerte ihr Tempo noch einmal und rannte zum Gate hinauf.

Die Angestellte empfing sie lächelnd. »Gerade noch rechtzeitig. Das ist Ihr Glückstag.«

»Das hoffe ich«, erwiderte Deenie keuchend und hob die Tasche auf die Schulter, während die Frau Deenies Bordkarte prüfte.

Deenie lief über die Fluggastbrücke, und die Tür schloss sich hinter ihr. Hoffentlich würde sie für Connor und sie wieder geöffnet werden, damit sie das Flugzeug vor dem Start noch verlassen konnten. Andernfalls würde es eine lange Fahrt zurück von New York werden.

Ihre Füße trommelten auf den Boden der Fluggastbrücke, dann war auf einmal die offene Flugzeugtür vor ihr.

Der Moment der Wahrheit.

Was, wenn er seine Meinung geändert hatte? Oder wenn er einen anderen Flug genommen oder entschieden hatte, es lohne sich nicht, ihr nachzulaufen? Was, wenn ihm klar geworden war, dass sie den Aufwand gar nicht wert war?

Sie betrat den Mittelgang.

Die Maschine war fast leer. Connor saß nicht in der ersten Klasse. Deenie konnte sich nicht vorstellen, dass er anders als in der ersten Klasse reiste. Lag sie damit etwa falsch?

»Miss?«, sprach die Flugbegleiterin hinter ihr sie an. »Sie müssen Ihren Sitzplatz einnehmen.«

»Natürlich«, flüsterte Deenie, schon ein wenig mutlos.

Sie war sich so sicher gewesen, dass er hier sein würde. Als Ben ihr sagte, Connor sei ihr gefolgt, hatte sie eine unermessliche Erleichterung verspürt. Doch nun löste sich ihr Optimismus auf wie die Bläschen in einem vergessenen Glas Champagner.

Sie trottete den Gang entlang und verlor immer mehr den Mut, je weiter sie ins Flugzeug vordrang.

Er war nicht hier. Sie hatte fast die letzte Reihe erreicht …

»Deenie?«

Ihr Herz blieb stehen. *»Connor.«*

35. Kapitel

Deenie hatte es so eilig gehabt, Connor zu finden, dass sie darüber ganz vergessen hatte, sich zu überlegen, was sie zu ihm sagen wollte, falls sie ihn fand.

Er saß in der vorletzten Reihe am Fenster, die langen Beine unbeholfen angewinkelt. Er löste seinen Sicherheitsgurt und wollte aufstehen.

Eine Flugbegleiterin kam aus dem Servicebereich im hinteren Teil des Flugzeugs auf sie zu. »Ma'am, Sie müssen Ihren Sitzplatz einnehmen. Benötigen Sie Hilfe mit Ihrer Tasche?«

»Wir bleiben nicht«, erklärte sie der Flugbegleiterin, ohne den Blick von Connor abzuwenden. »Ich bin hier, um dich zu holen. Ich bin zurückgekommen, aber du warst nicht da. Ich will bei dir bleiben. Ich will mit dir zusammen sein.«

»Ma'am ...« Die Flugbegleiterin machte einen Schritt auf sie zu.

»Deenie ...« Connor war jetzt aufgestanden, musste sich jedoch wegen der Gepäckablage über ihm ducken.

»Ich liebe dich.«

Die Flugbegleiterin zögerte und sah zwischen den beiden hin und her – Liebeserklärungen im Flugzeug kamen in ihrem Handbuch offenbar nicht vor.

Mittlerweile kam auch die Flugbegleiterin aus dem vorderen Teil des Flugzeugs durch den Gang auf sie zu.

»Gehen wir heim«, bat Deenie. »Es tut mir schrecklich leid. Ich hätte niemals weglaufen dürfen.«

Ein gefühlvoller Ausdruck trat in Connors bernsteinfarbene Augen, der sogleich Entschlossenheit wich. »Nein.«

»Was?« Deenie stutzte. Wollte er sie doch nicht mehr? Nachdem er bis hierhergekommen war? Warum war er dann im Flugzeug?

Er trat zu ihr auf den Gang und richtete sich zu seiner vollen Größe auf; seine unwiderstehlichen Grübchen erschienen. »Ich will nach Rom.«

Sie sah ihn skeptisch an. »Müssen wir nicht«, versicherte sie ihm. »Ich will bleiben. Du hast gewonnen.«

Die andere Flugbegleiterin war jetzt da. »Gibt es hier ein Problem?«

»Wir verlassen das Flugzeug«, erklärte Deenie.

»Nein, tun wir nicht«, widersprach Connor beinah im gleichen Atemzug. Er nahm Deenies Tasche und verstaute sie im Gepäckfach über ihnen, wobei seine Deltamuskeln sehr unfair zur Geltung kamen. »Du hattest recht. Ich habe versucht, dich an einen Platz in meinem Leben zu stellen, den ich schon vorbereitet hatte. Aber da passt du nicht hin. Und das will ich auch gar nicht. Ich will keine Frau, die alles brav und geordnet angeht. Ich will dich. Und ich will nach Rom.«

Er zog sie mit sich in seine Sitzreihe, und Deenie war zu perplex, um Widerstand zu leisten.

»Mein Leben braucht mehr Spontaneität. Mehr Abenteuer. Und viel mehr Glitzer. Ich brauche *dich*, Deenie. Das Streiten mit dir und dass du mich aus meiner Komfortzone herausholst und alles heller machst.«

»Ich brauche dich auch«, flüsterte sie und setzte sich neben ihn. Sie konnte nicht aufhören, ihn anzusehen, selbst während sie sich anschnallte. Ihre Augen funkelten. »Damit ich auf dem Boden bleibe, was nicht immer so schlecht ist. Und damit du mich daran erinnerst, mir nicht selbst im Weg zu stehen, indem ich Dinge ablehne, nur weil irgendwer glaubt, ich sollte sie wollen. Aber wir müssen nicht ganz bis nach Rom, um uns das zu beweisen …«

»Doch, müssen wir. Du warst bereit, meinetwegen zu bleiben. Du sollst wissen, dass ich für dich überall hingehen würde.« Wieder erschienen seine Grübchen. »Außerdem war ich noch nie in Italien.«

Sie stutzte. »Im Ernst?«

Er sah ihr in die Augen, und ihr fielen erneut seine sexy dichten Wimpern auf. »Zeig mir die Welt, Deenie Mitchell!«

Sie schmolz dahin, während die Motoren brummten. »Nichts täte ich lieber.«

Und dann besiegelte er seine Worte mit einem Kuss. Einem *perfekten* Kuss. Und Deenie fühlte sich einfach … perfekt.

Epilog

Connor hatte, was Hochzeiten anging, bisher nicht gerade Erfolge vorzuweisen. Anscheinend neigten die Frauen dazu, bei der Aussicht auf eine Heirat aus dem Land zu fliehen. Aber als er jetzt Deenie zusammen mit Ally auf der Tanzfläche herumspringen sah, den Text einer Power-Ballade aus den 1980ern schmetternd, fiel ihm kein Ort auf der Welt ein, an dem er lieber gewesen wäre.

Deenie hatte das Pink in ihren Haaren nachgefärbt und für diesen Anlass sogar Glitzersträhnen hinzugefügt, Haarflitter, nachdem er sie gefragt hatte, ob es keine Möglichkeit gebe, noch mehr Glitzerzeug aufzutragen. Er hätte wissen müssen, dass sie das als Herausforderung ansehen würde.

Deenie kniff nie bei einer Herausforderung. Oder der Chance auf ein Abenteuer.

Sie hatten eine ganze Woche in Rom verbracht und waren über eine Piazza nach der anderen gelaufen, hatten auf Mr. Burke mit Limoncello in Straßencafés angestoßen und zu viel italienisches Essen gegessen, waren auf einer Vespa durch kopfsteingepflasterte Straßen gefahren, genau wie Deenies Großtante Bitty es während ihrer Ferien in Rom getan hatte.

Connor war keine Zeit geblieben, vor der Ankunft Listen all der Dinge anzufertigen, die er sehen wollte, und er hatte kaum Kleidung dabeigehabt, trotzdem hätte er keine einzige Minute ihrer spontanen, unorganisierten Reise ändern wollen.

Tatsächlich sprachen sie schon über ihr nächstes Reiseziel. Er war für Paris, aber so, wie Deenies Augen gefunkelt hatten, als sie von Island erzählte, würden sie sich wohl schon bald Gletscher ansehen.

Es war seltsam gewesen, eine ganze Woche der Arbeit fernzubleiben, aber Davis war für ihn eingesprungen, und Connor war erfrischt zurückgekehrt – und Kanzleipartner geworden. Mittlerweile hatte er nicht mehr das Gefühl, eine Rolle spielen zu müssen, um dieser Position würdig zu sein. Irgendwie war er zu der Person geworden, für die er sich ausgegeben hatte. Dank Deenie.

Das Lied endete, und sie kam hüpfend an ihren Tisch neben der Tanzfläche zurück. Atemlos ließ sie sich auf Connors Schoß fallen, und er schloss automatisch ein wenig besitzergreifend die Arme um ihre Taille.

»Vorsicht«, mahnte sie und trank ihr Wasserglas leer. »Ally hat mir gerade erzählt, dass sie bald den Strauß werfen wird. Wir sollten vielleicht lieber die Plätze räumen.«

Das Thema Heirat hatten sie beide bisher tunlichst vermieden. Er hatte seinen Fünfjahresplan zwar auf Eis gelegt, sich aber trotzdem an Mitchs Rat gehalten. Jetzt trug er für alle Fälle einen Verlobungsring bei sich. Und da ihre besten Freunde gerade den Bund fürs Leben schlossen, fühlte er sich mutig.

Er beugte sich zu ihr, bis sein Atem ihr Ohr zwischen glitzernden pinkfarbenen Locken streifte. »Ich will, dass du den

Brautstrauß fängst«, sagte er und liebte das Funkeln in ihren Augen, als sie den Kopf drehte und ihn neugierig ansah. »Kämpf darum. Kratz ihnen die Augen aus. Mach keine Gefangenen.«

»Ich würde niemals eine solche Szene machen.« Sie klimperte unschuldig mit den Wimpern.

Er küsste sie auf die lächelnden Lippen, denn er konnte einfach nicht widerstehen.

Sie lächelte immer noch, als er sich von ihr löste. »Du hast Glitzer an der Wange.«

Er wischte an der Stelle, die sie ihm zeigte, und betrachtete seine glänzenden Fingerspitzen. »Du hast mich markiert.«

»Jetzt gehörst du mir.«

Er rieb den Glitzer wieder auf ihre Haut, dann strich er mit dem Finger zärtlich über ihre Wange. »Ich gehöre dir schon seit dem Abend im Jacuzzi«, murmelte er. »Als Max dich geduscht hat.«

Ihre Augen weiteten sich in gespieltem Entsetzen. »Das ist ja komisch! Genau da habe ich angefangen, mich in dich zu verlieben.« Sie brachte ihr Gesicht näher an seines und senkte die Stimme. »Es ist ein *wundervoller* Jacuzzi.«

Ihr prustendes Lachen ging unter in der Ankündigung des Moderators, die Brautstraußkandidatinnen sollten sich auf der Tanzfläche einfinden.

Deenie sah zur Tanzfläche, dann wieder in Connors Augen. »Wenn ich den Brautstrauß fange, plane ich die daraus resultierende Hochzeit. Und sei gewarnt, dass höchstwahrscheinlich Vegas und ein Elton-John-Imitator mit dabei sein werden. Eines Tages werde ich dich damit überraschen. Du wirst nicht mal die Zeit haben, dir einen Smoking zu besorgen. Zack, werden wir zum Flughafen unterwegs sein und in Flip-Flops heiraten.«

Connor lächelte über diese Drohung. Er bezweifelte, dass sie es ernst meinte, aber er konnte sich schlimmere Hochzeiten vorstellen. Durchzubrennen klang deutlich besser als akribische Planungen für einen solchen Tag. Das Leben mit Deenie würde stets ein Abenteuer sein.

Und er konnte es kaum erwarten.

»Abgemacht.«

Ihre Augen leuchteten. »Oh, es geht los.«

Sie kickte ihre Schuhe fort, sprang von seinem Schoß und hüpfte zu der Gruppe in der Mitte der Tanzfläche. Sie warf ihm einen Blick über die Schulter zu und deutete mit zwei Fingern auf ihre Augen und dann auf ihn, ehe sie sich wieder umdrehte und auf den Brautstrauß konzentrierte. Dabei wiegte sie sich auf den Fußballen wie ein Shortstop beim Baseball, der auf den Schlag wartete.

Ally wedelte mit dem Strauß, drehte den versammelten Unverheirateten den Rücken zu und schleuderte ihn über die Schulter. Hände streckten sich in die Höhe. Eine Frau in einem dunkelblauen Kleid stieß mit einer rothaarigen Brautjungfer zusammen, und plötzlich gingen alle zu Boden.

Die Zuschauer schnappten nach Luft.

Die Braut lachte so sehr, dass sie hintenübergefallen wäre, wenn der Bräutigam sie nicht gestützt hätte.

Ein Arm wurde aus dem Gewühl gereckt, in der Hand den Brautstrauß.

Und als die Trauzeugin triumphierend »Vegas, Baby!« rief, dachte sich niemand etwas dabei. Sie hatte schon immer alles auf ihre Art gemacht.

Connor konnte kaum erwarten, was sie als Nächstes tun würde. Seine Prinzessin/Hundetrainerin/Schneiderin/Rebellin/Liebe seines Lebens. Manche Dinge waren einfach zu gut, um geplant zu werden.

Ende

Dank

Ein Riesendankeschön an das gesamte Team bei Forever, mit dem es immer ein Vergnügen ist, zu arbeiten, und das unschätzbare Hilfe bei der Entstehung des Buches geleistet hat. Estelle, Joelle, Stacey und Sabrina, ich danke euch. Besonderer Dank geht an meine Lektorin Leah, die schwierige Gespräche leicht gemacht hat und mir die besten süchtig machenden Reality-TV-Sendungen empfohlen hat – wenn ich anfange, dir *Alone*-Romanzen schmackhaft zu machen, bist du selbst schuld.

Wie immer danke ich meiner Agentin Michelle, die mich bei meiner Arbeit so anfeuert, außerdem meinen Schriftstellerfreundinnen, die mir stets gut zureden und mich aufbauen, wenn ich mich festgegrübelt habe, besonders Kim Law, der Hallmark-Kohorte und den Rubies. Ganz besonderer Dank geht auch an Leigh, Kali und die Kiddos, Jane und Mili, die mir alles über Glitzer beigebracht haben – und die dafür gesorgt haben, dass ich die Songtexte aus *Die Eiskönigin* und *Coco* kenne.

Meine ganze Liebe gilt meiner *Ohana*.

Zum Schluss möchte ich den wunderbaren Leuten bei *Wait*

Wait … Don't Tell Me, dem NPR-Nachrichtenquiz, danken, dass sie mich während der Quarantäne zum Lachen gebracht haben und ich etwas über die Idee der Public Domain Party Princess lernen konnte.